U0019068

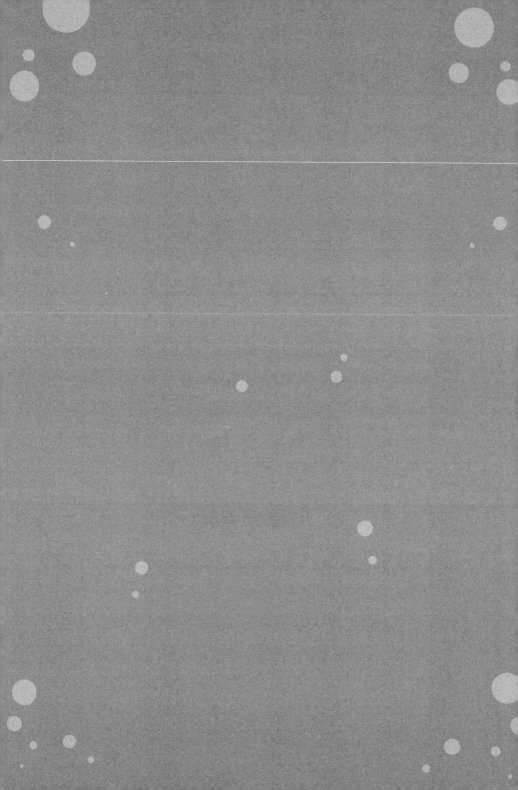

化學課

邦妮・嘉姆斯──著　白水木──譯

Lessons In Chemistry

Bonnie Garmus

1 一九六一年十一月

那是女孩們都還穿著束腰洋裝去上園藝課的年代，也是開著沒有安全帶的車子載著一拖拉庫的小孩到處跑、也不覺得有什麼問題的年代。那時，根本沒人預料到六、七〇年代的社會運動潮即將到來，那些參與其中的人也沒人預見到自己會用下半輩子來緬懷當時的種種。那是一個大戰總算結束、暗鬥才正要開始的年代，一個新穎思維正在萌發、什麼事都有可能發生的年代。正是在這樣的氛圍之下，瑪德蓮．佐特她那個三十歲的媽，每天透早睜開眼後深信不疑的事只有一個：她這輩子已經沒救了。

人生沒救是沒救，她還是把身子拖到自己一手打造的化學實驗室裡（前身是家裡的廚房），來幫她女兒準備午餐。

伊莉莎白．佐特在一張小紙條上寫下「上課加油——這就是油！」後，把紙條放到便當盒裡。然後，她大概是想重寫一張的樣子，拿著鉛筆的手在半空中停頓了一下，又在另一張紙條寫下：「下課時間可以去打球，但不可以放水讓男生贏。」接著她又頓了一下，用鉛筆敲著桌面，寫下第三張紙條：「不是妳多心，大部分人都很讓人倒胃口沒錯。」最後把這兩張紙條放一併放到便當盒裡。

當時大多數小朋友是不識字的，就算識字也頂多只看得懂像「大」或「人」這類簡單的字。但瑪德蓮大概三歲就可以自己看書，現在五歲的她已經把狄更斯讀得差不多了。

對，瑪德蓮就是人人眼中那種很假掰的小孩——連鞋帶都不會綁就沒事哼著巴哈協奏曲，圈圈叉叉都不會玩就在跟你解釋地球自轉的原理——肯定是個問題兒童。畢竟，人們會讚賞的是音樂神童，而不是認字神童，況且認字這種事每個人遲早都能學會，提早會不只沒什麼大不了的，還很惹人厭。

這件事，瑪德蓮自己也心知肚明，所以每天早上她會趁媽媽出門以後，趁著她的鄰居兼褓母海芮在忙的時候，悄悄抽出媽媽留在便當盒裡的紙條，自己讀完之後，將紙條統統藏到衣櫃底的鞋盒裡。在學校的時候，她會假裝自己和其他小朋友一樣，幾乎什麼字都看不懂。因為對瑪德蓮來說，合群可是比什麼都還重要。她那個走到哪兒都格格不入的媽媽，就是個血淋淋的反例。

這對母女生活在加州南方的大同市，那裡的天氣暖又不會太暖，天空藍又不會太藍，空氣清新是清新，但也只不過是因為那是許久以前的時代。這天一如往常，瑪德蓮閉著眼睛躺在床上，等著即將落在自己額頭上的親吻，還有拉到剛好蓋到她肩膀邊緣的被單，還有那句輕聲拂過耳邊的「今天也要好好把握喔。」然後過不多久，瑪德蓮就會聽到普利茂斯車的引擎發動聲，聽到它滾過碎石、倒車上車道，再奮力地轉頭上路。這時她就知道自己那個鬱鬱不得志的媽去電視台上班了，接著她會進到《一八〇〇開飯》的節目攝影棚，套上圍裙後走進拍攝的布景裡。

因為她媽媽伊莉莎白，是這個當紅美食節目的主持人。

2 派恩

她風度非凡，她舉止出眾，她有著零瑕疵的肌膚，但伊莉莎白．佐特，本來其實是個化學家。

就像所有大明星一樣，伊莉莎白也是被挖掘的，只不過她不是在年輕男女聚集的冰品店[1]裡被搭訕，也不是在某個公園涼椅上巧遇了星探，更不是剛好有貴人介紹。她之所以會被挖掘，起因於一宗食物竊盜案。

事情是這樣子的：有個叫阿曼達．派恩的孩子，正以一種連心理治療師看了都會特別筆記下來的投入程度，在享用著瑪德蓮的午餐。瑪德蓮的便當可不是普通便當。當其他小朋友都在嚼著花生醬夾果醬三明治時，瑪德蓮打開她的餐盒，裡面裝的是一塊厚厚的千層麵（那是前一天晚餐留下來的精華），佐以奶油香煎櫛瓜，點綴著切成扇形的外來奇異果和五顆有如珍珠般滑溜的小番茄，另外再附上一小罐莫頓鹽[2]。飯後甜點是兩片還有餘溫的手工巧克力餅乾，飲料則是裝在紅格紋保溫瓶裡、冰冰涼涼的鮮乳。

這樣澎湃的菜色誰不想吃，瑪德蓮自己當然也很想吃。她會願意讓阿曼達享用自己的午餐，不只是因為想維繫友情難免需要有些犧牲或交換，更是因為阿曼達是整個學校裡唯一不會取笑她是個怪小孩的

---

1 malt shop，二戰結束後興起的冰淇淋飲料小吃店，也是年輕人的聚會場所。malt 是一種類似麥芽糖糖漿的美式冰淇淋佐料。

2 Morton salt shaker，莫頓鹽罐。早期因為食鹽容易受潮結塊，通常是盛裝在小碗裡用湯匙添加。一九二〇年代，美國莫頓公司在鹽裡加入碳酸鎂，食鹽從此可以裝在漂亮的小罐子裡，除了方便使用、容易攜帶，也因此帶起鹽罐、胡椒罐的風潮。

人，雖然瑪德蓮很清楚自己其實是真的怪。

直到瑪德蓮的衣服像幾片難看的窗簾掛在她嶙峋的骨架上時，伊莉莎白才發現事有蹊蹺。因為在她精密的計算下，瑪德蓮每天攝取的營養量，正是她當下成長所需的最佳份量，這種狀況下還變瘦一定有問題。難道說她正好在抽高期？不可能，伊莉莎白也已經把長高的部分算進去了。早發性飲食障礙？也不太可能，瑪德蓮每天晚餐都吃得像餓死鬼似的。難不成是有白血病？算了吧——伊莉莎白可不是那種杞人憂天的媽媽，晚上睡不著覺都在擔心自己女兒是不是得了絕症的那種。身為一名科學家，面對一個現象的發生，她尋求的是合理的解釋。而就在她看到阿曼達·派恩的那一刻，她知道她找到了。那孩子的嘴唇上，還殘留著番茄義大利麵的紅色茄汁。

所以在某個星期三的下午，伊莉莎白趁著午休時間，驅車直奔當地某家電視公司的大樓。「派恩先生，」她無視一旁的助理小姐。「這幾天我已經打了幾百通電話給你，你卻很有禮貌地一通電話也沒回。我是伊莉莎白，我女兒瑪德蓮和你的女兒上同一間小學。我來是要告訴你，你女兒在詐騙我女兒的友誼。」說完，伊莉莎白看到眼前這人一頭霧水的樣子，只好再補一句。「我是說，你女兒吃了我女兒的午餐。」

「午、午——午餐？」在勉強擠出這幾個字的同時，沃特·派恩愣愣地看著眼前這個閃亮亮的女人。她身上的實驗室白袍反射出神聖般的光芒。一片白晃晃中，他只看得清楚她胸前口袋上方繡的紅字寫著名字縮寫「E．Z」。

「你女兒阿曼達，一直在吃我女兒的午餐。」伊莉莎白氣噗噗地說。「而且我看至少已經吃了好幾個月。」

但沃特只能傻在那裡，呆望著這個既高挑又纖細的女子，手插著腰、杵在自己面前。她的皮膚透亮、鼻樑直挺，嘴唇紅潤地沒在客氣，盤起來的焦糖色頭髮中插著一支當髮簪用的鉛筆。她低頭看著他的樣子，有一種軍醫在戰場上評估此人值不值得救的霸氣。

「這種假裝當朋友來詐取午餐的行為，」伊莉莎白繼續說。「是絕對不可取的。」

「妳、妳剛剛說妳是哪位？」沃特．派恩結結巴巴地問。

「我是伊莉莎白！」她呵斥回去。「瑪德蓮．佐特的媽媽！」

沃特晃了晃腦袋，試著理解現在是什麼情況。身為午間節目資深製作人的他，早就見識過各種場面，但是他當下只能瞪大眼。現在是在演哪一齣？她實在太漂亮了，讓人名副其實「驚」豔的那種漂亮。這女人，該不會是來試鏡的吧？

「抱歉，」沃特終於說出一句完整的話。「護士這個角色的試鏡已經結束了喔。」

「請問你什麼意思?!」伊莉莎白頂回去。

兩人半晌都沒說話。

「我是在說阿曼達．派恩的事。」她終於再出聲提醒他。

沃特這才眨眨眼、回過神似地答道：「妳說我女兒？」說完他馬上緊張起來，立刻站起身。「她怎麼了？妳是醫生嗎？還是學校的人？」

「天啊，我才不是。」伊莉莎白說。「我是化學家，趁午餐時間一路從哈斯汀研究院開車過來找你，因為你不回我電話。」

看他又滿臉困惑，她再解釋說：「你在想什麼是哈斯汀研究院嗎？有沒有聽過『破天荒研究，就在哈斯汀』？」

脫口而出這句空泛的口號之後，伊莉莎白嘆了口氣。「總之，重點是，我可是費盡心思在準備超營養的午餐給瑪德蓮。我相信你對你的女兒也是這樣。」看到他又愣住，伊莉莎白只好繼續說：「你應該也很在乎阿曼達在認知上的發展，還有生理上的成長，而且很清楚小孩子要長得好，靠的是充分、均衡的維他命和礦物質。」

「但是妳知道，阿曼達她媽……」

「我知道，阿曼達她媽不在。我有想辦法聯絡她，但據說她現在住在紐約。」

「我們已經離婚了。」

「真遺憾，但離婚和午餐之間顯然沒有直接的關係。」

「看起來是這樣沒錯，不過……」

「男性也是有能力準備午餐的，派恩先生，煮飯不是受到生理性別限制的事。」

「說得對。」沃特一邊附和，一邊笨拙地拉開一張椅子。「佐特小姐，麻煩請坐，這邊請。」

「我還有東西在迴旋加速器裡等我。」伊莉莎白不耐地看了一下手錶。「所以我們已經有共識了對吧？」

「什麼迴旋……」

「次原子粒子加速器。」

伊莉莎白的目光這時轉到掛滿海報的牆上。那些精心裝裱的畫框裡都是些浮誇狗血的肥皂劇，以及一些譁眾取寵的綜藝節目文宣。

「這些是我做過的節目。」此話一出，沃特突然覺得有點羞恥。「也許有些妳看過？」

「派恩先生，」她將目光轉回他身上，口氣也沒那麼嗆了。「很抱歉我實在沒有多餘的時間和資源準備你女兒的午餐。我想你也很清楚，我們吃的食物不光是解鎖大腦的鑰匙，也是家庭和樂的關鍵，更決定了我們成為什麼樣的人。」說著說著，她的眼神又飄回那些海報。她盯著其中一張有個俏護士正在給病人來點「特別招待」的海報，又繼續說：「說真的，我真希望誰有空的話，可以好好教育一下全國大眾怎麼做些實在一點的食物。我沒這個時間，希望你有？」

伊莉莎白說完，轉身準備離開。「等……等一下！拜託別走，先別走。」沃特急忙叫住她。他只知道自己不想讓她走，但其實不知道自己到底想要留住她做什麼。「妳剛剛，說、說什麼？好好教教大家，該怎麼做……做實在一點的食物？」

四個星期後，電視節目《一八〇〇開飯》開播了。伊莉莎白本業是做化學研究，主持節目對她來說當然沒什麼吸引力。她會願意做這份工作，還不是因為那個你知我知的原因：主持人的收入比較高，而她還有個小孩要養。

打從伊莉莎白套上圍裙、走進布景的那一刻起，所有人馬上就發現了：她身上就是有種渾然天成的「什麼」，一種虛無飄渺、沒人知道是什麼的「什麼」，卻會讓人想一直盯著她看的「什麼」，但實際上她又是個實在到不行的人，既坦白率真又實事求是，讓人想不通這些特質究竟是怎麼融合在同一個人身上。其他烹飪節目裡都是些討喜、笑咪咪的廚師，一邊煮飯還會一邊輕鬆小酌，伊莉莎白卻嚴肅得很，不苟言笑也不開玩笑，而她準備的菜色和她本人一樣腳踏實地。

結果，她的節目在開播半年內就爆紅，再過半年已經是家喻戶曉。伊莉莎白的節目才開播不到兩年就發揮了驚人的影響力，不只讓闔家觀賞的全家人變得關係更緊密，還讓全國人民有志一同。我們甚至可以說，每天傍晚伊莉莎白上菜的時刻，就是全美國上上下下坐下來好好吃飯的時候。

連副總統詹森都是她的忠實觀眾。某次有個窮追不捨的記者想訪問他時，他是這麼說的：「你想知道我的『看法』？我的看法是，你應該少寫一點稿子，多看一點電視。」他一邊揮揮手打發對方。「你可以從《一八〇〇開飯》開始看起，主持人伊莉莎白很清楚自己在做什麼。」

伊莉莎白的確很清楚自己在幹嘛。在《一八〇〇開飯》節目裡，我們不會看到她把「迷你創意三明治」或什麼「超心動夢幻舒芙蕾」之類的東西端上桌。她做的都是些很實在的家常美味，像是燉菜燉肉、焗烤這類的，得用厚重堅實的鍋具才做得出來的料理。對伊莉莎白來說，吃飯就是要吃得營養均衡、餐餐適量，有蔬菜水果五穀根莖奶蛋魚肉，而且煮飯就是要有效率，能在一個小時內做完的菜才是值得做的菜，然後每天用她的經典名句為節目收場：「孩子們，你們來擺餐桌、準備餐具，讓媽媽可以有點自己的時間。」

後來有個大名鼎鼎的記者寫了一篇名為〈為什麼伊莉莎白做什麼，我們就吃什麼〉的報導，還給了她一個既好記又順口的稱號：國民辣廚娘。這個稱號幾乎可以說是從報導刊出來的那一刻起就跟定她了。當然瑪德蓮還是叫她媽媽，但大街小巷的人都稱呼她「辣廚娘」。瑪德蓮雖然年紀還小，卻比誰都明白，這個稱號其實徹底低估了她媽媽的才華。她本來是個化學家，不是烹飪節目主持人。而伊莉莎白在自己的獨生女面前，更是不自在得有些羞愧。

每每在夜深人靜時，伊莉莎白一個人躺在床上，有時會忍不住心想，自己的人生到底為何會走到這一步。不過這想法大概也是一閃即過，因為她心裡清楚得很——還不都是因為凱文．伊凡斯。

3 哈斯汀研究院

十年前，一九五二年一月

凱文．伊凡斯和伊莉莎白一樣，也在哈斯汀研究院工作，只不過有別於伊莉莎白得和其他研究人員一起擠沙丁魚，他可是獨自坐擁一間大型實驗室。

看看凱文的經歷，就會知道他是真的有這個本錢。凱文十九歲時參與了那個讓英國化學家福瑞德里克．桑爾（Frederick Sanger）聲名大噪並且成功問鼎諾貝爾獎的重要研究，二十二歲就研發出一個能更快合成簡單蛋白質的方法，二十四歲時靠著一個在科學上具有重大突破意義的二苯并硒吩（dibenzoselenophene）反應研究而登上《今日化學》雜誌的封面。除此之外，凱文也曾經在十六種科學期刊上發表過文章，受邀參與過十場國際研討會，更曾經兩度回絕哈佛提供的獎學金。他會拒絕，一部分是因為哈佛在更早以前曾經拒絕他的入學申請，另一部分則是因為——好吧，其實沒有別的因為了。當年的凱文才華過人，但是有一個缺點：他超愛記仇。

除了記仇之外，凱文也是出了名的沒耐性。一如那些才華洋溢的人，他也永遠無法理解為什麼別人就是「聽不懂我的意思」。

另外，他也滿內向的，但內向應該不算是缺點，只是難免給人一種高冷不世故的感覺。說到底，他這個人最糟糕的一點是：他愛划船。

沒在划船的人應該都知道，那些愛划船的人很掃興。這種人只要出現在社交場合，開口閉口都在聊划船，而且要是同時有兩個以上愛划船的傢伙在場，他們就會把大家的話題從正常的談工作聊天氣，漸漸轉到一堆冗長又沒意義的事上，開始討論船種、船槳、划槳、划船器、入水、平槳、拉槳、按槳、還原、回槳、啟航、配速、穩速、競速、座艙、握柄膠套、訓練計畫等等，評比各個水域的靜水水面是「超平」或只是還好，接著往往會說起自己上次是哪裡沒划好，下次又該怎麼改進，或是之前比賽誰拖累了大家，之後誰還可能出問題之類的。然後，這些划船的人會比較起手上的繭誰薄誰厚。運氣不好的話，不久後你會看到這群人開始上演鞠躬拜師的戲碼，而被當作大師的那個人，會侃侃談起自己是如何輕鬆無痛地划出完美的一程。

這世界上真正能點燃凱文熱情的，除了化學就是划船了。其實他當年會想申請哈佛，也是為了划船，因為一九四五年當時，進入哈佛划船校隊，等於是為最頂尖的隊伍划船。不過，以當時的紀錄來看，哈佛其實只算「第二頂尖」，西雅圖的華盛頓大學才是真正的第一。但凱文超討厭下雨，西雅圖又是出了名的會下雨，所以他最後捨近求遠，去了遠在英格蘭的劍橋。這件事暴露了大家對科學家懷抱的重大迷思之一：他們很擅長調查研究。

凱文在康河上划船的第一天，下雨。第二天，也下雨。第三天？還是在下雨。所以當他和隊友們把笨重的木船扛上肩膀、慢慢晃到碼頭時，他開口抱怨了：「這裡每天都下雨下成這樣啊？」他的隊友們向他保證：「喔，不會的，劍橋的氣候很舒適宜人的。」然後他們交換了一下眼色，彷彿確認了一件他們懷疑已久的事：美國人是真的蠢。

不幸的是，他的蠢還一併延伸到交女朋友這件事上。對凱文來說，這是個大問題，因為他超想談戀愛的。在他寂寞的劍橋六年生涯期間，他只成功和五個女生約會過，其中只有一位願意出來再跟他見第二次面，原因只是她接電話的時候，誤以為他是另一個人。凱文的問題主要是缺乏經驗。他就好像一隻努力多年後、好不容易終於抓到一隻松鼠的獵狗，卻不知道該拿到手的松鼠怎麼辦。

在他的約會對象打開門的那一瞬間，凱文的心兒砰砰跳，雙手濕噠噠。「呃——嗨。」他說，腦袋突然一片空白。「黛比對吧？」

「黛朵。」對方嘆口氣，低頭看了一下手錶。她今晚的看錶之旅就此展開。

吃晚餐的時候，他們之間的話題從芳香酸的分子裂解（凱文），到今晚有哪些電影可以看（黛朵），再從非反應性蛋白的合成（凱文），到凱文喜不喜歡跳舞呢（黛朵）。然後凱文看一下時間，已經八點半了，他明天一早還要划船，所以他會馬上送她回家（凱文）。

這種約會最後肯定沒什麼色色的發展——事實上呢，是完全沒有。

「你怎麼可能把不到妹！」凱文的校隊隊友會這樣跟他說。「女生最喜歡划船的男生了。」事實不然。「而且雖然你是美國人，但長得也不醜啊！」事實亦不然。

他光是身形就很有問題，瘦瘦長長身高一九三，而且大概是因為划船的關係，他的身形有點右傾（右邊的肩頭比較低）。但他更有問題的地方應該是長相：他長得一副孤單寂寥的樣子，活像個沒父沒母、自己拉拔自己長大的孩子，一頭亂亂的稻草髮，搭上大大的灰眼珠。而且，因為他愛咬嘴唇，那兩片有點青紫的嘴唇幾乎永遠都腫腫的。總之他那張臉沒什麼記憶點：其貌不揚到沒人看得出來，在這樣的外貌底下藏著多少聰明才智或是期待、渴望。幸好，他還有一口潔白整齊的牙齒，讓他至少在笑起來的時候比較耐看。更值得慶幸的一點是，愛上伊莉莎白之後，凱文一天到晚都在笑。

凱文和伊莉莎白的相遇，不，應該是第一次說到話，發生在南加州豔陽下的某個星期二早上，地點是私立哈斯汀研究院裡凱文的那間研究室。那時的凱文才從劍橋畢業，剛以破紀錄的神速取得了博士學位，而且有四十三個單位錄取他去工作，任他慢慢挑慢慢選。最後他選了哈斯汀研究院，與其說是因為這裡的名聲好，不如說是因為大同市的天氣好，很少下雨。當時的伊莉莎白則是正好相反：她會來哈斯汀工作，是因為只有哈斯汀錄取她。

當伊莉莎白站在凱文．伊凡斯實驗室的門外，她注意到門上寫著幾個大字：

請勿入內

實驗進行中

閒人勿進

請離開

然後她就把門打開了。

「哈囉，」她對著門內大聲說，房間中央突兀地放著一台高級音響，正狂飆著法蘭克．辛納屈（Frank Sinatra）的歌聲。「我要找這裡的負責人。」

凱文從一台大型離心機後面探出頭來，很驚訝怎麼會有人出現在這裡。

「不好意思，小姐。」有點惱火的凱文喊回去。他的臉上戴著一個巨型護目鏡，以免被左手邊那個正在沸騰的東西燙到。「這邊禁止進入，門上有寫，妳沒看到嗎？」

「我有看到。」伊莉莎白吼回去，沒理會他的話，大剌剌走到實驗室正中央，把音樂關掉。「好了，現在我們可以好好說話了。」

「這裡不是妳可以進來的地方。」凱文咬了咬嘴唇，手指向門口。「門上有寫。」

「是沒錯，但人家跟我說你這裡有多的燒杯。我們樓下燒杯不夠用了，大概是因為燒杯都在這裡。」

她說，塞給凱文一張紙。「負責庫存的技士也確認過了。」

「我從沒聽說過這回事。」凱文一邊讀那張紙一邊說。「我只能說抱歉，沒辦法，這裡的每一個燒杯我都有需要。我想我還是直接和化學家談會比較好，妳回去叫妳老闆打給我。」凱文轉過身繼續他的工作，再次把音響打開。

伊莉莎白一動也不動。

「你說你想和化學家直接談？」她大吼，壓過辛納屈的歌聲。「我就不行？」

「是的。」他回答，語氣稍微和緩。「聽我說，不是妳的錯，是他們不應該把自己懶得處理的麻煩丟給祕書。我看妳好像聽不太懂，但我手邊正在忙很重要的事。所以麻煩妳，叫妳老闆打給我就好了。」

伊莉莎白覺得不爽。她本來就懶得理那種愛用一些早就過時的標準以貌取人的人，也不喜歡男人老是以為「祕書」就是一種只聽得懂「幫我打這份文件，一式三份」的生物，雖然她自己也當過祕書。

「還真巧。」她吼回去，直接走向一個放器材的架子，抱起一整箱燒杯。「我也很忙。」然後她大步離開。

整個哈斯汀研究院上上下下大概有三千多名員工，所以凱文花了一個多星期才弄清楚伊莉莎白是誰。當他好不容易才找到她，伊莉莎白卻好像不記得他是誰了。

「有事嗎？」她回答，轉身看是誰跑到實驗室來了。她臉上那副大型護目鏡把她的眼睛放得超大，雙手和前臂上套著橡膠手套。

「嗨。」他說。「是我。」

「你是？」她問。「有什麼事嗎？」說完她又埋首於工作中。

「是我。」凱文表示。「記得嗎，樓上那個被妳拿走燒杯的人？」

「你可能要退到那片簾子後面比較好。」她說，往左邊擺了擺頭，向他示意。「上星期這裡才出了點意外。」

「妳很難找。」

「可以麻煩你退後嗎？」她問。「我現在在忙一件很重要的事。」

凱文很有耐心地等她完成手上的測量、在本子上做完紀錄，也檢查完昨天的測量數據，然後還等她上完廁所。

「你怎麼還在這裡？」伊莉莎白從廁所回來。「是沒事可幹嗎？」

「我有超多事要做。」

「燒杯沒辦法還你。」

「所以妳記得我。」

「是，但不是很想記得。」

「我是來道歉的。」

「不必。」

「一起吃個午餐？」

「不要。」

「還是晚餐？」

「不要。」

「喝個咖啡？」

「聽好，」伊莉莎白說，戴著橡膠手套的雙手插在腰間。「你最好有看出來，我已經開始覺得你有點煩了。」

「真是抱歉。」凱文別開頭，滿臉尷尬地說。「我現在就走。」

一個實驗室的技士跑來問。「剛剛那該不會是凱文．伊凡斯吧?!」他看著凱文試圖繞過十五名肩併著肩工作的科學家，離開這個只有他自己實驗室四分之一大的空間。「他來這裡做什麼？」

「為了芝麻綠豆的小事——燒杯所有權的問題。」伊莉莎白說。

「燒杯？」技士滿頭問號。「等一下，」他拿起一個新的燒杯。「上星期妳說妳找到這一大箱新燒杯，該不會是他的吧？」

「我才沒說我『找到』，我是說我『拿到』。」

「從凱文．伊凡斯那裡？」他說。「妳瘋了嗎？」

「嚴格來說沒有。」

「他有說妳可以拿他的燒杯嗎？」

「嚴格來說沒有，但我有填單子。」

「什麼單子？妳明明知道妳必須透過我才能請領器材。採購器材是我的工作。」

「我知道，但是我已經等了至少三個月。我跟你要了四次，填了五次請領單，也跟多納堤博士講過這件事。老實說，我真的沒別的辦法了。雖然只是燒杯，但我的研究沒這些器材就做不成。」

「妳給我聽好，」為了強調伊莉莎白的無知，技士閉上眼，再用超慢的速度睜開眼對她說。「我在這裡待得比妳久多了，也比妳還在狀況內。妳知道凱文．伊凡斯是出了名的怎樣嗎？除了學術上超強之外？」

「知道，不當囤積器材。」

「不是。」他說。「他是出了名的會記仇啊！小心他記上妳一筆！」

「喔真的嗎？」她有點興趣了。

伊莉莎白也是會記仇的人，只不過她的仇恨筆記本裡，大部分篇幅是保留給那個貶低女性的父權社會。父權社會認為女性就是沒能力、沒智力、沒創造力，相信男人就是主外的那個人，負責做重要的事，擔負起發現新星球、開發新產品、制定新法律等等的任務，女人只要好好在家帶小孩就好。伊莉莎白本來就沒想要小孩，這件事對她來說一直毫無懸念。同時她也知道，很多女性既想生小孩，也想要有自己的一片天。這有哪裡不對嗎？完全沒有，因為男人的人生不就是這樣嘛。

她最近才讀到，在某些國家，小孩的雙親會一起照顧孩子，也都有各自的事業。但那是哪裡啊——瑞典嗎？她不記得了。重點是，這種模式運行地很順暢，不只工作效率因此有所提升，家人之間也變得更緊密。伊莉莎白完全可以想像自己生活在這樣的地方。在那裡，沒有人會誤認她是祕書小姐，在發表自己的研究成果時，她也不必隨時上緊發條，來應對那些總想要戰贏她、甚至有時還會把功勞攬到自己身上的男人。伊莉莎白想著想著，只能嘆口氣，畢竟，在一九五二年，平權這種事可是連個影子都還沒有。

「我看妳得爬著去把這些燒杯還給他，」技士很堅持地說。「然後一定要好好跟他道歉。妳簡直是在陷我們實驗室於不義，還讓我很難堪。」

「沒事的，」伊莉莎白說。「不就是一些燒杯而已嗎。」

結果隔天早上回來，那些新燒杯全不見了，取而代之的是某些同事拿來的髒燒杯，因為他們也覺得那些新燒杯會給他們帶來天大的麻煩。惹毛「記仇大王」凱文．伊凡斯，這可是誰都吃不消的事。伊莉莎白試著跟同事們講道理，但每個人都用各自的方式句點她。再過不久，每回她經過交誼廳，就會聽到大家在碎嘴她有多自以為是，自認為比所有人都強，又有多不屑和別人來往，連單身男性也被她賞了閉門羹。大家還說，她在ＵＣＬＡ的有機化學碩士學位，想必也是「搞」來的──他們一邊講、一邊搭配下流的手勢，然後悶笑了幾聲──她到底把自己當成什麼了啊？

「應該有人給她一點顏色瞧瞧。」某個人說。

「我看她根本沒有多聰明。」另一人接著說。

「那個臭機掰。」一個熟悉的聲音說。那是她的老闆多納堤。

這時的伊莉莎白背靠著牆，強忍著一陣湧上來的噁心反胃。前面那些話，伊莉莎白早就聽慣了，後面那幾個字卻讓她背脊發涼。那是她第二次聽到有人用那個字眼罵她，而上一次，她人還在ＵＣＬＡ。

那件事距離今天已經快兩年。當時，伊莉莎白再十天就要拿到她的碩士學位。時間是晚上九點鐘，她還在實驗室裡，相當確定自己發現一些實驗程序上的問題。她拿著才剛削得尖尖的 2B 鉛筆輕敲桌面上的紙張，正在思考著，這時她聽到了門被打開的聲音。

「哈囉？」她喊，沒想到這麼晚還會有人跑來實驗室。

「妳還在這兒啊。」一個意料中的聲音。那是她的指導教授。

「喔，麥爾斯博士你好。」她抬起頭。「我只是在確認一下明天實驗的程序，但好像發現有個問題需要修正。」

他把門推開，走了進來。「我又沒叫妳做這個。」他說，聽起來相當不爽。「我告訴過妳，全都已經搞定了。」

「我知道。」她說。「我只是想做最後的確認。」其實她根本就不想做什麼「最後的確認」，而是她必須做，以保住自己在麥爾斯這個全男性團隊裡的位置。而且她也不是真的很在乎這個實驗，畢竟麥爾斯的研究不過是些四平八穩、一點前瞻性也沒有的東西。然而，儘管他盡做些徹頭徹尾毫無新意又了無貢獻的研究，在美國ＤＮＡ的學術界裡，他仍然是首屈一指的大將。

伊莉莎白從來沒認同過麥爾斯這個人，事實上，根本沒人認同他——可能除了ＵＣＬＡ吧。但學校會認可他，也只是因為他每年發表的論文數量是該領域之冠。背後有料可爆嗎？那些論文沒有一篇是他自己寫的，全都出自他的碩士班學生之手，而他總是樂於承擔所有的成果——時而換個標題，時而改幾個字，就成了一篇全新、可供發表的論文。畢竟，怎麼可能有人會去逐字詳讀學術論文呢？就這樣造就他論文數的增長，以及隨之而來的名聲。總之，麥爾斯成為頂尖科學家的祕訣就是：重量不重質。

除了擅於掛名大量的論文，麥爾斯也是個你知我知的好色之徒。ＵＣＬＡ理學院裡的女性不多，大部分都是祕書小姐，因此很難不被他盯上。這些女孩通常會在入職六個月後，帶著受創的自尊心和紅腫的雙眼，因為「個人生涯規畫」而自行離職。但是伊莉莎白走不了，因為她需要那個學位，所以只能忍氣吞聲，任他日復一日地在那邊摸來摸去，跟她講些有的沒的，還暗示她該怎麼爭寵——即便伊莉莎白早已表明自己對他一點興趣也沒有。直到有一次，麥爾斯把她叫到自己的辦公室，嘴裡說著要錄取她進自己的博士班，手卻直直竄進她的裙子裡。伊莉莎白氣炸了，奮力推開他，還說要去告發他。

「跟誰告發？」他大笑，嚷嚷著說伊莉莎白「連玩笑都開不起」，然後打了一下她的屁股，叫她把掛在旁邊櫃子裡的外套拿過來，為的就是要她打開櫃子後，看看裡頭貼滿滿的上空裸女圖。那些圖片上的女孩，有的面無表情，有的雙腿展開，也有的是四肢跪地，背上還踩著一只耀武揚威的男鞋。

「就是這裡。」伊莉莎白對麥爾斯博士說。「步驟九十一，第兩百三十二頁，這裡的溫度不對。我滿確定現在這個溫度太高，會導致降低觸媒的活性，最後很可能嚴重影響實驗結果。」

麥爾斯博士站在門邊看著她。「妳有跟別人講過嗎？」

「沒有。」她說。「我剛剛才發現的。」

「所以妳還沒告訴菲利普這件事。」菲利普是麥爾斯最優秀的研究助理。

「還沒。」她說。「他剛剛才走，我想現在應該還來得及追上——」

「沒必要。」他打斷她。「現在還有其他人在實驗室嗎？」

「據我所知是沒有。」

「我說實驗程序沒問題，就是沒問題。」他直截了當地說。「妳不是專家，沒資格質疑我的話。不准再跟任何人提起這件事，聽懂了嗎？」

「我只是想幫忙而已，麥爾斯博士。」

他看著她，像在衡量她這話有幾分真實性。「我的確是有需要妳幫忙的地方。」語畢，他轉身關上身後的門，順便上鎖。

當第一個巴掌揮下來，它穩穩地把伊莉莎白的頭當顆球似地往左邊打過去。她的嘴角流著血，整個人被這難以置信的一掌嚇到瞠目結舌。伊莉莎白快喘不過氣，但還是努力撐起自己。這時麥爾斯撇了撇嘴，看來是不太滿意自己剛剛的表現，於是又再來一拳。這一擊，把她從凳子上打了下來。麥爾斯體重將近一百一十公斤，這樣一拳的力道，出自他的體重而非健身的成果。然後他彎下腰，抓住伊莉莎白的骨盆兩側，像起重機抓起搖搖欲墜的木塊那樣把地上的她抓舉起來、像對待布娃娃一樣丟到凳子上，然後把她翻過身，再一腳猛踢凳子，導致她的臉和胸口往前撞上一旁的不鏽鋼檯桌。「不准動，臭雞掰。」他說，把他肥肥的手指伸進她的裙底。他一邊動作著，她一邊做出反抗。

被這樣凌虐的伊莉莎白喘得上氣不接下氣，因為嘴裡出血而嘗到一股濃濃的金屬味。他一手把她的裙子掀到腰際，再用另一手扯下裙子下的薄絲襪。檯桌抵住她的頭，卡得她根本喘不過氣，更別說要大叫求救。她奮力想往後踢開他，像隻被困在陷阱裡的動物，而她越是不服從，麥爾斯就越火大。

「不要反抗。」麥爾斯警告她。他的汗珠順著他的肚皮滑下，落在伊莉莎白的大腿後側。然而他越是動作，反而讓伊莉莎白的雙臂越有辦法挪出空間來掙脫。「我叫妳不要動！」他獅吼，他暴怒。伊莉莎白嚇得狂喘亂喘，死命地掙扎。麥爾斯圓滾滾的身體，把伊莉莎白像塊鬆餅一樣壓得扁扁的，最後使出必殺絕招來逼她就範。他抓住她的頭髮、用力往後扯，終於把自己戳進她裡面，同時發出喝得爛醉時那種爽快的呻吟聲，但也瞬間被一陣突然其來的痛楚打斷。

「幹！」麥爾斯大罵，從鬆餅上挪開自己的身軀。「什麼鬼啊幹！」他一腳把她踹開，不明白為何自己身體右側會突然爆出陣陣刺痛。他彎身低頭，試著看穿自己身上那坨擋住視線的白花花肥油，尋找疼痛的來源，卻只在自己的骨盆右邊發現一顆露出肥肉外的粉紅色橡皮擦，周圍環繞著一小圈血。

原來是 2B 鉛筆。伊莉莎白用她還能動的那隻手，找到那支鉛筆後抓緊它，直直地將整支筆插進麥爾斯的身體，而且不只是前面一小節而已。這一插，不只截斷麥爾斯的大腸和小腸，也一併斷送了她的學涯。

「妳真的是這裡的學生？」麥爾斯被救護車載走後，趕到現場的校警說。「可以請妳出示一下學生證嗎？」

伊莉莎白不敢置信地看著校警。她的衣服被撕爛，雙手還在發抖，額頭上那一大塊瘀青也慢慢腫了起來。

「問這個很合理吧。」校警表示。「妳一個女生，這麼晚了還在實驗室裡幹什麼？」

「我、我是這裡的——這裡的研究生。」她結結巴巴地說，感覺自己好像病了。「化學系的。」

校警一副懶得浪費時間在這種鳥事上的樣子。他嘆了口氣，拿出一個小記事本。「那妳要不要從**妳的**角度說說看剛剛發生了什麼事？」

還處於驚嚇之下的伊莉莎白，用平鋪直敘的語氣告訴校警來龍去脈。對方看起來是有記下的樣子，但是當他轉過身跟他的同僚表示自己已經「輕鬆搞定一切」的時候，她發現他手裡那個本子上的頁面根本一片空白。

「麻煩你，我……我需要看醫生。」

校警闔上筆記本，對她說：「那妳要不要先提供一個道歉聲明？」他瞥一眼她的裙子，暗示那片布的存在，本身就是一份顯而易見的「邀請函」。「妳剛剛捅傷了那位先生。好好道個歉，對妳沒壞處。」

伊莉莎白看著校警，眼神死。「警……警察先生，你誤會了，是他襲擊我，我……我只是在自我防衛而已。拜託，我真的需要看醫生。」

校警再嘆了一口氣。「所以妳的意思是，妳不後悔就對了？」他按了一下原子筆，「喀啦」一聲收起筆頭。

伊莉莎白瞪著眼前這個人，身子仍在發抖，嘴巴還合不起來。她低頭看見自己大腿上還有麥爾斯留下的淡紫色的掌印，硬把湧上來的嘔吐吞回去。

她再抬起頭，正好看見校警在看手錶，便以迅雷不及掩耳的速度，把自己的學生證從他的指間抽回來。「警察先生，」她的聲音就像監獄的鐵絲網那樣緊。「仔細想想後，我的確有後悔的地方。」

「這才對嘛。」他說。「事情終於有點進展了。」他又「喀啦」一聲按出原子筆的筆頭。「來吧，請說。」

「鉛筆。」她說。

「好，鉛筆。」他跟著唸一次，在筆記本裡寫下。

伊莉莎白抬起頭，覺得一陣血流衝上太陽穴。她直勾勾地看著校警的眼睛說：「我實在很後悔，為什麼沒多買幾支鉛筆。」

在那實為暴力侵犯、卻被學校入學委員會稱為「一起不幸的事件」過後，他們正式註銷了伊莉莎白博士班的錄取資格，而且千錯萬錯都是伊莉莎白的錯。學校說她在作弊時被麥爾斯博士逮個正著，說她是為了扭曲實驗結果而試圖竄改實驗程序——各位看看她寫的筆記，這可是血淋淋的證據。而就在博士上前要勸誡她時，她反而朝博士撲了過來，企圖以性作為交換來掩蓋一切。博士當然不肯接受，就在雙方扭打、僵持不下時，他發現自己的肚子竟然被插了一支鉛筆，所幸沒有生命危險。

誰會相信這種鬼故事。麥爾斯是什麼樣的人，可是天下皆知，但是對學校來說，他的存在太重要了，UCLA不能失去像他這樣的巨擘。所以走的人當然是伊莉莎白，反正她碩士學位也拿到了，身上的傷遲早也會復原，就找個人幫她寫寫推薦信之類的，讓她快點走吧。

以上就是伊莉莎白會到哈斯汀研究院工作的原因。如今她正站在交誼廳外，背靠著牆，一肚子反胃噁心。

伊莉莎白抬起頭，發現那個實驗室技士正站在自己面前。「欸，佐特，妳還好嗎？」技士問。「妳的表情看起來有點詭異。」

她沒回話。

「好啦是我的錯，佐特。」他坦承。「是我不該把燒杯這種綠豆般的小事弄成這樣，不過那些人啊——」他用下巴示意，意指交誼廳裡那些人，顯然剛才也聽到裡面的人說了些什麼。「只是愛講屁話而已，不要理他們就好。」

但她怎麼可能不理他們，因為就在隔天，她的老闆多納提博士，也就是罵她臭雞掰的那位，把她從原本的專案上調走了。「這樣比較適合妳，」多納提博士說。「比較符合妳的能力值。」

「多納提博士，為什麼把我調走？」她問。「我有哪裡做不好嗎？」事實上，她現在參與的團體研究計畫是她在主導的，結果也快做出來，快要可以發表了。多納堤博士卻只是指了指門，叫她離開。也就是說，從明天開始，她得改做另外一個相當初階的胺基酸研究。

那個實驗室技士注意到伊莉莎白越來越不開心的樣子，跑來問她為什麼會想成為科學家。

「我不想成為科學家，」她斬釘截鐵地說。「我**已經是**科學家了！」伊莉莎白無意讓某個UCLA胖子、老闆或某些心胸狹窄的同事，阻撓她達成自己的目標。她可是經歷過風風雨雨的人，懂得兵來將擋、水來土淹。

可是水來土淹，淹多淹久了就變土石流。那強勁的土石流隨著時間不斷沖刷，磨損著她的毅力與堅持。在那段日子裡，只有劇場是個能讓她稍微避風躲雨的地方，雖然有些表演也滿讓人失望的。

燒杯事件後大概兩個星期的某個星期六晚上，她買了一張票，想看一部應該滿好笑的喜歌劇《日本天皇》（*The Mikado*）。之前她就聽說過這齣輕歌劇，也一直很想看，如今她人坐在這裡，卻越聽越不對勁。這齣劇不只一點也不好笑，歌詞還很歧視。整個卡司都是白人就算了，劇裡所有人做的錯事，竟然都變成女主角的問題，毫不保留地把女主角當成箭靶，簡直是她人生的翻版。所以她打算中場休息後就離開，早走早舒心。

無巧不成書，這天晚上凱文．伊凡斯也坐在觀眾席當中。雖然說他當晚要是有心思看表演的話，應該也會和伊莉莎白有類似的感想，只不過那天正好是他和哈斯汀生物所祕書的第一次約會，而且好死不死的，他的肚子非常不舒服。這場約會本身就是個誤會，首先是祕書小姐以為凱文這麼有名，應該也很有錢，所以才找他一起來看輕歌劇。再者是凱文當下被她身上濃烈的香水味熏到狂眨眼睛，祕書小姐以為這是他接受邀請的意思。

凱文在第一幕開演時就不太舒服了，到了第二幕快結束的時候，根本已經隨時可能吐出來。「不好意思。」他悄聲說。「我不太舒服，要先走了。」

「什麼意思？」她不懂。「你看起來明明就好好的。」

「我胃痛。」他喃喃道。

「是噢，真是不好意思，這件洋裝可是我為了今晚特地去買的。」她回答。「在給它好好穿滿四個小時之前，我是不會離開這裡的。」

凱文只好把計程車錢，往她那張花容失色的臉（的大致方位）扔了過去，然後抱著肚子逃離觀眾席，直奔大廳的廁所，同時小心翼翼不要驚動自己一觸即發的不適。

又一個無巧不成書，伊莉莎白也在同一時間離開觀眾席、來到了大廳，也正好打算去上廁所。就在她看到廁所前正大排長龍、煩悶地轉身時，竟和迎面而來的凱文撞個正著。下一秒，凱文已經吐得她滿身。

「喔天啊！」凱文哀號，一邊乾嘔一邊說。「喔我的天啊！」

驚嚇之餘，伊莉莎白先讓自己冷靜下來，也試著忽略自己洋裝上的那些嘔吐物，把手放到對方背上給他拍拍。「這位先生身體不舒服，」她對著排隊的人龍說，還沒發現那人是凱文。「有沒有人能去找個醫生來看一下？」

結果現場完全沒有人願意幫忙。這些在劇院上廁所的人，聽到嘔吐聲、聞到惡臭後的反應只有一個：躲得越遠越好。

「我的天啊。」凱文像是跳針一樣，抓著肚子一直重複著同一句話。「我的天啊。」

「我去幫你拿衛生紙，」伊莉莎白溫柔地說。「再幫你叫計程車。」這時她才看清楚對方的臉，脫口而出：「咦，你不是那個誰嗎？」

二十分鐘後，伊莉莎白攙著凱文進他的家門。

「我在想，應該不是因為空氣裡有氯化二苯胺胂[3]，」她說。「因為現場的其他人都沒事。」

「妳是指那種生化武器？」他喘著說，手還抱著肚子。「希望不是。」

「你可能只是吃壞肚子，」她說。「食物中毒之類的。」

「喔我的天，」他哀號。「實在太糗了，真的、真的很對不起。還有妳的衣服，拜託讓我出清潔費。」

「沒關係。」她說。「只是被噴到一點而已。」然後她扶著凱文走到沙發前，後者立即一屁股倒進沙發上的雜物堆裡。

「我……我很久沒吐了，更別說是在大庭廣眾之下吐成這樣。」

「這種事難免吧。」

「我剛本來在跟一個女生約會。」他說。「妳知道嗎，我竟然就這樣把她丟在那裡。」

「這樣啊。」她附和，一邊試著回想她上次跟人家約會是多久以前的事。

兩人之間一陣沉默。他閉上眼睛，她心想這表示她該走了。

「真的非常抱歉。」他說，聽到她往大門走去的動靜。

「不用道歉，這不是你的錯。嘔吐只是化合物不相容造成的自然反應罷了。我們畢竟都是科學家，這點小事沒什麼不能體諒的。」

「不是，不是。」虛弱的凱文試著澄清。「我是指我說妳是祕書那次，還要妳去叫老闆來跟我談的那次。」他說。「真的很對不起。」

3 diphenylaminearsine，一種經由空氣傳播、無色無味的毒氣，輕量會讓人想吐，過量會致死，二戰前就曾被當作生化武器使用。

這次她就沒回話了。

「我好像還沒好好跟妳介紹過我自己。」他說。「我叫凱文．伊凡斯。」

「伊莉莎白．佐特。」她說，已經把包包拿好了。

「伊莉莎白．佐特，」凱文硬是擠出一個笑，然後說：「妳真的救了我一命。」

但她沒聽見最後這句話。

一星期後，兩人在員工餐廳碰面，中間隔著咖啡。「我之前的研究是用多磷酸來做ＤＮＡ研究的縮合劑。」伊莉莎白說。「整個研究進行得頗順利，不過我上個月被調走了，調去一個胺基酸的案子。」

「咦，為什麼？」

「因為多納提他——他不也是你老闆嗎？總之，他覺得這個計畫不需要我了。」

「但如果要進一步了解ＤＮＡ，縮合劑研究是關鍵——」

「我懂，我當然懂，」她認同地說。「我本來想在唸博班的時候做這個題目。但我最想做的，其實是和無生源論有關的東西。」

「無生源論？是那個探討生物起源，認為生物是從簡單無生物中產生的學說，對吧？很棒啊，但妳的意思是妳沒讀博班嗎？」

「沒。」

「但無生源論絕對是博班才有辦法做的東西。」

「我是有化學碩士學位，ＵＣＬＡ。」

「很學術取向的學校，」他認同地點點頭。「但的確有點老派，所以妳才走的？」

「也不是。」

兩人之間陷入一陣尷尬的沉默。

她深呼吸一口氣，打破沉默。「總之，關於多磷酸，我的假設是這樣的——」

等到伊莉莎白意會過來，才發現自己竟然已經跟他聊了一個多小時。凱文一邊聽一邊點頭，同時不忘做筆記，時而為了問清楚一些細節而打斷她一下，伊莉莎白也都成功一一接招。

「本來還可以再深入一點的，」她說。「但我剛剛講過，後來我被調走，而且在人事調動以前，光是要拿到一些基本的實驗器材來做該做的事，就已經難如登天了。」她對凱文說明這就是大家說她都跑去偷其他實驗室器材的原因。

「但為什麼會要不到器材啊？」凱文問。「哈斯汀明明就很有錢。」

伊莉莎白看著他心想，這人剛剛是問了一個何不食肉糜的問題嗎？好比「中國明明有那麼多稻田，怎麼還會有小朋友沒飯吃」這類的話。她一邊回答他：「因為性別歧視。」一邊抽出那支平時不是塞在耳後、就是被她當作髮簪用的 2B 鉛筆，用它敲著桌子，營造出字字鏗鏘的效果。「當然還有政治因素、個人偏好、各種面向的不平等、不公正的關係。」

凱文聽了這話，咬起自己的嘴唇。

「但大部分是因為性別歧視。」她說。

「但為什麼會因為性別被歧視？」他問，真心不懂。「為什麼有人會不想要女性來做科學研究？沒道理啊。科學家是越多越好，不是嗎？」

伊莉莎白超傻眼。不曉得是哪來的印象，她一直以為凱文．伊凡斯是個聰明人。而她這時才發現，他其實是只在非常特定的事情上聰明的那種人。她仔細打量一下眼前這個人，一副思索著要如何讓他開竅的樣子，同時用雙手順了順頭髮，把整頭頭髮捲起來、在頭頂繞了兩圈，最後把那隻鉛筆插回去固定。

「所以你在劍橋的時候，」她把雙手放回桌上，慎重地問：「那邊的科學家當中，有幾個是女性？」

「我們班全是男的，所以沒有。」

「這樣啊，了解。」她說。「照理來說，男、女生應該有同等機會成為科學家，對吧？那麼你想得出來的女性科學家有幾個？不要跟我說居禮夫人。」

他回看她，嗅到了煙硝味。

「這就是問題所在，凱文。」她認真地說。「全人類有一半的人口都被浪費了。這不是我要不要得到器材來做實驗的問題，是女性得不到她們應得的教育，來成就她們的天賦的問題。就算女孩子成功上了大學，卻還是上不了劍橋這樣的學校。也就是說，女孩子根本沒有得到同等的機會，更不用說贏得同等的尊重了。在職場上，女孩子一樣也從基層做起，卻永遠爬不上去，薪資上的差距更不用說了。而我剛剛說的這些不平等，都只是因為一些學校根本就不肯錄取女性，這樣是要她們怎麼拿到學位？」

「妳是說，」他徐徐說道。「其實有很多女生也想做科學研究？」

她瞪大眼，說道：「當然啊。不光是科學，很多其他領域，像是醫學、商業、音樂、數學等等，任何領域都是。」她頓了一下，因為事實上她認識的女性之中，根本沒幾個是像她說的那樣。她的大學同學，大部分都表示自己是為了好好找個人嫁了，才去唸大學的。那些女生全都活像被人灌了什麼迷湯似的，看起來其實令人滿不舒服的。

「可是，」她繼續說。「女性卻都只待在家帶小孩、吸地板，根本就是合法的奴隸。還有，那些一心想打造一個美好家庭的女性，也會發現大家完全誤解了家務這個工作的本質。因為在男人眼裡，五個孩子的媽在一天當中要做的那些決定裡，最要緊的大概就是指甲油該換什麼顏色。」

凱文想像了一下有五個小孩的生活會是什麼樣，光想就覺得很抖。

「但是話說回來，妳的事，」凱文試著把話題拉回來。「我應該可以幫妳喬一下。」

「不需要。」她說。「要喬我自己喬。我自己的事，我自己搞定。」

「不，妳搞不定。」

「你說什麼？」

「妳自己喬不動的。這個世界本來就不是這樣運作的。人生本來就不公平。」

他這番話激怒了她。什麼時候輪到凱文這種人來教她什麼叫公平不公平，他根本連個邊都沾不上。

但正當她要開口反駁時，就被他制止了。

「聽我說，」他表示。「人生本來就是不公平的。妳不願意承認這個事實就算了，還硬要用妳以為是的方式來過日子，甚至以為只要自己動手修正一些小錯誤，一切就會海闊天空，世界就會大同。別傻了。」在她可以趁隙回嘴之前，他又繼續說。「我告訴妳，不要和世界對幹，妳要反過來利用這個世界。」

她靜靜坐著，思考他剛剛說的話。很不公平，而且很可惡，卻頗有一番道理。

「巧的是，這一年來我一直在想有沒有新的方法來運用多磷酸，卻毫無頭緒——妳的研究剛好有機會逆轉這個局面。如果我去跟多納提說，我需要跟妳合作的話，妳應該明天就會被調回去了。而且，就算我其實不需要跟妳合作，欠妳的人情也該還妳。一次是叫妳祕書那次，還有吐在妳身上那次。」

伊莉莎白繼續靜靜坐在那裡。憑心而論，她是很樂意回去做原本的計畫，但她又很不喜歡用這種取巧的做法來對付體制，所以不是很想答應。她心想，為什麼這個世界不能一開始就是公平的呢？像這樣讓別人幫忙喬事情，會給她一種自己在走後門的感覺，她實在很不喜歡。但她的目標又該怎麼辦？可惡，難道真的該讓他去處理嗎？自己就這樣坐享其成對嗎？

「話說，」她順了順一撮掉下來的頭髮，直截了當地表示：「希望你不會覺得我現在說這話有點太早，不過，因為我之前曾經因此惹上麻煩，所以還是讓我直說吧：我對你沒有意思。對我來說，我們只是一起工作的同事，而且我現在也沒有想要交男女朋友的意思。」

「我也沒有。」他果斷地說。「同事就是同事，簡單明瞭。」

「嗯，同事就是同事，簡單明瞭。」

然後他們收了收桌上的杯盤，各自往反方向離開，兩人心底都暗自期待著，對方剛剛只是說說而已。

4 化學反應

三個星期後的某一天，凱文和伊莉莎白正一起走向停車場。兩人在講話，越說越大聲。

「你剛剛那個假設根本就錯得離譜，」她說。「完全沒考慮到蛋白質合成的最根本原理。」

「我也不懂，」他回，心想這輩子從沒聽過有人敢說他「錯得離譜」，同時也發現這句話真的很不中聽。「妳怎麼可以忽略分子結構上的——」

「我哪有——」

「妳這樣就是沒有把那兩個共價鍵考慮進去。」

「是三個共價鍵好不好。」

「是，但只有在——」

他們走到她的車旁。「你看看，」她打斷他的話。「問題就在這裡。」

「哪裡？」

「這裡，**你**，」伊莉莎白伸出兩手指著他，口氣篤定地說。「問題就是你這個人。」

「因為我不同意妳說的嗎？」

「不是。」她說。

「啊不然是什麼？」

「就……」她的手揮來擺去，卻講不出個所以然，最後只好別開頭、看向別的地方。

凱文嘆了口氣，把手靠在伊莉莎白那台藍色老普利茂斯車的車頂上，等待即將到來的反擊。

過去這幾星期以來，他們倆一共見過六次面。兩次吃午餐，四次喝咖啡，每次見面都讓凱文的心情大起大落，搞得他又喜又悲。喜的是伊莉莎白真的是他這輩子見過最聰明、最有想法、最特別的女人——他實在快被迷死了。悲的是見面時，她都一副趕著要走的樣子。每次看她像趕著要去投胎的樣子，就會讓凱文接下來一整天深陷失望加絕望的泥淖中。

「你記得最近那個蠶的研究嗎？最新一期的《科學期刊》。」她說。「我剛剛說太複雜、很難解釋的部分，那篇就講得很清楚。」

他點點頭，裝出一副聽懂她說了什麼的樣子，其實他什麼都沒懂，不只蠶那部分。每次見面，他都要竭盡全力擺出對她完全沒有意思的架子，點咖啡時從來不請客，飯後也故意不幫她一起收餐盤。他甚至連一扇門都沒替她開過，連那次她抱著滿懷的書——書多到把她整個人都埋起來了——他也沒幫她開門。還有那次，她在後退著離開水槽時不小心撞到了他，他也成功克制住自己，沒讓自己被她的髮香迷昏。凱文不知道原來頭髮可以香成這樣，好像在一整盆花裡泡過一樣。難道自己做好這些「我們只是同事」的努力和付出，也無法得到她一丁點的獎賞嗎？整件事實在快把他氣死了。

「蠶蛾性誘醇。」她還在說那篇論文。

「沒錯。」他隨口附和，心裡想的其實是自己怎能那麼蠢，第一次見面時竟然把她當成祕書，還一直要趕她走。第一次這樣就算了，後來還吐了她滿身。雖然她嘴巴上說沒關係，但那件黃色洋裝她怎麼可能再拿來穿？還有雖然她表面上說「過去了就算了」，但以他自己超愛記仇的個性，他怎會不知道——她說沒事，其實就是有事。

「那是一種用來傳遞化學訊息的物質，」她還沒停。「是雌蠶蛾才有的。」

「不就是蛾嗎。」他開酸。「好吧，讚喔。」

他敷衍的回答讓伊莉莎白一愣，後退一步。「所以你沒興趣。」說完，她的耳根開始發熱。

「的確沒有。」

伊莉莎白速速吸了一口氣，開始埋頭找包包裡的車鑰匙。

她真的快煩死了。好不容易才遇到一個這麼聊得來的人，一個既聰明又有想法、還如此特別的人，而且每次他一笑起來，是想迷死誰啊——可是他對自己一點意思也沒有，連一咪咪都沒有。最近這幾星期，他們一共見過六次面，每次她都只講工作的事，他也是，甚至公私分明到有點無禮的程度。尤其是那次她滿手都是書，連門在哪都看不到了，這傢伙竟然連幫忙開一下門也不願意。每次見到他，她都會無法自拔地想衝過去親他，搞得她都快要認不得自己了。所以每一次碰面，她都想盡辦法要趕快逃離現場，以免自己真的貼上去強吻他。但好不容易分開以後，她就又會陷入失望加絕望。

「我該走了。」她說。

「一如往常的公事公辦呢。」他挖苦她。結果兩人都一動也不動，只是各自看向其他地方，表現出一副自己之所以還在這裡，只是因為剛好在等別人而已。但在這個星期五晚上七點、空蕩蕩的南面停車場裡，就只有兩台車還停在那裡：一台是他的，另一台則是她的。

「週末妳應該活動很多吧？」他總算開口。

「對啊。」她撒了謊。

「好好玩吧。」他丟下這句話，轉身離開。

看著他走掉後，她坐進自己的車裡，然後閉上眼。她心想，凱文不是笨蛋，一定有在看《科學》雜誌。他一定也有聽懂她說到性誘醇——雌蠶蛾吸引雄蠶蛾的性費洛蒙——是在暗示什麼，結果他竟然說「不就是蛾嗎」。那麼隨便，真是混蛋。還有她怎能這麼傻，竟然哪裡不選，選個停車場來談感情的事，會被這樣打槍也是自找的。

「**所以你沒興趣。**」當她這麼說的時候，「**的確沒有。**」他這麼回答。

她睜開眼，把鑰匙插進去，發動了車子，心想凱文大概只覺得她是在覬覦那些實驗器材吧。一個女人沒事幹嘛在星期五晚上、在空蕩蕩的停車場裡講什麼蠶蛾性誘醇，還刻意讓西邊吹來的款款微風帶著她那超爆貴洗髮精的香氣，精準降落在他的嗅覺受器上？在男人眼裡，這些明示暗示如果不是為了換到更多燒杯，還會是為了什麼？她怎麼想都覺得只有一個可能——就是她愛上他了。

這時，她聽到自己左側窗邊傳來重重的敲擊聲。她抬頭，發現是凱文在窗外，急切地示意要她搖下車窗。

「我才不是在跟你討那些該死的器材！」她一邊搖下那片隔開兩人的車窗，一邊對他大吼。

「我才不是妳說的什麼問題！」他俯身彎向車裡的她，對著她吼回去。

伊莉莎白瞪回去，氣得火冒三丈。他還好意思吼她？

凱文也瞪回去。她還好意思吼他？

結果那種強烈的感覺再度襲來，那股每次一見到他就會無法自拔的衝動。只不過這次她沒忍住，伸出雙手托住他的臉，往自己的臉拉過來。這一吻生成的永恆鍵結，大概是連化學都無法解釋的。

5 家的價值

伊莉莎白的同事都認為，她會和凱文在一起，還不是為了他的名聲。有凱文在背後撐腰，哪有人敢動她一根汗毛。真正的原因其實很簡單。要是有人開口問，她會說：「因為我愛他。」但是都沒人問。對凱文來說也是如此。要是有人問，他大概會說伊莉莎白．佐特是在這個世界上他最珍惜的人。不是因為她漂亮，也不是因為她聰明，而是因為他們相愛，因為他們的愛是全心全意地互信互重，是相知相惜的真摯投入。這兩人不只是朋友，不只是知己，不只是戰友，也不只是愛人。如果說兩人的關係是一盒拼圖，他們就像是才打開盒子、把內容物都抖出來倒在桌上時，一片片的拼圖就已經分毫不差落在正確的位置上，那麼自然地環環相扣，讓旁人一看就覺得噁心的渾然天成。

每次晚上做完愛後，他們倆就會躺成一組標準體位：他的腳跨在她身上，她的手放在他腿上，他的臉微微地傾向她的頭，然後兩人說個不停，內容大部分都跟工作有關，要嘛是眼前的困難，要嘛是彼此的未來。儘管完事後兩人都有點累累的，但常常一聊就聊到看日出。要是當晚聊天過程中導出了什麼新發現，其中一個人就非得爬起來把那些化學式記下來不可。有人是交了男女朋友後，生產力就會下降。伊莉莎白和凱文是另一種極端。這兩人在一起後，幾乎沒有一時半刻沒在工作。他們以嶄新的視角點燃彼此的發明與創造力，其成果不僅之後將讓科學界為之驚嘆，他們本人可能會更驚訝，因為它大部分是兩人裸著身子在床上聊出來的。

某天晚上，兩人躺在床上。「妳還醒著嗎？」凱文語帶猶豫悄聲問。「我有件事想問妳，關於感恩節。」

「感恩節怎麼了？」

「感恩節快到了，我只是在想，妳有沒有要回家。如果有，妳有沒有想要帶我一起，然後——」他停了一下，接下來的每個字都黏在一起，含糊帶過：「——見見妳的家人。」

「什麼東西？」伊莉莎白輕聲說。「家人？沒有，我沒有要回家。我本來想說我們兩個可以就在這裡過節。除非，你有打算回家？」

「怎麼可能。」他說。

過去這幾個月裡，伊莉莎白和凱文幾乎無話不談，他們的話題涵蓋的範圍天南地北，從閱讀到職涯，從理念到期許，從電影到政治，連有沒有過敏都聊到了，卻始終隻字未提某個很難不觸及的主題：家庭背景。他們其實也不是刻意迴避——至少一開始真的只是剛好沒聊到。只不過，當一件事過了好幾個月都還沒聊到，大概就很難再被提起了。

倒不是說他們對彼此的來歷沒興趣。誰不想抱怨自己的父母有多嚴厲、兄弟姊妹給自己多大的壓力，還有自己某個親戚有多瘋多狂。誰不想挖掘別人埋藏在內心深處的童年，刺探對方在成長過程中經歷過的顛簸？

這兩人就是不想。

於是，他們對彼此家庭背景的理解，就像在參觀某個古蹟老宅裡那些被封鎖線隔開的房間，只可以把上半身探進去張望，稍微看一下裡面長什麼樣子，比如知道凱文是在某個地方長大的（好像是麻州？），而伊莉莎白有個哥哥或弟弟（還是姊姊或妹妹？），但是從來不能走進那個房間裡，也沒機會偷偷把某個放藥品的抽屜打開來看看。直到凱文開口提到感恩節的這一刻，他們才終於突破那條封鎖線。

「我也不知道為什麼會想問妳這個，」他終於鼓起勇氣，打破兩人之間凝重的沉默。「但我發現我連妳是哪裡人都不知道。」

「喔，」伊莉莎白回答。「就俄勒岡，應該算吧，你呢？」

「愛荷華。」

「真的嗎？」她說。「我以為是波士頓。」

「不是。」他不想多著墨，繼續問：「那妳有兄弟姐妹嗎？」

「一個哥哥。」她說。「你呢？」

「半個都沒有。」他的聲音聽起來不太對。

她一動不動，聽出他的口氣裡有隱情。「你會覺得孤單嗎？」

「會。」他直截了當地回答。

她在被子底下握住他的手。「那你爸媽當時沒有想再生一個嗎？」

「我哪知，」他說，聲音忽然變得尖銳刺耳。「小孩子哪有可能問父母這個問題。可能有吧。應該是有。」

「那為何——」

「他們在我五歲時就過世了，我媽那時候肚子裡有個八個月大的嬰兒。」

「天啊凱文，真的很抱歉。」伊莉莎白立刻坐了身。「怎麼會這樣？」

「被火車，」他像在陳述一個與他無關的事實。「撞死。」

「真的很遺憾。凱文，我完全不知道。」

「沒事。」他說。「那是很久以前了，而且我其實也不記得他們了。」

「那——」

「妳呢？」他打斷她。

「等一下，等一下，那是誰把你帶大的？」

「我姑姑，但她後來也過世了。」

「什麼？怎麼會？」

「當時我們在車上，她心臟病發，結果車子衝撞人行道後撞到一棵樹。」

「天啊。」

「死於意外大概是我們的家族傳統吧。」

「不好笑。」

「我沒在開玩笑。」

「當時你幾歲？」伊莉莎白繼續追問。

「六歲。」

她緊緊閉上眼。「所以你後來就被送去——」她的聲音越來越小。

「天主教兒童之家。」

「然後……？」她想要他繼續說下去，又很討厭自己這樣子逼他。「那你在那裡過得怎樣？」

他沉默了一陣子，像是在為這個簡單的問題找個誠實的答案，最後終於擠出一句。「不怎麼樣。」

聲音小到她快聽不見。

屋外大約四百公尺遠的地方，傳來火車汽笛鳴響的聲音。伊莉莎白整個人因此糾結了起來，因為她這才意識到，過去有多少個夜晚，凱文可能聽著那聲音，想起自己死去的父母和弟弟或妹妹，卻一聲也不吭？除非，真的像他剛剛說的，他幾乎不記得他們了？不記得父母的話，那他還記得誰？那個誰又是怎麼樣的人呢？而他剛剛說的「不怎麼樣」，又究竟是怎麼個「不怎麼樣」呢？伊莉莎白很想追問，但他那個樣子——陰鬱、低落又疏遠——不就是在警告她休想越雷池一步嗎。但他是怎麼長大的呢？在愛荷華這種內陸州長大，怎麼會去學划船，還一路划到劍橋去了？還有，他是怎麼有辦法唸大學的？誰幫他付學費？還有，大學以前的學校呢？愛荷華的天主教兒童之家，聽起來不太像個能讓人好好讀書的地方。有些人可能會覺得滿爽的，但要是有人剛好有些天份才智卻得不到教育機會，那就不太爽了。這就好像，要是莫札特出生在一個赤貧的孟買家庭，而不是薩爾斯堡的文化世家，他之後怎麼可能寫得出第三十六號交響曲？鐵定不可能。這麼說來，凱文到底是怎麼從一無所有走到今天這裡，還成了世界上數一數二的科學家？

「妳剛說，」他木然地說，一邊伸手把她摟過來背靠著他。「妳在俄勒岡長大的？」

「嗯，」她回答，開始害怕提起自己的過去。

「妳多久回去一次？」他問。

「沒回去過。」

「為什麼？」凱文差點用吼的，因為他難以想像一個人怎麼可以背棄自己稱得上完美的家庭——家人至少都還活著的那種。

「宗教因素。」

凱文愣了愣，在想他是不是聽錯什麼。

「我爸是……某種宗教專家。」她解釋說。

「什麼意思？」

「某種銷售信仰的業務。」

「我聽不懂，什麼意思——」

「就是四處散播『天國近了，災難快了』來騙財的那種人。」她的語氣充滿了羞愧。「你知道的，那種胡說八道說世界末日就要來了，但他有辦法解救你，只要去做一些受洗儀式，再花大錢買護身符，審判日就會晚一點再來。」

「靠這樣就可以賺錢？」

她把頭靠向他。「賺的可多了。」

他沒答腔，試著想像那是怎麼回事。

「總之，」她說。「因為這樣，我從小到大一直在搬家，畢竟你總不能不斷對著同一群人說末日就要來了，但末日一直沒來。」

「那妳媽媽呢？」

「她負責做那些護身符。」

「不是，我是說，她真的相信那一套嗎？」

伊莉莎白欲言又止。「要是貪念也是一種信仰的話，她相信。你要知道——邪教這行也是很競爭的，因為實在太賺了。我爸簡直是生來就要當教主的，他賺到每年都可以買一台凱迪拉克。但是講真的，他真正做到可以狠狠甩開同業、讓別人看不到他車尾燈的一點，應該是他神乎其技的隔空點火能力。」

「等等，妳剛才說隔空什麼？」

「你想想，要是有個人只要大喊『顯靈吧！上帝！』，然後就會有東西燒起來，應該很難不把你唬得一愣一愣吧。」

「等一下等一下，妳剛剛說——」

「凱文，」她切換回標準的科學家口氣。「你知道開心果是可以自燃的嗎？因為它的果實裡含有大量脂肪。一般來說，開心果都是儲存在相對嚴格的溫度、濕度和壓力之下，但只要稍稍做一些調整，讓開心果吸收氧氣、釋放二氧化碳，讓果實裡的脂肪分解酶釋放出脂肪酸……然後呢？然後它會轟地燒起來。所以呢，有兩件事不得不說我爸他是真的厲害，一個是只要他需要一些『上帝的指示』，就可以信手捻來一段隔空點火。」她搖搖頭。「唉呀呀，真沒想到我會跟你講到開心果的事。」

「那另一件呢？」

「一開始就是他教我化學的，」她嘆口氣。「我想我該謝謝他，」然後她滿心厭惡地說：「但我一點也不想。」

為了隱藏自己的失望情緒，凱文把頭轉向另一邊。他這才意識到自己有多想要見見她的家人，或者說，自己有多想要和伊莉莎白——這個他好不容易才擁有的家人，以及其他準家人們坐在一起，吃一頓真正的感恩節晚餐。

「那妳哥呢？」他問。

「過世了。」她的聲音緊繃起來。「自殺。」

「自殺？」他突然一口氣喘不過來。「他怎麼自殺？」

「上吊。」

「可是……為什麼？」

「因為我爸告訴他，神討厭他。」

「可是……怎麼會……」

「就像我剛剛說的，我爸可是喊水會結凍，影響力超大，大家都相信他。他說神需要什麼，神通常就會得到什麼。他簡直就是神的本尊。」

凱文覺得他胃裡一緊。

「那……妳和妳哥親嗎？」

她深吸一口氣。「很親。」

「我不懂，」他追問。「妳爸為什麼要這樣子對妳哥？」他轉頭望向陰暗的天花板。雖然凱文本身不太算「有過一個家」的人，但他一直有個觀念是，「有一個家」是很重要的事。一個人要有家，才有安身立命的基礎；一個人要有家，才有堅強的後盾來渡過難關。但是他其實從來沒有想過，原來家也可能是一個人生命中的難關本身。

「約翰——我哥，是同志。」伊莉莎白說。

「喔，」他說，一副他懂的樣子。「抱歉。」

她從黑暗中爬起身，轉身盯著他。「你什麼意思？」她回擊。

「就——總之，妳怎麼知道他——？他沒親口跟妳說吧。」

「凱文，別忘了，我天生就是個科學家，這件事我很早就心知肚明。但我要說的是，同性戀再正常不過了——不過是一個生物事實，沒什麼好大驚小怪。我實在不明白為什麼還會有人搞不清楚。大家都不讀瑪格麗特．米德[4]的書了嗎？我的意思是，我知道約翰是同志，他知道我知道，我們也有聊過。這不是他選的，性向本來就是他的一部分。而且，最重要的是，」她滿懷思念地說。「我的本質，他也很明白。」

「妳的本質是——」

「是個科學家！」伊莉莎白打斷他。「總之，畢竟你有過那樣的經歷，有件事對你來說可能有點難懂。那就是，事實上，一個人也許出生在某個家庭裡沒錯，但那個家不必然會是我們的歸屬。」

「可是明明——」

「不是，凱文，你要知道，像我爸這種四處散播愛的人，內心其實充滿了恨，而且這種人眼裡容不下任何跟他們封閉狹隘的觀念相牴觸的事物。從我媽看到我哥牽著一個男生的手的那一天起，一切就沒救了。他被他們罵變態罵了一年、還被說不配活在這個世界上之後，就一個人帶著繩子去門外的小倉庫。」

伊莉莎白幾乎是用高八度的音調在說這段話，聽起來就是正使盡全力不讓自己哭出來的那種聲音。他伸手摟住她，她也讓自己跌入他懷中。

「妳那時候幾歲？」他問。

「十歲，」她回答。「約翰十七歲。」

「可以再跟我多講一些約翰的事嗎？」他哄哄她。「約翰是什麼樣的人？」

「他人很好，也很照顧我。」她喃喃道。「我還小的時候，睡前都是他讀故事書給我聽。我受傷的時候，他會幫我包紮，還教我怎麼讀書寫字。因為我們一直都在搬家，所以我實在不太會交朋友，不過還好我有他。小時候我們常常在圖書館混，圖書館就像是我們的庇護所，因為不論怎麼搬家，永遠都會有圖書館可以去。現在想起來，也滿好笑的。」

「為什麼會好笑？」

「因為我爸媽就是在做庇護這行的。」

凱文點點頭。

「不過呢，從他們身上我倒是學到一件事：人總是想用簡單的單一解方，來面對自己遇到的複雜問題。寧可信仰一個看不到、摸不著、解釋不了也改變不了的東西，也不去相信眼前你可以掌握的事物。」

她嘆口氣，心情一沉。「我指的是自我。」

4 Margaret Mead，二十世紀中期極具影響力的美國人類學家，透過她對原始部落的田野研究，提出男人和女人於西方文化中代表的意義並非普世皆然的觀察，有些部落對同性戀沒有禁忌，也沒有刻板的性別角色，因此對西方社會的「性別」議題投下震撼彈，也被視為女性主義的先驅。

他們安靜地躺著，沉浸在各自的悲情過往中。

「那妳爸媽現在呢？」

「我爸在監獄裡，因為他在某次讓神顯靈的時候，導致三個人死亡。我媽的話，他們離婚以後她就改嫁，搬去巴西了，因為巴西和美國之間沒有引渡協議。對了，我剛有說他們從來沒繳過稅嗎？」

凱文不禁吹了一聲口哨。當一個人在定時定量的折磨裡長大，有點難想像別人承受的份量竟可能大過自己。

「那妳哥哥……過……過世以後，妳就只剩下妳父母——」

「不對，」她插嘴。「我就只剩下自己。他們出去工作，常常一次就是好幾個星期，所以約翰不在了以後，我就得自立自強。所以煮飯、修理東西什麼的，我都是自學的。」

「那學校呢？」

「我剛剛有說——我會去圖書館。」

「圖書館而已？」

她轉頭面向他。「對。」

他們倆像被砍倒的樹木一樣躺在床上。幾條巷子外的教堂傳來了鐘聲。

「我小時候，常常告訴自己，」凱文小聲地說。「每天都是新的一天，什麼事都有可能發生。」

她又握緊他的手。「結果有用嗎？」

他抿了抿嘴，想起兒童之家的主教當年跟他談起他爸時說的那些話。「我想我的意思是，也許我們不該讓自己陷在往事裡。」

她點點頭，然後想像一個剛到孤兒院的孩子像這樣催眠著自己，相信自己會有個光明的未來。那大概是一種很難得的勇敢吧，不只要忍受現實中的種種艱難，還決意去相信明天會更好，即使整個宇宙都在告訴你別傻了。

「每天都是新的一天。」凱文又唸了一遍，好像自己還是當年那個小男孩。但他回憶裡所知道的父親，直到今天對他來說都還是難以承受的痛，所以他決定就此打住，不要再想了。「嘿，我有點累了。今天先這樣吧。」

「我們是該睡了。」她說，卻沒有想睡的意思。

「可以改天再來聊。」他說，一副心情低落的樣子。

「也許明天吧。」她回答，但也只是說說而已。

6 員工餐廳

世界上最惹人厭的，莫過於眼巴巴看著別人得到過多的幸福。對伊莉莎白和凱文的某些同事來說，這兩人就是這種「他們憑什麼啊」的真實案例。他太有才華，而她長得太漂亮，這已經夠不公平了。結果他們倆竟然還成了一對，加起來就變成雙倍的不公平，也製造出雙倍的惹人厭。

最讓那些同事受不了的是，他們獲得的幸福都不是靠自己的努力換來的，因為才華和美貌都是與生俱來，像含著金湯匙出生一樣，都是一種不勞而獲。這雙倍的不公平加在一起就算了，兩人還成天在員工餐廳裡放閃，巴不得讓全天下人在午餐時見證這一段充滿愛——可能還充滿了性——的關係。這一切加乘起來，簡直就要讓人理智斷線。

「看，他們來了。」七樓的某個地質學家說。「蝙蝠俠和羅賓。」

「聽說那兩人已經同居了耶，你們知道嗎？」跟他同一個實驗室的人也說。

「誰會不知道。」

「我就不知道。」另一個叫艾迪的認真地說。

這三個地質所研究員，就這樣看著出雙入對的伊莉莎白和凱文走進來。員工餐廳裡交織著金屬餐具與杯盤噹啷噹啷的碰撞聲，他們像穿過槍林彈雨般，選了一張中間的桌子坐下。當所有人都快被員工餐燉肉的味道給悶死時，這兩人卻在桌上擺出大大小小的保鮮盒，裡頭分別裝著帕瑪森起司煎雞肉、法式奶油焗烤馬鈴薯，還有某種沙拉。

「看來，」其中一個地質學家發言了。「這裡的食物他們吃不慣呢。」

「合理啊，我家的貓都吃得比我們好。」另一個地質學家表示，推開他眼前的餐盤。

「哈囉，帥哥們。」一個銀鈴般的聲音出現。那是人事室的芙萊斯克小姐，一個心情總是太雀躍、衣服總是太低胸的祕書。她把自己的餐盤擺到桌上，清了清喉嚨，等著地質實驗室的技士艾迪為她拉開椅子、請她坐下。艾迪和芙萊斯克以前交往過三個月，不是很順利，只不過她不太想承認這一點。艾迪這人既幼稚又粗鄙，吃飯時嘴巴都開開的，還會在聽到一點都不好笑的話時沒禮貌地狂笑，然後說些「水喔～催落去～！[5]」之類的話。但話說回來，艾迪身上還是具備某個重要的價值：他是單身漢。「嗯哼，艾迪，謝謝你。」艾迪靠過去幫她拉開椅子時，芙萊斯克對他說：「你真是暖男！」

「妳戴好墨鏡了嗎？」其中一個地質學家發出警告，朝伊莉莎白和凱文的方向示意。

「什麼？」她說，同時滑進座位裡。「你們在看什麼啊？」然後順著眾人的目光望過去。「媽呀，」她看著那對愛侶大嘆。「他們又——來了？」

這四人靜靜觀察著伊莉莎白和凱文。首先是她拿出了一本筆記本，然後交給他。他仔細看了看，接著在上頭註記了一些東西。然後她搖搖頭，指了一下某個地方。他點點頭回應，歪著頭咬起了嘴唇。

「他真的是有夠普耶，」芙萊斯克用厭惡的口氣說。但身為人資，她不該評價員工的外貌，所以又補了一句。「我的意思是，他身上那個藍色跟他很不搭啦。」

其中一個地質學家吃了一口燉肉，然後又把叉子放下。「你們聽說了嗎？伊凡斯又被諾貝爾獎提名了。」

---

5 Va-va-va-voom，始於五〇、六〇年代的語助詞，原本是用來模擬引擎聲，後來用來形容人的體態豐腴性感或某些事物很吸睛，時而帶有性興奮的意味。

全桌的人異口同聲嘆了一大口氣。

「哼，那又怎樣。」某人說。「任何人都有機會被提名。」

「喔是嗎，那你有被提名過嗎？」

他們繼續觀察伊莉莎白和凱文，而下一幕讓這一行人愣住了。伊莉莎白彎下腰，從桌底下的包包裡掏出一包用烘焙紙包起來的東西。

「那是什麼？」其中一個人問。

「應該是蛋糕之類的。」艾迪語帶讚嘆地說。「所以她連甜點也會做。」

他們望著伊莉莎白遞給凱文一塊布朗尼。

「你在說什麼，」芙萊斯克說，有點不爽。「什麼叫『連甜點也會做』？誰不會做甜點。」

「我真是不懂，」其中一人說。「都釣到凱文了，她還在這裡幹嘛？」他頓了一下，像是在思索可能的原因。「除非是因為——」他想到了。「凱文**不想**娶她。」

「可不是嗎，免費的牛奶都到手了，幹嘛還買牛？」另一人表示。

「我是在牧場上長大的，」艾迪補充。「牛真的很不好養。」

芙萊斯克用眼角餘光注意著艾迪，後者竟然像個向光植物一樣，伸長脖子往佐特的方向靠過去，讓她很生氣。

「我啊，可是人類行為的專家，」她說。「本來要去唸心理學博士班呢。」她看著同桌的這幾位，等著他們接下去問她專攻什麼樣的領域，結果完全沒人有興趣追問下去。「總之，這也是為什麼我可以很肯定地告訴各位：依我專業的判斷，一定是她在利用他。」

此時，坐在餐廳中央的伊莉莎白已經收好手上的文件，站起身來。「凱文，不好意思我得先走了，我還有個會要開。」

「開會?!」他一副開會是要去刑場赴死一樣。「要是妳是在我的實驗室裡工作，保證讓妳永遠不必再開什麼會。」

「但我就不是在你的實驗室工作啊。」

「但妳**可以**來啊。」

她嘆了口氣，開始收拾桌上的保鮮盒。伊莉莎白當然想在凱文的實驗室工作，但沒辦法，她只是個基層研究員，得靠自己的力量一步步往上爬才行。這件事她已經跟他解釋過很多次，但他還是一直不明白。

「而且我們現在都已經住在一起了，照這個邏輯來看，下一步妳來我實驗室也是再合理不過。」他這樣說是因為要說服伊莉莎白，搬出邏輯準沒錯。

「我們是基於經濟上的考量才住在一起的。」她提醒他。的確，表面上是如此沒錯。其實最一開始，是凱文說要同居的，說這樣下班就可以多一點時間相處，而且兩人一起住也可以節省開支。但別忘了，這一切發生在一九五二年，而那個年代的未婚女性不會和男性同居。所以當他提出這樣的想法，他很驚訝伊莉莎白竟然毫不猶豫地回他說：「那生活費我出一半。」

說完，她就把頭上那支當髮簪用的鉛筆抽出來，用它輕敲著桌面，等待他的回應。雖然她嘴巴上說要付一半，但她不是真的打算要出那一半，畢竟以她當時那份微薄的收入來說，勉強活得下去就不錯了，還要負擔一半的開銷？完全是癡人說夢。而且，房子在他的名下，只有他可以抵稅，所以讓她出一半是不公平的，不能這麼做。但她還是給他時間好好算一算。

「妳出一半喔？」他被逗樂了，裝出一副在認真考慮的樣子。

他當然知道她肯定付不了一半，連四分之一都不太可能。這全都是因為吝嗇的哈斯汀只肯給她一份超寒酸的薪水——大概是同職位男性的一半——這是凱文某次偷看到伊莉莎白的文件時發現的。此外，他沒有房貸要繳，現在那個小房子是他去年用某個化學獎的獎金一次付清買下的。只不過在買完的下一秒他就後悔了，因為他這時才想起，人家都說「不要把雞蛋放在同一個籃子裡」，而他竟然就這樣放好放滿了。

「還是說，」她突然整個精神都來了。「我們可以來擬個互惠條款？你知道的，那種國家和國家之間會簽的東西。」

「互惠？」

「也就是用服務來支付租金。」

凱文一愣，畢竟他也不是沒聽過人家說「喝牛奶不用付錢」的閒話。

「我來做晚餐吧。」她說。「一個星期四次。」在他反應過來之前，她又說：「好啦好啦，五次，五次是極限。你知道的，我很會做菜。畢竟做菜就是一門科學。說得更精確一點，料理本身就是化學。」

他們就這樣同居了，但一起工作的事呢？她完全不考慮。

「凱文，你才剛被提名諾貝爾獎，」她說，動手把保鮮盒闔上，裡頭還裝著一些吃剩的馬鈴薯。「而且是這五年來的第三次。我想要別人看到的是我自己的表現，不是你有多罩我。」

「但大家要是真的認識妳，就絕對不會這麼想。」

保鮮盒「喀」的一聲扣上。她看著他說：「重點是沒人知道我是怎樣的人。這就是問題所在。」

這的確是她這輩子的最佳寫照。在人們眼裡，她不是那個縱火殺人犯的小孩，就是那個不斷結婚又離婚的女人的女兒，又或者是那個自殺的同性戀的妹妹，抑或是那人盡皆知的色鬼門下的研究生。人們都是透過別人在認識她，而不是透過她自己的作為。如今她又成了那個赫赫有名的化學家的女朋友。她從來就不能只是她自己，不能只是伊莉莎白·佐特。

只有很偶爾很偶爾的時候，大家才沒用別人幹的好事來貼她標籤。但這種時候，她不是被當成花瓶就是拜金女，因為這時大家是從她的長相來看待她——也就是她最討厭自己的部分，沒錯，就是這麼巧，她長得像她爸。

長得像爸爸，也是伊莉莎白不太愛笑的原因。她爸在開始傳福音以前，本來打算要當演員。該有的魅力他都有，還有一口完美的牙齒，非常有條件走紅。

但為何他最後成了個神棍？因為他實在太沒有演戲的天份。認清這一點之後，她爸就把他內建的魅力轉而運用在佈道傳教之上，把他假惺惺的笑容用來哄騙人們相信末日即將到來。所以十歲以後伊莉莎白就不再笑了，才不那麼像她爸。

直到遇見凱文，她終於重拾笑容。那天晚上在劇場，他吐了她渾身都是，卻是她從十歲以來第一次露出笑臉。她本來沒認出他，只感覺很像是凱文而已，所以她不顧一身嘔吐物，也要彎身把對方看個清楚，這才發現果然是他！當時她心想，燒杯那一次，自己對他的確有點不客氣——但那也是因為他先不客氣——而也是從那一刻起，這兩人之間便產生了一股難以抗拒的致命吸引力。

「這個你還有要吃嗎？」她問，指著一個幾乎快見底的保鮮盒。

「沒有，」他說。「這些是留給妳的，用腦很耗能量。」

其實凱文本來是想全部吃光光，但他願意放棄一些非必要的卡路里來留住她，就算是一下下也好。凱文和伊莉莎白一樣，一直以來都是獨來獨往，直到開始划船以後，才開始和其他人類有一些真正的交流。他從很小就明白，肉體上的痛苦能以一種日常來往無法超越的方式將人們緊緊繫在一起。到現在，凱文和劍橋八人八槳的隊友也都還有聯絡，甚至上個月才見過四號——之前坐四號位置的那位。他現在是個神經科學家，上次來紐約出差。

「你說你現在有啥？」四號驚訝地說。「有女朋友?! 哎唷，不錯嘛，六號！」他重重拍了一下凱文的背。「終於給你遇到了！」

凱文接著滿心歡喜地跟他分享伊莉莎白的事，細細說著她的研究、她的習慣、她的笑容等等，他鍾愛的關於她的一切。說著說著，他又帶著淡淡的憂傷講起他的煩惱：他們明明已經住在一起，開車上下班也一起，吃飯一起，工作以外的所有時間都泡在一起了，但他還是覺得兩個人相處的時間很不夠。

凱文向四號吐露自己的心聲，說自己不是沒有伊莉莎白就會活不下去，只是他真心不知道自己生命中要是沒有了她，活著還會有什麼意義。

「我實在不知道自己怎麼了。」他坦承，對著四號說出自己經過思索後得到的幾種推論。「我是對她上癮了嗎？還是我依賴她，依賴到某種變態的地步了？難不成是我長腦瘤了？」

「天吶，六號，這叫做幸福啦。」四號回答他。「打算什麼時候辦婚禮啊？」

問題來了，伊莉莎白早就跟凱文表明過自己不打算結婚。「我沒有覺得結婚這件事不好，凱文。」她說過不只一遍。「但我真心認為那些覺得我們倆非結婚不可的人很不 OK。你不覺得嗎？」

「對啊。」凱文附和，其實他滿腦子都是和伊莉莎白兩人在教堂聖壇前的畫面，發現自己真的有夠想對她說出那些誓詞。但看到她一臉「然後呢？」的表情，他立刻補上一句：「我覺得我們遇到彼此已經很幸運了。」她這才回以一個真誠的笑，而那個笑又讓凱文覺得自己腦袋裡有什麼東西燒壞掉了。

於是，那天兩人分開後，凱文就直奔附近一家珠寶店，東挑西選地把店裡所有品項都看過一遍，終於找到一顆（以他的財力標準來說）最大的小鑽石。從那時起，等不及的凱文就一直把那小小的盒子帶在身上，等待著天時地利人和的那一刻——這一等就是三個月。

某天，在員工餐廳裡。「凱文？」伊莉莎白叫他，已經把桌上自己的東西收得差不多。「你有在聽嗎？我剛說我明天要去參加一個婚禮，而且我不只是去觀禮而已。」她聳聳肩。「所以如果可以的話，今晚我們可能得先討論一下那個酸的研究。」

「誰要結婚？」

「一個朋友，叫瑪格麗特。她好像是——物理所的祕書？我大概十五分鐘後，要過去找她試個衣服。」

「等一下，妳有朋友?!」他以為伊莉莎白身邊只有同事，那些知道她能力很強，又一直扯她後腿的科學家。

伊莉莎白有點不好意思。「呃對啊，」她不太自在地說。「我們在走廊上遇到時會互相點點頭，也有在茶水間講過幾次話。」

為了不戳破她，凱文努力維持住自己的表情，表現得一副這種互動程度的確就算得上是朋友的樣子。

「其實真的很倉促，因為其中一個伴娘突然生病了，瑪格麗特又堅持接待和伴娘的人數要相當才行。」其實當瑪格麗特這麼說的時候，伊莉莎白就聽懂了：她想找的是個週末不會有事、衣服又剛好穿六號的人而已。

不過，伊莉莎白不太會交朋友，這也是事實。她是這樣告訴自己的：她之所以會這樣，是因為小時候一直在搬家，爸媽太恐怖，後來又沒了哥哥的關係。但其實她也很清楚，有些人雖然曾經過得很辛苦，人緣卻沒有因此而不好。相反地，這樣的人，有時候還更會交朋友——彷彿深刻的悲傷或是對無常的恐懼，能讓人領悟到交朋友的重要性，使這些人因此練就一身無論何時何地都能跟人建立起連結的技能。所以伊莉莎白到底是哪裡不對勁？

話說回來，女孩子的友情是一種極不合邏輯的東西。跟女孩子交朋友的藝術，在於拿捏什麼時候該保守祕密，什麼時候又該刻意洩露祕密。伊莉莎白小時候每次搬到一個新的地方，就會有女孩在上主日學時，偷偷把她拉到一邊，上氣不接下氣地說著自己愛上了哪個男孩。她聽完這些祕密後，都會保證自己絕對不會告訴別人，也真的都有好好保密。

後來她才發現自己完全搞錯了，知道祕密的人其實是要負責去告訴對方「某某對你有意思」的人，為的是讓那兩個人之間開始產生一些曖昧的情愫。「那妳幹嘛不自己去跟他說？」她會這樣問那些本來有機會變成朋友的女孩子。「他人不就在那裡嗎？」然後那群女孩就會逃之夭夭。

「伊莉莎白。」凱文說。「伊莉莎白？」他往前傾身，輕輕拍了拍她的手，把她嚇了一跳。凱文繼續說：「抱歉嚇到妳。妳在想些什麼？我剛剛說，乾脆我跟妳一起去吧。我還滿喜歡婚禮的。」

其實他根本很討厭婚禮，多年來，婚禮就只是個會提醒他「你怎麼依舊可憐沒人愛」的場合。但他現在有伊莉莎白了，而且他在想，等明天伊莉莎白親自感受了婚禮的氣氛，也許有機會改變她對結婚這件事的感覺。他想用的這個技巧，甚至科學到有個專有名詞叫做「聯想干擾」（associative interference）。

「不要。」她連想都沒想就回他。「人家又沒有說我可以攜伴，而且，越少人看到我穿成那樣越好。」

「幹嘛這樣。」他說，一隻手越過橫亙在兩人之間的桌面，把她往桌心拉過來。「瑪格麗特不可能會覺得妳是要自己一個人去。還有，伴娘服應該也沒那麼醜吧。」

「有，就是有。」她用她那科學家的敏銳口吻說。「伴娘服本身就是設計來讓人穿起來不怎麼樣的，這樣才能襯托出新娘，新娘才會比平常還美，這是一件大家心照不宣的事。這個做法也是有生物學基礎的，是一種出於本能的防衛機制，在大自然中也很容易看到類似的現象。」

凱文回想了一下自己參加過的婚禮，才發現伊莉莎白說的沒錯。他從來沒想過要邀那些伴娘跳舞。一件洋裝真的有那麼大的威力嗎？

他對面的伊莉莎白，開始比手畫腳地描述那件衣服的樣子：除了有一些噹啷的東西裝飾在胸口和腰間，臀部的位置多加了幾層墊布之外，還有一個巨大的蝴蝶結包覆住整個屁股。凱文心想，設計伴娘服這件事，某種程度來說可能就像做炸彈的人或那些色情片女星一樣吧（當別人問起自己工作時，沒辦法抬頭挺胸說清楚）。

「不過妳人也真好，願意幫這個忙。我以為妳很討厭參加婚禮。」

「我討厭的不是婚禮，是婚姻。我們之前聊過了，凱文，你很清楚我的立場。但我還是很為瑪格麗特開心的，只除了一件事。」

「哪件事？」

「瑪格麗特一直在碎碎念說什麼過了星期六晚上，自己總算要成為迪克曼太太了，講得好像把自己嫁掉是一場從六歲就開始起跑的比賽，而冠夫姓是這場比賽的終點線。」

「她要嫁給迪克曼？」他說。「細胞生物學的那個？」凱文很不喜歡這個人。

「沒錯。」她說。「重點是，我不懂為什麼女孩子只要一結婚，就得放棄他們本來的姓氏，變成亞當太太、林肯太太之類的，搞得好像他們本來的名字是一台車、用舊了就該報廢似的，又或者是個免洗代號，用了十幾二十年後棄之也不可惜，直到改姓後才真正成為一個人。一輩子被人稱呼某某太太——這等於一種無期徒刑。」

哇，這樣一來，她不就成了**伊莉莎白．伊凡斯**了嗎？凱文心底暗想，真是個好名字。就在這一剎那，他又感覺到自己口袋裡那個藍色小盒子的存在。

結果，在他來得及阻止自己之前，他已經毫不遲疑掏出那個盒子，放到伊莉莎白面前。「也許這樣妳就可以改穿真正漂亮的禮服了。」他說，心臟撲通撲通地快跳出來了。

「是戒指！」旁觀的一個地質學家昭告天下。「準備好你們的墨鏡，各位。他們要訂婚了！」然而，伊莉莎白的表情看上去卻不太對勁。

她低頭看了一下小盒子，再抬頭看著凱文，圓睜的雙眼裡竟只有驚恐。

「我明白妳對結婚的看法，」凱文趕緊補充。「但這陣子我想了很多，我想如果是我們的話，一定會很不一樣。不只會很幸福，還會很好玩。」

「凱文——」

「結婚也有很多實質上的好處，比如可以少繳一點稅。」

「凱文——」

「至少看一下戒指嘛，」他哀求。「我已經帶在身上好幾個月了。拜託妳。」

「我做不到。」她別過頭。「那只會讓我更不好拒絕。」

伊莉莎白她媽從小就告誡她，要衡量一個女人的價值，就是看她嫁得怎麼樣。「我本來可是要嫁給葛培理[6]的人呢。」她媽每次都會這樣說。「當時他對我的確有那個意思。我說啊，伊莉莎白，等妳長大要訂婚的時候，鑽石一定要想辦法弄到越大顆越好。這樣到時候要是婚姻出了什麼差錯，還可以拿去當掉換現金。」事實證明，她媽當時不是胡扯，她講的是自己的真實經歷。她父母離婚的時候，他們才發現她之前已經結過三次婚。

「我不會結婚。」伊莉莎白這樣回她媽。「我以後要當科學家，成功的女性科學家是不結婚的。」

「喔是嗎？」她媽大笑。「這樣啊，所以妳是要嫁給妳的工作，像修女嫁給耶穌一樣了是不是？再怎麼說，人家至少知道自己的老公不會打呼呢。」

說完，她捏了捏伊莉莎白的手臂。「沒有女人不想結婚，妳也一樣，伊莉莎白。」

凱文瞠目結舌的說。「妳該不會真的要拒絕吧？」

「對。」

「伊莉莎白！」

「凱文，」看他一副失魂落魄的樣子，她握住凱文的手，小心翼翼地說。「我以為這件事我們已經講好了。你也是科學家，你懂的，結婚對我來說是一件不可能的事。」

但他的表情看起來一點也不像有懂。

她只好再說清楚一點。「要是結了婚，我在科學上的成就，就會從此埋沒在你的名字下。」

「對、對、對、妳說的都對，」他說。「很合理，很好，意思是妳要以事業為重就對了。」

「我會說，是大環境導致我不得不如此。」

「喔是喔，反正妳最懂、妳高興妳爽就好！」他大吼，全餐廳的人都轉頭過來看向正中央這對開吵的情侶。

---

6 Billy Graham，二十世紀美國最知名宗教家，也擔任過多位美國總統的顧問。

「凱文，」伊莉莎白說。「這件事我們早就說好了。」

「我知道，妳說妳不想要改名，但我有要妳改嗎？」他試著反駁。「沒有吧，是不是。事實上，我本來就打算叫妳不要改名。」凱文開始睜眼說瞎話，他本來心裡是想要她改名的，不過現在也只能豁出去了。「而且我們兩個的幸福，是我們兩個的事，不應該為了一些人就這樣放棄吧。要是真的有人叫妳伊凡斯太太，我們再糾正他們就是了。」凱文這時想起來，他已經擅自作主把房子的所有權一起放到伊莉莎白名下，而且是用伊莉莎白·伊凡斯的名義。現在絕對是提起這件事的最糟糕時機。他暗自告訴自己，等等一回實驗室，第一件事就要打電話給郡裡的行政單位。

伊莉莎白搖搖頭。「凱文，我們未來的幸福，跟我們結不結婚這件事沒有關係——至少對我來說是如此。我的心裡只有你一個人，婚姻不會影響這個事實。名字的部分，這不是少數一些人的問題，而是整個社會的問題，在學術圈裡尤其是。要是結了婚，以後不管我做什麼，作者欄上都會變成你的名字，好像研究都是你做的一樣。而且大多數人一定都會認為是你做的，只因為你是男的，尤其你還是大名鼎鼎的凱文·伊凡斯。我不想當第二個米列娃·愛因斯坦[7]或艾絲特·雷德伯格[8]，我絕對不要重蹈她們的覆轍。而且，就算我們跑完所有法律流程來確保我能繼續保有自己的名字也沒有用。大家還是會叫我伊凡斯太太，然後我也會**變成**伊凡斯太太。從聖誕卡到銀行帳戶，還有國稅局寄來的稅單，上面都只會寫「伊凡斯先生、伊凡斯太太收」。我們現在看到的這個伊莉莎白·佐特，很快就會不復存在。」

凱文整張臉垮了下來。「反正對妳來說成為伊凡斯太太是天大的不幸就對了。」

「我想要當伊莉莎白·佐特，這件事對我來說很重要。」她說。

他們坐在那裡靜靜地尷尬了幾分鐘。兩人之間那個多餘的藍色小盒子，就像是在一場勢均力敵的賽事中，那個只會杵在那裡的爛裁判。話說回來，即便千百個不願意承認，伊莉莎白發現自己還真想偷看那戒指一眼。

「真的、真的很抱歉。」她不停地說。

「喔沒關係啦。」他生硬地回答。

她不忍再看下去，把頭轉開。

「他們要分手啦！」艾迪偷偷地說。「沒戲唱了！」

可惡，芙萊斯克心想，這下佐特不就又要回歸單身市場了嘛。

但凱文還不死心。三十秒後，凱文完全無視現場那幾十雙正直直盯著他們瞧的眼睛，不小心用過大的音量繼續說：「看在老天爺的份上，伊莉莎白，再怎麼說，妳就是妳啊，這才是最重要的。名字不過就是個名字而已，一點也不重要。」

「真的是這樣就好了。」

「真的啊！」他繼續辯。「名字代表什麼？什麼意義也沒有！」

她突然抬起頭，彷彿看見希望似的。

「名字沒有意義嗎？好，那還是你改？」

「改什麼？」

「改姓我的姓，佐特。」

他一臉驚訝地看著她，然後翻了個白眼。

7 Mileva Einstein，塞爾維亞物理學家暨數學家，愛因斯坦的第一任妻子。

8 Esther Lederberg，美國微生物學家，曾為美國分子生物學家暨諾貝爾獎得主賈舒瓦・雷德伯格（Joshua Lederberg）之妻，後來離婚。

「妳真幽默。」他說。

「有何不可呢？」她聽起來有點嗆。

「妳不要裝傻，哪有男人會幹這種事。我有我的事業、我的名聲，而且我還那麼……」他欲言又止。

「你怎樣？」

「我……我……」

「說啊。」

「好啦。我那麼**有名**，伊莉莎白，我是不可能改姓的。」

「噢，」她說。「所以你是說，如果你沒那麼有名，改姓我的姓也無妨，是這個意思嗎？」

「好啦，我懂妳的意思。」他說，一手抓起那個藍色小盒子。「但這些約定成俗的東西又不是我規定的，事情本來就是這樣的。女人結婚以後就改跟老公姓，百分之九十九的女性都願意接受這個事實。」

「所以你還有統計數據可以佐證就是了。」她說。

「什麼？」

「你剛剛說百分之九十九的女性都願意接受這個事實。」

「沒有，我不是這個意思，只是我從來沒聽過任何人對這件事有任何意見。」

「所以你的意思是說你不能改姓，是因為你很有名，其他百分之九十九不像你一樣有名的男性，也都剛好不用改姓，是這樣嗎？」

「我說了，這又不是我規定的。」他說，猛力把那個小盒子塞進自己的口袋，用力到連口袋邊角都被撐到變形。「而且剛剛我也說了，我贊成妳保留自己的姓，不過我現在不想了。」

「不想什麼？」

「不想娶妳了。」

伊莉莎白重重地往椅背一靠。

「勝負揭曉！」一個地質學家播報賽況。「小盒子被收回口袋裡了！」

凱文氣炸了。他今天的運氣已經夠不好了，早上才收到一堆詐騙信，大部分都在說自己是他失散多年的親戚。但這也不是一天兩天的事了，自從他開始有點名氣後，一堆騙子開始想方設法要騙他的錢，比如有個自稱他叔公的人，想找他投資自己的避稅公司，也有個「心碎的母親」表示自己是他的生母，更說自己有些錢要給他，另外還有個表兄說自己缺現金週轉。甚至，有兩個女人說自己懷了他的小孩，要他現在就把錢吐出來，而他這輩子明明就只有跟伊莉莎白上過床。這些鳥事到底什麼時候會結束？

「伊莉莎白，我希望妳會懂，」他用手耙了一下頭髮，哀求地說。「我只是真的很想要和妳一起有個家，一個真正的家。也許是因為我從小就沒有家人的關係吧，妳知道的——所以這件事對我來說真的很重要。而且，而且打從我遇到妳的那一刻起，我就覺得我們會組成一個三口之家，有妳，有我，還有一……」

伊莉莎白的眼睛瞪得更大了。「凱文，」她心裡的警鈴大響。「我以為這件事我們也早就說好了。」

「沒有吧，我們從來沒有認真討論過這件事。」

「有，我們有，」伊莉莎白堅持。「我們絕對有討論過。」

「就那一次，」他說。「而且那次也只是隨便講講而已，不算討論。」

「你之前真的有在聽我說話嗎？」她說，恐慌向她襲來。「我們絕對有說好，說好不生小孩。我真不敢相信你今天怎麼會突然這種態度，你到底是怎麼回事？」

「沒有，我只是在想我們可以——」

「我早就說過——」

「我知道，」他打斷她。「但我只是在想——」

「這種事情沒什麼好想的。」

「老天，拜託妳，伊莉莎白，」他越講越氣。「至少讓我把話說完——」

「好啊你講！」她插嘴。「說啊！」

他精疲力盡地看著她。

「我只是在想，也許我們可以養一隻狗。」

她聞言如釋重負。「養狗？」她說。「你是說養狗嗎?!」

「搞屁啊。」看到凱文靠過去親伊莉莎白，芙萊斯克小聲地咒罵。

下一秒，整個餐廳裡所有看熱鬧的觀眾也都用行動來附和芙萊斯克，四面八方再次響起金屬餐具「噹啷噹啷」丟進回收盒的噪音，還有不情願地把椅子踢回桌底的聲音，或是同仇敵愾似地把餐巾紙揉成一團團髒髒的小球來發洩。從這些煩躁的聲響中，也可以聽出裡頭藏著深深的嫉妒，那種最後肯定會搞事的嫉妒。

7 六點半

一般人想養狗，有的人會跑去專業的犬舍找，有的人會去動物之家。但有的時候，緣份到了，對的狗會自己找上門來。

那天是星期六晚上，大概是兩人那次大吵的一個月後。伊莉莎白跑去家裡附近的熟食店採買一些晚餐需要的東西。就在她一手提著一大根臘腸、一手提著食材走出那家店時，一隻躲在小巷陰影中、髒兮兮又臭熏熏的狗，剛好看到她走了過去。那隻狗在那裡已經五個小時一動也不動，但他只看了伊莉莎白一眼就有所行動，跟上她的腳步。

伊莉莎白快回到家時，凱文剛好站在窗邊，所以也看見她後方跟了一隻狗，而那狗還尊敬地和她保持著五步的距離。他看著看著，忽然全身起一陣雞皮疙瘩。他聽見自己說：「伊莉莎白・佐特這人有一天會改變這個世界。」說出口後，他更肯定自己的預感一定會成真。總有一天，她會闖出一番前所未有的事業，而它對這個社會是那麼必要，世人會為此永遠記得她的名字，不管那些黑特是怎麼一路不看好她。今天，眼前這第一位追隨者的出現，似乎就是要印證他這個論點。

「妳的新朋友嗎？」他喊道，將這股奇特的感受拋到腦後。

她看了看手錶。「六點半。」

六點半實在已經髒到不能不趕快洗澡了。這隻高高灰灰瘦瘦的狗，全身的毛跟稻草一樣乾燥，一副曾經被電擊折磨過、好不容易才活下來的樣子。當他們幫他洗澡時，他就乖乖站在那裡，同時直直地盯著伊莉莎白看。

「我們應該想辦法聯絡飼主吧。」伊莉莎白不太情願地說。「他的主人現在一定擔心得要死。」

「我看這隻狗應該沒有主人。」凱文篤定地說，事實也證明他是對的。他們後來打電話給動物之家，對方說沒有這隻狗，後來登報說撿到一隻狗也同樣石沉大海。不過，就算真的有人出現，六點半也已經把自己的意願表現得相當明確：我想待下來。

不光是這樣。「待下來」還是六點半學會的第一個詞。六點半的學習能力好到讓伊莉莎白訝異，因為他在短短幾星期內，一共還學會了至少另外五個詞。

「你覺得這是正常的嗎？」她不只一次這樣問凱文。「他學東西好快。」

「因為他很謝謝我們，」他說。「所以想讓我們開心。」

六點半的確是受過「要很快」的訓練。這一點被伊莉莎白說中了，尤其是「找炸彈要很快」這方面。

六點半在淪落到那條小巷前，本來是在當地的海軍朋德爾頓基地（Camp Pendleton），接受炸彈偵查犬的訓練。但很不幸地，他是隻徹底的敗犬，不只沒辦法很快找出炸彈在哪裡，也沒辦法忍受德國牧羊犬每次達標被稱讚時那一臉洋洋得意的樣子。於是他最後被訓犬師強迫退役，不是很光榮的那種。訓犬師憤而把他攆上車，再開上高速公路，為的就是把他丟到一個鳥不生蛋的地方。兩星期後，他剛好抵達那條小巷，五個小時後他成了六點半，有伊莉莎白和凱文幫他洗香香。

「你確定我們真的可以帶他去上班嗎？」伊莉莎白問。時間來到星期一早上，凱文正要讓六點半坐進車裡。

「當然，為什麼不行？」

「因為我從來沒看過有人帶狗去上班，而且實驗室也不是什麼安全的地方。」

「只要有小心看著他就好了。」凱文說。「狗狗一整天待在家會悶壞的。他需要多接收環境的刺激。」

這次是凱文說對了。六點半其實超喜歡那個海軍基地，一部分是因為他在那裡隨時隨地都有伴，但最主要還是因為那地方賦予了他這輩子從來沒有過的東西：目標——只不過當中有個問題。

炸彈偵查犬在面對炸彈時只有兩個選擇：及時找到炸彈、讓隊友去拆彈（這是比較好的做法），或是自己奔過去和炸彈同歸於盡，犧牲小我完成大我（這不是最好的做法，但至少死後也會獲得一枚勳章）。進行訓練的時候，炸彈都還是假炸彈，如果狗兒真的以身試彈，只會觸動一個超級吵的假爆炸聲，然後狗兒會被紅色的漆噴個滿身。

六點半怕死那個假爆炸聲了，所以每當馴犬師下令要他「找到炸彈」，即使他的鼻子早就告訴他炸彈在西邊五十碼的位置，他還是立刻拔腿往東邊跑，狂聞猛聞亂聞一通附近的石頭，等著其他那些英勇的狗兒找到炸彈。找到炸彈的獎賞是餅乾，但要是找太久或誤觸導致假炸彈爆炸，狗兒就只會獲得洗香一次。

「不好意思，伊凡斯博士，麻煩不要帶狗來上班喔，」芙萊斯克小姐對凱文說。「已經有人來跟我抱怨了。」

「但都沒有人來跟我說耶。」凱文聳聳肩，其實知道是沒人敢來跟他說。

芙萊斯克只好摸摸鼻子走開。

沒幾個星期，六點半就已經把整個哈斯汀研究院摸透透了。每一層樓、每個房間、每一個出入口，他都記得滾瓜爛熟，就像消防隊為了應對重大災難而進行演習一樣。說到災難，六點半感覺得到伊莉莎白經歷過些什麼，所以他格外小心留意，也暗自決心要保護她，不讓她再次受苦。

對伊莉莎白來說亦然。她也感覺到六點半有過什麼，不是一般流落街頭的狗狗承受過的那種遺棄。同樣的，她也暗自決定要成為保護六點半的那個人，而且她堅持要讓六點半睡在他們的床旁邊，雖然凱文覺得讓他睡廚房比較好。

後來因為伊莉莎白說贏了凱文，於是他可以心滿意足地睡在他們身邊。有些晚上他會睡得不太好，因為兩個人類會用奇怪的角度把身體糾結在一起，然後笨手笨腳地一邊動作著一邊喘。六點半心想，我們動物也會做這種事，但是比人類有效率多了。人類就是老愛把事情搞得太複雜。

如果這種事是發生在早上的話，結束後伊莉莎白會立刻起身去做早餐。她一開始其實只答應一星期準備五次晚餐來當作房租，但後來連早餐、甚至午餐也一起準備了。正如伊莉莎白告訴凱文的，煮飯不是什麼是女人就該負起的責任，對她來說做菜就像在做實驗，因為料理烹調的本質就是化學變化。

她會在筆記本寫下：

攝氏二〇〇度烤三十五分鐘：每個蔗糖分子脫去一個水分子；

烤五十五分鐘：脫去四個水分子，形成焦糖酐。

「難怪餅乾沒烤得很完美，」她心想，手上的鉛筆輕敲著流理台。「水分子還是太多。」

「烤得怎麼樣？」凱文從房間裡喊。

「異構化反應進行得差不多了，」她喊回去。「我應該還會再做點別的東西。你在看傑克嗎？」

她指的是傑克·拉蘭，一個家喻戶曉的電視健身教練，一個白手起家的健美狂，常在節目上鼓勵觀眾要好好照顧自己的身體。其實她只是順口問問而已，因為廚房根本就聽得到傑克不斷喊著「上、下、上、下」的聲音，像個人體溜溜球一樣。

「對啊。」凱文氣喘吁吁地回答她，但傑克說還要再做十下。「妳要一起嗎？」

「我正忙著讓蛋白質變性。」她喊。

「現在，開始原地跑步——」傑克號召他的觀眾。

雖然傑克這麼說，但是在家裡跑步這種事，凱文才不幹。所以當傑克在電視上穿著很像芭蕾舞鞋的鞋子自顧自地跑著時，他就自己多做幾個仰臥起坐。凱文實在不懂為什麼要穿著芭蕾舞鞋在家裡跑步。要跑步的話，不如像他一樣穿網球鞋出門跑。凱文可以說是慢跑的先驅，在慢跑還沒開始流行之前，連「慢跑」這個詞都還沒出現時，他就在跑了。但因為他超前了時代，同個管區的警察三不五時便會接到一些民眾投訴，說有個幾乎沒穿衣服的男子在社區裡跑來跑去，他泛紫的嘴唇還會一邊又短又急地吐氣。由於凱文都是固定跑那四、五條路線，所以警察很快就習慣這些投訴電話。每當又有人打來抗議，他們會回說：「他不是怪人啦，他叫凱文。他只是不喜歡穿著芭蕾舞鞋在家裡跑步罷了。」

「伊莉莎白？」他又喊。「六點半呢？樂樂出現了。」

樂樂是傑克．拉蘭的狗，一隻德國牧羊犬，有時候會和主人一起上節目。每次樂樂出現，六點半就會閃得遠遠的，所以伊莉莎白也有發現德國牧羊犬的存在會讓六點半不太開心。

「在我這裡。」她回答。

她一手握著一顆蛋，低頭對六點半說：「跟你說一個打蛋的祕訣，蛋殼才不會碎得到處都是：不要拿它去敲碗邊，只要用一把輕薄銳利的小刀，快狠準地在蛋殼上劃一刀。看到沒？」她說，蛋白和蛋黃同時滑入碗裡。

六點半目不轉睛地看著她。

「現在我在破壞蛋內部的鍵結，延展胺基酸的醯胺分子鏈，」她一邊打蛋一邊說。「讓相似的游離基互相鍵結，它們會重組成這種結構鬆散的混合液，然後再把它倒到鋼製的鍋具上，用精確的溫度持續加熱，使它達到近似凝結反應的狀態。」

「拉蘭根本就是隻野獸。」凱文一身汗濕，晃進廚房裡。

「說得對，」伊莉莎白一邊說一邊讓煎鍋離火，把蛋盛到兩個盤子裡。「人類本來就是動物。有的時候我甚至覺得人類眼中的『動物』，其實都比人類來得進步。好笑的是，人類卻連自己是動物這件事都不太願意承認。」她說完後望了望六點半，看他同不同意，但這句話有點太複雜了，所以他聽不太懂。

「話說，傑克的節目讓我想到一件事。」凱文往椅子上一坐。「一件妳應該會喜歡的事——我來教妳划船，怎麼樣？」

「幫我拿一下氯化鈉。」

「妳一定會喜歡上划船。我們可以一起划或是一人划一艘，然後就可以一起在水面上看日出。」

「我沒什麼興趣耶。」

「我們明天開始吧。」

凱文每個星期都會去划三次船，但都是自己一個人划一艘。以他這種菁英級的槳手來說，這是頗常見的狀況。畢竟當一個人曾經有過熟到連彼此身上的寒毛都數得出來的隊友，要再和其他人一起划船實在是不太容易。伊莉莎白也知道凱文有多麼想念和劍橋校隊夥伴一起划船，但無論如何，沒興趣就是沒興趣。

「我不想學，而且你划船都在早上四點半。」

「五點，」他說得好像這樣就比較合理一樣。「四點半是出門的時間。」

「不要。」

「為什麼？」

「就是不要。」

「但為什麼啊？」

「因為那是我睡覺的時間。」

「那還不簡單，我們早點睡就是了。」

「不要。」

「妳一開始可以先在機器上划，我們叫它測功儀。船屋那邊有幾台，但我之後會做一台家用型的。經過稍微練習後，再開始划真的船——我們叫它『船殼』。這樣一來，大概四月左右，我們就可以一起划船掠過海灣、欣賞日出，用手上的長槳完美唱出合而為一的律動。」

話是這麼說，但凱文心裡也很清楚，學划船才沒這麼快，尤其是划的動作。首先，世界上沒有人可以在一個月內學會划船，就算在專家的帶領之下，大多數人花個一年都很難划得好，有些人甚至練個三年五年都還划不好，甚至可能一輩子都學不起來。而他口中那個「掠過海灣」的部分，更是沒這回事，等一個人划到像是「掠過」水面的境界時，大概已經是奧運選手等級了。而且在競賽時，划船的人臉上也很難看到怡然自得的神情，比較可能是一張張在強忍著煎熬的猙獰面孔，如果有人臉上浮現一種下定決心的表情，通常是因為他們想好了下一步：等比賽一結束絕對要換一種運動來做。

總之，凱文自從有了這個想法後就再也放不下了。「和伊莉莎白一起划船」，天吶，那會是多麼美妙的事！

「不要。」

「但為什麼嘛？」

「因為女人是不划船的。」此話一出，她馬上後悔了。

「伊莉莎白．佐特，」他訝異地說。「妳的意思是說，女人沒有能力划船嗎？」

凱文光靠這句話就把她搞定了。

隔天一早天還沒亮，他們就離開家門。凱文身著舊T恤和運動褲，伊莉莎白則是隨便穿了件一點也不運動風的衣服。當他們把車子停在船屋旁邊時，伊莉莎白和六點半往外看，竟然看到碼頭邊有幾個身影在做暖身操。

「暖身不是應該在裡面做嗎？」她問。「現在天色還這麼黑。」

「天氣這麼好，幹嘛待在裡面？」這天早上起霧。

「你不是很討厭下雨。」

「這又不是雨。」

這至少是伊莉莎白第四十次忍不住開始後悔答應這一切。

凱文一邊帶著伊莉莎白和六點半走進船屋，一邊說著：「我們一步一步來，先從簡單的部分開始。」船屋是個像洞穴一樣的建築，裡頭混雜著霉味和汗味。一艘艘長長的木造船殼像牙籤一樣層層疊起，高度直逼天花板。凱文和一個看起來像落水狗的人點了點頭，那人一邊打哈欠也一邊對凱文點點頭，一副還沒睡醒不想講話的樣子。然後凱文停了下來，因為他找到他在找的東西了——一台被塞在角落的陸上划船模擬機，又稱測功儀或划船機。他把它搬出來，放在船屋中央被船殼圍繞的那塊空地上。

「要先打好基礎。」他說。「基礎是最重要的。」然後他坐下來開始拉，看起來既不簡單又不好玩，而且他才拉沒多久就開始氣喘吁吁。「訣竅是手腕要持平，」他奮力擠出字句。「膝蓋要低，肚子用力，還有——」他的話很快地就和他急促的呼吸混成一氣，再沒幾分鐘，凱文已經進入自己的世界，完全忘記伊莉莎白的存在。

她和六點半一起溜走，在船屋裡四處閒逛。他們先來到船槳的架子前張望，這些長得不可思議的槳一定是巨人在用的。它們全被立起來擺在那裡，活像一座森林。這時，晨光剛好落在旁邊一個超大的獎盃櫃上，照亮了本來隱藏在黑暗裡的銀色獎盃。另外還有一些老舊的船手制服，每一件都見證了某位選手曾經締造的輝煌。他們速度超前，效率超群，毅力超強，甚至有人是三者兼具。凱文也說，引領這些勇士搶先越過終點線的，正是他們展現出的那種專注力。

制服旁邊是一些照片，當中除了看到一些高大修長的男子和他們超巨的船槳之外，還有一個矮不隆咚的小隻男。他的嘴緊抿成一道認真的線條，散發著一種跟他的身高一樣的嚴肅氣息。凱文跟她說過這一位是舵手，是負責指揮槳手、告訴他們何時該做什麼事的人。舵手決定全隊什麼時候要加速、要轉彎、要超船、要衝刺。她很喜歡那個畫面，想像著一個迷你的小人手握八匹野馬的韁繩，他一出聲他們就聽命，他的手是他們的舵，他的鼓勵就是他們的動力。

這時她回過頭，看到其他要來划船的人也陸續抵達了。測功儀在凱文的動作下持續地發出噪音，每個人經過凱文時也都會稍稍點頭致意，甚至不難發現有些人的眼神裡頭帶著一絲欽羨，羨慕他可以在划出這樣高槳頻的同時，還能保有如此順暢的動作。那是天生的運動員的樣子，連伊莉莎白都看得出來。

「你什麼時候要跟我們一起划啊，伊凡斯？」其中一人拍拍他的肩說。「好好燃燒一下你這些體力呀。」但凱文完全不為所動。他的動作穩健，眼神堅定而專注。

所以她在想，凱文在這個地方大概也是個傳奇人物。這一點其實很明顯，從他們對他的敬意，到想和他一起划船的諂媚態度，還有凱文那毫不客氣的態度——他可是把整台測功儀大剌剌地放在整個空間的正中央——都可以看出來。但在此同時，那位舵手顯然也一臉不悅地看要怎麼辦。

「預備！」舵手對著他的八位槳手發號司令，所有人立刻就位到船殼的一側，個個全身爆出青筋，準備撐起沉重的船身。「搬船。」他喊。「兩兩一組，把船上肩。」

但凱文擋在正中央，搞得他們哪兒都去不了。

「凱文，」伊莉莎白急忙跑到他身後悄聲提醒。「你擋到大家了，你要移過去一點。」但他繼續自顧自划著。

「幹，」舵手咕了一聲。「這傢伙。」然後他看伊莉莎白一眼，示意她閃一邊去，然後彎下身，靠向凱文的左耳後。

「凱仔，你很屌是不是啊。」他大吼。「給我拉到底，廢物。還有五百公尺，你還差得遠勒。牛津從右舷那邊趕上來了，你還在這邊搞屁啊。」

伊莉莎白看看他，有點被嚇到。「那個，不好意思——」

「伊凡斯你只有這點能耐是不是！」舵手大罵出聲。「這樣就撐不住了是不是，你行不行啊。我數到二，衝刺最後二十下。聽好，我數到二，就送牛津那些婊子養的滾回家，讓他們哭著叫媽媽，把他們一刀斃命，伊凡斯，加起來，給我從三十二加到他媽的四十。聽好了，一，二，幹你娘給我衝刺起來！」他大聲咆哮。「再來！」

伊莉莎白不知道究竟是那矮子的說話方式比較嚇人，還是凱文聽到他那些話以後的反應比較可怕。聽到他說「你這個廢物」和「婊子養的」，凱文的臉馬上扭曲得像低成本殭屍片裡的殭屍一樣，然後他越拉越用力，越拉越快，像個火車頭一樣奮力地噴氣。但那矮子還是不滿意，繼續吼他。他像個生氣的馬錶，一邊要凱文再用力、再更多、同時一邊倒數計時二十下。二十！十五！十！五！

隨著倒數結束，全場只聽得到伊莉莎白再認同不過的兩個字。

「**夠了**。」舵手說。這時凱文整個往前一癱，就像背部中彈了一樣。

「凱文！」伊莉莎白大叫，跑到他身邊。「天啊！」

「他沒事，」舵手說。「對吧，凱仔？現在，你給我和這台爛機器一起滾開這個地方。」

凱文點點頭，氣喘如牛，奮力吸氣。「沒……問……題……山……姆……」他在喘氣之間擠出這些字句。「謝……了……還……有……跟……你……介……紹……一……下……這……是……伊……伊莉……伊莉莎白．佐特……我……的……新……隊……友……。」

下一秒，伊莉莎白感覺到全場的眼光都落在她身上。

「伊凡斯的隊友？」其中一人瞪大眼睛說。「妳是何方神聖？奧運金牌選手嗎？」

「什麼？」

「還是妳是女子划船隊的？」舵手問，很想知道的樣子。

「喔，不是，我其實根本沒——」然後突然變成她發問：「船隊也有女子的嗎？」

「她還在學，」凱文終於比較喘得過氣了，出聲幫她解釋。「但該有的基礎她都有了。」他深深吸了一口氣，步下測功儀，然後把機器拖開。「大概到夏天的時候，我們就可以跟你們一起橫掃海灣了。」

這時的伊莉莎白還不知道凱文是什麼意思，橫掃什麼海灣？這不是在說參加船賽的意思吧？那之前說要看日出的部分呢？

「可是，」她小聲地對舵手說。「我還不知道我適不——」凱文正在一旁擦著汗。

「妳很適合。」舵手沒讓她把話說完就打斷她。「伊凡斯才不會讓能力不足的人跟他同船。」然後他瞇起眼打量了她一下。「的確沒錯，我也看得出來。」

「看得出來什麼？」她訝異地反問，但舵手早已轉身走開，大吼大叫著要其他人把船搬去碼頭待命。他們每個人臉上竟然都是一副異常興奮的神情，即使冷雨正開始大點大點地落下，預示著即將到來的肉體煎熬。不多久，他們已經消失在濃霧中。

8 做過頭

結果兩人第一天下水就翻船，第二天也翻，第三天，照翻。

「到底哪裡做不對啊？」伊莉莎白氣喘吁吁地說。她正搬著細長的船殼再次來到碼頭，冷到牙齒一直打顫。而且她還有一件關於自己的小事忘了告訴凱文，那就是她不會游泳。

「全部。」他嘆了口氣說。

十分鐘後，儘管她身上衣服全濕透了，凱文還是指著測功儀要她去坐著練。「就像我之前說過的，」他表示。「要從基本動作練起。」

伊莉莎白調整腳距時，凱文便在一旁開始說明。通常天氣不好、水相不佳，或是需要計時測速時，或是教練心情非常不好時，他們就會上測功儀練習，然後如果做對了，尤其是做體能測驗的時候，可以做到吐。接著凱文又說，像這樣做陸上訓練，也有機會讓本來在水上很失敗的一天轉變為有收穫的一天。

說到「在水上很失敗」，這完全就是他們開始練習以來的狀態：每天下水都以失敗收場。但隔天一早他們就又回到水上，因為凱文一直不願面對一個簡單的事實：雙人雙槳本來就是最難划的，這就好比你學開飛機，竟然從B－52戰機開始學一樣。可是他沒有選擇。他當然知道八人船比較大比較穩，但男子隊不可能會讓伊莉莎白加入的，不只因為她是女的，更因為她毫無經驗，讓她上船等於是毀了一切，甚至還有可能讓她因為憋槳[9]而弄斷幾根肋骨。凱文到現在都還不敢提憋槳這件事，原因大概也不必多說。

他們把船轉正後，爬進船裡。

「問題是妳每次都太急了，伊莉莎白，拉槳要再有耐心一點，妳要想辦法慢下來。」

「我很慢了。」

「沒有，妳一直在趕，划船最不應該犯的錯就是搶快。妳知道每次妳划這麼急的時候，上帝就會殺一隻貓嗎？」

「喔天啊，拜託你不要說這種話，凱文。」

「還有妳入水太慢了，入水就是要快，記得嗎？」

「嗯哼，這樣講的確清楚多了，」她的聲音從船尾傳來。「要先慢，才快得起來。」

他拍拍她的肩膀。「就是這樣。」一副欣慰她終於明白這個道理一樣。

這時的伊莉莎白一邊發抖，一邊綁緊自己槳上的握柄。這個運動真是蠢，她心想。接下來的三十分鐘，伊莉莎白就只是努力跟上凱文那些自相矛盾的指令：把手提起來！不對，手壓低！身體往後躺！不是，妳躺太多了！哎呀不行，妳划得太低了，妳划太高了，妳划得太急了，妳划太慢了，妳划太快了！

最後連船都受不了了，決定把他們倆拋到水裡去。

稍後，兩人用濕透的肩頭扛著船殼，邁步回船屋去。凱文突然說：「也許我不該要妳划船。」

他們合力把船殼放回架上。「所以我的問題主要是出在哪裡？」她問，做好心理準備面對她心目中最糟糕的答案。因為凱文一直在說，划船是一項可以體現團隊合作最高境界的運動，所以也許她真的正

9 Catch a crab，指當賽艇手失誤時，槳葉被捲進水裡，輕則賠上速度，重則可能導致船艇完全停止，甚至導致賽艇手落水。

如她老闆所說的——就是不懂得和別人合作。「你就直說吧，沒有關係。」

「物理方面。」凱文說。

「物理，」她鬆了一口氣。「太好了。」

當天上班的時候，她飛快讀著一本物理教科書。「我懂了。簡單來說，划船是一種動能對上阻力和質心（center of mass）的運動。」她寫下幾個算式。「影響的因素有重力，」她補充。「還有浮力、吃水比、速度、平衡、傳動力、槳長、槳葉的形狀……」她一邊讀，一邊寫下來。划船這運動的精髓，就這樣慢慢地以複雜的演算法展現在她眼前。「喔，我懂了。」她往後一坐。「划船沒那麼難嘛！」

兩天後，當他們順暢無礙地划過水面，凱文大驚。「天啊！妳哪位？」伊莉莎白什麼也沒說，只是在腦袋裡反覆複習那些算式。當他們划過某支正在休息的八人隊伍時，所有人竟然對他們行注目禮。

「你們剛剛有看到嗎？」舵手大罵自己隊上的選手。「有看到她入水沒像你們這樣做過頭，也能把槳伸到那種長度嗎？」

一個月後，她的老闆多納提博士，也用同樣的的字眼來指責她。「妳做過頭了，佐特小姐。」他說，然後捏了捏她的肩膀。「無生源論是博士班才會做、既無聊又有沒人在乎的東西。噢妳別誤會我的意思，我只是覺得這個題目有點超出妳的能力範圍。」

「所以你的意思到底是？」

「咦，妳的手怎麼了？」他沒理會她的口氣，反而捧起她貼著繃帶的手。「如果實驗室的器材在使用上對妳來說太困難的話，可以找個男同事幫妳呀。」

「我在學划船。」她說，隨即把自己的手抽回來。雖然上次是進步滿多的，但那之後幾次的練習依然很悲劇。

「划船？是唷。」多納堤說完後翻了個白眼，心想一定是伊凡斯。

其實多納堤之前也有划船，還是哈佛校隊的成員，不算太差。當年他很不幸地在亨利賽場對上了伊凡斯他們的劍橋校隊，那次的慘敗大概輸了七個船身的距離，但多虧那天觀眾席裡的大帽子海，擋住大多數人的視線，所以沒多少人看到那爆糗的一刻。之後大家都小心翼翼地把失敗怪在昨晚吃的炸魚和薯條上，而不是同一時間灌下的海量啤酒。

換句話說，比賽的時候，哈佛根本都還在醉。

當天賽後，哈佛的教練要他們親自去恭喜好棒棒的劍橋隊，多納堤那時候才知道，原來劍橋隊上有個美國人，而且這美國人還不知道為何對哈佛懷恨在心。當多納堤和伊凡斯握手時，多納堤好不容易很有風度地擠出一句「划得好」，但伊凡斯很不客氣地說：「天啊，你是醉了嗎？」

那一瞬間，多納堤就知道自己討厭這個人了，而這份厭惡在之後暴增三倍，因為他發現對方不只和他一樣是學化學的，而且是「那個伊凡斯」——已經在化學界享有盛名的那個凱文．伊凡斯。

沒幾年後，當凱文接受哈斯汀這個由多納堤一手打造、極其瞧不起人的職位時，多納堤卻沒有為此覺得痛快，為什麼呢？因為伊凡斯根本就不記得他了，真是有夠失禮。再來是，伊凡斯的身材竟然還維持得很好，更是豈有此理。甚至，他竟然還在《今日化學》的採訪中說他會來哈斯汀是因為——**這裡的天氣滿好的**。你看看你看看，這傢伙是不是個王八蛋。

多納堤之所以能坐到所長這個位置上，不光是因為他爸和執行長是高爾夫球友，或因為執行長也是他的教父，或他甚至娶了教父的女兒為妻。重點是，他身為化學所的所長，再怎麼說都是伊凡斯的上司。這一點多少帶給多納堤些許安慰。

為了給這個超跩的伊凡斯來個下馬威，多納堤特地把他叫來開會，然後故意遲到個二十分鐘。只不過當他打開會議室的門時，才發現裡面一個人也沒有，因為伊凡斯根本連來都沒來。

「抱歉，多利，」他們下次碰到面時，伊凡斯對多納提說：「我不太喜歡開會。」

「我叫多納提。」

然後呢？然後又來了個伊莉莎白．佐特。他也不喜歡這個女的，她既強勢又聰明，意見還很多，最糟糕的是她看男人的眼光實在有夠差。多納提和其他男人可不一樣，他完全不覺得這個佐特有多正。他瞥一眼自己桌上的銀色相框，裡頭是他和他鼻尖臉尖的老婆艾蒂絲，一起摟著三個耳朵大大的男孩。像他和艾蒂絲這樣的組合，才是夫妻該有的樣子——而不是擁有什麼假掰的共同興趣，比如划船之類的——分別扮演他們各自在生理上和社會上該有的角色：男的負責賺大錢，女的負責生小孩。這才是所謂上帝認可、正常又有產值的婚姻。他婚後有睡過別的女人嗎？這樣問就不對了。全天下的男人哪個沒這麼做過。

「——所以，基本上，我的假設是——」佐特表示。

基本上，基個屁。這也是多納提討厭佐特的原因之一，好積極好進取好噁心，還死不放棄。划船的人都是這個調調，難怪啊，這樣想就通了。像他早就沒在划船了。咦，現在也有女子划船隊了嗎？她這種初學者，怎麼可能和伊凡斯這種菁英級的一起划。對划船好手來說，光是和新手同船就是一種屈辱了，就算是睡過的也一樣。大概是伊凡斯幫她報名了什麼初學者划船班吧，而佐特大概也是一如往常，為了證明自己的能力就去了。光想到一群白痴新手失控到把槳當成湯勺一樣在水上挖來挖去的樣子，多納提就覺得很抖。

「——我有信心也有決心可以完成，多納提博士——」佐特堅定地說。

來了來了，就是這話，像佐特這樣的女人最愛說自己多有「決心」了。不過，現在多納提也是下定決心要解決這個佐特。昨晚他想到了一個好辦法，還能順利一擊必殺伊凡斯這支大砲。他打算把佐特搶過來，拆散這對情侶，然後趁這兩人戀情破碎覆水難收時，他只要拍拍屁股回到剛好又懷孕了的老婆身邊即可。

他的計畫也很簡單，第一步是先擊碎佐特的自尊心，畢竟要毀掉一個女人實在是太容易了。

多納堤站起身。「我剛剛說了，」他深吸一口氣，再次強調。「生得不夠聰明，不是妳的錯。」然後他示意要伊莉莎白出去。

伊莉莎白大步穿過走廊，鞋跟在磁磚上敲出險峻的斷奏音符。她告訴自己深呼吸，要自己冷靜下來，卻只感覺到心臟像狂風暴雨一樣翻騰的跳動。她驀地停下腳步，重重地往牆壁一捶，思考此刻的自己有什麼選項。

再去據理力爭。

辭職。

放火燒了這個地方。

雖然她很不想承認，但多納堤剛剛那些話，又為她心中無時無刻都燒得很旺的自我懷疑之火，添了一把柴薪。她知道自己沒有其他人那些學經歷，沒有證書證照，沒有同輩相助，沒有金援，也沒有得過獎。儘管如此，她知道，她就是知道，這世界上有什麼事是要她去完成的。有些人，生來就是有個什麼使命，而她就是這種人。她伸手按壓自己的額頭，彷彿她得這麼做，她的頭才不會爆炸。

「佐特小姐？不好意思。佐特小姐？」

謎之音在叫著她，不知是打哪裡來的。

「佐特小姐！」

聲音似乎是從一旁的角落傳來。那裡站著一個頭髮稀疏的男子，手上拿著一疊文件。他是和伊莉莎白同一個實驗室的玻里維茲博士，常常會趁沒人看見的時候來找她幫忙，其他同事也一樣。

「妳可不可以幫我看一下這個地方。」他小聲說，還要求伊莉莎白往旁邊站一點，以免招來旁人注意。

玻里維茲焦慮的額頭擠出了一條又一條的山線海線。「這是我最近的實驗結果，」他飛快塞給她一張紙。「在我看來應該是個重大的突破，妳說是不是？」他的手還在抖。「有嗎？對吧？」

玻里維茲博士看起來和平常一樣：一臉驚慌失措，好像剛剛才撞到鬼似的。對大家來說，他是渾身充滿疑點的謎樣人物，包括他是怎麼拿得到博士學位，還有他是怎麼進來哈斯汀的。

「妳覺得妳家那個帥哥會對這個有興趣嗎？」玻里維茲問。「還是妳可以拿給他看看？拿去他實驗室之類的？我可以一起過去。」他伸手抓住她的手臂，好像那是他人生的浮木，必須抓好抓滿才能活到有像凱文．伊凡斯那樣大艘的救援艇經過，來把他救走。

伊莉莎白小心地從他手中抽出幾份文件資料。她還算喜歡玻里維茲這個人，除了有點黏人之外，他滿有禮貌的，也還算專業。而且他們兩人有一個共通點，就是他們都跟這裡格格不入，儘管是出於全然不同的原因。

「玻里維茲博士，」她一邊讀他的實驗成果，一邊努力讓自己的煩惱退散。「這是透過醯胺鍵不斷重複鍵結而成的大分子。」

「沒錯，沒錯。」

「也就是說，是聚醯胺的一種。」

「聚醯——」他的臉垮了下來，知道聚醯胺是個沒什麼了不起的東西。「我覺得妳應該是看錯了。」他說。「妳再看一次吧。」

「發現這個也不錯，」她客氣地說。「只是剛好已經被證實過了。」

受到打擊的他搖搖頭。「所以我不該拿去給多納堤看。」

「你等於重新發現了尼龍。」

「真的，」他低頭看著自己手上的實驗結果。「靠。」

玻里維茲垂下頭，兩人之間一陣沉默。他看看手錶，彷彿上面寫著自己人生的出路。「咦，妳的手怎麼了？」他這才看到，指了指伊莉莎白手上的繃帶。

「喔，我在划船，才剛學。」

「妳划得好嗎？」

「不好。」

「那妳幹嘛學？」

「我也不知道。」

他搖搖頭。「哎呀呀，我好像懂這種感覺。」

幾個星期後，凱文和伊莉莎白在一起吃午餐。「妳那個計畫進行得如何？」他問，然後咬了一口火雞三明治，故意嚼得很起勁，假裝自己不知道答案。但他其實早就知道了，而且是大家都知道。

「還行。」她說。

「沒有遇到什麼問題嗎？」

「沒有。」她喝了一口水。

「妳知道，如果有需要的話——」

「我不需要你幫忙。」

凱文苦惱地嘆了口氣。真是有夠不懂事，他心想。伊莉莎白總是一心以為，只要靠蠻力就可以披荊斬棘，開闢出人生的道路。力氣是很重要沒錯，但是運氣也很重要，而運氣不好的時候，就是需要幫忙的時候。重點是，所有人都是需要幫忙的，但有可能因為這輩子都沒人真的幫過她，所以她會覺得自己不需要。有多少次她總是斬釘截鐵，說只要自己盡力就一定可以做到？他都數不清了。明明有許多反例就擺在眼前，尤其是在哈斯汀這個鬼地方。

凱文吃完自己的午餐後——伊莉莎白是連碰都沒碰——向自己保證不會再插手干涉她的事，因為尊重她的意願比什麼都重要。如果她想自己處理，他就不應該去管。

「多納堤，你到底有什麼毛病？」然而不出十分鐘，凱文就殺進多納堤的辦公室，對著他咆哮。「不過是個生命從哪裡來的小題大作？無生源論只是再次證明上帝不存在，而你擔心這可能會刺激到那些保守派？這就是你取消伊莉莎白計畫的原因嗎？你還敢自稱是科學家！」

「嗨凱仔，」多納堤雙手托著自己的腦袋，懶洋洋地說：「我是滿喜歡跟你聊聊天的啦，不過正巧我現在有點忙呢。」

凱文忿忿地把手插進他身上那條超級寬鬆的卡其褲口袋裡。「在我看來，真正的原因根本就只有一個，」他生氣地控訴。「就是你笨到根本搞不懂她在做什麼。」

多納堤翻個白眼，不屑地「嗤」了一聲。他心想，這些有才華的人怎麼可以蠢成這樣？這個凱文要是還有點腦子的話，大可指控自己是想介入他和他那漂亮女友之間的感情。

「我說凱仔，」多納堤抽出一支雪茄。「原因其實是我想幫她，為她的職涯發展推一把呢。我給她機會來我身邊，跟著我一起做另一個更重要的計畫，也讓她在化學以外的領域可以有所成長。」

嗯哼，多納堤心想，這樣說夠明顯了吧——化學以外的領域，還能是什麼？但凱文又繼續說著伊莉莎白最近實驗的結果，搞得他們好像真的是在討論工作一樣。他真的是有夠狀況外。

「每星期都有人想挖我去他們那裡上班，」凱文語帶威脅地說。「要做研究，我不是非得待在哈斯汀不可！」

又來了。這種話，多納堤聽過幾百遍了。凱文沒說錯，他的確是研究界當紅炸子雞，而且哈斯汀大部分的資金確實都是衝著他的名字來的。但這不過只是因為那些投資人誤以為凱文的存在，會吸引更多才華洋溢的人加入哈斯汀，事實上根本就沒這回事。不過話說回來，他也不是想把凱文趕走。他要的是看他一敗塗地的樣子，看他因為失戀而失魂落魄，然後自毀前程。多納堤要的是等他聲敗名裂、不會再有人看好他並給他機會之後，再揮揮手要他打包滾蛋。

「我剛剛說過了，」多納堤用一種很假仙的聲音說。「我只是想給佐特小姐一個成長的機會——我是在為她職涯著想。」

「她自己的職涯，她會自己著想。」

多納堤大笑。「是嗎，那你在這裡幹嘛？」

多納堤刻意沒提起的是，前陣子正好有顆老鼠屎壞了他「弄走佐特和伊凡斯」這一鍋好粥。那是個口袋深不見底的投資人。

兩天前，這人突然拿著一張空白的支票出現，說要贊助他們的研究，而且好死不死，就是指定要他們研究無生源論。多納堤很有禮貌地建議他，或許我們可以研究脂質代謝？還是要細胞分裂？但那人就是堅持要無生源論，不要就拉倒。所以多納堤別無選擇，只好叫佐特滾回她的火星，重回她那個荒謬的計畫。

而且坦白說，他想擊碎伊莉莎白自尊心的部分也不太奏效。不論他再怎麼重複「妳就是能力不足」的羞辱，她都不為所動。不管他說多少次，她都不曾正面回應過這個攻擊。說好的玻璃心碎滿地呢？說好的淚灑會議室呢？這女人，當她沒在說她那個超無聊的無生源論時，就是在說「你敢再碰我一次，我就讓你下半輩子活在悔恨之中。」

凱文怎麼會想跟這種女人在一起？他還是自己留著用好了，多納堤心想。一擊必殺凱文的部分，就再另外想辦法吧。

當天下午伊莉莎白就跑來凱文的實驗室。「凱文，」她說。「我有個好消息。很抱歉之前都沒跟你說，但那只是因為我不想把你捲進來。幾個星期前，多納堤取消了我的計畫，然後這星期我都一直在想辦法說服他。結果，今天還真的成功了，他收回之前的決定了。他說他又再看了一次我的計畫——覺得這麼重要的東西，不繼續下去實在太浪費了。」

凱文笑開了，努力裝出那種聽到喜事時該有的笑容，但其實他大概一小時前才離開多納堤的辦公室。「真的嗎?!」他說，然後拍拍她的背。「所以他之前取消過妳的計畫？那他還真的是迷途知返。」

「真的很對不起之前都沒跟你說，因為我想自己一個人處理這件事。不過現在回過頭來看，真的是還好我有堅持。我感覺自己總算得到一些實質的認可，包括我的研究也是。」

「真的。」

她靠近端詳了他一下，後退一步。「所以這真的是我靠自己搞定的，你完全沒有插手，對吧。」

「對。」

「所以你完全沒有跑去找多納堤什麼的，」她追問。「沒有背著我去喬，對吧？」

「完全沒有，我發誓。」他騙很大。

她出去之後，凱文默默地拍手慶祝，然後打開他的音響，放起《陽光明媚的街道上》（*Sunny Side of the Street*）這首爵士曲。他心想，又一次，我拯救了我最愛的人，更讚的是她不知道是我搞定的。

他拉開一張凳子，翻開一本筆記本，開始寫起東西。凱文從七歲開始寫日記，在各種化學式之間，隨手寫下一些自己最近發生的事或心裡的恐懼，所以他的實驗室裡堆滿了這些沒人讀得懂的筆記本，也讓很多人誤以為他的學術產量超高。數大就是美。

「你的字好難看懂，尤其是這裡，」伊莉莎白之前就常這麼說。「這裡是在寫什麼？」她指著一個RNA相關理論的筆記。那是他最近在亂試亂玩的東西。

「一個和酵素適應有關的假設。」他回。

「那這個呢？」她指著底下的另外一區，是一些和伊莉莎白有關的事。

「類似的東西。」他說，把筆記本抓過來丟到一旁。

其實他也不是寫了她的壞話或什麼的。相反的，他只是不想讓她發現，自己有多害怕有一天她也會離他而去。

畢竟凱文早就知道自己命中帶衰，因為事實已經證明：他愛過的人都會死，而且是死於離奇的意外。唯一能終結這個詛咒的方式就是不要再愛任何人。之前他都有做到，但後來遇見伊莉莎白，凱文就這樣自私又愚蠢地墜入了愛河。他當然不是故意的，只是這樣也讓伊莉莎白成為這個詛咒的下一順位。

身為堂堂一名化學家，凱文自己也知道命中帶衰這種事超不科學，根本就是迷信。他才不管這個。生命畢竟說什麼都沒辦法像個科學假設一樣，可以不計後果地拿來驗證，反而是隨時可能灰飛煙滅。所以，他無時無刻不在注意有沒有任何事物會威脅到伊莉莎白的安全。比如今天早上，那個潛在的危險就是划船。

今天早上他們又翻船了，但這次是凱文的錯，因為這次是他們史無前例翻倒在船的同一邊，而他這才發現一個可怕的事實：伊莉莎白不會游泳。看她慌亂游著狗爬式的樣子，不難發現她這輩子從來沒有學過游泳。

所以當他們回到船屋，凱文就趁著伊莉莎白去上廁所的時候，和六點半跑去找男子八人八槳的隊長：梅森醫師。當時正值天氣很差的季節，如果他們倆還想繼續划的話——她的確是有想——最好是划八人座的船。八人船不只安全得多，而且要是真的好死不死——雖然其實不太可能——翻船的話，至少有比較多人可以救她。此外，梅森這三年多來一直都很想要凱文加入。總之，問問看也不會少一塊肉。

「你說呢？」他問梅森。「但要加入就是要兩個人一起加入。」

「女人來划男子八人？」梅森醫師說，順手調整一下蓋著自己那顆平頭的鴨舌帽。梅森之前在海軍服役，非常痛恨當兵，但退伍後還是繼續留平頭。

「她很不錯，」凱文說。「非常耐操。」

梅森點點頭。退伍後成為婦產科醫生的梅森，比誰都清楚女人的耐操是多耐操。不過，一個女人要來划男子八人？怎麼可能行得通？

「誒妳知道嗎？」一分鐘後，凱文對伊莉莎白說。「男子八人隊想找我們倆加入他們今天的練習。」

「真的嗎？」參加八人隊一直是伊莉莎白的目標，因為八人艇很少會翻船。她從沒跟凱文提過自己不會游泳的事，因為不想讓他擔心。

「剛剛他們隊長跑來找我，說他也有看過妳划，」凱文說。「而且看得出妳很有潛力。」

他腳邊的六點半大嘆一口氣。看看你，謊話一個接著一個，都不用打草稿的。

「那我們什麼時候開始？」

「現在。」

「現在？」她一下子慌了起來。雖然她想划八人想很久了，但也知道划八人時的動作得跟隊友高度一致才行。以她現在的狀況來看，應該是還辦不到。一隻船隊的表現要好，在於整個隊伍要能合為一體，而要合為一體得靠船上每個人設法消除自己與他人之間的細微不同，以及體能、體質上的差距，才能達到人船合一這和諧又完美的境界。

之前她有一次在船屋聽到凱文和人家聊天，說他們之前劍橋的教練甚至會要求全隊連眨眼都得同步。更令她驚訝的是，那人聽完這話以後，竟然還點頭贊同說：「沒錯，我們之前連腳指甲的長度都規定要一樣，有做到的話真的會差很多。」

「妳划二號。」他說。

「讚。」她說，暗自希望凱文沒看到自己的手抖得很厲害。

「舵手會發號司令，妳只要盯好前面人的槳就好。還有不管怎樣，視線都別偏離到船身以外的地方。」

「等一下，不把視線偏到船身以外的話，是要怎麼盯著前面人的槳啊？」

「照我的話做就對了，」他慎重警告她。「否則全組一起完蛋。」

「但——」

「還有，放輕鬆。」

「我——」

「預備！」舵手大喊。

「不要擔心。」凱文說。「妳可以的。」

伊莉莎白不記得在哪裡讀過，在一個人擔心的事裡頭，其實有百分之九十八都不會真的發生。她心想，但是，剩下的百分之二怎麼辦呢？還有這數字是誰算出來的？也低得太可疑了吧。要是讓她來估算，她覺得應該有百分之十的擔憂會真的發生，甚至二十都有可能。

如果以她自己的人生經歷來看，這個數字應該有接近五十。她一點也不想擔心這趟划船會發生什麼事，但她就是很擔心，因為至少有百分之五十的機率她會搞砸一切。

當他們一行人在黑暗中把船抬到碼頭時，她前面那個男的轉過頭來往後偷瞄，想知道為什麼今天划二號的人突然變得這麼小隻。

「我是伊莉莎白．佐特。」她說。

「不准聊天！」舵手大吼。

「誰？」那男的懷疑地問。

「今天划二號的人。」

「那邊的給我閉嘴！」舵手大罵。

「妳？」那人不敢置信地低聲說。「妳要划二號？」

「有什麼問題嗎？」伊莉莎白噓回去。

兩個小時後。「妳剛剛划得超好！」凱文興奮地狂打方向盤，打到讓六點半有點擔心他們會不會到不了家。「而且大家都這麼覺得！」

「大家是誰？」伊莉莎白說。「剛剛沒人跟我說半句話。」

「喔這個啊，因為划船的人通常只有氣炸的時候才會開口，所以沒人說話就是好事。總之，我在下星期三的名單上也有看到我們的名字。」凱文臉上掛著勝利的笑。

凱文心想，我又一次救援成功了——上次是在工作上，這次是在划船上。或許這才是終結詛咒的真正方法吧，也就是：可以小哄小騙，但要時時小心別漏餡。

伊莉莎白轉頭望向窗外。她心想，划船運動真的有辦法這麼平等嗎？還是划船的人其實和科學家沒什麼兩樣，都只是不敢招惹「記仇大王」凱文而已。

他們沿著海岸線開車回家，日出的光線照亮了海浪上的衝浪客。衝浪板上的人回頭看著浪，腳底下的板頭朝著岸邊。他們大概希望再多追幾個浪後再去上班吧。這時伊莉莎白突然想到，她其實沒有真的看過凱文為了什麼事而記仇。

「凱文，」她轉過頭問他。「為什麼大家都說你愛記仇？」

「什麼？」他一邊說，一邊笑個不停。他心想，這些疑難雜症人果真是要靠小哄小騙、小心謹慎來解決呀！

「你知道的，」她說。「像是在工作時，同事間都有種默契說絕對不要惹到你。大家都說要是和你唱反調，你就會毀了他們。」

「喔那個。」他開心地說。「就只是些謠言八卦或嫉妒而已。有一些人我的確是不太喜歡，但妳說我會花心思去搞他們嗎？才不會呢。」

「說的也是。」她說。「不過我還是滿好奇的，有沒有人是你這輩子絕對不會原諒的？」

「我現在是沒想到什麼人。」他隨口回答。「妳呢？有誰是妳打算恨一輩子的嗎？」他轉過頭看看她。

這時伊莉莎白的臉頰上還看得到運動後的紅潤，頭髮也因為海水噴濺而仍濕漉漉的，但表情非常嚴肅。她伸出手指頭，好像在默數一共有幾個人。

9 記仇

有的人會說自己忘記吃飯，這種人在講這話時的認真程度，就和凱文說自己不記仇、也沒有討厭誰時是一樣的。事實上，不管他再怎麼假裝自己已經放下，往事仍在那裡啃蝕他的心。這輩子的確有不少人曾經對不起凱文，但當中只有一個人他是絕對無法原諒的，而且暗自發誓要恨他恨到自己進棺材的那一天。

第一次瞥見那個人，是他十歲的時候。那天有一輛豪華轎車出現在兒童之家門口，一個高大優雅的男人走下車。精心打扮的他穿著訂製西裝，袖口還有純銀袖扣，和他身後的愛荷華州風景顯得格格不入。凱文和其他小朋友一樣跑到柵欄邊看熱鬧。是電影明星吧，他們猜，也可能是職棒球員。

其實這些小朋友也滿習慣這種事了。每年大概都會有一、兩個名人在媒體記者的簇擁下，跑來兒童之家找一些小男孩合照。這些人有時候會給男孩們一些棒球手套或簽名照，但這個人不一樣，他只帶了個公事包，所以小朋友們一哄而散。

但一個月過後，各式各樣的科學套書、數學遊戲、化學器材組開始出現在兒童之家，而且這些教材不像那些稀有的手套或簽名照只有很少量，而是每個小朋友都有份，每個人都看得到、玩得到。

「這是主的恩賜，」神父如是說，把一本本全新的生物學書籍分發給小朋友。「小乖乖，閉上你們的嘴，然後給我坐好。後面的，坐好，聽到沒！」神父手上的尺重重地打在一旁的桌面，把所有小朋友嚇了一跳。

「不好意思，神父，」凱文說，翻著他手上那本生物學。「我這本有點怪怪的，有幾頁不見了。」
「那幾頁不是不見了，凱文，」神父說。「是被撕掉了。」
「為什麼？」
「因為那幾頁的內容是錯的，就這麼簡單。小朋友，現在翻到第一百一十九頁，我們來看——」
「演化論的部分不見了。」凱文插嘴，繼續快速翻動手上的書。
「你夠了沒，凱文。」
「但是——」
接著，一把尺重重地打在小凱文的手指節上。

「凱文啊，」主教疲憊地說。「你是怎麼搞的，這星期我已經看到你第四次，更不用說咱們哪位圖書館員也跑來跟我告狀，說你一直在胡說八道。」
「我們有圖書館員？」凱文驚訝地說。主教說的該不會是那個永遠都在醉的神父吧？兒童之家的藏書少得可憐，這位神父經常把自己關在擺那些藏書的小櫃子裡。
「阿默神父告訴我，你老愛誇說自己已經讀完我們所有的書了。說謊是一種罪，吹牛更是糟糕！」
「但我真的已經——」
「閉嘴！」主教大吼著走近凱文。「有些人是天生的壞蘋果，因為他們父母本身就壞。」主教繼續說。「至於你，我實在看不出你的壞是從哪裡來的。」
「什麼意思？」
「我的意思是，」他彎身貼近凱文。「我看你本來是顆好蘋果，是後來才壞掉，而且是腐爛的那種。」他說。「你會腐爛是因為你做了一連串錯誤的決定。你有聽人家說過，一個人的內在要美，外在才會美嗎？」

「有。」

「對，所以你之所以會長得這麼醜，就是因為你的內在也很醜。」

凱文摸摸自己腫起來的指節，強忍住想哭的感覺。

「為什麼你就不能好好珍惜自己已經擁有的東西呢？」主教說。「半本生物學總比沒有好吧。天父呀，我早就料到會有這樣的問題了。」他把桌子往前一推、站起身，在辦公室裡踱步。「什麼科普書籍、化學器材，收下這些還不是為了那一大筆現金。」他回過頭來對著凱文，生氣地說：「而且這根本就是你的錯，要不是你父親的關係，我們就不會有這些麻煩事——」

凱文驚訝地抬起頭。

「算了。」主教又坐回他的位置，開始翻起桌上的文件。

「你沒有資格說我爸怎樣。」凱文說，一陣熱流燒過他的臉。「你連見都沒見過他！」

「我要說誰怎樣就說，伊凡斯，」主教皺起眉頭。「而且我說的不是你那個被火車撞死的爸爸。」他說。「我說的是你『真正的』爸爸，那個把這些煩死人的科普書丟給我們的白痴，也就是一個月前開著豪華轎車跑來的那個人。那天他說，他要找一個大概十歲的小孩，一個養父母撞火車、姑姑撞樹死掉的小孩。他還說，『應該是滿高的一個孩子？』所以我從櫃子裡拿出你的資料，希望他可以把你領回去，就像領回被丟失的行李箱一樣。這種事很常發生，尤其是被收養過的小孩。但是當我給他看你的照片後，他就不想把你領回去了。」

小凱文兩隻眼睛瞪得超大，同時慢慢地消化主教說的這些東西。所以他之前是被收養的？怎麼可能。不管他們是死是活，爸媽永遠是他的爸媽。他奮力忍住淚水，回憶著那些快樂的時光：爸爸大大的掌心包裹著他的小手，他的頭靠在媽媽溫暖的胸懷裡。主教一定搞錯了，他在騙人。萬聖兒童之家這些男孩的身世，神父們說的內容總是千篇一律：你媽死於難產，然後你爸不知道該怎麼辦；男人不會養小小孩，他也還有一堆孩子要餵飽。凱文只是這樣的案例之一。

「讓你知道也好，」主教說。「你的生母死於難產，然後你的生父不知道怎麼辦。」

「你騙人！我才不信！」

「好啊，」主教冷冷地說，從凱文的資料夾裡抽出兩張文件：一張是收養證書，另一張則是某個女子的死亡證明。「咱們小小科學家想看證明的話，沒問題。」

眼眶濕濡的凱文盯著文件看，所有的字句因為淚水而糊成一片。

「那就這樣囉。」主教合起雙手。「我明白，聽到這種事應該會很震驚，不過凱文，你要往好的地方想。你至少還有個爸爸，而他至少還想要找你——至少還在乎你的教育，這已經比其他人好幾百倍了。不要這麼自私，你已經很幸運了。有愛你的養父母，現在還有個富爸爸。你可以把他的禮物當作——」主教頓了一下。「——當作一種紀念吧，當作是你父親紀念你母親的方式。」

「但如果他真的是我父親，」凱文說，還是不願意相信主教剛剛說的話。「他一定會想要帶我回家，一定會想要和我在一起。」

主教低頭看看凱文，驚訝地睜大眼。「你在說什麼？沒這回事。我剛說了，你母親死於難產，然後你父親不知道該拿你怎麼辦才好。你的父親和我都認為你還是待在這裡比較好——尤其在他看過你的資料後。像你這樣的男孩子，需要待在有規矩的環境裡來嚴加管教，就像很多有錢人也會把小孩子送去上寄宿學校一樣。所以嚴格來講，送來我們萬聖之家也是一樣的道理。」他不屑地用鼻子噴氣，卻因而吸進廚房飄來的酸味。

「不過，那人的確有要求我們在教育方面多花點心思，這部分我個人是覺得有點超過。」他挑了挑自己袖子上的貓毛，然後繼續說：「竟然想指導我們這些教育專家怎麼教小孩。」他起身，背對著凱文望向窗外西側的屋頂。「但好消息是，他留下了一筆金額可觀的資助——不光是給你，而是給所有人的，很慷慨沒錯，但要是他沒要求這些錢一定要用在科學或體育的活動上，我會覺得更慷慨。有錢人就是這樣，老是以為自己最懂。」

「他……他是科學家嗎？」

「你哪隻耳朵聽到我說他是科學家了？」主教說。「我說他跑來，丟下一些要求，就拍拍屁股走了，喔對，他也留下一張支票，所以還是比其他那些沒用的父親好多了。」

「那他什麼時候還會再來？」凱文急切地問。他實在太想逃離那個地方，就算是和一個素未謀面的人走也沒差。

「再看看囉，」主教轉頭看向窗外。「他沒說。」

小凱文拖著沉重的腳步慢慢走回自己的教室，想著那個人，想著怎麼讓那個人再來。他心想，一定得讓他回來才行。只不過，後來再出現的，只有更多的科學書籍。

當時他還只是個孩子，所以當然也就像個孩子一樣，在許多年間一直緊抓著那早該放棄的希望。他把那個快閃的父親送的書全讀完了，發狂似地把那些書當作父愛在啃食，用書裡的理論和演算法填滿自己破碎的心。他因此決心要鑽研化學，因為化學是他與父親之間唯一的連結，是一輩子沒人可以切斷的連結。但是在自學的過程中，他發現，化學的複雜遠遠超出血緣遺傳，有時還會以極其無情的方式發生轉折與扭曲。於是凱文一生都活在下面這個認知裡：後來出現的那個父親不只連一面都不願見他，還又一次拋棄他，而化學助長了他心底那份藏不住又看不開的恨意。

10 牽繩

伊莉莎白這輩子從來沒養過寵物，但養了六點半後，她也不太確定自己是不是在養寵物。六點半的確不是人類，可是伊莉莎白覺得六點半比大部分人類都還有人性。

這也是為什麼她一直沒有為六點半準備牽繩的原因。感覺太不對了，栓住他甚至會讓她覺得是一種對他的污辱。而且他其實從來不會離她太遠，過馬路也都會看路，更不會亂追貓。他唯一失控暴衝的一次，是國慶日那天有鞭炮在他面前爆炸的關係。之後伊莉莎白和凱文憂心忡忡地找了好幾個小時，才發現他把自己塞在一條小巷裡的垃圾桶後面，躲起來羞愧地瑟瑟發抖。

後來政府頒布了一道和寵物牽繩有關的新法令，她才又再次考慮起牽繩的事，只不過真正的原因不單純——其實是她越來越依賴六點半，所以越來越想要六點半也依賴著她。

於是她跑去買了一條牽繩，掛在走廊的外套架上，等著凱文自己發現後再開口解釋。結果一個星期過後，他都沒發現。

「我幫六點半買了一條牽繩。」最後還是由她自己主動宣布這件事。

「為什麼？」凱文問。

「法律規定的。」她解釋。

「什麼法律？」

她敘述了一下那道新法令，凱文笑了出來。「喔，妳是說那個——但我會說那法令不適用我們啦，是那些養的狗狗不像六點半的人才需要。」

「不對，法令適用於所有人。這是新的規定，我滿確定他們是來真的。」

他笑著說：「不用擔心啦，我和六點半幾乎每天都會經過派出所，他們都認得我們。」

「但之後就不一樣了。」她很堅持。「我在想可能是因為，最近突然有很多狗狗貓貓被車撞死的關係。」伊莉莎白其實不知道這是不是真的，但她感覺應該就是這樣沒錯。「總之，我昨天和六點半散步的時候有用，他還滿喜歡的。」

「但我不可能牽著一條繩子跑步。」凱文望向別處，接著說：「而且我也很討厭被牽制住的感覺。重點是，六點半從來不會亂跑啊。」

「要是發生什麼事怎麼辦？」

「是會發生什麼事？」

「要是他跑到街上被車撞了怎麼辦？你記得鞭炮那一次嗎？我不是擔心你會發生什麼事，我是擔心他。」

凱文在心裡偷笑。他從來沒見過伊莉莎白這樣母愛爆發的一面。

「對了，」他說。「氣象預報說最近會有閃電，所以梅森醫師剛剛打電話來說，這星期的划船練習取消。」

「是喔，真可惜。」她假裝讓自己看起來很失望的樣子。

截至目前為止，她已經划過四次男子八人八槳，每一次都讓她累到不願意承認的地步。「他還有說什麼嗎？」她問，努力別讓自己聽起來像是在期待一些讚美，雖然她是真的有所期待。梅森醫師感覺是個公正的人，因為他都是用平等的態度和她說話。伊莉莎白記得凱文說過他的本業是婦產科醫生。

「他還說，我們兩個都在下星期的名單上，」凱文說。「也希望我們可以考慮一下春天的船賽。」

「你是說比賽嗎？」

「對啊，妳一定會喜歡的。船賽很好玩。」

事實上，凱文很確定她一定不會喜歡。船賽的壓力超級大，光是不想輸掉比賽就夠煩了，還得抱著有可能會受傷的心理準備應戰。當那句「注意！」一聲令下，選手最後可能會搞到心臟病發、肋骨斷裂、肺葉捐贈——總之什麼狀況都有可能，為的不過是一片雜貨店都買得到的獎牌。什麼？你說自己只差冠軍幾秒鐘？得了吧，輸了就是輸了，第二就不是第一。

「聽起來真不錯。」她說謊。

「是真的很不錯。」他也是。

兩天後，在一片漆黑中，凱文感覺伊莉莎白好像在換衣服。「練習取消了，妳忘了嗎？」他驚訝地說，伸手抓來時鐘。「現在才四點，回來睡吧。」

「我睡不著。」她說。「我想我今天早一點去上班好了。」

「不要啦，」他撒嬌。「再陪我一下。」他拉了拉棉被，示意要她回到被窩裡。

「我會把馬鈴薯設定用低溫烤，」她一邊套上鞋子一邊說。「等等你就有好吃的馬鈴薯當早餐了。」

「等一下。如果妳要起來的話，我也要起來。」他打著哈欠說。「再等我一下就好。」

「不用，不用，」她說。「你繼續睡吧。」

一個小時後凱文醒來，發現家裡只剩他一個人。

「伊莉莎白？」他喊。

他信步來到廚房，流理台上放著一雙廚房手套。「請享用馬鈴薯。」她在一張紙條上寫著。「等會兒見，愛你的伊。」

「今天我們跑步去上班。」凱文告訴六點半。其實他今天沒有很想跑步，但如果他跑步去上班，下班時可以一家三口坐一台車回家。不是因為他想要省油錢，他只是不想讓伊莉莎白自己一個人開車回家，因為這一路上不只有樹木，還有火車鐵軌。

要是讓她知道自己常常這樣杞人憂天，她一定會很受不了，所以凱文從來不會告訴她這些。但他怎麼可能不戰戰兢兢、如履薄冰呢？他對她的愛勝過世上的一切，比最愛還更愛。她也會這樣亂操心，三不五時都要確認他有沒有吃東西，一直要他和傑克一樣在房間裡跑步就好，最近甚至連牽繩都買了。

出門前，他的眼角瞥到一疊帳單，也在心裡提醒自己該處理一下最新一輪的攀關係詐騙信了。那個宣稱自己是他媽的女子又寫信來了——「之前大家都跟我說你已經死了」——她總是這麼說。還有一個莫名其妙的人來信指控凱文偷了他所有的點子，然後還有一個失散多年的兄弟說自己需要錢。不過說也奇怪，從來沒人寫信來說自己是他的父親。大概是因為其實他父親還活著，而且在忙著假裝自己沒他這個兒子。

離開了兒童之家後，除了主教以外，他只跟一個人坦承過自己對父親的恨意。那是一位筆友。他們從來沒見過面，但大概因為通信就像一種告解，兩人都覺得見不到面還比較能暢所欲言，因而建立起緊密的友誼。經過一年掏心掏肺的穩定書信往來後，他們聊到了彼此的父親，然後一切就改變了。凱文當時坦承自己恨不得他爸已經死了——那位筆友大概被嚇到，再也沒有回信給他。這是凱文完全沒料到的結果。

凱文心想自己大概是越界了。那個筆友是有信仰的人，他則沒有。或許在教會的世界裡，沒人膽敢承認自己希望父親去死吧。總之不管是什麼原因，他們相知相惜的友誼就這樣告一段落，凱文也因此難過了好幾個月。

這也是為什麼他會打定主意不要告訴伊莉莎白，自己父親還活著的這件事。他實在太擔心要是自己說了，她的反應會像那個筆友一樣，然後離開他。或是在某天早上醒來發現他那致命的缺陷，也就是主教所說的：凱文．伊凡斯這個人是相由心生，由內而外發醜，天生就註定沒人愛。話說回來，伊莉莎白也的確拒絕了他的求婚。

而且要是他現在說了，她一定會反問，奇怪你之前怎麼不說。這就麻煩了，因為她還可能會進一步追問：你還有什麼事是沒告訴我的？

別了吧，有些事還是不要說比較好。上次她不也沒告訴他在工作上遇到的問題嗎？所以說，在一段親密關係裡，各自保有一些小祕密是很正常的事。

他套上一條舊運動褲，然後在他們共用的抽屜裡翻找襪子，在當中突然聞到一縷她的香水味，讓他的心情瞬間變得輕快。凱文這人從來就不是個多上進、多追求自我成長的人，卡內基寫的那些如何交朋友、如何影響他人的書沒有一本看完，因為他大概只看了十頁就領悟一件事：他真的不太在意別人的看法。不過那都是遇到伊莉莎白之前的事，現在的他發現：只要她開心，他就會很開心。他抓起網球鞋，一邊心想，這大概就是愛的終極定義吧——因為愛，讓你想為了對方改變自己。

彎身綁鞋帶時，他感覺自己的胸口充滿一種全新的感受。難不成是所謂的感恩的心？像他這樣在孤兒院長大的孩子，這個其貌不揚、一輩子沒人疼沒人愛的凱文．伊凡斯，竟然在千迴百轉之後，遇見這個千載難逢的女人和這隻狗，然後還有他的研究、他的划船、他的跑步。這一切全都不在他的預料中，全都超出他所應得的。

凱文看了一下手錶。現在是早上五點十八分。他心想，伊莉莎白現在應該已經坐在實驗室的凳子上，離心機也正如火如荼運轉著吧。他吹了聲口哨，要六點半來前門跟他會合。從家裡到研究院大約八公里多一點，他們用跑的應該可以在四十二分鐘內到哈斯汀。

當凱文打開大門，六點半有些遲疑。外面天色還好暗，又下著小雨。

「走啦，我們走。」凱文說。「怎麼了嗎？」

這時他想起應該用牽繩才對，於是回頭拿來牽繩，彎下腰，把繩子扣在六點半的項圈上，將自己和他牢牢連結在一起。最後，他轉身把門鎖上。

然後再三十七分鐘後，他就不在人世了。

11 砍預算

「走啦，我們走。」凱文對六點半說。「打起精神來。」

一路上，六點半一直維持在凱文前方五步的距離跑著，也不時回頭看，像在確認凱文人還在不在一樣。某次右轉後，他們經過一個書報攤，看到頭版大大的標題上寫著：「市政預算創下歷史新低！」、「警政消防作業堪慮！」。

凱文拉了拉牽繩，示意六點半左轉，轉去一個比較老的社區。那裡的房子都超大，還有大海般遼闊的草坪。跑過這個社區時，凱文對自己說。「總有一天我們也要住在這裡。也許等我得諾貝爾獎後就搬過來。」六點半覺得他遲早會得，因為伊莉莎白是這樣跟他說。

在下一個轉彎處，凱文踩到青苔差點滑倒，踉蹌了幾步才又繼續跑。他心想：「好險。」接著他們來到警察局前，六點半遠遠就看到一排警車在那裡，排得整整齊齊的，像一排等著被檢閱的軍人。

不過這些警車很久沒被檢查了，因為警政單位最近又被砍預算，是四年來的第三次，而這三次都要歸因於市政府「用小錢做大事！」——市府行銷部門某個中階主管掰出來的口號——的施政方針。這一次他們做的大事，就是砍掉警政部門的人事預算，也就是警員們面臨薪資縮減的危機，升遷也無望，下一步就是裁員。

為了保住自己的飯碗，警員們急中生智，從警車下手來「用小錢做大事！」：不檢修，不換機油，不保養煞車，不換輪胎，連燈泡都省下來，由停車場上這些黑白相間的巡邏車幫忙擋下這一波預算縮減的火勢。

六點半一直不太喜歡這個警車停車場，尤其是他們雙手一攤的不作為態度。連那個有時會在他們經過時友善地跟他們打招呼的員警，六點半也不太喜歡。他遲緩、沉重的樣子，和凱文的活力形成強烈的對比。在六點半看來，那些警員每個都看起來很鬱卒。他們被低薪套牢，成天做些無聊的例行公事，應付一堆不重要的芝麻綠豆小事，從來沒有機會用上當年在警察學校受過的急救訓練。

就在他們接近警局時，六點半用鼻子嗅了嗅。當時天色還是暗的，太陽大概還要再十分鐘才會升起——

劈啪！

黑暗中傳來一聲駭人的爆裂聲，有點像鞭炮爆炸聲，既尖又銳，一聽就覺得大事不妙。六點半嚇到跳了起來——那是什麼？——他想暴衝卻沒辦法，因為凱文手上的牽繩拉住了他。凱文也嚇到了——**剛剛那是槍聲嗎？**——也想逃離現場，方向和六點半正好相反。

砰！砰！砰！爆炸聲像機關槍一樣連發。凱文急忙邁開大步，奮力往前跑，用力拽著六點半。「走這邊！」同一時間，六點半也抬起前肢要往另一個方向衝，彷彿在對凱文說：「不行！走這邊！」連著他們倆的那條牽繩，已經緊繃到極限。這時，凱文一腳踩到地上的一灘機油，然後就像溜冰跌倒時那樣，整個人瞬間往下趴去，彷彿地板是他失散多年的老友。

砰！

凱文的頭部周圍漸漸形成一道暗紅色的光圈。

六點半轉頭想過去幫他，突然一個龐然大物衝到他們中間，不只瞬間把牽繩劈成兩段，也把六點半噴到老遠。

當六點半好不容易抬起頭，正好看到一台巡邏車的輪子碾過凱文的身軀。

「靠！怎麼了？」一名巡警對他的夥伴說。他們早就習慣巡邏車三不五時就會回火，但這次是完全不一樣的事。他們趕忙下車，沒想到竟看到一名男子倒在地上。他灰色的眼珠睜得老大，頭部傷勢流出的血已經流成人行道上的河。他對著警員眨了兩次眼。

「天啊！我們剛才撞到他了嗎？我的天，先生——你還好嗎？聽得到我說話嗎？先生？吉米，趕快叫救護車。」

凱文趟在那裡，頭骨碎裂，手臂被車子壓成兩截，手腕上還纏著一截牽繩。

「六點半？」他虛弱地說。

「什麼？吉米，你有聽到他說什麼嗎？我的天啊。」

「六點半？」凱文再次發出聲音。

「喔還沒，先生。」警員彎身對他說。「現在是快六點，但還沒到——其實才五點五十，零五五零。我們要先帶你離開這裡，去醫院處理傷口。別擔心，先生，一切都會沒事的。」

他們的身後，可以看到一群警員衝出警察局，不遠處則有一台救護車在用力鳴笛，吶喊著自己有多想趕快抵達。

「喔，不。」一名警員說，凱文的肺這時已經吸不到氣了。「他不是我們常常聊到的那個——愛跑步的人嗎？」

三公尺外，肩部脫臼的六點半靜靜地望著這一幕，剛剛在拉扯中受傷的脖子上也仍掛著一截牽繩。此時的他好想待在凱文身邊，把臉埋在凱文的鼻子邊，再舔舔他的傷口。他好希望自己可以阻止剛剛發生的一切，但是他心裡明白——就算是隔著三公尺，他也明白。凱文的眼皮垂落，胸口也不再起伏了。

六點半看著人們把凱文抬上救護車，用一塊布蓋在他的身上。他的右手在擔架外晃來晃去，斷掉的牽繩還纏在手腕上。六點半別過頭，悲痛難耐。他垂著頭，轉身去找伊莉莎白，去告訴她這個噩耗。

12 凱文的餞別禮

伊莉莎白八歲的時候，她哥有一次和她打賭，賭她不敢從眼前的懸崖跳下去，結果她真的跳了。懸崖下是個水池，積滿藍綠色的水，因為那裡原本是一座礦場。伊莉莎白像個人肉飛彈一樣撞上水面。等雙腳碰到底後，她一蹬而上，卻在冒出水面時，發現她哥也在池子裡，原來他在她跳了之後馬上跟著往下跳。妳在想什麼啊？伊莉莎白！他把她拉過來，氣急敗壞地大吼。我剛剛只是在開玩笑！妳差點死掉妳知道嗎！

伊莉莎白現在正僵直地坐在實驗室的凳子上，耳裡聽到有警察在說誰死了，接著有人說死者遺留下來的手帕應該要交給她，另外還有人提到獸醫的事。但現在的她，腦海中只有當年那一剎那，腳趾頭碰到水底時那種軟軟綿綿泥巴的觸感。那泥巴有多麼歡迎她就這樣待下來。

在得知眼前的這個消息後，伊莉莎白滿腦子只有一個念頭：**早知道當時就留在那個水底了**。

都是她的錯，她試著對警員解釋說那牽繩是她買的。但不管她講了幾次，他們好像都聽不懂的樣子，讓她也開始糊塗，懷疑整件事是不是只是她的想像。凱文其實沒死，他只是跑去划船了，或是他還在回程，或是他已經在樓上了，正在寫他的筆記本。

某個人說妳先回家休息吧。

然後接下來的幾天，伊莉莎白和六點半一起躺在亂七八糟的床上，睡也睡不著，進食就更不用說了，成天就只是愣愣地望著天花板，等著凱文一如往常打開那扇門回家。唯一會打擾他們的只有電話鈴聲，接起來卻都是她最不想聽到的：殯葬業者打來抱怨。「小姐，有些事情還是要決定一下啦！」對方氣急敗壞地追問，有個誰進棺材前需要一套西裝。「誰要進棺材？」她說。「請問你是哪位？」

伊莉莎白恍惚到這種地步，六點半也看不下去了，推著她來到衣櫃前，用他的腳掌擠開衣櫃門。一件件空蕩蕩的襯衫掛在那兒，有如離世許久的遺骸在那裡飄著。她看著看著，這才意會過來：凱文已經不在了。

這次就像哥哥自殺，還有被麥爾斯襲擊那次一樣，她都哭不出來。她眼底的水位已經超過警戒線，但就是無法潰堤洩洪。她整個人像是被抽乾了，不管再怎麼深呼吸，空氣都無法填滿她的肺。這讓她想起小時候，有一次在某個圖書館，她聽到一個男人跑去跟圖書館員說，有人在書架那邊燒開水。這很危險吶，男人說，妳應該想辦法處理一下。但那位圖書館員試著告訴他，沒有人在燒水——因為那間圖書館就只有這麼一個空間，她站在那個位置就可以把整個空間看得一清二楚——但那個男人很堅持，還對她大吼大叫，最後是另外兩個男的把他架了出去。其中一人解釋說，那男人應該是仍處在戰後的衝擊中，而且很可能這輩子都好不了了。

問題是，她現在也聽得到那水在滾了。

為了不再繼續被電話騷擾，她得生出一套西裝來才行。凱文沒有西裝，所以她整理了她覺得他應該會想在最後一程穿的衣服，也就是划船的服裝，然後把這一小包衣服帶去葬儀社，交給葬禮的禮儀師。

「拿去。」她說。

對方本著長年與死者家屬互動的老道經驗，以莊重的態度收下了衣物，並且禮貌地跟她點了個頭。但她離開不久之後，他就把那包衣物扔給某個助理，交代他：「去拿一件四十六號加長的給四號房那位。」助理把那包衣物丟到某個沒有標記的櫃子裡，裡頭都是些仍處在悲痛中的家屬拿來但根本不能用的衣服，多年來已經堆得像一座小丘一樣高。然後，這位助理到一個超大衣櫃前，從裡面取出一件四十六號加長版的西裝，抖一抖褲子，拍一拍襯衫上面的灰塵後，直接往四號房走去。

伊莉莎白才剛走不久，車子才離葬儀社十個街區遠的時候，助理已經把凱文僵硬的身體裝進那套西裝裡，將他曾緊緊抓著她的手套進深色的衣袖裡，將他曾經環繞著她的腿塞入羊毛褲管中。然後，助理把扣子扣上，腰帶繫好，領帶調整好，鞋帶綁好，再一次從頭到尾拂去凱文西裝上的塵埃，好像這是回歸塵土前必經的一途。助理退後一步，欣賞了一下眼前的成果，又再調整了領口，接著伸手想拿梳子，遲疑一下後又決定不需要了。最後他離開四號房，關上門，穿過走廊，去拿他咖啡色袋子裡的午餐。一路上他只在一個小辦公室前稍作停留，裡面有個女子坐在一台大型加數機（adding machine）後頭。他跟她簡單說了幾句話。

伊莉莎白還沒開到十二個街區遠，那套髒髒西裝的費用，已經被加進要給她的那份喪葬費帳單裡了。

喪禮那天來了超多人，一些是凱文划船的朋友，還來了一個記者。哈斯汀大約來了五十多人，當中有不少人雖然一身肅穆地鞠著躬，但他們不是來哀悼的，而是來幸災樂禍的。爽啊，他們竊笑，小霸王死啦。

這些科學家在墓地附近晃來晃去的時候，遠遠就注意到了佐特，身邊還有那隻狗。果不其然，她完全不管市政府最新頒布的法令，沒有用牽繩把那該死的狗牽好，也無視墓園四處貼滿的告示，上面明定禁止狗隻進入。又來了，這兩人又來了，連其中一人已經進棺材了，卻還是死性不改。這個佐特和伊凡斯一個樣，既自以為是又不守規矩。

伊莉莎白此時站得遠遠的，用一手遮著太陽，望著人來人往。旁邊另一個墓地上，有一對穿著正式的男女在看熱鬧。他們看著來致意的親友魚貫而入，就好像現場有五十台車追撞成一團那麼精彩。伊莉莎白一隻手放在六點半身上綁著繃帶的地方，思忖自己該怎麼進行下去。因為她實在太害怕，知道自己要是靠得太近，就會忍不住去撬開棺木、爬進去，把自己和他一起埋了，但這樣她就得應付一群衝上來阻止她的人，而她不想被阻撓。

六點半也感覺到了她想自我了結的意圖，所以這陣子他無時無刻不在小心照看著她。問題是他自己也不想活了，更可怕的是，他覺得她也有同樣的想法——儘管自己已經沒有求生意志，卻仍覺得有責任要讓對方好好活下去。世界上怎麼會有這麼麻煩的事。

就在這時，他們身後冒出一個聲音。「哎呀，至少今天天氣滿好的。」講得好像喪禮就該風和日麗，天氣不好就會有點掃興一樣。六點半抬起頭，看到一個下巴有稜有角、瘦骨嶙峋的男人，手裡拿著一小疊紙。

「不好意思，打擾妳一下，」那人對伊莉莎白說。「看妳一個人站在這裡，想說也許妳會願意幫我一個忙。我想幫伊凡斯寫點東西，方不方便請問妳幾個問題——要是妳方便的話——我知道伊凡斯是個科學家，但也就這麼多了。那麼，請問妳和伊凡斯是怎麼認識的呢？也許可以跟我分享一下你們之間發生過的小故事？妳跟他認識很久了嗎？」

「不。」她說，迴避他殷切的眼神。

「不什麼？妳不……？」

「不久，我認識他沒有很久，絕對還不夠久。」

「喔，這樣啊。」他點點頭。「了解，所以妳才會站這麼遠——沒有很熟，但覺得還是該來悼念一下，我懂。所以妳是伊凡斯的鄰居嗎？也許妳可以告訴我哪一位是他的爸爸、媽媽？還是說，妳其實是他的姊妹？表姊妹？堂姊妹？會這樣問是因為我想更了解他的家庭背景。一直以來都有聽說不少他的事，有人說他是個愛講幹話的白目，妳覺得呢？據我這邊了解的是，他沒有結婚，那他之前有交往的對象嗎？妳知不知道？」當伊莉莎白的雙眼開始放空，他又低聲補上一句。「順帶一提，不曉得妳有沒有看到告示，狗其實不能進來墓園，也就是，禁止進入的意思。這裡的管理員應該還滿在意這規矩的，除非是一些例外，像是，我不知道，呃，妳有需要——導盲犬之類的，因為妳可能呃，妳知道，要是妳是——」

「我是。」

這記者猛然退了一步。「喔天吶，真的嗎？」他用抱歉的語氣說。「所以妳是——喔，真的很不好意思。我只是覺得妳看起來不太像——」

「我是。」她又再重複一次。

「是永久的嗎？」

「對。」

「真是太遺憾了，」他好奇地繼續問。「是因為生病嗎？」

「因為牽繩。」

他又往後退了一步。

「喔，真的太遺憾了。」他又說了一遍，然後開始告訴她自己看到了什麼。「大家開始入席了，牧師翻開《聖經》，然後——」他向後傾身，看一下有沒有人正從停車場走過來。「——還沒有任何家屬到場。奇怪，他的家人呢？第一排現在空空如也。看來他真的是個愛講幹話的白目耶。」他看伊莉莎白一眼，以為她會附和兩句，卻發現她站起身了。「小姐？」他說。「妳不一定得走那麼遠去觀禮，沒關係的，我想大家都會體諒妳的情況。」伊莉莎白沒理他。「那個，如果妳真的想過去，最好讓我幫妳吧。」

他把手伸向她的手臂，但就在他碰到她的那一瞬間，六點半立刻對他狂吠。「媽啊！」他說。「我只是想幫忙而已。」

「他才不是愛講幹話的白目。」伊莉莎白咬牙切齒地說。

「噢，」他有點尷尬地說。「呃，他不是他不是，抱歉，我只是之前聽過別人這樣說而已，沒別的意思。哎妳知道的——有些人就是愛亂講話。我道歉。但妳剛才不是說，跟他沒有很熟嗎？」

「我才沒那樣說。」

「妳剛剛——」

「我說，我認識他『還不夠久』。」她的聲音顫抖著。

「這就是我剛剛的意思嘛，」他安撫她，再次把手伸向她的手臂。「你們認識沒有很久。」

「不要碰我。」她猛地抽回自己的手臂，立即和身邊的六點半一起走向前頭那片凹凸不平的草地。她敏捷地避開沿途那些石頭和擋路的花，用雙眼視力二．〇的人才辦得到的精準步伐邁向空蕩蕩的第一排座位，正對著那個裝著凱文的長型黑色箱子坐下。

接下來是一些不能免俗的橋段：哀戚的神色，髒髒的鏟子，無聊的祭文，荒謬的祝禱。但在第一把塵土落到棺木上、牧師進行最後一段悼詞時，伊莉莎白用一句「我得去走走」打斷了他，起身和六點半一起離開。

他們走了好久好久才到家。將近十公里的路程中，她穿著一身黑，腳踩著跟鞋，就她和六點半而已。整個過程非常奇妙，包括這條路線本身——沿途經過的路段、社區，有好也有壞——以及這段路程構成的畫面對比：一個黯然神傷的女人和一隻負傷的狗，走在早春鮮活的景色中，營造出一種奇特的衝突感。他們一路上經過的地方，就連一片死寂的社區，都看得到小花從人行道的縫隙或花圃中竄出，招搖又放聲爭相要吸引目光，也任各自的香氣交融為一股股複方香水。置身這濃濃的春色下，他們竟如此生不如死。

喪車大概跟著他們開了不到兩公里，司機苦苦哀求她上車，說她穿著這種鞋，走個十五分鐘應該就不行了，也提醒她這趟車本來就算在帳上。他抱歉地說狗不能上他的車，但應該有其他台車可以來載狗。伊莉莎白對司機的請求充耳不聞，就像對那個惱人的記者一樣。司機和其他人後來放棄了，而她和六點半繼續做他們唯一想做的事：走下去。

隔天，伊莉莎白因為沒辦法待在家裡，又沒別的地方去，就和六點半一起去上班了。這立刻造成同事們的困擾，因為他們已經把自己能想到的安慰的話都講完了，比如：**請節哀；如果需要什麼幫忙的話，不要客氣；真的是辛苦妳了；我想他應該走得很安詳；我會在這裡陪著妳；他應該已經回到上帝的身邊了……**諸如此類的台詞，因此所有同事都躲著她。

「好好休息，慢慢來沒關係，不用急著回來。」多納提在喪禮上這麼對她說，把手放在她的肩上，心裡暗自詫異著黑色真的很不適合她。「我會在妳身邊陪著妳。」但是當他看到伊莉莎白茫茫然坐在她實驗室的那張凳子上時，他也和其他人一樣退避三舍。不多久她就發現，只有當她「不在這裡」，他們才能「在這裡陪著她」，這才聽從多納提的建議，閃遠一點。

於是她唯一可以去的地方，只剩下凱文的實驗室。

當她和六點半站在凱文實驗室的門外時，她小聲對他說：「我等等應該會大崩潰。」六點半用鼻子使勁頂她的大腿，示意她不要進去。但她還是打開那扇門，走了進去。一陣超濃的清潔劑味，像火車一樣朝他們直衝而來。

人類真的很怪，六點半心想，在地上活著的時候那麼努力和灰塵搏鬥，死後卻願意把自己埋在髒髒的土底下。那天在喪禮上，他實在不敢相信他們要用那麼多土來蓋住凱文的棺木，而當他發現他們竟然是用那麼小的鏟子在鏟土，讓六點半慎重考慮起自己是否該伸出援腳，來幫忙填滿那個大洞。可是回到實驗室，塵土又讓他們覺得礙眼了，動手將凱文生前的所有痕跡全部抹得一乾二淨。六點半望著杵在房間正中央、震驚到臉色發白的伊莉莎白。

凱文的筆記本全都不見了，全都被裝箱、收到倉庫裡，由哈斯汀的管理階層緊張兮兮地守著等著，看會不會有某個親屬之類的人來代表領回這些手稿。伊莉莎白理當該是這個人。她比任何人都了解他的所有研究，而她們倆之間的「親」也比所謂的親屬還要親，但他們說她沒有資格。

留在空間裡的只有一個箱子，裡頭是一些凱文的私人物品。箱子裡有一張伊莉莎白的照片，一些法蘭克．辛納屈的唱片，幾片喉糖，一顆網球，一些狗零食，然後在箱子最底下的是——他的便當盒。她心裡一沉，因為裡面可能還裝著她九天前幫他做的三明治。

但是當她打開那個便當盒，她的心跳漏了一拍。裡面是一個藍色小盒子，當中裝著一個她此生見過最大顆的小鑽石。

這時，芙萊斯克小姐探出頭來參一腳。「妳來了呀，佐特小姐。」鑲著水鑽的貓眼型眼鏡鬆鬆地掛在她胸前，活像條上吊繩。「不記得我了嗎？我是芙萊斯克，人事室的。」她停頓一下。「我不是故意要打擾妳，」她把門再推開一點。「但——」然後她看見伊莉莎白手上正拿著那個小盒子。「喔不，佐特小姐，那東西妳不能碰，那可是伊凡斯先生的私人物品。我雖然有注意到妳和他之間，嗯哼，有段不太尋常的關係，但我們還是得依法行事——再稍等一陣子，看有沒有個伊凡斯先生的誰，比如兄弟、外甥等等，這種有血緣關係的人，會來做一個領取的動作。妳懂的，不是我們哈斯汀要為難或針對妳，更不是在說妳的私德有什麼瑕疵。只不過，要是妳沒有個白紙黑字之類的文件，可以證明他有想把自己的東西留給妳，請恕我們還是得照法律的規定來走。我們這裡是已經把他的研究成果進行封存，統統都收好也鎖好了唷。」她喘口氣，打量一下伊莉莎白。「妳還好嗎？佐特小姐？妳看起來好像快昏倒了。」

伊莉莎白稍微軟腿，身子不禁前傾。芙萊斯克推開門走了進來。

其實，自從某次在員工餐廳，芙萊斯克發現艾迪用一種——他從來沒有這樣看過自己的——特殊眼神在望著佐特，她就開始很討厭佐特。

「我今天搭電梯搭到一半，」艾迪陶醉地說。「佐特走了進來。我們一起搭了四層樓的電梯吧。」

「喔那你們聊得還開心嗎？」芙萊斯克咬著牙說。「你該不會連她最喜歡什麼顏色都知道了吧？」

「沒有啦，」他說。「下次遇到她時，我再問好了。夭壽，她真的是不一樣的層次。」

在那之後，芙萊斯克大概每個星期至少會聽到個兩次，艾迪在那邊說伊莉莎白有多麼與眾不同。每次見到艾迪，他開口閉口都在沒完沒了地佐特這樣、佐特那樣。話說回來，那陣子，整個哈斯汀都是如此，佐特東、佐特西、佐特東南西北的，實在讓她聽到都快吐了。

「我想不必我多說，妳也很清楚，」芙萊斯克的手搭在伊莉莎白的背上。「現在就跑來上班，對妳來說實在太快了——尤其是來這裡。」她指這個以前專屬於凱文、充滿他的身影的空間。「這樣真的太辛苦了。妳想必還處於驚嚇當中，應該多休息才是嘛。」她的手笨拙地在伊莉莎白的背上輕拍。「還有，妳不用管人家怎麼說，雖然妳應該早就知道大家是怎麼傳的了，」芙萊斯克說，其實她很確定伊莉莎白不知道。「我也是剛剛才聽說。」她說得好像哈斯汀裡傳來傳去的八卦，自己都是才剛知道一樣。「在我看來，不管伊凡斯喝牛奶有沒有付錢，他走得那麼突然，妳一定都很傷心。總之，我的想法是，牛奶是妳的，妳要怎麼揮霍，都是妳的自由。」

啊哈，她心滿意足地想，這下佐特知道別人是怎麼說她的了。

伊莉莎白抬起頭，目瞪口呆看著她，心想：要像這樣在最壞的時機，說出最不恰當的話，真的不是每個人都辦得到。說不定你得具備這種能力，才能進人資辦公室工作——要夠無知，夠天真愚蠢，才會有臉去羞辱一個才剛喪偶的人。

「我是為了一些事來找妳的。」芙萊斯克說。「首先呢，伊凡斯先生的狗，也就是這隻狗，」她伸出一隻手指頭指著六點半，六點半狠狠地瞪回去。「很抱歉，他不能再進來研究院了唷，妳懂的。由於哈斯汀研究院非常敬重伊凡斯先生，才有點過度縱容他比較特立獨行的部分。但很遺憾，他現在已經離開我們了。所以很抱歉，這隻狗也得離開。畢竟就我所了解的，這隻狗是他的狗對吧。」她跟伊莉莎白確認。

「不是，他是我們的狗。」她再擠出一句。「是我的狗。」

「了解。」她說。「不過從現在開始，他就只能待在你們家裡囉。」

待在角落裡的六點半抬起頭。

「沒有他，我沒辦法來這裡，」伊莉莎白說。「真的沒辦法。」

芙萊斯克眨了眨眼，彷彿實驗室裡太亮似的。接著，她不知道從哪裡生出一塊筆記板，上頭寫了一些筆記。「當然當然，」她看都沒看伊莉莎白一眼。「我也是很愛狗狗的。」其實她一點都不喜歡狗。「不過，誠如我剛才所說的，先前是因為伊凡斯先生對我們來說很重要，院方才破例通融，所以還是要麻煩妳稍微體諒一下。」她又伸手輕拍伊莉莎白肩頭。「搭別人的便車，也要有個限度。」

伊莉莎白臉色一變。「什麼便車？」

芙萊斯克抬頭看她，擺出公事公辦的姿態。「我想我們都很清楚。」

「我從來沒搭過他的便車。」

「我也不是在說妳有呀，」芙萊斯克裝出驚訝的樣子，又壓低聲音好像要說什麼祕密一樣。「那我可以再說一件事嗎？」她飛快吸一口氣。「天涯何處無芳草呀，佐特小姐。也許妳的下一任沒辦法像伊凡斯先生一樣名氣那麼大又有影響力，但天下的男人都差不多。我是學心理學的，所以這方面的事我很懂。妳當初會想和伊凡斯在一起，也許是因為他有名又剛好單身，也許是因為和他在一起，對妳的職涯會有些幫助，可惜這些都化為泡影了。但妳當初會這麼做也情有可原啦，所以不會有人怪妳。唉，他竟然就這樣走了，妳應該很難過吧——當然會難過啦。難過歸難過，但妳還是要往好處想，這麼一來，妳可是又自由了。好男人，或者說更好看的男人，多的是呢，當中肯定會有人想把戒指套到妳手上啦。」

她停頓了一下，想起那個有夠醜的伊凡斯，同時想到這下子正妹伊莉莎白又要回到單身市場上了，那些男人大概包圍著她，像浴缸裡不斷滿溢出來的泡泡一樣。「妳的下一春，」她繼續。「說不定是個律師呢。」她越說越直白。「到時候妳就不必再搞這些有的沒的鳥科學，可以回家好好生一堆小寶寶囉。」

「那不是我想要的。」

芙萊斯克愣了一下。「哎喲，有點小叛逆是吧。」她說。她真的好討厭佐特，真的超級討厭這女人。「還有另外一件事要知會妳，」她用手上的原子筆，敲打著筆記板子。「就是喪假的部分。咱們哈斯汀決定多賞給妳三天喪假，也就是一共五天的假。妳要知道，佐特小姐，這樣大方中的大方禮遇，可是從來沒給過跟死者非親非故的人喔。妳看看，我們有多重視伊凡斯先生。這也是為什麼我要特地跑來請妳放心回家，要妳好好待在家休息，跟這隻狗一起。我是認真的，我說了算。」

不知道是芙萊斯克那些喪盡天良的話讓她不舒服，還是那顆冰冷的小戒指——她趁芙萊斯克還沒踏進門前，把戒指藏進掌心裡——陌生的觸感帶給她太大震撼，伊莉莎白還來不及思考，就衝到水槽去嘔吐。

「正常啦，」芙萊斯克說，迅速走到房間另一頭，抓了一大把廚房紙巾。「我就說妳還沒從驚嚇中恢復。」但當她拿起第二張紙巾按住伊莉莎白的額頭，她順手推了推臉上的貓眼型眼鏡，更仔細地打量了伊莉莎白一番。「哎喲，」她一仰頭，酸溜溜地一嘆。「哎喲，我知道了。」

「知道什麼？」伊莉莎白喃喃說。

「都什麼時候了，再裝就不像了。」她嫌惡地說。「不然還會是什麼，妳說？」她大聲「嘖」一聲，故意讓佐特聽到，就是要佐特知道連她都看出來了。但這時伊莉莎白還是一副「我真的不知道妳知道了什麼」的樣子，芙萊斯克這才開始疑心她或許是真的不知道。畢竟有些科學家就是這樣，在事情真正發生在自己身上之前，他們都只相信科學。

「喔，我差點忘了。」芙萊斯克從臂彎中抽出了一張報紙。「妳有看到這個對吧。這張照片拍得滿好的耶，妳不覺得嗎？」報紙上刊登的，正是那個跑去喪禮的記者寫的文章，標題為〈與他一同葬送的才華〉，內文引射凱文之所以尚未在科學領域登峰造極，很可能是因為個性太機歪。為了證明他的論點，他在一旁附上一張照片，上面是伊莉莎白和六點半正站在他的棺木旁，底下的圖說寫著「愛情的確**不是**盲目的。」全篇報導最後以一句「連他的女朋友都說自己一點也不了解他」作結。

「怎麼有人可以寫出這麼可怕的東西。」伊莉莎白抱著肚子，小聲地說。

「妳該不會又想吐了吧？」芙萊斯克沒好氣地再遞給她幾張紙巾。「佐特小姐，我知道妳是化學家，但想必妳也讀過生物學，不要跟我說妳不知道這是怎麼回事。」

伊莉莎白抬起頭，臉色蒼白，眼神空洞。她那樣子，讓芙萊斯克有那麼一瞬間覺得自己有點對不起這女人和她那隻有夠醜的狗。她都吐成這樣了，更不用說那些她即將面臨的大大小小問題。芙萊斯克心想，佐特這個人，雖然真的是要腦袋有腦袋、要美貌有美貌，還很懂得勾引男人，但她其實和我們其他女人，好像也沒什麼不同。

「知道什麼？」伊莉莎白說。「妳到底在說什麼？」

「生物學！」芙萊斯克大吼，用她的原子筆敲敲伊莉莎白的肚子。「妳也幫幫忙！身為女人，妳怎麼會不知道伊凡斯留了什麼給妳！」

伊莉莎白恍然大悟，瞪大了雙眼，然後又開始想吐了。

13 白痴何其多

凱文這一死，對哈斯汀研究院的管理階層來說，真的是麻煩大了。他們的鎮院明星科學家死了，報紙上還登了一篇文章說他有多惹人厭，搞得他什麼重要的研究都沒完成。這就讓哈斯汀的贊助方——從陸軍到海軍，從幾個藥廠到私人投資者，還有其他好幾個機構——都在吵著要「重新檢視哈斯汀現有的研究計畫」，並且「重新審視未來資金的挹注」。做研究這行的命運就是如此，只能任由付錢的大爺宰割。

於是哈斯汀管理階層決定冷處理這整件荒謬的事。但話說回來，伊凡斯的研究，應該還是有些什麼進展吧？看看那些堆滿他整個辦公室的筆記本，裡頭都是他用那鬼才讀得懂的筆跡寫滿的奇奇怪怪小算式，夾雜著一堆驚嘆號和底線，怎麼看都是精神瀕臨某種極限的人才畫得出來的東西。事實上，本來他一個月後就要去日內瓦發表一篇新論文。如果他沒堅持在下著雨的路邊跑步，而是跟其他人一樣穿著芭蕾舞鞋在室內跑跑就好，他就不會被警車撞倒，就可以照計畫發表自己近期的研究成果。

你看看，這些科學家就是愛標新立異。

這其實存在著另一個問題。哈斯汀其他的研究員都很中規中矩——或至少沒到標新立異的程度。他們個個十分正常，表現中庸，頂多比平均再好一點的那種。雖然不算笨，但也不是天才型。這些人就是在一間公司裡會占多數的那種平凡人，做著一般般的工作，偶爾獲得升遷機會進入管理階層，然後創造出普普通通的成績。他們不是會改變世界的那種人，卻也不會哪天一不小心就失手毀了這個世界。

但不行，一個研究院還是得靠真正有在創新的人來撐起門面。只是伊凡斯不在後，整個研究院就沒幾個真正有才能的人了。而在這「沒幾個人」當中，不是每個人都站在凱文那樣的制高點上，當中甚至有人根本沒意識到自己被列入「創新的菁英」等級。但管理階層可是看得很清楚，因為幾乎所有偉大的點子和突破都是出自這些人。

這些人除了偶爾有些不愛乾淨以外，最大的問題是他們太樂於把失敗當成輝煌的戰果。「我沒有失敗，」他們總是要引用愛迪生的話為自己的失敗辯解。「我只是找到一萬種行不通的方法而已。」的確，在科學的語境中，這個說法完全合理。但是在一屋子的投資人面前，講這話絕對是大忌中的大忌。投資人要的不外乎是這些科學家能端出某種可以馬上治癒癌症的新方法，而且最好是要價不菲，然後最好還需要長期的療程。請上帝保佑，保佑人們永遠不要獲得真正的解藥，因為如果大家的問題都解決了，那要怎麼賺他們的錢呢。基於這個原因，哈斯汀竭盡所能不要讓這些科學家登上媒體版面——科學期刊除外，畢竟沒人真的在看那種東西。結果呢？伊凡斯的死訊出現在《洛杉磯時報》第十一頁，更別提他的棺木旁邊還站了誰：佐特和那隻該死的狗。

這正是管理階層的另一個大問題：伊莉莎白．佐特。

她的確算得上是有在創新的人，而且現在當然還沒沒無聞，但她一副很清楚自己是天選之人似的。每個星期，都會有人跑來抱怨她的事。大家對她的不滿林林總總——從她發表意見的那個態度，到堅持非要在自己的研究上掛名不可，又或是死不肯去幫忙泡個咖啡——等等，實在族繁不及備載。不過再怎麼說，她的研究表現——還是其實是凱文的？——倒是毋庸置疑。

她的研究計畫，無生源論的那個，要不是有個巨砲投資人像天使一樣從天而降，而且還什麼不投資、就只想投資無生源論，否則怎麼可能會被批准。天下就有這麼巧的事。雖然本來就是只有錢太多的億萬富豪才會想投資這種在空中畫大餅、沒半點用的怪題目，但這個有錢人竟然說自己讀過一篇「E．佐特」許久以前在ＵＣＬＡ發表的論文，所以從那時起就一直想找到這個佐特。

「佐特？佐特先生正好就在這裡工作呢！」在他們來得及思考前，這句話已經脫口而出。

有錢人看起來真的非常驚訝。「我只預計在這裡待一天，所以如果方便的話，非常希望能有機會見見這位佐特先生。」他說。

他們支支吾吾了一下，心裡想著，要是給他見了佐特，讓他發現佐特是個小姐而不是先生？那豈不是要讓到手的鴨子給飛了。

「真的很抱歉，今天沒有辦法。」他們說。「佐特先生現在人在歐洲，在參加一個研討會。」

「太可惜了。」有錢人說。「也許下次吧。」接著他繼續說，說他大概三、五年才會來關注一下研究的進度，因為他明白研究這種事需要慢慢來，科學需要的是時間、空間與耐性。

連時間、空間、耐性都講得出來，這人也太佛了吧？「你說的是。」他們附和他，強忍著想立刻狂做後空翻的心情。「非常感謝你對我們的信任。」然後在這位大爺還沒坐進他那輛豪華轎車之前，他們已經把他那份鉅額捐款，分配給其他更有前途的研究計畫了，甚至還記得分一點給凱文・伊凡斯。

話說這個伊凡斯，就在他們慷慨大方地增加對他的投資，投資他那「完全沒人知道到底在幹嘛的」研究後，他竟然還殺來辦公室，說要是他們不資助他女友的話，他就要帶著他腦袋裡的想法和手邊正在進行的玩意兒，以及他的諾貝爾獎提名紀錄統統一起閃人。他們也是好言相勸，要他別這麼不講理。花錢在什麼無生源論之上？別鬧了。但他就是死不讓步，甚至說他女友比自己厲害多了。當時他們只把這話當成在性事上中了頭獎的男人在胡言亂語而已。現在呢？

她研究的理論，有別於那些愛迪生類「我才沒有失敗」的研究員，可以用又狠又準來形容——至少伊凡斯是這麼說的。很久以前達爾文提出假設，說生命是源自單細胞細菌，後來變得越來越複雜，越來越多樣，最後地球上才有了人類和動、植物。那佐特呢？她像隻偵查犬一樣，要回溯那第一顆細胞是哪裡來的。也就是說，她打算挺身解開的，是化學史上最偉大謎團等級的難題，而如果她的研究持續有進展的話，毫無疑問她這輩子就只會做這個了——以上也是伊凡斯說的。這研究的唯一問題是，它可能要花上個九十年。想想看——九十個賠錢的年頭，到時候那個肥貓投資人肯定早就不在了。重點是，他們這夥人也都不在了。

另外還有件不太重要的小事。管理階層剛剛得知佐特懷孕了，也就是所謂的未婚懷孕。

他們的日子還能更難過嗎？

毫無疑問，她必須離開——這還用說嗎？哈斯汀研究院可是個有水準的地方。但要是她真的走了，哈斯汀創新形象的門面還能擺出誰？不就那些做著小家子氣研究的人嗎。可是小家子氣的研究，肯定吸引不到大手筆的資金。

值得慶幸的是，佐特的團隊裡還有另外三個人。管理階層當然是立刻把他們找來，希望他們能保證在沒有佐特本人的情況下，也可以讓整個計畫最核心的部分繼續苟延殘喘一陣子——只要能讓這個研究看起來像有在善用那筆它從來沒拿到的資金，做什麼都行。

只不過，當這三個博士來到他們面前，哈斯汀的管理階層就知道慘了。其中兩人心不甘情不願地承認，整個計畫都是佐特在主導的，沒有她的話很難有什麼進展。第三個人——一個叫玻里維茲的男人——倒是說了和其他人完全相反的話，說他才是那個做了所有事情的人，卻又對自己誇下的海口，提不出任何在科學上有意義的解釋。這時管理階層才意識到，眼前這個人根本就是個科學白痴。白痴果然充斥在這個研究院裡，一如白痴總是有辦法進到每家公司裡，因為白痴總是很會面試。

他們眼前的這位，連無生源論幾個字都不會寫，還敢稱自己是「化學家」？

啊，還有人事室那個芙萊斯克——爭先恐後又氣急敗壞地，跑來報告佐特狀況的那位小姐嗎？她可真是竭盡她平庸的所能，四處廣播佐特肚子被搞大的八卦，只為了確保整個哈斯汀在中午之前都知道佐特現在的困難處境。她這樣的行為可是把管理階層嚇到快昏倒，畢竟大家都知道投資人最討厭和醜聞有牽扯了，而八卦這種東西會一傳十、十傳百，最後傳到千里之外、傳到研究院最重要的幾個投資人耳裡，只是時間的問題而已。

還有，佐特那個口袋超深的粉絲該怎麼辦？說自己讀過「佐特先生」的論文、為了無生源論幾乎可以說是給了他們一張空白支票的那位。要是被他知道佐特不只是個女人，還是個沒結婚就被搞大肚子的女人，那還得了？天啊。他們都可以想像那輛豪華轎車會怎麼殺來研究院——車子直接順勢倒好，司機待在車上連火也不熄——接著，富豪大步衝進來要求把他的支票還回去，說不定還會大罵：「原來我的錢是花在一條專業的母狗身上？」太可怕了，他們得立刻找佐特來談談。

一星期後，多那堤博士把伊莉莎白叫來，遞給她一份解聘通知。「佐特小姐，我不得不說，要不是妳，我們也不會陷入現在這樣非常、非常艱難的處境。」他責怪伊莉莎白。

「你這是要叫我走路嗎？」伊莉莎白疑惑地說。

「我個人相當希望我們能夠無痛走完這個流程。」

「為了什麼資遣我？理由是？」

「我想妳很清楚。」

「懇請賜教。」伊莉莎白說。她緊緊握住雙手，身子向前微傾，左耳上那支 2B 鉛筆在燈光下隱約反射著光線。她不知道自己怎麼有辦法這麼鎮定，只知道她必須保持下去。

多那堤看了在一旁負責做紀錄的芙萊斯克一眼。

「妳有身孕了。」多那堤說。「妳別想否認。」

「對，我懷孕了，你沒說錯。」

「你沒說錯？」他啞口無言。「你、沒、說、錯？」

「對，我懷孕了，但懷孕跟我的工作有什麼關係？」

「妳說什麼！」

「懷孕不是霍亂，你不用擔心。」她說，鬆開緊握的手。「不會有人被我傳染就不小心懷孕的。」

「妳還真敢說，」多那堤說。「女人懷孕後不可以繼續工作，這一點妳很清楚。而且妳不光是懷孕而已——妳是**未婚懷孕**，這是非常丟臉的事。」

「懷孕是很正常的現象，一點也不丟臉。每個人的生命都是這樣開始的。」

「妳好大的膽子，」他越說越大聲。「一個女人，憑什麼來教我什麼叫懷孕？妳以為妳是誰！」

聽到對這句話似乎讓她很詫異。「啊不就是一個女人。」

「佐特小姐，」芙萊斯克說話了。「本院不允許這種事情發生，妳應該很清楚員工守則才對。麻煩妳在這裡簽名，然後清空妳的座位。哈斯汀研究院可是個有規矩的地方。」

伊莉莎白一點也沒有退縮的意思。「這就奇怪了，」她說。「所以你們要資遣我，是因為我懷孕而且沒結婚。那為什麼男人就不必被資遣？」

「哪個男人？妳說伊凡斯嗎？」多那堤問。

「所有男人。要是一個女人未婚懷孕，那讓她懷孕的那個男人也會被資遣嗎？」

「當然不會！」

「如果不會，那你們沒有理由資遣我。」

多那堤一臉疑惑，不懂她在說什麼東西。「我有理由，我當然有理由！」他結巴地說。「因為妳是不檢點的女人！讓自己的肚子被搞大！」

「懷孕的確會讓肚子變大。不過看來你也有發現，要讓女人懷孕，也得有男人的精子才行。」

「佐特小姐，容我鄭重警告妳，注意妳的用詞。」

「所以你們的意思是，一個未婚的男人讓一個未婚的女人懷孕的話，男人不必承擔任何後果，只有男人的生活可以繼續，只有男人的工作不會受影響。」

「這可不是我們的問題，」芙萊斯克打斷她。「是妳想逼伊凡斯娶妳但沒有得逞。不要以為別人不知道。」

「我知道的是，」她說，撥開滑到額頭上的一小撮頭髮。「凱文和我都沒有打算生小孩。我也知道我們一直都非常小心避孕，以確保這件事不會發生。所以理論上，懷孕是避孕失敗造成的，不是道德淪喪，況且這也不關你們的事。」

「就是妳把這件事搞到變成我們的事！」多那堤突然大吼。「妳明明就可以不要讓自己懷孕。要是妳不知道的話，讓我來告訴妳，那就是**潔、身、自、愛**！這裡是有規矩的地方！佐特小姐！規矩，妳懂不懂！」

「員工守則我一字不漏讀過了，」伊莉莎白冷靜地說。「上面沒提到這一點。」

「這是不明文規定！」

「那就沒有法律約束的效力。」

多那堤惡狠狠瞪著她。「伊凡斯會非常以妳為恥。」

「不，」伊莉莎白斷然地說，聲音聽起來空洞但冷靜。「他不會。」

房間內陷入一陣死寂。這是她表達自己不同意的方式——正大光明，不卑不亢，就好像她知道是她說了算，也知道他們說不贏她，而這也是同事們最不爽她的地方。此外還有，她老愛在字裡行間展現自己和凱文的關係是更高層次的感情，好像他們是一種濃到化不開、堅固到融不掉的材料打造而成的組合，連他的死都無從破壞那份至死不渝的愛一樣。非常惱人。

在等待對手回過神之際，伊莉莎白把雙手放平在桌上。她心想，失去摯愛這件事，的確會讓人體認到人世間那個大家太常說也太簡單，卻都做不到的真理：好好把握時間。她還有研究要做，這是她僅有的了。可是現在自己竟然跟這兩個人——自詡為道德守門員的正義魔人、無理卻不饒人的糾察隊長——坐在這裡浪費時間，一個對避孕毫無概念，另一人在旁邊一搭一唱。不過，的確有不少女人會這樣，以為只要把其他女性踩在腳底下，就可以提升自己在那些男性長官眼中的地位。最慘的是，以上這些毫無邏輯的對話，竟發生在一個奉科學為圭臬的地方。

「就這樣了嗎？」伊莉莎白起身。

多那提一臉慘白。他心想，對，就這樣了，佐特就是該這樣帶著她肚子裡的孽種滾蛋，順便帶著她那些前瞻研究，還有至死不渝的愛情一起滾得越遠越好。至於她那個富豪粉絲，之後再想辦法就好。

「妳給我簽字，」他命令她，芙萊斯克立刻遞上一支筆。「中午以前給我離開，妳的薪水算到星期五，也不准告訴任何人妳離開這裡的原因。」

「醫療保險也是到星期五，」芙萊斯克尖聲說，用指甲敲著她的招牌筆記板。「沒幾天就到星期五囉。」

「希望經過這件事之後，妳會開始學著為自己不知羞恥的言行負責。」多那提伸手抓回那張伊莉莎白簽好的解聘通知。「還有，不要老是想把錯怪到別人身上，」他補上一句。「像伊凡斯那樣，跑到所有主管面前逼我們支持妳的研究，還威脅說不然他就要走人。」

伊莉莎白瞪著他，像是剛被賞了一個巴掌。「凱文有這樣？」

「妳應該比誰都清楚。」多那提說，走去把門打開。

「中午以前離開。」芙萊斯克說，把她的筆記板塞到胳臂下。

「推薦函的話，不保證能給妳。」他丟下這句後就走出去。

「就說妳是搭便車的吧。」芙萊斯克悄聲說。

14 哀傷

每次要去墓園時，六點半最討厭的就是得經過當時發生意外的地點，凱文死掉的那個地方。他聽人家說過，從哪裡失敗就要從哪裡爬起來，但他不懂，失敗本身就夠難忘了，何苦還要一直放在心上。

當他一靠近墓園，就會開始留心注意敵人的蹤影，也就是墓園管理人在不在。趁著四下無人，他壓低身子，迅速鑽過後門下，順便偷偷咬走開在一座墓碑旁的黃水仙，再放到凱文的墳前。

凱文．伊凡斯

1927 – 1955

超讚的化學家，划船好手，最好的朋友、愛人。

每天都是離死亡更近的一天

墓誌銘其實本來是要寫「每天都是離死亡更近的一天，善用你的每一天來打開心中那面向陽的靈魂之窗吧。」，羅馬皇帝奧理略（Marcus Aurelius）說過的一句話。結果墓碑太小，刻墓碑的人又把前面的字刻得太大，就沒空間放整句話了。

六點半盯著那些字。他知道那些是字，因為伊莉莎白在教他識字。她不是教他聽命令，而是識字。伊莉莎白有一天這樣問凱文：「就目前的科學研究來說，狗可以學會多少個字呢？」

「大概五十多個。」他回答，頭也不抬地繼續看他的書。

「五十多個？」她抿起嘴。「我只能說，絕對不只。」

「那可能一百個吧。」他說，仍沉浸在閱讀當中。

「一百個？」她一副打死不信的樣子。「怎麼可能？六點半現在就已經會一百個字了。」

凱文抬起頭。「妳說什麼？」

「我只是在想，狗有沒有辦法學會人類的語言？我指的是學會一整套語言，例如英語。」

「不可能。」

「為什麼？」

「喔，因為跨物種之間的溝通受限於大腦的尺寸。」凱文說，說完才意識到伊莉莎白應該不會接受這種說法，畢竟她不接受的事情可多著呢。凱文闔上手上的書。「妳怎麼知道他已經認得一百個字了？」

「他現在已經認得一百零三個字了。」她看了一下自己筆記本裡的記錄。「我都有在記。」

「都是妳教他的。」

「對，我是用接收式學習法，也就是教他辨認物品。他就像小孩一樣，對有興趣的東西會比較願意學，也比較容易記住。」

「那他有興趣的是——」

「食物，」她站起身，開始收拾桌上的書。「但我相信他對其他許多事情也有興趣。」

凱文一臉懷疑地看著她。

總之，六點半就是這樣開始學著認字。伊莉莎白會和六點半一起在地板上翻著大本的童書。

「太陽。」她手指著圖片念一遍，然後繼續念下一個字。「小孩。」她手指著一個叫做葛麗特、正在吃糖果屋窗戶的小女孩。看到那個小孩在吃窗戶，六點半也是見怪不怪，公園裡那些小朋友也是什麼都吃，比如自己鼻子裡挖出來的東西。

墓園管理員從左側方向姍姍走進他的視線，肩上還背著一把來福槍。六點半真心不懂，會待在墓園裡的人都已經死透了，他何必帶槍呢。六點半把身子蹲低，等著管理員走遠，才放膽趴到凱文的墓地上，棺材的正上方位置。他說，哈囉凱文。

六點半用這種方式和另一個世界的人類溝通，可能有用，可能沒用。他也是用同樣的方式，和那個正在伊莉莎白肚子裡長大的生物溝通，哈囉，小生物。他會把耳朵壓在伊莉莎白的肚子上來傳遞訊息，是我，六點半，那隻狗。

每次進行人與狗的交流時，他都會從頭自我介紹一次。因為他從識字課程中，了解到重複是一件很重要的事，但關鍵在於不要重複過頭，因為重複太多次、太膩會造成反效果，學生反而更容易忘記——這就是所謂的厭煩，是當今教育的問題所在。這些都是伊莉莎白告訴他的。

嘿，小生物，我是六點半啦。他上星期才這樣試過，然後等待對方的回應。有時候，小生物會伸小拳頭亂敲一下，讓六點半興奮不已。有時候，小生物還會唱歌。但昨天，他才剛跟對方啟齒說：有件關於你爸的事，我得讓妳知道一下——結果那生物就開始哭了。

六點半把鼻子埋進草堆裡。**凱文，我得跟你談談伊莉莎白的事。**

凱文死後三個月的某一天，凌晨兩點多，六點半發現伊莉莎白一個人站在廚房裡，家裡全部的燈大開。她身上穿著睡衣，腳上穿著雨鞋，手上還拿著一把鍾子。

然後，六點半看到伊莉莎白往後退一步，舉起鍾子直直揮向廚房的系統櫃，接著停頓了一下，像在評估敵方死傷的情況，然後又舉起鍾子，更用力地揮出去，像要揮出一記全壘打一樣。接下來，她就這樣狂敲狂打了兩個小時。她像在砍伐森林一樣狂劈整座廚房，只有碰到頑強的鉸鏈和釘子時才稍微中斷她的閃電攻擊。粉塵有如突然其來的降雪瀰漫著整個空間，地板上到處是各種五金和板材的殘骸。六點半躲在桌子底下目睹了這一切。然後，在仍然黑漆漆的天色下，她把所有破片碎塊搬到屋外，扔在後院裡。

「我們可以在這裡裝一個櫃子，」她指著一面凹凸不平的牆面，對著六點半這麼說。「然後離心機就可以放在這裡。」接著她拿出了一個量尺，示意要六點半咬著尺頭穿過桌子下方，去到廚房的另一端。「六點半過來，咬好再拉到那裡，再過去一點，再過去一點，好好好，停住不要動。」

她在筆記本裡記下幾個數字。

到了當天早上八點，她已經完成一個粗略的草稿。十點鐘，購物清單也寫好了。十一點時，他們已經上車，準備前往木材廠。

人們有時會低估孕婦的能耐，尤其是悲傷欲絕的孕婦。木材廠的人滿臉狐疑地看著伊莉莎白。「妳老公在裝修什麼嗎？」他問，注意到她肚子有點鼓鼓的。「準備迎接小寶寶啦？」

「是我要蓋實驗室。」

「妳是說小孩房嗎？」

「不是。」

他上下打量一下伊莉莎白。

「有什麼問題嗎？」她問。

當天稍晚，那些材料就運送到府了。

然後，伊莉莎白靠著她從圖書館借來的一整套《大眾機械》雜誌，一邊做一邊學，展開她的廚房改造工程。

「給我三英寸大釘，」她說。六點半當然不知道什麼是三英寸大釘，但這時他會緊盯著伊莉莎白，看她是對附近哪個小盒子點點頭，他再去把裡頭的東西拿出來、放到她的掌心。一分鐘後，她又說：「給我三寸螺絲釘。」六點半跑去挖另一個盒子。「那是六角螺絲。」她說。「再試一次看看。」

他們會這樣裝修一整天，經常工作到晚上。只有兩件事可以打斷他們，一是他們的識字課程，另外就是有人按電鈴。

她被哈斯汀炒魷魚後大約兩星期，玻里維茲博士來過一次，表面上說是來打個招呼，其實是因為讀不懂一些實驗數據，跑來請她解惑。「應該是一秒就可以搞定的東西。」他向她保證，最後花了兩個小時。隔天竟然又來了，一模一樣的事情重演，只是換成他們實驗室裡另一位化學家。到了第三次，他們又換了一個人來。

然後她就有了這個想法：應該向他們收費才對，而且只收現金。要是有誰膽敢表示她不該收錢，因為他們是好心「讓她有參與感」的話，她就要收兩倍的費用。要是他們哪壺不開提到了凱文，就收三倍。如果硬要聊到她懷孕的事——「真是個美好的奇蹟呀！」——收四倍。到最後，像這樣不掛名做別人的研究，竟成了她謀生的方式，但其實跟在哈斯汀時沒什麼兩樣，只是不用繳稅而已。

「我走過來的時候，聽到好大一聲耶。」其中一人說。

「我在蓋實驗室。」

「妳不是認真的吧。」

「我一向認真。」

「但妳都是要當媽的人了。」那人再補一刀。

「我既是科學家，也是媽媽。」她說，一邊把手臂上碎屑拍下來。「你不也當爸了嗎？既是科學家，也是爸爸。」

「對，但我可是有博士學位。」這人拿學歷來說嘴、表示自己高人一等後，指了指困擾他好幾星期的某個實驗流程。

她看著他，不懂他的不明白。「這裡有兩個問題，」伊莉莎白伸手輕輕敲著那張紙。「這個溫度太高了，要調低到五十五度。」

「了解，那另一個呢？」

她歪著頭，看到他茫然的表情。「沒救了。」

把廚房改造成實驗室的工程，總共花了大概四個月左右的時間。當它終於完成了，伊莉莎白和六點半一起後退幾步，欣賞他們的傑作。

占滿整個廚房牆面的櫃子上，剛放入滿滿各式各樣的實驗室器材，有化學藥品、燒瓶、燒杯、吸量管、虹吸瓶、空的美乃滋罐、一組磨指甲棒、一疊石蕊試紙、一盒藥用滴管、大大小小的玻璃棒，還有後院拿來的水管，以及一些沒用過的管子（她從附近一間醫學檢驗實驗室後頭的小巷裡的垃圾桶撿來的）。本來收放廚具的抽屜，現在放著防酸、防穿透的手套與護目鏡。她在所有的燃燒台下面加裝了金屬板來輔助變性酒精燃燒，也買了一台二手的離心機。她還拆下一片窗網，剪成4乘4的小片金屬網，更倒光了她最愛的香水、把瓶子拿來做成酒精燈瓶，再把一支口紅的外殼鋸短後塞進凱文的舊保溫瓶瓶蓋，拿來充當熄滅酒精燈火焰的蓋子。她也用衣架的鐵絲做了一個試管架，再把一個香料架改裝成懸空架，拿來放裝液體的瓶子。

可愛的美耐板流理台也掰了，連同那個舊的陶瓷水槽一起，取而代之的是訂製的工作檯。她先用從木材廠買來的合板木做一個樣品帶去金屬製品公司，讓他們照著樣品去彎折、切割金屬，做出一張為這間實驗室量身打造的不鏽鋼實驗桌。

如今，這張閃閃發亮的工作檯上，放著一台顯微鏡、兩個二手本生燈，其中一個由劍橋熱情贊助——當初他們送給凱文的紀念品——另一個則是某個高中的化學實驗室丟棄的，因為沒學生想用。全新的雙水槽上，可以看到兩個精心繪製的手寫標示，一個寫著「廢棄物專用」，另一個寫著「水源」。

另外值得一提的還有那個通風櫥。

「這個由你來負責，」她告訴六點半。「我的手沒空的時候，會需要你幫忙拉這條鏈子。還有，你也得學會按這個很大的按鈕。」

後來六點半去墓園時，對著地底下的屍骸這樣說：**凱仔呀，她都不睡覺的耶。她不是在家裡的實驗室裡工作，就是在做別人的工作；不是在唸字給我學，就是在測功儀上划船。當她終於沒在划了，就會一個人坐在凳子上瞪著眼睛發呆。我說，這樣對她肚子裡的小生物不太好吧。**

其實他記得凱文也常常這樣呆呆瞪著空氣。「這是我讓自己專心的方式。」他曾經這樣對六點半解釋。但其他人對他這瞪著空氣的習慣，倒是滿有意見的，不時就要碎碎念一下。畢竟在那間偌大的實驗室裡，他坐享的可都是些最好的實驗器材。只是每次有人經過，無論早中晚，不只會聽到裡頭放送著超大聲的音樂，還會看到凱文坐在那裡放空，什麼事都沒在做。更可惡的是，他光是放空就可以領薪水，根本是薪水小偷。但最可惡的是，他光靠放空就得了一大堆獎。

六點半繼續說，**她那種瞪和你不一樣，比較像求死不得、失魂落魄的那種瞪。我真的不知道怎麼辦**。六點半對著地下的骨骸告解。**而且，就算她已經變成這樣了，卻還是有在教我認字。**

這尤其令人難過，因為他也給不起一個會好好使用這些字的未來。就算他可以認得所有英文字，他還是不知道該對伊莉莎白說些什麼。畢竟，在一個失去一切的人面前，還有什麼好說的？

她需要的是希望，凱文。六點半心裡這樣想著，把身體往下緊緊一壓，看看能否得到一些回應。

這時，就像是在回應他似的，六點半聽到一個什麼東西打開的聲音。他抬起頭，看到墓園管理員拿著來福槍指著他。

「泥這隻臭狗，」管理員說，朝著六點半走來。「給我過來。泥竟然亂踩我的草皮，以為這裡是泥家是不是。」

六點半嚇到動彈不得，心跳個不停，腦袋裡的跑馬燈播放起接下來會發生的畫面：伊莉莎白一臉震驚，她肚子裡的小生物困惑著外面出了什麼事，然後是更多的血，更多的眼淚，更多的心痛。他，六點半，果真是個不折不扣的敗犬。

他猛力向前一跳，把那個人撲倒。一顆子彈從六點半的耳際飛過，擊中了凱文的墓碑。那人大叫出聲，企圖撿回他的槍，但六點半對著他凶惡地咧開嘴，同時再逼上前一步。

人類啊人類，他心想，不少人真的不曉得自己在動物界裡實際上有幾兩重。他瞧了瞧那老人的脖子，大概一口咬定就可以解決他了，而他眼底滿是惶恐地看著六點半。他剛才重重倒地，應該是傷到了。六點半看到他左耳邊已經有一灘血在那裡。

這讓他想起凱文那灘血，還有它是怎麼從一丁點擴散成一座小池塘，又是怎麼在沒多久後泛濫成一座大湖泊。他不情願地從那人身上跳下來，來到他的頭部旁，試著幫他止住血流，然後對空狂吠，直到有人經過。

第一個出現在現場的人是上次那個記者——幫凱文的喪禮寫了一篇文章的那位——他到現在都還在追同一件事，因為他上頭的編輯覺得他沒有能力寫別的東西。

「啊是你！」記者立刻認出喪禮當天的導盲犬六點半，幫那位根本沒瞎的漂亮寡婦——喔不，是女朋友才對——帶路的狗，帶領她一路橫越十字架之海，精準抵達目標墓碑的那隻狗。一般來說，在這種有人受傷的危急時刻，目擊者都會趕緊叫救護車，這位記者卻是忙著拍照，思索著該怎麼寫這個故事，再據此安排一下場景的構圖，把狗擺在這裡拍一下，又擺到那裡拍一下，最後把這隻沾滿血的狗抱進懷裡、回到車上，把他載回項圈上的地址。

當伊莉莎白打開門，看到血跡斑斑的六點半竟然被抱在這個有點面熟的男人懷裡，她驚呼了一聲。

「妳放心，他沒有受傷。」記者趕緊安撫她。「這不是他的血。女士，妳的狗簡直就是英雄——至少我是打算這麼寫的。」

隔天，仍驚魂未定的伊莉莎白翻開報紙，在第十一頁，也就是七個月前刊登凱文死訊的同一個版面上，看到一張六點半站在凱文墳上的照片，恰好站在跟七個月前一樣的位置上。

「慟！忠狗悲悼主人，英勇拯救路人一命。」她大聲地唸出來。「墓園禁狗令遭廢除。」

根據那篇文章所言，大家其實不爽那位帶槍的墓園管理人很久了。還有人說，他會在人家辦喪禮的時候，開槍射殺松鼠或射鳥。文章還表示，這位管理人很快就會被撤換，還有那個負責刻墓碑的。

她仔細地盯著那張照片看。六點半站在凱文被子彈轟掉的墓碑上。拜那顆子彈之賜，大概有三分之一的碑文不見了。

「天啊。」伊莉莎白一嘆，看著照片裡的墓碑殘骸。

凱文．伊

1927 – 19

超讚的化

每天都是……的一天

她的臉色微微一變。

「每天都是……的一天」。墓碑上剩下的字，讓伊莉莎白想起凱文說他小時候常用來安慰自己的那句話：「每天都是新的一天。」每天，都是苟日新又日新的一天。她不禁一陣暈眩。

這彷彿天意一般的安排，讓她說不出話來。

15 尬聊

「妳的人生，就要變得很不一樣囉！」

「不好意思，妳說什麼？」

有一天，伊莉莎白在銀行排隊辦事。突然，排在她前面的一個女人，一臉憂心忡忡地轉過頭來，指著她的肚子對她說：「妳的人生，就要變得很不一樣囉！」

「變什麼？」伊莉莎白不明所以，看一眼身上那顆突出的圓球，彷彿上一秒才注意到這東西的存在一樣。「啊是要變什麼？」

這陣子，時不時就會有路人覺得自己有義務知會她一下，她的人生就要變得不一樣了。這已經是這個星期的第七次，她實在快要受不了。她丟了工作，丟了研究。她不只沒了控制膀胱的能力，也沒了正常的皮膚，更沒了不會痛的背。她睡都睡不好，還連自己的腳趾頭都看不到。更不用說日常生活中失去的那些大、小確幸，那些沒懷孕的人都當作理所當然的自由自在，比如把自己塞進駕駛座這類的事。懷孕唯一為她增添的，大概就是體重吧。

「我一直想去檢查一下。」伊莉莎白把手放在肚子上。「妳想這裡面裝的會是什麼？我覺得只要不是腫瘤就好。」

那個女人先是吃驚地瞪大眼睛，然後馬上瞇起眼不屑地說。「小姐，我告訴妳，沒人喜歡尖牙利嘴的人。」

一個多小時後，伊莉莎白在超市買菜。在排隊等結帳時，她打了個哈欠，馬上就有個一頭亂髮的婦人對她說：「妳大概以為自己現在就夠累了吧，」她搖搖頭，彷彿伊莉莎白剛剛不小心暴露了什麼弱點一樣。「以後妳就知道了。」接著她開始天花亂墜地說起一些誇張的故事，說小孩兩歲有多可怕，三歲時有多累人，四歲時有多卑鄙，五歲時有多恐怖，一氣呵成一路談到小孩長到十幾歲後會有多迷惘，青春期會長多少痘痘，對啦，尤其是青少年，最最麻煩的就是這些青少年，一般來說女生會比較乖一點，或是男生比較乖一點的其實也有，以下省略千萬字。這婦人一直到她把買的菜統統裝好、放進推車裡，這才依依不捨地走向自己那輛車身鑲著仿木紋壁板的旅行車，回去面對自己家裡那本難念的經。

她在加油站時，一個男人觀察了一下她的肚皮。「從妳的肚子形狀看來，上面比較凸，一定是男生。」

她在圖書館時，圖書館員是這麼說的：「妳肚子的形狀看起來是上面比較凸，所以一定是女生。」

同一個星期的某天，當伊莉莎白獨自站在一面墓碑前，某個神父發現了她，對她說：「孩子是神賜予妳的禮物。榮耀歸於主！」

「其實不是，」伊莉莎白說，指著那面全新的墓碑。「禮物是凱文送的。」

等到那神父走遠，她彎下腰，用指尖輕撫過全新刻好的繁複碑文。

凱文・伊凡斯

1927–1955

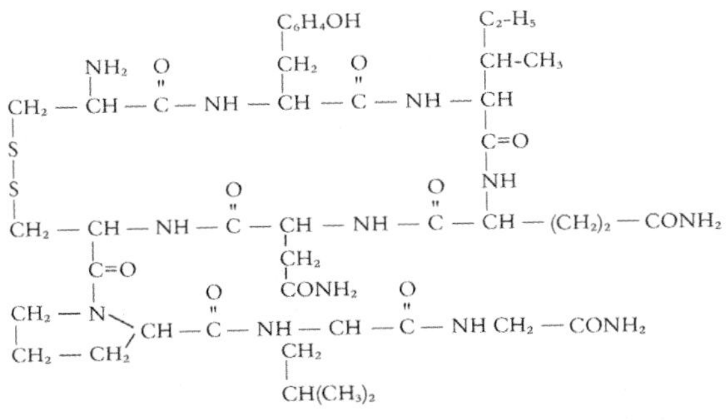

「為了彌補妳的損失，」墓園經理之前這麼告訴她。「我們不只會提供一面新墓碑，也會確保妳想要的碑文這次能夠完整呈現。」但這次伊莉莎白不想再用奧理略的格言這一類東西了，她決定改放會讓人感受到幸福的化學反應。雖然不會有人看得懂，但之前發生那種鳥事，也沒人敢有意見。

「我終於要去找人幫我看一下這裡了，凱文。」她說，手指了一下肚子。「我打算去找梅森醫師。你記得他嗎？那個划船的，讓我一起划男子八人八槳的那位。」她盯著那面碑文，像在等著他的回應。

二十五分鐘後，伊莉莎白在一部狹小的電梯裡按了樓層，跟她一起搭電梯的是個戴著草帽的胖男人，而她也已經做好心理準備，準備好再迎來一次不請自來的建議。果不其然，那人竟然直接把手放到她的肚皮上，好像她的肚子是國家歷史博物館裡「歡迎觸摸」的互動裝置一樣。「吃兩人份的飯應該很過癮吧，」他拍拍伊莉莎白的肚皮，告誡她：「但妳要記得，你們當中有人還只是個胎兒呀。」

「把手拿開，」她說。「不然你會後悔的。」

「咚咚隆咚鏘！」那男人把她的肚皮當成曼波鼓一樣，一邊用力打下去，一邊唱著歌。

「咚咚隆咚，鏘！」她加入演唱，拿起自己的包包用力往他的胯下揮過去，力量完美融合了包包裡那個超重的石頭研磨缽。那是當天早上她才去化學材料行買來的。男人叫到不行，越叫就越痛。這時電梯門打開了。

「祝你有個超爛的一天。」她說，隨後大步走出電梯，踏入走廊。走廊上擺著一隻兩公尺高的大鸛鳥，頭上戴著雙光眼鏡和棒球帽，鳥嘴上還掛著一藍一粉的兩個送子袋。

她快速步過那隻大鳥前，來到櫃檯前。「我是伊莉莎白．佐特。」她說。「找梅森醫師做檢查。」

「妳遲到了。」櫃檯小姐冷冷地說。

「我是早到五分鐘。」伊莉莎白看了看自己的手錶，糾正對方。

「妳還得先填一些資料。」櫃檯小姐說，遞給她一個筆記板，上頭那張表格裡有許多欄位要填，包括丈夫工作地點、丈夫電話號碼、丈夫保險資料、丈夫年齡，還有丈夫的銀行帳戶。

「到底是誰要生小孩啊？」她問。

「請去五號診間候診，」櫃檯小姐說。「這邊直走，左邊第二間，進去以後換上檢查服，然後把資料填好。」

「五號診間，了解。」伊莉莎白覆述，手上拿著筆記板。「只是我有個問題想請教——你們的走廊上為什麼要放鸛鳥？」

「什麼？」

「我是說，你們堂堂一間婦產科診所，為什麼走廊上會出現一隻鸛鳥？難不成是想幫競爭者打廣告。」

「看起來討喜而已。」櫃檯小姐說。「請到五號診間候診。」

「會來這裡的人，心裡應該都很清楚，不管有沒有那隻鳥在那裡，生產都會一樣痛。」她繼續說。「你們又何必抱著這個迷思不放呢？」

這時，一個穿著白袍的男子走了過來。「梅森醫師，」櫃檯小姐說。「這位是你四點的病患，她遲到。我已經告訴她好幾次，要她去五號診間了。」

「我沒有遲到。」伊莉莎白再次糾正她。「我剛剛準時到。」她轉頭對醫生說。「梅森醫師，你可能已經不記得我了——」

「凱文的老婆。」說完，他往後退了一步。「喔不是，我道歉，」他小聲地說。「是寡婦才對。」

他沉默了一下，像在思考自己接下來該說什麼。「請節哀，伊凡斯太太，要好好保重。」他說完後，伸出雙手包覆住伊莉莎白的手，上下搖晃幾下，像在搖調酒一樣。「妳的丈夫是個很好的人，也是很優秀的槳手。」

「我是伊莉莎白．佐特。」她說。「我和凱文沒有結婚。」她停頓一下，等著迎接櫃檯小姐的不屑，等著梅森跟她打哈哈。但梅森只是拿起一支筆「喀啦」按一下，放到自己胸前的口袋裡，然後挽起她的手臂，領著她走去診間，一邊跟她寒暄：「你們兩個之前在我的隊上划過幾次，大概是七個月前——妳還記得嗎？那幾次划得真不錯，但你們後來就沒再來了，是什麼原因呢？」

她驚訝地看著他。

「噢，對不起，」梅森醫師馬上說。「請再次原諒我的失禮。當然是因為伊凡斯。伊凡斯不在了。我道歉。」他愧疚地搖搖頭，推開了五號診間的門。「請進。」他說，指了指椅子的方向。「那妳還在划船嗎？喔不，我在胡說些什麼，當然沒有。妳這樣要怎麼划船。」他伸手抓住她的手，翻開她的手掌。「但這是怎麼回事？妳的手上還都是繭。」

「我有在做測功儀。」

「老天。」

「不好嗎？是凱文自己做的測功儀。」

「為什麼？」

「他就是做了。我還是可以繼續做測功儀，對吧？」

「嗯，當然可以。」他說。「我只是從來沒聽過有人刻意在練測功儀，而且還是孕婦。但我現在想想，做測功儀應該對生產滿有幫助的，我指的是鍛鍊吃苦的部分——或者應該說，不只是吃苦，還有忍痛的部分。」這話說出口後，他才意會過來，在凱文走了後，吃苦和忍痛對她來說可能都變成家常便飯了，因此他又別過頭去，想掩飾自己的失態。「我們來稍微看一下寶寶的狀況吧？」他溫柔地說，起身關上診間的門，走到一片屏幕後面等待伊莉莎白換上檢查服。

這次的產檢做得又快又徹底。檢查過程中，梅森醫師先問了一些與胃灼熱、胃脹氣有關的問題，接著問她：妳有沒有睡好？寶寶通常會在什麼時候動來動去？會動多久呢？直到最後，他才問了最重要的問題：怎麼到現在才來做產檢？她應該再三個月就要臨盆了。

「在忙工作。」她告訴他，但她說謊。真正的原因是，她希望一切順其自然，讓妊娠期在該結束的時候自己結束。當時畢竟是一九五〇年代，不只沒有墮胎這回事，而且就這麼剛好，未婚生子也不見容於社會。

「我記得妳也是科學家，對吧？」坐在她一旁的梅森醫師問。

「是的。」

「所以哈斯汀有留妳，看來是我低估他們的水準了。」

「沒有，他們沒有。」她說。「我現在是自己接案子。」

「喔，原來是自由接案的科學家。之前沒聽說過可以這樣呢。那妳做得如何？」

「不是很好。」她嘆了口氣。

他聽懂她話裡的意思，加快手邊的動作，在她肚子的這裡敲敲、那裡敲敲，像在挑選哈密瓜一樣。

「看起來是一切正常，」他一邊說，一邊脫下手套。但看到她一聲也不吭，他又小聲地說了一句：「至少小寶寶沒什麼問題。不過，我想這一切對妳來說，想必是辛苦萬分吧。」

那是第一次有人體貼她的處境，她震驚到說不出話來，同時感覺到眼底有股蓄勢待發的眼淚。

「真的讓我看得很不忍心。」他溫柔地說，用一種氣象學家觀測著風暴形成的神情看著她。「有什麼話想說的話，妳都可以來找我聊聊。我們都是划船的人，妳知道的，可以說一些悄悄話。」

伊莉莎白別過頭去，畢竟她跟他也不熟。但重點是，就算他是真心的，她也不曉得自己心裡真正的感受是否可以存在、會不會被允許。這個世界讓她感覺自己是地表上唯一不打算生小孩的女人。「真要老實說的話，」她終於開口，聲音聽起來既沉重又充滿罪惡感。「我不覺得我可以當個好媽媽，因為我本來是沒打算要生小孩的。」

「不是每個女人都想成為母親。」他說。梅森醫師竟然認同她，這再次嚇到她了。「或者應該說，不是每個女人都得成為母親。」他皺起臉來，彷彿想到了特定的某個人。「不過，講真的，我個人是滿驚訝竟然有那麼多女人報名參加。懷胎生子是這麼辛苦、困難的事，尤其是當妳把孕吐、妊娠紋、甚至可能失去自己性命等等這些因素考慮進去的話。」看到她一臉驚恐，他補上一句。「放心，妳的狀況很好。我覺得問題其實是我們太容易把懷孕當成一件再稀鬆平常不過的事，以為它就像踢到腳指頭一樣，都是日常生活的一部分。但其實，懷孕這件事的嚴重性比較像是被卡車撞，差別只在於被卡車撞到的話，妳受的傷還比較輕微。」他清了清喉嚨，在她的病歷上做了個記號。「我的意思是，運動滿有幫助的。只是以妳現在的孕期來說，我不知道要怎樣划才能划好划對。妳現在要用胸口拉可能已經有點難了。還是說，妳知道傑克．拉蘭的運動節目？有看過嗎？」

聽到傑克．拉蘭的名字，伊莉莎白的臉垮了下來。

「但看起來是還好，」他說。「沒關係，妳就繼續練測功儀吧。」

「其實我練這個是因為——」她主動坦白，聲音更小了。「它有時候讓我累到可以睡一覺。同時，我在想，它或許可以——」

「我懂。」他立即打斷她，還往左右看了一下，好像在確認有沒有人會聽到他們的對話。「聽我說，我其實不是那種認為女人就應該——」他欲言又止。「也不覺得——」他支支吾吾。「一個單身的女人……或寡婦……呃……當我沒說。」最後，他伸手去拿她的病例。「但是說真的，測功儀應該有讓妳變壯一點，所以同時也讓寶寶更健壯一些。因為運動會讓多一點血液流過大腦，讓新陳代謝變好。另外，不知道妳有沒有注意到，運動也會讓寶寶平靜下來？在妳推推拉拉的時候，應該會有些感覺。」

她聳聳肩。

「妳一天通常划多少？」

「一萬公尺。」

「**每天嗎**?!」

「有時候不只。」

「哇嗚?!」他吹了聲口哨。「我一直覺得為母則強是真的，女性在當了媽媽之後會變得更能吃苦，但妳剛才說一萬公尺？有時候還不只一萬？這實在是──噢實在是──我真的不知道要怎麼形容了。」

他一臉擔心地看著她。「妳身邊有沒有誰是妳可以依靠的？朋友或親戚，或是妳媽媽──之類的人？妳知道，養小孩是很不容易的事。」

伊莉莎白不知道該說什麼，要她承認自己完全無依無靠有點太丟臉了。她之所以會來找梅森醫師，也只是因為凱文總是相信划船的人之間有一種說不上來的默契與連結。

「妳有嗎？」他又再問了一次。

「我有一隻狗。」

「很好。」梅森說。「狗狗有時候是超讚的隊友，會保護妳，能體貼妳，又很聰明。是什麼樣的狗？公的，還是母的？」

「是公──」

「等一下，我好像記得你們的狗，三點鐘，之類的，醜得亂七八糟，對吧？」

「他很──」

「一隻狗和一台測功儀。」他說，在病歷上做了個筆記。「好的，太棒了。」

梅森醫師又「喀啦」按一下原子筆，然後把她的病歷推到一旁。

「之後等妳恢復得差不多——我想一年之內應該可以，希望能再次在船屋看到妳。我隊上還缺一個二號，而我覺得那個位置應該要是妳，只是妳得找個保姆就是了。寶寶不准上船。我們船上已經夠多幼稚鬼了。」

伊莉莎白伸手拿自己的外套。「你人真好，梅森醫師。」她說，認定他說這些只是想當好人。「但你剛剛才說，我不久後就要被卡車撞了。」

「我的意思是，懷孕就像一場可以康復的意外傷害。」他解釋。「總之，相信我，跟划船有關的事，我都記得一清二楚，尤其是你們加入的那幾次，真的很棒，超讚的。」

「那是因為凱文在吧。」

梅森看起來頗訝異她竟然會說出這種話。「不，佐特小姐，不只是因為凱文。一趟船要划得好，八個人都得划得好。船上的每一個人都很重要。讓我們言歸正傳，我開始覺得妳現在的處境其實也沒那麼糟。雖然我明白，凱文過世對妳來說應該是個非常大的打擊，然後又跑出這個，」他指了指她的肚子。「但妳會沒事的，甚至還會不只是沒事而已。妳有一隻狗，一台測功儀，然後划二號。根本完美。」

接著他又抓起她的雙手緊緊一握，給她加油打氣。

他剛剛說的話，雖然不太合邏輯，但比起到她目前為止聽到的一切，倒是前所未有的有那麼一點點合理。

16 生產

大約五個星期後，伊莉莎白問六點半：「我們要不要去圖書館？今天晚一點我要去梅森醫師那裡做檢查，但去之前我想先去還書。我想再借《白鯨記》回來，你應該會喜歡。那本書在講人類怎樣不斷看輕其他物種，然後自食惡果的故事。」

伊莉莎白除了用童書教六點半看圖認字，也一直在朗讀書給六點半聽，更是早就從簡單的童書，進階到內容更有份量的書籍。她是這樣告訴六點半的：「聽人家朗讀，可以促進大腦的發展，也可以加快累積字彙的數量。」這個論點出自她讀過的某個研究。從目前的成果來看，這個做法的確滿有效。根據伊莉莎白筆記本上的紀錄，六點半已經會三百九十一個字了。

「你真的是很聰明的狗狗。」伊莉莎白昨天這樣對六點半說。六點半是也很想認同她的話，但講真的，他還沒參透什麼叫「聰明」。「聰明」代表的意思，就像世界上的物種一樣千變萬化，而且除了伊莉莎白以外，其他人類只有在別人的表現符合自己的遊戲規則時，才會認定對方是「聰明」的，像是：人類會說「海豚很聰明，牛很笨」，只不過因為牛很老實。但六點半認為，牛就是因為不耍心機，所以稱得上聰明而不是笨，不過這也只是他身為狗的淺見罷了。

雖然根據伊莉莎白的紀錄，六點半已經會三百九十一個字，但其實是三百九十個字。

更可怕的是，六點半不久前才發現，原來人類的語言不只有英語一種。伊莉莎白告訴他，世界上大概有幾百種人類語言，另外還有幾千種是已經沒人在用的了。然而事實上，大多數人終其一生都只會一、兩種語言，除非是那種叫做「瑞士」的人，可能會說八種語言。六點半心想，難怪人類不懂動物的語言，因為人類光是要理解彼此就已經很困難。

說到能力，伊莉莎白有發現六點半沒辦法畫畫這件事。他覺得畫畫是一種孩子偏好的溝通方式，即使成品有時候有點差強人意，但他還是非常欣賞他們在作畫時的投入。六點半時不時會看到一些小朋友用他們小小的手，握著短短的粉筆，在水泥人行道上畫出不可能存在的房子和火柴人，揮灑只有他們自己看得懂的故事。

這星期就有那麼一次，路邊有個媽媽正低頭看著自己孩子的塗鴉，內容其實很醜又暴力，她卻對著孩子說：「畫得真漂亮～」由此他也發現，人類家長有對自己的小孩撒謊的傾向。

「這是小狗狗。」她的小孩說，手上沾滿了粉筆灰。

「哇～好漂亮的狗狗！」那個媽媽作出誇張的反應。

「哪有！」小孩說。「狗狗沒有漂亮，狗狗已經死了，被殺死了！」聽到她這麼說，六點半才走近去看一下，發現小朋友畫得相當精確。

「這哪是死掉的狗狗，」那個媽媽嚴厲地說。「這是一隻非常快樂的狗，正在吃冰淇淋。」在媽媽說完這話之後，那孩子就不開心地把粉筆往草叢一丟，氣噗噗地跑去盪鞦韆。

六點半刁起那隻粉筆，打算拿來送小生物當禮物。

這天六點半和伊莉莎白一起走了五條街。伊莉莎白穿著一件正面有長衫式洋裝，肚子的部位繃得很緊。她大步走著行軍般的步伐，背著一個紅色劍橋包，裡頭裝滿了書。六點半揹著一個改造過的腳踏車後座置物袋，裡面是她包包裡裝不下的書。

十一月的空氣令人憂鬱。「我超餓，」她說。「餓到可以吃下一頭牛。我一直都有在監測尿液的成分，也有分析頭髮的蛋白質含量，還有……」

她不是信口開河，是真的有做這些測量。這兩個月以來，伊莉莎白都會在家裡的實驗室，追蹤自己尿液裡的葡萄糖含量，觀察頭髮中角蛋白的胺基酸鏈，並且分析自己的體溫變化。六點半雖然不清楚做這些要幹嘛，但總歸他相當慶幸，慶幸伊莉莎白總算對那小生物有點興趣了——就算是一種科學研究的興趣，也總比沒有好。

為了迎接小生物的到來，她做的準備只有：一條白色的厚方巾、幾個看起來有點危險的別針，還有三件小小的、看起來就像袋子的衣服。

「生產這件事聽起來不難。」她對著六點半說，一起大步走在街上。「我會先感覺到陣痛，然後就會分娩。六點半，大概還要再兩個星期，我才會生產，但我們現在先討論一下也好。最重要的一點是，我們一定要記得——」她說。「當它發生時，務必保持冷靜。」

六點半根本沒辦法冷靜，因為她幾個小時前就已經破水了，只是目前只排出一點點的水分，所以她還沒發現。但是六點半早就知道了，他畢竟是隻狗。就是那個味道，錯不了。她在那裡說自己肚子餓到痛，其實應該是宮縮的陣痛才對。就在他們快走到圖書館時，小生物決定要讓這個訊號變得更清楚一點。

「喔、喔、喔、喔！」伊莉莎白痛到彎腰大喊。「我的天啊啊啊——」

十三個小時後，梅森醫師捧著寶寶，給累壞的伊莉莎白瞧瞧。

「是個大寶寶呢，」他看著嬰兒，一副好不容易才把這條魚釣上來的樣子。「長大以後絕對是個划船健將，而且一定是個左舷。」他低頭看看伊莉莎白。「做得好，佐特小姐，而且妳沒用到任何麻醉劑。我就說，做了那麼多測功儀一定有差。寶寶的肺超健康的。」他又瞥了一眼寶寶的小手，像是在想像這雙手未來長滿繭的樣子。「妳和寶寶得在這裡多待幾天。明天我會再過來看看，所以妳現在先好好休息吧。」

但伊莉莎白有點擔心六點半，所以隔天一早就想幫自己辦出院。

「門兒都沒有。」護理長表示。「這完全不符合出院流程，梅森醫師應該會發火。」

「跟他說我要做測功儀就好了，」她說。「他會准的。」

「測功儀？那是什麼鬼東西？」護理長對著伊莉莎白大吼的同時，她已經在叫車了。

三十分鐘後，胸前安穩地塞著一個嬰兒的伊莉莎白，大步踏上自家門前的車道。當她一看到了六點半，懸著的一顆心才終於放下。六點半正像在站哨一樣，直挺挺地站在門前，包包也還揹在背上。

我的天，六點半狂喘，我的天啊我的天啊妳還活著妳還活著喔喔喔我的天啊我超擔心的耶。

她彎腰給六點半看看自己懷裡的那一包。

所以小生物是——六點半抽了一口氣——女生！

「是個女生。」伊莉莎白笑著說。

哈囉，小生物！是我啦！六點半！我擔心得要命耶！

「真的很對不起，」她一邊開門，一邊對六點半說。「你應該餓壞了吧，現在都幾點了——」她看了看錶。「九點二十二分。你已經超過二十四小時沒有進食了。」

六點半興奮地大搖尾巴。他知道小生物該叫什麼名字了。有的家庭幫小孩子取名時，會用同樣的字母開頭（像是阿加莎、阿佛烈），有的家庭則會用一樣的字尾（比如茉莉、波莉），而他們家是用時間來取名，紀念成員來到這個家的時刻，像他就叫六點半，所以小生物當然也是同理。

哈囉，九點二十二！歡迎出來！這一路還好嗎？請進、請進！我有幫妳準備好粉筆了！

當他們三人熱鬧又匆忙地進門後，一種奇妙的喜悅充斥在空氣中。自從凱文去世以來，這屋裡頭一次有種否極泰來的感覺。

但不過才過十分鐘，小生物就開始哭，那感覺也就煙消雲散了。

17 海芮・斯隆

「妳是怎麼了？」同樣的問題，伊莉莎白已經問了幾百萬遍。「有問題就說啊！」

但這位已經狂哭猛哭不停哭了好幾星期的嬰兒，就是不給她明確的線索。

六點半也不知道如何是好。他告訴寶寶，**我早就跟妳說過妳爸的事了，又不是沒跟妳講過**。但小生物還是繼續嚎啕大哭。

伊莉莎白會在凌晨兩點，抱著身上那一包搖啊搖，搖到她的肩膀硬得像生鏽的機器手臂，讓她撞到一疊書之後差點跌個狗吃屎。「喔幹。」她大罵一聲，試著在踉蹌之間把懷中的寶寶保護好。在這一片新手媽媽的慌亂中，地板成了形形色色雜物的最佳去處，到處都看得到小襪子、尿布用別針、發黑的香蕉皮、來不及讀的報紙。「妳明明這麼小一隻，怎麼能製造出這麼大的混亂？」她大嘆，小寶寶則把她的小嘴嘴湊到她的耳邊，深吸了一口氣，然後放聲吼出她的回答。

「我求妳了，」伊莉莎白低聲說，整個人癱在椅子上。「求求妳，拜託不要再哭了。」她把女兒環抱在臂彎裡，輕輕用奶嘴頭推了一下她那娃娃般的小嘴。就在這一刻，在拒絕了五次之後，這小東西終於貪婪地咬住奶嘴，一副她早就知道自己笨手本腳的媽媽最後還是可以猜到她想要啥的樣子。伊莉莎白則是小心翼翼地屏住呼吸，生怕任何的風吹草動，都會再次觸動那小生物的警鈴一樣。嬰兒就像顆不定時的炸彈，一失足可會成千古恨。

梅森醫師之前有警告過她，養小孩是很不容易的事。但在她看來，養小孩根本就不是一件事，而是一紙賣身契。她把自己賣給這位跟暴君尼祿一樣予取予求、跟路德維希二世一樣瘋狂的小霸王。[10] 小霸王哭起來不只讓伊莉莎白卑微地覺得自己是個失職的母親，更糟的是，讓她害怕女兒或許不喜歡她這個媽——害怕女兒才幾個月大，就已經開始討厭自己的母親。

伊莉莎白只要閉上眼就可以回想起她的母親：母親的嘴裡叼著一支雪茄，煙灰直直地落在那一盤伊莉莎白才剛從烤箱拿出來的燉菜上頭。沒錯，有人就是自始至終都不喜歡自己的媽媽。這個世界就是會有這種事。

情感面之外，照顧嬰兒根本就是一個無限的迴圈——要餵食、要洗澡、要安撫、要拍嗝、要哄睡、要把屎尿、要換尿布、還要抱著她走來走去……只能說，真的也太多事要做了，而且這堆麻煩還會不斷周而復始。雖然說人的生活中會重複的事很多，像是做測功儀、放煙火、擺動中的節拍器，但這些東西通常都會在一個小時之內結束，育兒這麻煩卻會持續多年之久。

而且就算是寶寶在睡覺的時候（事實上根本就沒有這種時候）也沒得休息，還是有一大堆事情得做：要洗衣服，要泡牛奶，要消毒殺菌，要準備寶寶餐，還要不停回頭去翻斯波克博士的《嬰幼兒保健常識》[11]。事情多到她連寫待辦事項都不必了，因為要寫下來就只是讓代辦事項又多了一件而已。在此同時，她還有工作得做。

所謂工作就是哈斯汀的東西。她擔心地望了一下堆在屋裡另一頭的筆記本和論文——足足三十多公分高。那一整疊，她碰都還沒碰過，是哈斯汀那些前同事的研究。生產的時候，伊莉莎白騙梅森醫師說：

---

10 暴君尼祿（Nero, 37 – 68），西方傳統史料中，羅馬帝國最惡名昭彰的統治者之一。路德維希二世（Ludwig Otto Friedrich Wilhelm, 1845 – 1886），以執著、瘋狂形象傳世的巴伐利亞國王，熱愛修築宮殿，包括新天鵝堡。

11 《嬰幼兒保健常識》（*The Common Sense Book of Baby and Child Care*）乃美國小兒科醫師斯波克博士（Dr. Benjamin Spock, 1903-1998）出版於一九四五年的育兒寶典。至斯波克過世為止，已經在全世界銷售五千萬冊，為二十世紀最暢銷的書籍之一。

「我想要清醒地體驗整個分娩的過程，因為我是科學家。」但她不想打麻醉的真正原因，其實是她付擔不起那個費用。

就在這時，她感覺到懷裡傳來一陣輕巧、滿意的嘆息。伊莉莎白低頭一看，驚訝地發現女兒睡著了。這讓她整個人像被石化似地動都不敢動，怕打擾到沉睡中的嬰兒。伊莉莎白仔細端詳著女兒那張紅潤的臉、微嘟的嘴，以及細細的金色眉毛。

一個小時過去，她的手臂已經痠到不行，也麻到不行了。伊莉莎白讚嘆地盯著寶寶微微抽動的嘴唇，彷彿想為這奇蹟找到一個合理的解釋。

兩個小時過去。

給我起來，她告訴自己。她輕手輕腳地從椅子上起身，躡手躡腳地走回房間躺下，再小心翼翼地把還在睡的小嬰兒放在身旁。她閉上眼，呼了口氣，然後沉沉地睡去，無夢地睡去，直到寶寶醒來的那一刻。

而這一覺，根據手錶顯示，只過了五分鐘而已。

某天一大早七點整，伊莉莎白打開門，看到玻里維茲博士出現在門口。「現在過來會不會太打擾妳？」他先探探頭，接著便不請自入，避開一路上四散的雜物，來到堪比垃圾場的沙發。

「會。」

「哎呀，不過這也不算是真的工作。我只是來問一個問題而已。」他為自己找到藉口。「總之，就想過來看看妳工作進行得怎樣了。還有，聽說妳最近剛生小孩。」他看了看她那一頭很久沒洗的頭髮，扣得亂七八糟的上衣，以及仍微凸的小腹。然後他打開公事包，拿出一個竟然連包裝都有的禮物。「恭喜妳。」他說。

「什麼？這是禮物嗎？」

「小小心意而已。」

「你有小孩嗎？玻里維茲博士？」

他的眼神往左飄了一下，沒回話。

她把禮物打開，裡面裝著的是一個塑膠製的奶嘴，和一個小兔兔娃娃。「謝謝你。」她說，當下突然很感謝他特地跑來，畢竟這幾個星期以來她都沒和成年人類說到話，玻里維茲是第一個。「真是體貼。」

「不客氣。」他笨拙地說。「我是希望他——或她會喜歡啦。」

「是女生。」

一個大哭包，六點半補上一句。

玻里維茲接著又從公事包裡抽出一疊紙。

「玻里維茲博士，我這陣子都完全沒睡。」伊莉莎白抱歉地說。「現在真的不是時候。」

「佐特小姐。」玻里維茲垂頭喪氣地請求。「但我兩個小時以後就要跟多納堤開會了。」然後他從皮夾裡抽出了幾張鈔票。「拜託妳了。」

看到鈔票的那一瞬間，她猶豫了，因為她已經一個月沒有任何收入。

「就十分鐘吧，」她說，一手抽走那些鈔票。「因為寶寶還沒完全睡著。」但他其實需要跟她談整整一個小時。等到玻里維茲離開後，她驚訝地發現寶寶還在睡，於是下定決心來做點事。但就在她走向實驗室時，一不小心把地板當成了床那樣滑了下去，把地板上的課本當成枕頭一樣躺了上去。

她夢到凱文。他正在讀一本核磁共振的書，她則在朗讀《包法利夫人》(*Madame Bovary*)給六點半聽，正在跟他說這種虛構故事有時會有點麻煩，因為讀者常會深信自己讀到了故事背後的意涵，但其實作者根本沒那個意思，而且他們以為的那個意涵往往沒什麼意義。「《包法利夫人》就是這樣的故事，」她說。「比如艾瑪舔手指這個部分，有些人認為那是一種情慾的體現，有些人覺得她真的很愛吃雞肉。但福婁拜的本意究竟是什麼？根本沒人在乎。」

她說完後，凱文突然抬起頭來。「我怎麼不記得《包法利夫人》有寫到吃雞的事？」伊莉莎白正要回話，卻聽到一連串「噠、噠、噠、噠、噠、噠」的聲音，就像一隻辛勤的啄木鳥，不停在「噠、噠、噠、噠、噠、噠」地啄，接著有個聲音說：「佐特小姐？」然後又是辛勤的「噠、噠、噠、噠、噠、噠」，緊接著另一聲：「佐特小姐？」最後是像打嗝一樣的詭異嗚咽，把凱文嚇到跳起來，走出了房間。

「佐特小姐？」那聲音又再說一次，這次比之前更大聲了。

伊莉莎白終於醒來，矇朧之中看到一襲人造絲的洋裝，搭配厚厚的咖啡色襪子。一位頗高大的灰髮婦人，現身在她的實驗室裡。

「是我，佐特小姐，我姓斯隆。我剛經過你們家屋外，從窗戶看到妳整個人癱在地板上，電鈴按了半天妳都沒起來，就推開門直接進來了。我只是想來看看妳怎麼樣。所以妳還好嗎？需要幫妳找醫生來看看嗎？」

「絲、絲——隆？」

婦人彎下腰來看看伊莉莎白。「妳看起來是還好，應該不至於要看醫生。妳的寶寶在哭了，需要幫妳抱過來嗎？嗯我去抱過來好了。」她馬上走過去，沒多久就回來。「噢，妳看看，」她左左右右地搖著懷裡的嬰兒。「這個小惡魔叫什麼名字呀？」

「馬的，喔不是，是馬——瑪德蓮。」伊莉莎白邊說邊試著把自己從地板上撐起來。

「瑪德蓮，」斯隆女士說。「是個女生呀，真不錯呢。其實自從妳把這個小惡魔帶回來後，我一直在想，應該來打個招呼才是。但我看妳家的訪客好像一直絡繹不絕，比如剛剛好像才有個人離開的樣子，我就想，還是不要來打擾好了。」

婦人把瑪德蓮舉到自己鼻子的高度，用力地聞了一下後，把寶寶擱在桌上，順手從附近的曬衣架上抓了片乾淨的尿布，塞到嬰兒的背後，幫從頭到尾一直扭來扭去的寶寶換好了尿布。婦人換尿布的手法，熟練到像牛仔在替小牛套繩一樣俐落。「少了伊凡斯先生，妳自己一個人要搞定這一切，一定不容易吧。真的很遺憾，還請妳多保重。不知道我現在說這個是不是太遲了，但總比沒說好。伊凡斯先生真的是個很好的人。」

「妳也……認識凱文？」還恍恍惚惚的伊莉莎白問。「怎，怎麼認識的？」

「佐特小姐，」她直接點出事實。「我住在妳家對面，是妳的鄰居，那間藍色的小房子。」

「喔喔，對。」伊莉莎白說，突然一陣不好意思，因為她這才發現自己從來沒有跟斯隆女士說過話，頂多在車道上揮手打過招呼而已。「真是抱歉，斯隆女士，我當然認識妳，不好意思失態了——我真的太累了，剛剛應該是不小心就在地板上睡著了。真不敢相信，我之前從來沒這樣子過，這真的是第一次。」

「只能說這大概不會是最後一次。」斯隆女士說，說完才猛然發現那廚房根本就不是個廚房。她一手把瑪德蓮像顆足球一樣夾在自己的臂彎裡，站起身來，開始自行參觀這房子。「畢竟妳一個新手媽媽，還得自己單打獨鬥，把自己弄到快垮掉，幾乎沒辦法思考——天啊，這是什麼鬼東西？」她指著一個銀色的龐然大物。

「離心機。」伊莉莎白說。「還有，我沒事。真的。」她試著坐起身來。

「在新生兒的面前，沒有人可以『沒事』，佐特小姐。這鬼靈精怪的小妞會把妳的精力吸個精光。

妳看看妳，一臉要死不活的樣子。我來幫妳泡杯咖啡吧。」她走向火爐，發現眼前的通風櫥，不知該如何是好。「我的老天，」她說。「這廚房到底發生了什麼事？」

「還是讓我來吧。」伊莉莎白說。就這樣，斯隆女士看著伊莉莎白飄到不銹鋼檯桌邊，取來一壺蒸餾水、倒了一些水在燒瓶裡後，用上頭連著一根管子的塞子堵住瓶口，然後把瓶子夾在桌子上的一個金屬架上，再用看起來很奇特的一個金屬小物引爆火花（就像用打火石那樣），點燃了金屬架子下面的本生燈。火點著了後，水就開始煮了。接著，她伸手從櫃子裡拿出一包標示著「$C_8H_{10}N_4O_2$」[12]的東西，倒了一點到研磨缽裡後，開始用研磨杵又搥又磨，然後再把那像土一樣的粉末，倒在一個奇怪的秤上，秤完後又把粉倒入一塊十五公分見方的紗布上，隨手把那一包東西綁起來、塞到一個大燒杯裡，再將燒杯夾到桌上的另一個架子上，接著把連著剛剛那支燒瓶的管子，插入大燒杯直達底部，再用鉗子固定住管子的位置。

當水開始滾沸，也是斯隆女士的下巴快要掉到地板上的時候。她眼睜睜看著燒瓶裡煮滾的水沿著管子流進大燒杯，直到差不多燒瓶裡沒水時，伊莉莎白熄滅了本生燈，用玻璃攪拌棒稍微拌一下大燒杯裡的液體。就在這時候，最奇特的事情發生了：那咖啡色液體竟然神奇地自動沿著那根管子，又流回原本裝水的燒瓶裡。

「要奶精和糖嗎？」伊莉莎白拔開燒瓶的塞子，開始把裡頭的液體倒進杯子裡，遞給斯隆女士一杯。

「怎麼回事，」斯隆女士說。「妳是不知道福爵咖啡[13]嗎？」但在啜了一口那液體後，她閉嘴了，因為她這輩子從來沒喝過這樣的咖啡，簡直是天堂來的飲料，要她每分每秒喝她都願意。

「所以對於當媽這件事，」斯隆女士問。「妳現在有何感想？」

伊莉莎白用力吞了一口口水。

「我看妳連『聖經』都準備好了。」斯隆女士說，注意到伊莉莎白桌上有一本斯波克博士的書。

「我的確是衝著它的書名買的，」伊莉莎白老實說。「嬰幼兒保健常識。我有種感覺，大家把養小孩這件事搞得太複雜了，太多沒意義的眉眉角角。」

斯隆女士仔細端詳伊莉莎白，心想這女人剛剛光是煮一杯咖啡，就多用了大概二十個步驟，說這話合理嗎？「整件事其實滿妙的。」斯隆女士說。「妳想想，一個男人寫了一本生小孩、養小孩的書，書裡談的全是他自己沒有親身經歷過的事，卻可以哇——爆紅，暢銷到不行。我懷疑這本書根本是他老婆寫的，只是用斯波克的名義出版。他老婆大概是以為作者是男人的話，會更有權威性吧？」

「實則不然。」伊莉莎白說。

「就是說啊。」

接著兩人又各自啜了一口咖啡。

「六點半，過來。」伊莉莎白說，伸出另一隻手叫他，他也立刻跑來。

「妳有見過六點半嗎？」

「佐特小姐，我就住在妳家正對面！隨時看到他在那裡跑來跑去耶。喔對了，我印象中，最近有個養狗要用牽繩的新規定——」

就在「牽繩」這兩個字出現的同時，斯隆女士懷裡的瑪德蓮，馬上張開她的小嘴嘴，驚天動地大哭了起來。

「喔我的老天！」斯隆女士嚇了一大跳。「妳這招也太嚇人了！」她一邊看著那張紅通通的小臉，一邊搖著懷裡的寶寶在實驗室裡走來走去。走著走著，她拉高音量壓過嬰兒的哭聲，開始跟伊莉莎白談

---

12 咖啡因的化學式。

13 Folger's，美國即溶咖啡品牌。

起自己的往事。

「很久以前我還是新手媽媽的時候，有一次我老公出差，一個怪人闖進我家，威脅我說如果不把家裡的錢都給他，他就要把小孩抱走。那時候我大概已經四天沒洗澡也沒睡覺，至少也有一個星期沒梳頭了吧，甚至不知道自己已經多久沒坐下來休息過，所以我對他說，『你要小孩？拿去。』」她把瑪德蓮換到另一隻手臂繼續搖。「結果，哈哈，從來沒看過一個大男人逃得這麼快。」說完，她環顧實驗室一圈。「妳該不會連泡牛奶也有花招吧？還是我可以泡一瓶正常的？」

「這裡有一瓶泡好的。」伊莉莎白說，從一個溫水桶中拿出一瓶奶。

斯隆女士把瑪德蓮交還給伊莉莎白。「新生兒真的是太可怕了。」她摸了摸脖子上的仿珍珠項鍊壓驚。「要不是我一直以為已經有人在幫妳，不然我早就過來幫忙了。妳的訪客實在太多了，呃，一堆男人會在一些很奇怪的時間點跑來妳家。」說完她清了清喉嚨。

「因為工作的關係。」伊莉莎白一邊哄著瑪德蓮喝奶一邊說。

「妳說是就是。」斯隆女士說。

「我是科學家。」伊莉莎白說。

「我是記得依凡斯先生是科學家沒錯。」

「我也是。」

「看得出來，」她交握起雙手。「好吧，我該回去了。是說，以後妳就知道了，有需要幫忙的話，我就在對面而已，隨時可以找我。」她拿起一支色鉛筆，把自己的電話號碼直接寫在電話上頭的牆壁上。「我先生去年退休了，現在成天待在家。妳不用擔心會打擾到我們，完全不會，妳要是找我幫忙，其實也是在幫我，明白嗎？」她又彎身從自己的購物袋裡取出一盒東西。「這個我就放在這裡了。」她說，同時動手掀開上面的鋁箔紙。那是一盒焗烤菜。「不保證有多好吃，但妳得吃點東西。」

「斯隆女士，」伊莉莎白突然發現自己不希望她離開，放她自己一個人。「妳看起來很會照顧小孩。」

「應該說，能會的大概都會了。」她承認。「小孩就是來討債的。問題是，為什麼大家還是要生好幾個？」

「妳有幾個小孩？」

「四個。但妳好像話中有話？佐特小姐，妳在擔心什麼事嗎？」

「喔，沒什麼，」伊莉莎白努力讓自己的聲音聽起來不要那麼遲疑。「只是……只是我……」

「妳就直說吧，」斯隆告訴她。「要說什麼就說，不需要顧慮。」

「我是很糟糕的媽媽。」她像連珠炮一樣吐出這句話。「就像妳看到的，我可以顧小孩顧到睡著，還有很多事都做不好——不對，應該說所有事都做不好。」

「怎麼說。」

「喔，像是斯波克博士說應該幫寶寶建立固定的作息，我是有擬一個時間表了，但是寶寶都不肯遵守。」

聽她這麼說，斯隆女士「哼」了一聲。

「還有，我也沒感覺到——大家口中那種，嗯，妳知道的。」

「我哪知——」

「那種喜樂的感覺——」

「妳只是被那些女性雜誌騙了。」斯隆打斷她。「離那種東西遠一點，裡面都是些現實中不存在的迷湯。」

「可是我現在的感覺……我想我應該……不太正常，因為，其實我本來沒打算生小孩。」她說。「結果現在生了以後，我不得不承認，大概至少有兩次吧，我真的很想把她送人算了。」

本來正往後門走去的斯隆女士，這時停下了腳步。

「拜託，」伊莉莎白哀求。「不要覺得我是個壞——」

「等等，」斯隆說，一副她剛剛聽錯了什麼一樣。「妳剛說妳有『兩次』想送走寶寶？」她先是搖搖頭，然後放聲大笑，笑到伊莉莎白不禁退縮。

「我不是在跟妳開玩笑……」

「兩次？真的假的？對新手媽媽來說，再多想個二十次都不為過呢。」

伊莉莎白覺得一陣鼻酸。

「放過自己吧，」斯隆女士同情地說。「要知道，這可是世界上最辛苦的工作之一。妳的母親難道沒跟妳說過嗎？」

斯隆講到「妳的母親」這個字眼時，注意到伊莉莎白整個人突然繃緊起來。

「好啦。」斯隆繼續說，語氣更溫柔。「總而言之，不需要太擔心。在我看來，妳目前沒什麼大問題，佐特小姐，以後也只會越來越好而已。」

「要是沒有變好的話怎麼辦？」伊莉莎白絕望地說。「有沒有可能……還會更糟？」

斯隆女士其實本來不是那種會給人家拍拍的人，她卻不由自主走到伊莉莎白的身邊，輕輕拍了拍她的肩膀，打破自己本來保持的安全距離。「不會啦，只會越來越好。」她說。「妳叫什麼名字，佐特小姐？」

「伊莉莎白。」

斯隆女士伸出她的手。「我叫海芮。」

然後氣氛忽然一陣尷尬，好像交換了名字，就是交換了本來沒打算向對方透露的自己。

「在離開之前，伊莉莎白，我可以給妳一個小小的建議嗎？」海芮表示。「喔算了，當我沒說，我自己最討厭愛跟別人尬聊、硬要給人家建議的那種人了。」她的臉紅了起來。「妳呢？妳也討厭愛多管閒事的人嗎？他們老是反而讓人覺得自己不夠好，給的建議也通常很爛。」

「請說。」伊莉莎白說。

海芮猶豫一下，抿了抿嘴唇。「好吧，應該是還好。其實這也不算什麼建議，比較像個小撇步。」

伊莉莎白一臉期待地看著她。

「記住，」海芮說。「每天都要留一點時間給自己。」

「留一點時間。」

「對，留一點時間給自己。在這段時間裡，最重要的是妳自己，不是寶寶，不是工作，更不是死去的伊凡斯先生，當然也不是亂七八糟的房子。全都不是。在這段時間裡，最重要的是伊莉莎白・佐特，妳自己。不管妳需要什麼、想要什麼，或追求什麼，每天都要留一點時間，去把它找回來，」她帥氣地扯了一下脖子上的仿珍珠項鍊。「然後繼續朝著那個什麼邁進。」

海芮沒說的是，這件事不只她自己從來沒有做到，而且它還是海芮從剛剛自己口中那「有夠荒謬的女性雜誌」裡讀來的。她很想相信，自己有一天也可以繼續朝她追求的「那個什麼」邁進。對她而言，「那個什麼」就是一份真愛。她渴望好好地愛一場。

海芮伸手打開後門，轉身朝伊莉莎白微微點個頭之後離開。瑪德蓮這時就像被什麼提醒了一樣，又哭了起來。

18 本名叫「馬的」

海芮．斯隆這輩子從來都稱不上漂亮，但認識一些長得好看的人，只不過這些人全都是禍水，老是招來麻煩。大家不是因為他們的美貌而愛得要死，就是因為他們的美貌而恨得要死。凱文和伊莉莎白剛開始在一起的時候，她就心想，還不是因為女生長得漂亮。直到某次海芮坐在自家客廳裡，而伊莉莎白他們家的窗簾沒拉上、讓她可以把裡頭看得一清二楚時，她才知道自己誤會人家了。

在她看來，凱文和伊莉莎白兩人的關係相當奇妙——甚至到了有點玄的地步。他們倆就像一對同卵雙胞胎，出生時被拆散，後來在一場戰爭的壕溝裡遇見了對方。這兩人不顧四周屍橫遍野，驚喜地發現彼此怎麼長得那麼像，而且竟然有許多共通點，比如他們不只都對蛤蜊過敏，連不喜歡迪恩．馬丁[14]這件事也都一樣。「真的假的?!」她完全可以想像，這兩人會沒說幾句話就對著彼此驚呼：「我也是耶！」

海芮和她剛退休的老公完全不是這麼回事。兩人之間如果要說有火花，也只出現在最一開始而已，然後那感覺就像廉價指甲油一樣很快就剝落。當時她覺得這個人很豪放不羈，除了因為他身上有個刺青，也因為他好像沒注意到自己的腳踝有點粗、頭髮有點太細。現在回想起來，這其實應該是個徵兆，顯示他的眼裡根本沒有她。如果當時她有發現，也許可以提早意識到「他眼裡永遠不會有她」這個事實。

海芮也不記得她是在結婚多久以後，才發現自己根本不愛這個男人，而這個男人也不愛她。但她想，應該是在自己發現他會把桌子念成「周子」的時候，還有他一身濃密的體毛會像蒲公英種子一樣到處亂飛，讓整個家覆蓋了一層毛髮的時候。

和斯隆先生住在一起的確很不舒服，但他討人厭的部分，不光是上述那些生理上的缺陷，畢竟她自己也會掉頭髮。斯隆先生真正令她作嘔的，是他不停秀下限的愚昧：既笨又不懂藏拙，既沒腦袋又沒魅力，以及他的無知，他的偏執，他的魯莽，他的白目，更別說還有那份不知道哪兒來的自信。這個男人也正如世上所有的笨蛋，笨到不知道自己有多笨。

當伊莉莎白·佐特搬來跟伊凡斯一起住時，斯隆先生馬上就注意到了。他不只一天到晚把佐特掛在嘴邊，還像隻卑劣的土狼一樣越講越過火。他會靠在窗戶旁，一邊盯著這個年輕女人坐進她的車裡，一邊說：「哇，看看她。」然後一邊磨搓自己的肚子，任由他那一圈圈黑色體毛掉在房間裡的每個角落，一邊發出詠嘆：「爽。」

每次他來這一齣，海芮就會離開現場。她知道自己早該習慣了，習慣自己老公對別的女人有慾望的這件事。畢竟這男人早在他們度蜜月時，就已經躺在她身邊拿著成人雜誌自慰了。海芮對這件事早就不以為意，不然還能怎麼樣？而且，很多人跟她說這很正常，甚至還說這是件有益健康的事。而隨著他手上的雜誌越來越香豔大膽，他這習慣也就越根深蒂固。就這樣，現年五十五歲的海芮也只能扛著心裡的石頭，清理著他製造的一堆堆黏踢踢的衛生紙。

斯隆先生另一個令人不舒服的地方是，他跟大多數噁男一樣，都發自內心覺得所有女人都很哈他。海芮真心不懂這種自信到底是從哪裡來的，照理說，笨蛋雖然會因為太笨而不知道自己笨，但噁男應該還是有辦法知道自己很噁才對，因為世界上有一種東西叫做鏡子。

其貌不揚也不是什麼錯事。海芮知道自己長得很普通，凱文·伊凡斯也長得不怎麼樣，佐特帶回來的那隻狗也是，甚至佐特肚子裡的那個寶寶，很可能也不會長得多好看。但再怎麼說，他們都稱不上醜，

14 Dean Martin，美國歌手、演員、諧星暨電影製片，二十世紀中期最受歡迎的藝人之一。

只有斯隆先生是真的醜，因為他這個人是裡裡外外都不堪。而且真要說的話，這整條街上，長得好看的大概就只有佐特而已。也正因為如此，海芮才避免跟她來往。一如前面提到的，她遇過的紅顏通常都是禍水。

但伊凡斯先生就這樣走了，然後那些模樣滑稽的男人，提著自命不凡的公事包，開始頻繁進出伊莉莎白的家。海芮也是這時才發現，自己好像開始會用斯隆先生的酸民視角來看事情，所以那天她決定要親自過去看看伊莉莎白，畢竟她這輩子雖然已經卡在「斯隆太太」這個角色裡——而且是不能離婚的天主教徒——但她很清楚自己不想被潛移默化為斯隆先生那種人，同時她也知道照顧新生兒是一件多可怕的事。

打電話給我吧，海芮站在自己家裡的窗簾後頭望向對街，心裡期盼著。**打給我，打給我，打給我吧**。

她家對面的伊莉莎白，過去四天裡已經抓起話筒十幾次，想打電話給海芮．斯隆，只是沒有一次撥完全部的號碼。以前她一直覺得自己可以獨力搞定所有事，但上次和海芮相處，雖然只是很短時間，卻已經足以讓她意識到這並非事實。

伊莉莎白站在窗邊望向對街，忽然感覺一股絕望感襲來。她現在有個小孩，她得養育這孩子到長大成人。我的天——成人。就在這時，瑪德蓮放聲宣布餵食她的時間到了。

「妳不是才剛剛吃完嗎？」伊莉莎白提醒她。

「**噢是噢但我根本不記得！**」瑪德蓮用尖叫表達這個意思，同時宣告史上最難玩的遊戲就此開始：**猜猜看我現在想要的是什麼吧**。

關於女兒，伊莉莎白還有另一個困擾：每次看著女兒的眼睛，她會以為自己看到了凱文，讓她覺得有點心慌，因為她其實還在生凱文的氣，氣他騙她說自己沒有幫忙喬研究經費，氣他的精子掙脫了避孕措施的阻擋，氣他為什麼不跟大家一樣穿芭蕾舞鞋在家裡跑步就好。

她也知道自己這樣生他的氣很沒道理，但悲傷本來就是一種反覆、難以捉摸的情緒。不過沒差，反正也沒人知道她還在生他的氣，因為她完全沒跟任何人提起。喔不，應該說除了生產的時候以外。當時她好像失控地說了一堆不該說的話，也好像在宮縮最劇烈的時候，用指甲掐進某人的手臂裡，因為她隱約記得當時聽到旁邊有人痛到大叫和大罵髒話，留給她一個既奇特又不專業的印象。

總之，在生產終於結束後，有個護士拿著一疊紙跑來問她什麼事的時候，伊莉莎白就跟對方全招了。她覺得對方大概是來問「妳現在感覺如何」之類的問題。

「馬的[15]。」

「馬的？」護士再確認一次。

「對，馬的。」伊莉莎白回答，因為她真的真的很氣。

「妳確定？」護士又再確認一次。

「對！」

這名護士對些剛生產完、脾氣總是不太好的產婦，一向沒什麼耐心可言，更不用說眼前這位太太，剛剛還用指甲把她掐到死去活來，於是她就如客人所願，在孩子的出生證明上寫下「馬的」，然後大步走了出去。

就這樣，新生兒的名字便登記為「馬的」。馬的．佐特。

15 Mad，意為惱火、發瘋、抓狂。

伊莉莎白是在回家好幾天後，無意間在餐桌上那一疊亂七八糟的醫院文件中，發現了這張出生證明的存在。「什麼東西？」她困惑地攤開這張以纖細優雅的字體寫成的出生證明，忍不住大驚：「馬的・佐特？天啊！我幹了什麼好事?!」

當然她馬上就想幫寶寶改名，但問題來了，她本來一直以為在看到女兒的臉的那一剎那，對的名字就會自動浮現，結果並沒有。

她站在家裡的實驗室裡，在鋪著被子的嬰兒籃前，低頭看著那坨正在睡覺的小生物，端詳著她的模樣。「蘇珊？」她輕聲叫著。「蘇珊・佐特？」感覺不對。「麗莎？麗莎・佐特？薩爾達？薩爾達・佐特？」沒反應。「海倫・佐特？」她開始亂試一通。「費歐娜・佐特？瑪麗・佐特？」還是沒反應。最後，伊莉莎白用雙手捂著嘴，像要為自己做好心理準備似地，終於放膽一試。「馬的・佐特？」

小嬰兒竟然在這時候睜開眼了。

六點半待在桌子底下他自己的窩裡，看到這一幕不禁呼一口氣。他常常在小朋友的遊樂場出沒，知道小孩子的名字不能亂取，比如那種因為口誤而想到的名字，或是像伊莉莎白的情況：因為賭氣。六點半甚至覺得，一個人的名字比他的性別還重要。一個人要有名字，不只是因為大家都有名字，也不是好聽就夠了。名字**定義**了一個人——或者一隻狗。名字是一個人終其一生要吶喊、搖動的那面旗子，當然不可以亂來。像他也是等了一年多，才終於有了自己的名字：六點半。「馬的」有比這名字好嗎？

「馬的・佐特……」他聽到伊莉莎白低聲說。「我的天。」

六點半起身，默默地走去臥室。打從凱文走了以後，他就開始瞞著伊莉莎白，在床底下偷藏一些餅乾，所以也算行之有月的習慣了。這麼做不是因為怕伊莉莎白會忘記餵自己吃東西，而是出自他個人的一項重大科學發現：遇到緊要問題時，吃點東西滿有幫助的。

馬的，他一邊嚼著餅乾一邊想。還是要叫瑪姬？瑪莉？瑪尼卡？他又再咬出另一塊餅乾，大聲「喀哧、喀哧」地吃著。他真心熱愛伊莉莎白烤的這些餅乾，也真心覺得那間廚房很神，讓他覺得既然廚房這麼好，為何不乾脆用廚房裡的東西來幫寶寶命名？比如鍋兒．佐特。還是要用實驗室的東西，比如燒杯．佐特？還是化學的諧音字？比如，呃，花雪？不然，要不要叫金？演《金臂人》的那個金．露華是六點半最喜歡的女演員。[16]這麼一來，小生物就會叫做金．佐特。

不行，這名字太短了。

然後他想到，要不要叫瑪德蓮[17]？他記得伊莉莎白朗讀過《追憶似水年華》——說真的，他不是很推——但他有聽懂當中的某個段落，就是瑪德蓮那一段。一種甜食。叫瑪德蓮．佐特怎麼樣？好像不錯？後來，伊莉莎白發現普魯斯特這本名作莫名其妙地攤開放在自己的床頭。「六點半，你覺得瑪德蓮這個名字如何？」

他回望她，一臉無辜的樣子。

改名最麻煩的地方，不只是得親自跑一趟市政廳，因為等她到了以後，才發現申請改名還得附上結婚證明書，申請表裡面也得填一堆她不是很想讓人知道的資料。

「還是這樣吧，這件事就你知我知。」

伊莉莎白走出市政廳，跟六點半碰頭。

---

16 《金臂人》（*The Man with the Golden Arm*）是美國一九五五年上映的知名黑色電影（film noir），金．露華（Kim Novak）是一九五〇年代最受歡迎的演員之一，代表作是希區考克執導的《迷魂記》。

17 Madeline，天主教聖人之一，基督教稱為「抹大拉的瑪利亞」，是西方很常見的女性名，也是法國知名扇貝形小蛋糕 Madeleine 的名稱。法國作家普魯斯特（Marcel Proust）在他的鉅作《追憶似水年華》（*À la recherche du temps perdu*）裡，花了好幾頁的篇幅描寫瑪德蓮小蛋糕的氣味所喚起的回憶。

「她本名就叫『馬的』，但我們對外宣稱她叫瑪德蓮，暱稱是馬的，誰都不會猜到真相。」

本名就叫『馬的』。六點半心想。哪有可能出什麼錯呢？

「馬的」這孩子還有一個特點：每次只要有哈斯汀的人跑來家裡，她心情都會變得很「馬的」。斯波克博士大概會診斷寶寶當時是「肚子不太舒服」，但伊莉莎白其實覺得，這是因為我們家小寶寶很會看人，也因此讓她擔心起來。寶寶長大以後會怎麼看自己的媽媽呢？一個不肯和家人聯絡，不肯嫁給自己深愛的人，被公司炒魷魚，還花一堆時間教狗認字的女人？女兒長大會不會覺得她太自私？或是太瘋狂？還是都有？

這一題對她來說實在無解，但感覺住在對街的那位女士會知道解答。

伊莉莎白雖然不是會上教堂的人，但她可以感覺到海芮・斯隆這個人身上有種神聖的氣質。她有點像個入世的神父，人們可以向她告解，向她坦承自己犯過的錯，透露心底的恐懼和希望，期待自己可以得到一些實用的智慧。她不會只告訴你一些勸世良言，也不會用心理師那一套「那麼，這些事讓你有什麼感覺呢？」在那邊繞圈圈。她會告訴你怎麼收拾當下的殘局、撐過這一仗。

她拿起電話筒。殊不知同一時間，對街的海芮已經用望遠鏡看到她的動作，準備好要接電話了。

「喂？」海芮裝沒事地接起電話，把望遠鏡塞進沙發和抱枕之間。「這裡是斯隆家，請問找哪位？」

「我找海芮，我是伊莉莎白・佐特。」

「我現在就過去。」

19 一九五六年，十二月

當科學家的小孩，最大的好處是什麼？就是可以放飛自我，沒人會管你。

自從瑪德蓮會走路以後，伊莉莎白就放任她隨便摸隨便吃、隨便丟隨便跳、隨便燒隨便撕、隨便撒隨便潑、隨便搖隨便混、隨便聞隨便舔，任何東西都隨便她玩。

「馬的！」每天早上，海芮踏進她們家門時就會立刻大吼。「放下！」

「下！」瑪德蓮出聲附和，然後丟出一杯半滿的咖啡。

「不可以！」海芮大吼。

「可以！」瑪德蓮又跟著唸。

就在海芮跑去拿抹布時，瑪德蓮又跌跌撞撞地晃進客廳，用她髒兮兮的手開始東挑西揀，自動走向一般父母不會讓小朋友去碰的物品，比如太尖銳、太燙或是有毒性的東西——換句話說，那些最好玩的東西。但即便如此，瑪德蓮還是順利活下來了。

這都是因為家裡有六點半在。他隨時隨地都在待命，分分秒秒在觀察是否有任何潛伏的危機，比如他會挺身去擋住燈的插座，在瑪德蓮又爬上書櫃的時候（幾乎是每天），立刻衝到櫃子底下當狗肉墊，免得瑪德蓮摔下來受傷。畢竟他曾經失手過一次，沒保護好心愛的人，因此他絕對不容許這種事重演。

「伊莉莎白，」海芮會罵她。「妳不能這樣放任馬的，都沒在管她。」

「妳說得很對，海芮。」伊莉莎白說話時，兩隻眼睛都沒離開她面前的三支試管。「妳看我已經把刀子放到她碰不到的地方了。」

「伊莉莎白！」海芮懇求地說。「但妳也得看著她啊！我昨天才看到她爬進洗衣機裡。」

「不用擔心，」伊莉莎白還是盯著她的試管。「我要開洗衣機前，都會先檢查一下。」

即便海芮必須這樣分秒不鬆懈地顧著她，但瑪德蓮確實是以一種海芮的小孩不曾有過的方式在長大，這是海芮無法否認的事實。不只如此，這對母女間也有一種極不尋常，令她難以忽視的對稱性：在小孩從媽媽身上學東西的同時，媽媽也從小孩身上學東西。她們倆就像一個互親互愛的共同體，連外人都可以看出來。從伊莉莎白朗讀書給瑪德蓮聽、瑪德蓮回望她的眼神中，或是從伊莉莎白在瑪德蓮耳邊說悄悄話、瑪德蓮喜滋滋的模樣裡，或是當瑪德蓮把小蘇打粉和醋混在一起、伊莉莎白臉上洋溢的幸福燦笑，都可以看出這一點。更不用說，她們倆根本是無時無刻不在與彼此分享所想、所見，不論是化學實驗，還是細語喃喃、口水滴滴，時而還會用兩人獨有的語言交流，讓海芮有點被排除在外的感覺。她其實警告過伊莉莎白，一個人是不可能——也不應該——和自己的小孩變成朋友，雖然這話其實也是她從雜誌上看來的。

海芮還看過伊莉莎白把瑪德蓮抱到她的腿上，讓女兒就近觀察還在冒著泡泡的試管，而那孩子眼裡滿滿都是驚奇的喜悅。對了，伊莉莎白好像有說這叫做什麼「體驗式學習法」（Experiential learning）？幾個星期前，海芮才又唸她不該讀《物種起源》（*On the Origin of Species*）這種書給瑪德蓮聽。

「但小孩子就像一塊海綿，」伊莉莎白說。「我不想讓她從小就乾掉。」

「乾掉！」瑪德蓮跟著唸。「乾掉，乾掉，乾掉！」

「她還這麼小，怎麼可能聽懂達爾文在寫什麼。」海芮反駁。「就算要讀，讀重點給她聽就可以了吧？」海芮自己也只讀過重點節錄的版本。這樣多好，像《讀者文摘》（*Reader's Digest*）常常會把一本又厚又硬的大作，切分成比較好讀、好消化的段落，就像低劑量的阿斯匹靈一樣。這也是為什麼《讀者文摘》會成為海芮最喜愛的讀物。有一次，她還在公園裡聽到有個女人在說自己多麼希望《讀者文摘》也可以做個濃縮版《聖經》。海芮心想：對，沒錯，最好也可以做個婚姻主題的精華摘要或懶人包。

「我不信任刪節版或懶人包這種東西。」伊莉莎白說。「而且，我覺得馬的和六點半也都聽得很開心。」

對，這就是這個家的另一則奇人異事：伊莉莎白也會讀書給六點半聽。海芮是滿喜歡六點半的，而且不得不說，她感覺這隻狗也和她一樣擔心伊莉莎白這種順其自然、放飛自我的教育方式。

「我多麼希望你可以勸勸她。」海芮不只一次這樣告訴六點半。「如果是你去跟她說，她會聽的。」六點半通常會回看她一眼，連呼幾口氣。伊莉莎白的確是會聽他的話沒錯，由此可見溝通其實不受限於言語。說到溝通，六點半也發現，其實大部分的人都沒在聽自己家的狗怎麼想，因為他們「懶得理會」，噢不對，應該是「愚昧無知」。他最近才剛學到這個用詞。順帶一提，六點半這時已經學會四百九十七個字了，不過講這個不是要炫耀的意思啦。

伊莉莎白的生活圈裡，只有一個人不會低估一條狗的能耐，更不會不懂職業婦女的辛苦，那個人就是梅森醫師。他照約定在伊莉莎白產後一年左右來看她，表面上是要來關心一下，實際上是要提醒她加入船隊的事。

早上七點十五分，伊莉莎白打開家門，完全沒料到梅森醫師會登門拜訪。「哈囉，佐特小姐。」梅森身上穿著划船裝。才剛在晨霧中激烈划過船的他，小平頭到現在都還是濕的。「近來可好？我不是特地跑來講自己的事，但今天早上那一划真的有夠慘。」然後他不請自入，一腳踩進伊莉莎白家裡，隨意地繞過一堆又一堆的育兒垃圾，一路跋涉到實驗室，在那裡發現了正在思索如何才能掙脫高腳嬰兒椅束縛的瑪德蓮。

「有了，找到妳了！」他露出陽光般的燦笑。「好好長大、也好好活著，讚喔。」他在附近發現一疊剛洗好的尿布，順手拿來一個，開始幫忙折起來。「我不會打擾太久，只是剛好人在附近，想來打個招呼，關心關心妳們。」他彎身端詳了一下瑪德蓮。「小可愛長很大了耶，有遺傳到伊凡斯。妳呢？妳的育兒生活還好嗎？」沒等伊莉莎白回答，他就拿起斯波克博士的寶寶書。「內行耶，斯波克這本很不錯。但妳知道嗎，斯波克他也有在划船，還在一九二四年贏過奧運金牌。」

「梅森醫師，謝謝你特地過來看我們。」伊莉莎白說，暗自驚訝看到他並且從他身上嗅到一些海水的味道，竟然會讓自己這麼開心。「但——」

「沒什麼啦，我也沒辦法待太久。我現在其實在待命中，我答應我太太今天早上負責顧小孩，所以只是過來看一下妳們而已。妳看起來很累，佐特小姐。後來妳有找到人幫忙嗎？」

「有個鄰居會過來。」

「很好，近水才救得了近火。那妳自己呢——有沒有好好照顧自己？」

「什麼意思？」

「還有在運動嗎？」

「這個嘛，我——」

「還有在做測功儀嗎？」

「有時——」

「很好，妳那台測功儀呢？在哪裡？」他逕自走去隔壁房間。

「我的天，」她聽到他說。「伊凡斯真的很變態。」

「梅森醫師？」她想把他叫回實驗室。「我真的非常高興再見到你，但我再半小時後有個會議，所以我得——」

「喔抱歉，」他說，立刻跑回來。「其實我通常不會做這種事——突然跑來打擾已經生完的產婦。而且，其實通常她們生完以後，我這輩子就不會再見到她們，除非她們想擴編家庭成員。」

「你百忙之中過來是我的榮幸，」她說。「但就像我剛說的，我現在——」

「很忙。」他接完她的話，開始幫忙洗水槽裡的碗。「所以，這麼看來，」他繼續說。「妳現在有個寶寶，有台測功儀，有在接案，也有在做研究。」列舉完讓她很忙的事項後，梅森醫師抬起他滿是泡泡的手，環伺一下整個空間。「這實驗室，看起來相當專業呢。」

「謝謝。」

「伊凡斯他有——」

「沒有。」

「那——」

「我自己蓋的，懷孕的時候。」

他不敢置信地搖搖頭。

「他也有幫忙。」伊莉莎白指指六點半。他正在瑪德蓮椅子旁邊站崗，一副在守株待兔、等著食物掉下來的樣子。

「的確，狗狗真的是很棒的小幫手。我和我老婆都覺得，養狗有幫我們在養小孩前先做好練習做好暖身。」他看了看手上的鍋子。「有菜瓜布嗎？」

「在你左手邊。」

「說到練習和暖身，」他一邊說，一邊擠出一堆洗碗精。「我看時候到了。」

「什麼時候？」

「划船的時候。已經一年過去了。」

她大笑。「你很幽默。」

他轉過身，一臉困惑看著她。「哪裡幽默？」他手上的水滴到地板上。

這時換成伊莉莎白一臉困惑。

「我們還缺一個人，二號。妳越快回來越好，最晚下星期。」

「什麼？可是我——」

「太累？太忙？妳是要說妳沒時間嗎？」

「我是真的沒時間。」

「時間這種東西誰有？妳不覺得長大這件事，真的沒有大家說的那麼好嗎？」他說。「好不容易搞定了一件事，就又有另外十件事跑出來。」

「出來！」瑪德蓮大吼。

「在海軍當兵那段期間，我學到的唯一一件有意義的事，就是每天早上把自己的棉被折好。但真正可以幫助我們整理、調整心情的，是在天還沒亮的時候，讓超冷的水從右舷噴上來，濺在自己臉上。」

跟梅森醫師閒聊的同時，伊莉莎白啜了一口咖啡。她其實知道自己的確有些心情需要整理一下，因為她的悲傷已經來到一個新的階段：從哀悼自己曾經深愛過的男人，到哀悼他要是還活著的話，會是怎樣的一個爸爸。她努力不讓自己去想像，凱文把瑪德蓮丟高高時會丟多高，還有他輕而易舉地把女兒放到自己肩膀上的模樣。雖然他們本來沒有打算要生，而她也依然堅持沒有女人應該被逼生或催生。但如今她成了個單親媽媽，成了「養育一名人類」這個史上最不科學的實驗計畫負責人。

伊莉莎覺得養小孩的每天每日都像在考試，考的都是一些她沒讀過的東西，而且考題超難，比較好猜的選擇題卻沒出現過幾題。她偶爾會在半夜驚醒，渾身是汗，因為夢中出現了某個長官之類的角色，手裡拿著一個空的嬰兒提籃，跑來敲她家的門，對她說：「關於妳近期擔任的親職工作，經過審慎評估妳的績效表現後，我們認為實在乏善可陳。妳不適任，請走吧。」

「我邀我老婆一起划船也邀好幾年了，」梅森醫師還在滔滔不絕。「我覺得她一定會超愛的，但她一直拒絕我。我在想，可能是因為船屋這種地方沒有女性會出沒。但是，佐特小姐，女人真的可以划船。妳自己也划過，所以不是我在發瘋，更何況現在也有女子船隊了。」

「在哪裡？」

「奧斯陸。」

「挪威嗎？」

「像這位，」他指著瑪德蓮。「以後一定是划左舷的。妳有發現她會自然而然地把重心放在右邊嗎？」

他們同時把目光轉向瑪德蓮，後者正盯著自己的手指，好像她上一秒才發現自己的手指不是每根都一樣長。昨天晚上伊莉莎白讀《金銀島》給她聽，讀著讀著，她感覺到瑪德蓮的視線，一低頭就看見女兒聽到入神、嘴巴開開的模樣。伊莉莎白也看到入神，只是是出於不同的原因：已經多久沒有人對她展現出這樣全心全意的信任了？她對女兒的愛為此而瞬間大爆發。

「寶寶還這麼小，我們卻已經可以從他們身上看到那麼多東西，真的很驚人。」梅森說。「小寶寶會在一些小事情上不斷釋出一些訊息，透露他未來會長成怎樣的一個人。比如這一位，她超會看人。」

伊莉莎白點點頭。上星期，瑪德蓮在午睡時，她跑去看一下狀況，卻發現瑪德蓮正直挺挺坐在嬰兒床裡，很認真地在跟六點半講東講西。伊莉莎白怕被發現，趕緊躲起來，驚奇地看著小嬰兒的身體像個保齡球瓶一樣左搖右晃、要倒不倒，一連串子音和母音隨意排列組合——就像曬衣繩上晾的衣服——從她的嘴裡流瀉而出。她以一種自己是該領域專家的態度與熱情，意氣風發地揮舞著雙手在高談闊論。六點半站在一邊，鼻子塞在嬰兒床的柵欄之間，豎起耳朵聆聽她的每一個音節。這時，瑪德蓮的小手忽然停在半空中，彷彿因為思考太快、嘴巴跟不上一樣，接著她傾身面對狗狗六點半，又開始繼續發表她的言論。「嘎嘎嘎嘎嘬嘬吶妞嗚嗚。」為了解釋得更清楚一點，她又補上一句：「吧吧嘟嘟吧嘟。」

伊莉莎白這時領悟到，家裡有小孩這件事，有點像是跟外星來的生物一起生活。他們彼此間會有一定程度的交流往來，訪客與主人都可以從對方身上學到一些東西。只是隨著時間流逝，訪客本來的特性會漸漸消失，被主人同化、定型。伊莉莎白覺得這是很可惜的事。因為她家這位外星來的訪客，跟他們這些大人完全不同；瑪德蓮對於生活中的發現從不覺得厭倦，哪怕是再微小、微不足道的事，都能在平凡之中看見不平凡。

比如上個月有一次，瑪德蓮突然在客廳發出一陣驚天動地的哭嚎。正在實驗室的伊莉莎白立刻衝到她身邊，也因此毀了一整個小時的工作成果。「馬的，怎麼了嗎？」她像一台直升機，撲向戰場中央。「發生什麼事？」結果，瑪德蓮只是手上拿著一支湯匙，眼睛睜得大大地看著她。彷彿在說，**妳看！這根湯匙怎麼會在這裡！湯匙在地板上耶！**

「而且划船不只是一種運動，」梅森對著小寶寶說。「而是一種生活方式，妳說對吧？」

「堆！」瑪德蓮大叫，同時敲打著餐盤。

「喔對了，我們換了新教練，」他轉頭對伊莉莎白說。「非常厲害的人，我也跟他提過妳了。」

「真的？那你有跟他說我是女的嗎？」

「沒有！」瑪德蓮大吼。

「佐特小姐，重點是，」梅森醫師沒回答她的問題。他拿來一條毛巾，把毛巾打濕，然後走到瑪德蓮的高腳椅旁，開始擦起她黏踢踢的手。「我們跟現在的二號不合已經很久了——不要跟別人說是我說的，他划得真的很爛——當初他會加入我們隊上，也只是因為他是誰誰誰的大學同學而已。不過這一切在上週末畫下句點，」他努力不要太明顯表現出自己心中的喜悅。「因為他在滑雪時出意外，摔斷了腿。全身有三處骨折。」

瑪德蓮伸出雙手，梅森醫師順勢把她從高腳嬰兒椅子上抱起來。

「這樣啊，真是遺憾。不過，還是很感謝你對我的肯定。」伊莉莎白說。「說真的，我沒什麼經驗，在你們隊上也才划過幾次，而且也只是因為當時有凱文在的關係。」

「凱——溫。」馬的說。

「妳怎麼會沒有經驗？」梅森醫師詫異地說。「妳是認真的嗎？妳是**那個**凱文．伊凡斯親自訓練的耶，而且還是一對一訓練！我寧可要妳當隊友，也不要什麼前大學校隊的阿貓阿狗。」

「而且我很忙。」伊莉莎白又再強調一遍。

「清晨四點半妳是在忙什麼？妳早上划完船回家，這位小姐說不定都還沒發現妳離開過。妳想想，是**二號**喔。」他很慎重地唸出「二號」兩個字，好像它是走過路過不要錯過的那種限時大拍賣。「妳沒忘記吧？我之前跟妳提過。」

伊莉莎白不禁搖了搖頭，心想：凱文也是這樣，很理所當然地認為划船比什麼都重要。有一次她記得特別清楚，那天他們也是一大清早就在划船。她聽到另一艘船的人在討論他們的五號竟然沒來練習，而這件事讓他們有多驚訝。當舵手打電話去那個人家裡、得知他在發高燒後，還理所當然地告訴他：「了解，不過你等等還是會過來吧？」

「佐特小姐，不是我要逼妳，」梅森說。「但是說真的，我們非常需要妳。雖然我們只有一起划過幾次，但當時的感覺我可是記得清清楚楚。況且，回到船上，對妳也是好事一樁。妳來的話，」他想起今天清晨的練習。「對**我們所有人**都是一件好事。妳可以問一下妳鄰居，看她有沒有辦法幫忙顧小孩。」

「你說凌晨四點半？」

「是啊。大家都不知道划船有這個優點，」梅森醫師說，轉身準備離開。「划船都是在一個別人很難會沒空的時候。」

「好啊，我可以。」海芮說。

「真的嗎?!」伊莉莎白說。

「感覺滿好玩的，」海芮說得好像大半夜起床是件天下公認的趣事一樣，但她會答應，其實是因為斯隆先生最近越喝越多，也越罵越凶。海芮明白，自己可以應對的辦法只有一個，就是閃遠一點。「而且一星期也不過就三次而已。」

「我只是去試試看，很可能根本做不到。」

「妳沒問題啦，」海芮說。「只怕會太順利而已咧。」

兩天後，伊莉莎白在前往船屋的路上，一群群頂著愛睏臉來划船的人，個個詫異地看著她。這立即讓她感覺，不論是海芮對她的爆棚信心或梅森醫師說自己有多需要她，都只是在膨風而已。

「早安，」她隨意地跟某個來划船的人打招呼。「哈囉。」

「她在這裡幹什麼？」她聽到有人在碎嘴。

「天啊。」另一個人驚呼。

「佐特小姐，」梅森醫師從船屋的另一頭叫她。「我們在這裡。」

她為自己設定一條穿越眼前這片人群迷宮的路線，終於來到一群神色狼狽的男人面前，他們每個人看起來就好像剛接到一個天大的壞消息。

「伊莉莎白．佐特。」她語氣堅定地自我介紹，同時伸出自己的手，但沒有人要握。

「佐特今天會划二號。」梅森說。「比爾的腿斷了。」

一陣沉默。

「教練，」梅森醫師轉頭跟一個長得像殺人魔的人說。「這就是我之前跟你提過的那位。」

又一陣沉默。

「她之前有跟我們划過幾次，你們可能有的人還記得。」

再一陣沉默。

「有沒有人有問題？」

依舊一陣沉默。

「那我們走吧。」梅森醫師向舵手示意。

練習結束後，梅森和伊莉莎白一起走去開車。「我感覺剛剛划得滿順的，妳覺得呢？」梅森醫師說，她轉過頭去看他。這一刻，讓她想到自己在分娩當下、痛到崩潰的時候。那時她十分確信，寶寶牢牢抓住她的五臟六腑，把它們當成了行李箱，打算順手一起帶出來，以免到時候沒有足夠的衣物可穿。她怒吼、亂叫，激動到整張床狂震起來。最後當宮縮結束、她終於張開眼睛，就看見梅森醫師彎著身、在眼前望著她說：看吧，沒那麼可怕，對吧？

她摸索著找車鑰匙。「舵手和教練應該不覺得。」

「喔妳說那個，」他擺了擺手。「正常啦，我以為妳知道呢。新手總是會成為箭靶。因為妳之前都只和伊凡斯划，所以不知道這些划船的眉眉角角。多划幾次以後妳就知道了。」

她真心希望他是真心的。因為她不得不承認，自己非常想再回到水上再划一次。雖然它讓自己精疲力竭，卻是很舒服的那種累。

「關於划船，有件事我覺得很有趣，」梅森醫師說。「那就是，我們划船時是背對著船前進的方向。它好像在告訴我們，凡事不要太腦衝，不要操之過急。」他打開自己的車門，繼續說。「其實划船根本就和養小孩一樣，一路上要有耐力、有毅力，要用心又用力。不論划船或養小孩，我們都看不到自己前進的方向，只能看到已經經過什麼地方了。這一點會讓我覺得很安心。妳不覺得嗎？當然啦，除了翻車以外。少一點這種事，可以讓我的日子好過些。」

「你是指翻船吧？」

「翻車——爆走、失控。」梅森醫師坐進他的車裡。「比如昨天我家的小鬼拿鏟子打了我家另一個小鬼。」

20 生命故事

瑪德蓮才快四歲，就已經長得比大部分五歲的小朋友還高，也比六年級的小朋友還會看書。她雖然在生理與認知上都發展神速，但是沒什麼朋友，跟她有反社會人格的母親與愛記仇的父親一模一樣。

「我有點擔心是基因造成的，」伊莉莎白對海芮吐露她的心聲。「因為凱文跟我都有這種傾向。」

「妳是說『離我遠一點基因』嗎？」海芮說。「有這種基因嗎？」

「是害羞基因。」伊莉莎白糾正她。「或者說內向基因。所以，我去幫她報名了幼兒園，新學期在星期一就要開始了。馬的需要跟其他的小朋友相處。妳之前也有說過。」

她是有說過沒錯。過去幾年來，這話海芮大概講了至少幾百次。瑪德蓮的確比其他小孩早開竅，所以在語言與理解能力方面都相當超前，但海芮不是很放心她在其他領域上的發展，像是自己綁鞋帶、玩娃娃之類的能力。例如有一次海芮提議說，我們來用黏土做個派吧，結果瑪德蓮先皺了皺眉，接著拿來一根樹枝在泥土地上寫下「3.1415」[18]。

「做好了。」她說。

而且，要是瑪德蓮去上學了，那她不就沒事做了嗎？她已經很習慣被這對母女需要的生活。

「她還太小了，」海芮堅持。「至少要等她五歲，或最好是六歲再去上學比較好。」

「他們的確有提到年齡限制，」伊莉莎白說。「但總之我幫她註冊成功了。」

18　瑪德蓮把「派」（pie）聽成了圓周率「π」。

這裡伊莉莎白刻意沒提的隱情是，成功報名幼兒園不是因為瑪德蓮夠聰明，而是因為伊莉莎白成功用化學原料調出原子筆的墨水，順利篡改了瑪德蓮的出生證明。畢竟瑪德蓮實在還很小，根本不到上幼兒園的年紀，但伊莉莎白真心看不出來，年紀和小孩子的教育之間有什麼關連。

「我幫她註冊了伍德小學附設幼兒園，」她遞給海芮一張紙。「穆福德女士的班級，在六號教室。我知道，她的學習進度可能會比一部分同學超前，但她應該不會是班上唯一讀過贊恩．格雷[19]的小朋友才對。」

六點半這時也憂心忡忡地抬起頭。這消息讓他同樣不太開心。瑪德蓮去上學的話，那他的護主任務怎麼辦？瑪德蓮在教室裡的時候，他要怎麼保護她呢？

伊莉莎白收拾好桌上的咖啡杯，拿去水槽去洗。瑪德蓮上學一事來得看似突然，其實她已經醞釀好一陣子了。幾個星期前她才跑了一趟銀行，用她們的小房子作抵押貸了一筆款項，因為她們已經彈盡糧絕。當初要不是凱文把她的名字也登錄到房地契上，她們早就得靠領補助過活了。而房子的事，也是凱文死後她才發現的。

銀行行員在評估她的狀況時也不太客氣。「不想辦法的話，狀況只會更糟。」行員告誡伊莉莎白。「妳等小孩再大一點，就送她去上學，然後去找個薪水夠用的工作，或是找個有錢人嫁了。」

之後她回到車上，思索起自己有哪些出路。

搶銀行？

搶銀樓？

她還有一條超爛的路可以走：回去那個曾經把她掏空的地方。

二十五分鐘後，她走進哈斯汀研究院的大廳。她的手在顫抖，全身也在冒冷汗，顯然是身體的警報系統正在警鈴大作的表現。她深呼吸，鼓起勇氣對著門口的接待人員說：「我找多納提博士，謝謝。」

「學校好玩嗎？」瑪德蓮突然問。

「超好玩。」伊莉莎白的回應聽起來非常沒說服力。「妳手上的是什麼東西？」她指了指瑪德蓮右手上抓著的一張大型黑色色紙。

「我畫的。」她靠在媽媽身上說，把那張紙攤到她們面前的桌上。

那是一張粉筆畫。比起蠟筆，瑪德蓮比較喜歡粉筆，然後因為粉筆畫很容易糊掉，所以她的畫看起來經常霧霧的，好像她畫出來的東西想從畫面中逃走一樣。伊莉莎白在這張畫裡看到了幾個火柴人，一隻狗，一個在除草的人，一顆太陽，一顆月亮，一台看起來像車的東西，一些花，還有一個長長的盒子。另外，畫面裡的南邊有一把熊熊烈火，北邊則有大雨滂沱，正中間有一團大大、白白的漩渦狀東西。

「嗯，看起來真的很不簡單，」伊莉莎白說。「看得出妳花了不少心思。」

瑪德蓮鼓起臉頰，好像在說，妳看見的可是連我付出的一半心血都不到。

伊莉莎白又再仔細研究一下那幅畫。最近她剛好在讀一本埃及的書給瑪德蓮聽，裡頭講到埃及人會用非常精確的象徵語言，在石頭棺材上面刻畫那人的一生——他的起起落落、浮浮沉沉。但讀著讀著，她不禁開始納悶，刻下這些象形文字的藝術家，會不會刻著刻著，一不小心把羊刻成蛇？然後如果真的刻錯了，是不是就得讓它將錯就錯呢？有可能。如此一來，這不正是人生的最佳寫照嗎？在永無止境的錯誤之中持續自我調適。是吧，這也是她正在學著明白的事。

19 Zane Grey，美國作家。他創作的冒險小說非常受歡迎，當中大部分為西部故事。

那天，多納堤博士大約十分鐘後出現在大廳。說也奇怪，多納堤看見她時，竟然是一副鬆了口氣的樣子。「佐特小姐！」他說，給了她一個擁抱。伊莉莎白憋住氣，忍住一陣嫌惡。「我剛好想到妳呢！」多納堤博士說。

其實他這陣子根本滿腦子都在想她。

「這些人是誰？」伊莉莎白指著畫裡的火柴人問。

「我、妳、海芮，還有這是六點半。」瑪德蓮說，然後指著那個盒子一樣的東西。「這是妳在划船。」她繼續說明。「這個是幫我們除草的人。那裡有火，這裡有一些其他人，這是我們家的車，然後太陽出來了，接著月亮也出來了。這些是花。看懂了嗎？」

「應該有。」伊莉莎白說。「所以這是一個歲月更迭的故事。」

「不是，」瑪德蓮說。「這是我的人生故事。」

伊莉莎白點點頭假裝自己聽懂了，心裡其實在想，那為什麼會有除草的人？

「那這個是什麼？」伊莉莎白問，指著占據畫面中央那一團白色漩渦。

「那是死亡的深淵。」瑪德蓮說。

伊莉莎白睜大眼，不禁有點擔心。「那這個呢？」她指著那一整片的斜線。「是下雨嗎？」

「是眼淚。」瑪德蓮說。

伊莉莎白跪坐到地板上，看著瑪德蓮的眼睛說道：「妳在難過嗎？寶貝？」

瑪德蓮把她沾滿粉筆灰的手，放在媽媽的兩邊臉頰上。「我沒有，但是妳有。」

等瑪德蓮自己出去外面玩之後，海芮說了幾句「一個寶寶竟然說得出這種話」之類的話，但伊莉莎白假裝自己沒聽見。其實她已經發現自己的女兒可以把她當本書來讀，而且讀得很透徹。之前她就注意到，瑪德蓮可以精準地感覺到每個人試圖隱藏的東西。像上星期有一天在吃晚餐時，她天外飛來一筆，蹦出一句：「海芮從來沒有真正愛過。」又或者是某天他們在吃早餐時，她突然說出：「六點半還是覺得是自己的錯。」又比如有一天睡前，她說：「梅森醫師其實看陰道看得很膩了。」

「海芮，我沒有在難過。」她說謊。「事實上，我有個好消息要告訴妳。我找到工作了，在哈斯汀。」

「工作？」海芮說。「妳現在做的事還不夠多嗎，還找什麼工作——妳要養瑪德蓮，要遛六點半，要做妳的研究，還要划船，有多少女人可以忙成這樣？」

大概沒有，伊莉莎白心想，包括她自己也沒辦法。這種忙到爆掉的生活，已經快折磨死她了，收入卻還是不夠多，讓她們家捉襟見肘。在此同時，她對自己的信心與評價，也跌落至前所未有的新低點。

「我覺得不好。」海芮說，對於瑪德蓮去上學這件事尤其不滿，因為她會從此失去生活的意義。「他們都那樣對妳和依凡斯先生了，妳怎麼還回去？對那些跑來找妳的白痴卑躬屈膝難道還不夠糟嗎？」

「科學研究就像所有工作一樣，」伊莉莎白說。「有些人就是比較強。」

「我就是這個意思。」海芮說。「科學就不能像其他領域一樣有個篩選機制嗎？沒貢獻的就過濾掉，不夠強的就淘汰——達爾文不是這麼說的嗎？」但她看得出來，伊莉莎白根本沒在聽。

「妳的小孩還好嗎？」多納堤問，挽起伊莉莎白的手，帶著她走進他的辦公室。他的眼神往下一飄，很驚訝看見她的手指竟和當年她離開時一樣，依舊貼著ＯＫ繃。

多納堤聽到佐特回了他一些話，但由於他太忙著思考自己的下一步該怎麼走，所以根本沒注意她回答了什麼。過去這幾年是多麼的光輝燦爛呀，沒有佐特和伊凡斯的日子，一切都頗有展獲——不是說在科學研究上真的有什麼突破性進展，只是他覺得一切終於上了軌道。連玻里維茲那個白痴，都好像換了一顆比較大的腦袋似的。他感覺好像非得要伊凡斯死了、佐特走了，研究院裡的化學家才會開竅。

話雖如此，這陣子他的確有個大麻煩。那個肥貓投資人前陣子突然出現，跑來問花了他大錢的佐特先生，這幾年究竟有沒有搞出什麼名堂來，怎麼都沒看到他發表新的論文呢？他有沒有新發現？或至少有個什麼結果出來？

當佐特在那邊叨叨說著正離子發生了什麼預料之外的反應時，多納堤望著窗外，心想，科學真的好無趣啊。他輕咳幾聲，讓自己像有在聽的樣子。現在時間接近四點，差不多是可以來點雞尾酒的時候了。他心想，等等早點走好了。他也想起，好久以前還在唸大學的時候，有一次他調了摻很少苦艾酒的乾馬丁尼，被人稱讚了一番呢。

想到這裡，他靈機一動，何不改行去當調酒師？多納堤超愛喝酒，也真的很會喝。每次由他負責調酒，都讓大家喝很開心——意思是喝得很醉。「調酒學」聽起來也有一種科學感。這一行有沒有什麼缺點？調酒是不是沒那麼好賺？

說到賺錢，他現在已經沒有多餘的經費可以聘請佐特了，講白一點就是請不起她。但她非回來不可，因為他需要她回來，回來搞定那個需要她的投資人——不對，投資人需要的是「佐特先生」和那個他媽的無生源論。坦白說，這幾個月來，整件事開始有種快露餡的味道。投資人打來的電話，他一直躲掉一直不敢接，也絕望到跑去問現在團隊裡的人，有沒有人在做和無生源論攀得上任何一點關係的東西。猜猜看是誰回應了？玻里維茲。

問題是，玻里維茲根本說不清楚自己的研究在幹嘛。正當多納堤起疑時，玻里維茲坦承自己有「遇到」佐特，所以他們有討論一下無生源論，而且，他辯稱，真的好巧，他們倆的實驗結果很接近。

「我不得不再說一次，妳回哈斯汀工作，是一個天大的錯誤。」海芮說，一面擦著咖啡杯子。

「是迎來事業第二春。」伊莉莎白還在嘴硬。

是把狗屎當黃金吧，六點半心想。

21 E．Z

哈斯汀化學研究所準備了一件新的實驗袍，以茲歡迎回鍋的伊莉莎白。

「這是我們大家一起為妳準備的禮物，」多納堤說。「妳知道我們有多想妳了吧？」伊莉莎白對他們竟然如此溫暖示好覺得很驚訝，開心地收下實驗袍，在一陣零零落落的掌聲和寥寥幾聲大笑中穿上那件白袍。她低頭瞥了一眼胸前的口袋上方。之前，這裡繡的是她的名字「E．佐特」，現在只剩下「E．Z」。

「喜歡嗎？」多納堤博士對她眨眼。「喔對了，」他勾了勾手指，示意要伊莉莎白跟他去辦公室裡談。「我聽說妳還有在鑽研無生源論這個題目。」

伊莉莎白大驚，因為她從來沒跟任何人提起自己現在的研究，唯一有可能推敲出來的人只有玻里維茲，而且那還是上次他跑來家裡時，她因為瑪德蓮午覺睡醒了而短暫離開一下，回來時便看到玻里維茲在她的書桌前東看西看。「**你在幹嘛？**」她訝異地問。

「沒什麼，佐特小姐。」他說，但顯然因為她的口氣而有點受傷。

「我自己最近是有些東西準備要發表，」多納堤在自己的辦公椅上坐下並說。「很快就會登在《科學期刊》上。」

「題目是？」

「不是什麼驚天動地的東西，」他聳了聳肩說。「就一些RNA的研究。妳懂的，得三不五時發

表一點什麼，否則我們的職涯就岌岌可危了。妳呢？我很想知道，什麼時候可以拜讀妳的大作。」

「我手上還有幾個地方需要釐清。」她說。「如果你可以給我六個星期專心解決、沒有其他事情打擾的話，應該就會有東西出來。」

「妳是說好好專心在『妳自己一個人的』研究上嗎？」他驚訝地說。「那是伊凡斯的作風，不是嗎？」

當他提起凱文的名字，伊莉莎白的臉一僵。

「妳怎麼會不記得這個地方的工作方式呢，」多納提說。「我們是一個團隊，要像在划船一樣，互相幫忙才對。」他刻意酸了她一下，因為他偷聽到她跟別的同事聊到自己還有在划船。說不定，要是她沒在划船的話，她的研究還會有更多進展呢，他心想。不過，他其實已經稍微看過她帶來的資料，發現她其實已經走得比玻里維茲以為的還前面非常多，讓他很驚訝。玻里維茲果真是不折不扣的白痴。

「拿去，先把這邊打字打好。」多納提遞給她一大疊文件。「還有，我看咖啡快喝完了，妳處理一下。然後妳也可以去問一下大家，看有沒有人需要幫忙什麼。」

「幫忙？」伊莉莎白說。「我是化學家，不是實驗室技士。」

「妳現在是技士沒錯。」多納提篤定地說。「妳離開職場也好一陣子了，該不會以為自己這樣休息好幾年後，一回來就可以空降到原本的位子上吧？不過妳別擔心，好好努力好好做，我們會再看看的。」

「但我們之前不是這樣談的。」

「放輕鬆，辣妹——」他慢吞吞地說。「又不是——」

「你剛剛叫我什麼?!」

就在他要回答時，祕書跑來提醒他下個會議要開始了。

「給我聽好，」他轉回來對伊莉莎白說：「以前伊凡斯在的時候，妳跟著吃香喝辣，搞得很多人到現在都還不服氣。不過沒關係，這一次我們來讓大家知道，妳是靠實力從基層做起的。像妳這麼積極上進，一定沒問題的。」

「但多納提博士，我現在有小孩要養，實驗室技士的薪水實在不夠我養家。我是衝著研究員的薪水才想回來的。」

「關於這件事，」他揮揮手說。「我有個好消息要告訴妳，哈斯汀答應我，願意資助妳繼續深造。」

「真的嗎？」她驚訝地說。「哈斯汀要出錢讓我唸博士班？」

多納提站起身，伸了伸懶腰，一副才剛運動完的樣子。「噢，不是──」他說。「我在想，一些文書處理課程，對妳的工作上會很有幫助，比如打逐字稿、聽打等等。我都幫妳找好了呢。」他遞給伊莉莎白一張傳單。「這套函授課程最棒的地方是，妳有空的時候，在自己家裡就可以上課。」

伊莉莎白的心臟狂跳到感覺就要蹦出來。她回到自己的位子，把那疊文件摔到桌上後直奔女廁，挑了最裡面的一間，把自己鎖在裡頭。被海芮說中了，她心想，我到底在瞎搞什麼？

但她還來不及崩潰，就聽到隔壁傳來很大的「砰」、「砰」聲響。

「哈囉？」伊莉莎白喊。

那聲音停了下來。

「哈囉？」伊莉莎白再試探一次。「還好嗎？妳沒事吧？」

「不關妳的事。」

伊莉莎白遲疑了一下，又再問一次。「需要幫──」

「妳他媽是聾了嗎！不要管我！」

她想了一下，因為那聲音聽起來相當耳熟。「是芙萊斯克小姐嗎？」她問，腦海中浮現她的臉，那個拿凱文的死來折磨她的人事室祕書。「是妳嗎？芙萊斯克小姐？」

「到底是誰這樣死纏爛打？」她的口氣很衝。

「伊莉莎白・佐特。化學院的。」

「老天，好死不死，竟然是妳。」然後是一陣很長的沉默。

現年三十三歲的芙萊斯克小姐，這四年來一直老老實實照著升遷的潛規則，一步一步踏實地做，包括對外誇大宣傳哈斯汀的福利、對內監控一些特定部門，甚至還負責公司內部八卦專欄「一手資訊交換站」，卻始終沒有被升職。不只如此，部門裡最近新來一個二十一歲、剛從大學畢業的小鮮肉，什麼都還不會，只會串迴紋針，竟然成了她的主管。而那個地質學家艾迪——她為了證明自己很適合當人妻才睡了他——兩年前竟然為了一個處女甩了她。今天的最新打擊是，她的小鮮肉主管丟給她一份「有待改進的七件事」清單，第一點就是：瘦身九公斤。

「原來，妳真的回來了，」芙萊斯克的聲音從隔壁間傳來。「就像那句諺語中的假錢。[20]」

「妳說什麼，我沒聽清楚？」

「那隻狗也一起回來了？」

「沒有。」

「妳終於社會化一點了？」

「我的狗下午有事。」

20 原文為「bad penny」，語出英國諺語「A bad penny always comes back.」，意為「使用假錢的人總有一天會收到別人的假錢」，就像你當初用掉的假錢又回到你的手上，引申為「惡有惡報」。

「妳的狗有下午『有事』？還真忙唷。」芙萊斯克翻了個白眼。

「他要去接小朋友放學。」

芙萊斯克挪了挪自己在馬桶上的屁股。沒錯，佐特現在可是有小孩了。

「男生還是女生？」

「女生。」

芙萊斯克拉了一下捲筒衛生紙。「女生啊，看來她也有得辛苦了。」

伊莉莎白坐在馬桶上，低頭看著地板上的磁磚。她其實懂芙萊斯克的意思。那天瑪德蓮第一天上學，她就眼睜睜看著瑪德蓮的老師，一個眼睛泡泡腫腫的、還聞得到燙髮藥水臭味的女人，打算把一朵粉紅色的花別到瑪德蓮的衣服上，那朵花上面還寫著「ABC真好玩」。這一幕讓她很不舒服。

「我可以換藍色的嗎？」瑪德蓮問。

「不行。」老師說。「藍色是給男生的，女生的是粉紅色。」

「才沒這回事。」瑪德蓮說。

那個老師，穆福德女士，立刻把眼光轉向伊莉莎白——一個長得太漂亮的媽媽——一副要找出這孩子說話如此沒教養的原因。她瞥了伊莉莎白的手一眼。果然，叮咚，她的手上沒有戒指。

「所以是什麼風把妳吹回哈斯汀來？」芙萊斯克問。「想再來選購一個天才回家嗎？」

「無生源論。」

「喔對啦，」芙萊斯克嘲諷說。「想舊調重彈就對了。我也聽說那個投資人回來了，說要了解進度，結果，鏘鏘，妳就出現了。不得不說，妳這人真的是很容易參透耶。但至少這次是追個更有錢的，也算有點長進。話說回來，妳偷偷跟我說就好，那人對妳來說——不會太老一點了嗎？」

「我不知道妳在說什麼。」

「少裝了。」

伊莉莎白咬緊牙根。「我連要怎麼裝都不知道。」

芙萊斯克其實也有想到，伊莉莎白不是那種得了便宜還賣乖的類型。這女人既遲鈍又狀況外，就像那天，還得由芙萊斯克點出凱文留了個餞別禮給她。如今那禮物（真是不敢相信）都在上學了，然後那隻狗會去接她放學。不是在說笑吧？

「我是說，那位讀了妳的論文、又慕妳的名而來，」芙萊斯克說。「給了哈斯汀一大筆錢來做無生源論的大財主。喔不對，人家是來找佐特先生。」

「妳到底在說什麼？」

「妳清楚得很，佐特。總之那個有錢人又出現了，然後哇靠，妳跟著出現了。我在想，哈斯汀上上下下全體三千名員工當中，只有妳一個女的不是在當祕書——妳怎麼能有這種特權，已經超出我的想像了，結果妳還在這裡裝腔作勢、把自己當男人看？妳倒是說說看，這世界上還有什麼事是妳幹不出來的？妳大概不知道，為什麼公司老是覺得我們女人不值得投資吧？因為女人老是像妳這樣，工作做一半就跑去生小孩。」

「我是被資遣的。」伊莉莎白說，話裡是滿滿的怒火。「而且就某種程度來說，」她開罵了。「還真是多虧了像妳這種只懂得阿諛奉承的女人——」

「我才沒有阿諛——」

「又矯情的賤人——」

「我才沒有矯情——」

「還把自己的價值全部建立在男人對妳的——」

「妳竟然有臉說這種——」

「夠了！」伊莉莎白大吼，一拳重重打在隔著兩人的薄金屬板上。「妳才怎麼有臉呢，芙萊斯克！妳怎麼有臉！」她起身，打開廁所門，大步走去洗手檯，用力打開水龍頭，用力到整個水龍頭都掉下來，結果水瞬間噴出，把她整件實驗袍都噴濕了。「該死！」她大聲咒罵。「該死的！」

「喔，天啊。」芙萊斯克突然出現在她身邊。「我來！」她把伊莉莎白往左一推，彎身到水槽底下，把水閥關上。她一起身，發現自己正好和伊莉莎白面面相覷。

「芙萊斯克！我從來沒有把自己當男人看！」伊莉莎白大吼，一邊用擦手紙壓乾自己的實驗袍。

「我才不是矯情的賤人！」

「我不是什麼女化學家！化學家就是化學家！我是化學家，而且是很厲害的化學家！」

「我可是人事管理專家！還差一點就是個心理學家！」芙萊斯克也不甘示弱地說。

「妳是差哪一點？」

「閉嘴啦。」

「不是，講真的，」佐特說。「妳剛才說差一點是什麼意思？」

「種種原因沒辦法念完，妳滿意了吧？妳咧？為什麼沒有博士學位？」芙萊斯克吼回去。

伊莉莎白心一橫，把她那從沒打算告訴別人的往事，那個除了當時的校警以外沒別人知道的事，說了出口。「被我的指導教授性侵，然後就被學校趕走了。」她把真相大聲吼了出來。「妳呢？」

芙萊斯克震驚地看著她，然後無力地說：「跟妳一樣。」

22 小禮物

伊莉莎白一回到家，海芮就問：「第一天回去上班感覺如何？」

「還行。」她說了謊。「馬的，」她彎身把瑪德蓮抱進懷裡。「今天上學如何？好玩嗎？有沒有學到什麼東西？」

「沒有。」

「怎麼會沒有。」她說。「說來讓我聽聽。」

瑪德蓮放下手中的書。「喔，有些小朋友真的很不受控。」

「哎呀。」海芮一嘆。

「可能是因為緊張的關係。」伊莉莎白說，摸了摸瑪德蓮的頭髮。「畢竟萬事起頭難。」

「還有，」瑪德蓮拿出一張字條。「穆福德女士說想和妳談談。」

「很好，」伊莉莎白說。「通常是很積極、主動的老師，才會願意花這個時間。」

「什麼是積極？」瑪德蓮問。

「就是愛找麻煩的意思。」海芮喃喃說。

幾星期後，伊莉莎白跑去人事室找芙萊斯克。「可以給我那位投資人的聯絡方式嗎？任何能聯絡到人的方式都好。」她問。

「有何不可。」她從架上抽出一個薄薄的資料夾，上面蓋著「機密文件」的章。「我上星期又胖了一公斤。」

「還有別的資料嗎？」伊莉莎白問。「這裡面什麼都沒有。」

「有錢人就是這樣啦，佐特，很注重隱私。還是下星期約一天一起吃午餐？我這幾天有時間慢慢找看看。」

但結果下星期吃午餐時，芙萊斯克就只帶了一個三明治出現。

「我實在找不到任何資料，真的滿奇怪的。」芙萊斯克坦承。「尤其是他上次出現時，明明就把大家搞得雞飛狗跳的。也許是因為他後來決定把錢改投到別的地方了？這也滿常見的。喔對，實驗室技士的工作如何？有沒有很想死？」

「妳怎麼會知道？」伊莉莎白說，感覺自己太陽穴上的血管在抽動。

「我是人資，妳忘了嗎？人資什麼都知道、什麼都看得到。不過，那也是過去式了。」

「什麼意思？」

「這次換我被炒啦。」芙萊斯克用平淡的口氣陳述這個事實。「我做到這星期五。」

「什麼？怎麼會？」

「記得我老闆給的『有待改進的七件事』清單嗎？第一點就是要我瘦九公斤的那個？結果我胖了三公斤。」

「公司不可以因為員工的體重增加就資遣員工。」伊莉莎白說。「這是違法的。」

芙萊斯克靠過來捏了一下伊莉莎白的手臂。「哈哈妳知道嗎？妳真的始終如一耶，天真爛漫。」

「我是認真的。」伊莉莎白說。「妳一定要抗爭到底，芙萊斯克小姐，不能讓他們這樣對妳。」

「是啦，」芙萊斯克也認真起來。「身為專業的人資，我對老闆一直都直言不諱。他做得不錯的地方，我會適時讚美，對於他可以更好的部分，我也不吝指教。」

「對，就是要這樣。」

「我開玩笑的。」芙萊斯克說。「那一套才沒用咧。不過妳不用擔心我，已經有一堆約聘的打字工作在排隊等著我了。在我走之前，我有個小禮物要送妳。希望可以彌補伊凡斯先生走後、我在妳傷口上灑的那些鹽。跟妳約星期五下午四點，在南面的電梯那裡。我保證不會讓妳失望。」

星期五下午，兩人在電梯口碰頭。「就在這底下。」芙萊斯克告訴她。「等一下走路要小心腳下，那裡有不少生物實驗室逃出來的老鼠。」他們一起搭電梯到地下室，走過一條長長的走廊，來到一個標示著「請勿進入」的門前面。

「就是這裡了。」芙萊斯克雀躍地說。

「這是什麼地方？」伊莉莎白問。

那扇門打開後，是一扇又一扇的金屬製小門，小門上標著一到九十九的編號。

「儲藏室。」芙萊斯克說，拿出一大串鑰匙。「妳開車來的對吧？後車廂裡還有空間？」她翻找著那串鑰匙，找出四十一號，然後插進四十一號門的鎖裡一轉，順手拉伊莉莎白過來看看裡面放了什麼。是當時凱文實驗室裡的東西，全都裝箱且封得好好的。

「妳可以用這台推車，」芙萊斯克把它推過來。「一共有八箱。我們得快點，因為我五點以前要把這些鑰匙還回去。」

「這是合法的嗎？」

芙萊斯克率先上前搬出一個箱子。「這很重要嗎？」

23 KC電視台

一個月後

大概打從電視出現在這世上那時候起，沃特．派恩就在電視台工作了。他是真心喜歡電視這東西，尤其是它可以讓人暫時逃離現實生活這部分。這也是他選擇做電視節目的原因，因為誰不想逃？像他就很想。

然而年復一年後，他開始感覺自己成天被關在電視台裡，永無止境地挖著那條逃走用的密道。而且在每日的勞動結束時，他的獄友們會爬過他的屍體、奔向自由，獨留他和一把挖泥鏟待在原地。

但他還是繼續在這裡苦撐，理由和很多人一樣：他有小孩要養，而且只有他一個人在養。沃特的女兒阿曼達現在已經六歲了，在伍德小學念幼兒園。女兒是他生命中的光輝，他願意為那孩子做任何事情，比如每天被老闆恐嚇烙狠話，說他要是再不把下午時段的空檔補上，就要立刻叫他滾蛋。

沃特拿出一條手帕擤擤鼻涕，然後看了看手帕，像在看自己體內是什麼做的。

原來是鼻涕做的。他一點也不意外。

前幾天有個女的跑來找他，叫做伊莉莎白．佐特，好像是誰的媽媽……他不記得了。那個叫佐特的，說阿曼達在學校惹了麻煩。他也不意外，因為阿曼達的老師穆福德女士，也總說阿曼達愛給她添麻煩。但沃特其實不太願意相信這件事。阿曼達雖然有點急躁（跟他一樣），又有點過重（這也跟他一樣），還有點太愛討好別人（連這點也像他），但除了這些以外，阿曼達是個怎樣的孩子？她是好孩子。這年頭，好孩子和好人一樣，都相當稀少。

你知道還有什麼也很稀少嗎？像伊莉莎白・佐特那樣的女人。過去這幾天，他沒辦法不想她。

「終於喔——」海芮說。伊莉莎白打開後門進來，海芮把濕濕的手往身上的洋裝一抹。「我都要開始擔心了。」

「不好意思，回來晚了。」她說，努力壓下自己滿腔的怒氣。她把包包隨手一扔，跌坐在一張椅子上。

回哈斯汀工作已經兩個月了。這種低就的工作，讓她做到快死掉了。她當然知道，那些從事高壓力工作的人，後來會想改做單純一點的，不必再用心用腦，更不必在凌晨三點鐘為自己被榨乾的靈魂祈禱。但她從經驗中得知，比起過勞，委屈求全更可怕。因為低就的工作不只是薪水低，還會讓她因為沒動到腦而頭痛欲裂。而且，所有同事明明都知道她可以和大家一起討論研究的內容，那些人卻只巴望她狗腿他們一番，不論他們做出的是多麼微不足道又濫竽充數的東西。

然而，今天大家在討論的，不是什麼微不足道的東西，而是哈斯汀的大事：最新一期《科學期刊》出刊了，多納提的論文就登在裡頭。

幾個月前，多納提用「不是什麼驚天動地的東西」來形容自己這篇論文。事實上，那研究非常驚天動地，因為那正是伊莉莎白本人的研究。

為了確認這件事，她還讀了兩次。第一次她讀得很慢，第二次是用瀏覽的，直到她的血壓開始飆高，血管就像條失控的消防水管一樣大噴發。這篇文章直接照抄了她的研究檔案，還放了一個共同作者。各位看官猜猜看那是誰。

她一抬起頭，就看到玻里維茲正望著她。他的臉色瞬間變慘白，然後羞愧地低下頭。

「我也有我的苦衷，請妳體諒一下！」當伊莉莎白把那本期刊摔在玻里維茲桌上，他大吼出來。「我是真的很需要這份工作！」

「誰不需要！」伊莉莎白氣炸了。「問題是，這份工作你根本做不來！」

玻里維茲開口向伊莉莎白求情。但他那對狐猴似的眼睛，看到的是一波能量和力道都難以預測的瘋狗浪，正準備向他撲來。

「對不起，對不起，」玻里維茲哀求。「真的很抱歉，我真的不知道多納提會做出這種事。妳回來的第一天，我有看到他在影印妳帶來的所有資料，但我以為他只是想了解一下我們的研究近況。」

「什麼叫『我們』的研究？」她努力忍住上前掐斷他脖子的衝動。「我等等再回來找你算帳。」然後她轉過身，大步往多納提的辦公室走去，半路上差點撞到一個在走廊上閒晃的微生物學家。

「多納提，你這個嫖竊別人研究的騙子！」她衝進他的辦公室。「我保證你吃不完兜著走。」

多納提從座位上抬起頭，看了看她。

「哎呀，妳來了，」多納提高聲說。「妳怎麼永遠這麼討喜！」

多納提舒服地往後一靠，享受著她狂噴的怒火。他心想，這應該就是那種嚴重到可以讓伊凡斯氣到辭職的事吧。要是他還活著、可以親眼目睹這一幕的話——真是太可惡了，他竟然已經死了，否則這美好的一刻會更加美妙。

他只用半隻耳朵聽佐特怎麼飆罵他抄襲剽竊。稍早，那位投資人才打了通電話來恭喜多納提，也跟他畫了大餅，表示要再送更多錢過來。投資人也有問到佐特是否有為該研究付出一些貢獻。多納提說，喔，沒有，其實，很遺憾的，我們發現佐特先生有點在扯我們的後腿，所以，不瞞你說，他剛被降級了。那投資人嘆了口氣，好像很失望似的，然後問多納提接下來有什麼計畫——關於無生源論的部分。多納堤從佐特另一部分的研究裡，挑了一些高大上的詞彙來胡扯了一番，一些他之後得再問她究竟是什麼意思的東西。不過，當然得等她先他媽的冷靜下來、想起他可是她老闆的這個事實，之後才有辦法問她。他心想，當老闆真是不容易的事。不管了，反正不論他說什麼，他感覺那位乾爹都聽得很滿意。

誰知道，不知好歹的佐特毀了這一切，做出一個所有人都無法承受後果的決定。「拿去。」她伸出手，實驗室的鑰匙就這樣「咚」的一聲，直直掉進多納堤的咖啡裡。

「去你的鬼工作。」她把她的名牌丟進了垃圾桶，把實驗袍往他的桌子正中央一扔，然後直接閃人。她這一走，也把她那些高大上詞彙的意思一併帶走了。

「剛剛有四通電話打來找妳。」海芮說。「第一通是問妳要不要加入『尼爾森家庭』[21]，另外三通都是一個叫沃特．派恩打來的，希望妳可以回電，他說很急。另外，他還說，之前跟妳聊吃的聊得很愉快——咦，不對，不對，不好意思，是聊午餐。」海芮確認了一下她的筆記，更正講錯的部分。「他聽起來十分著急，」她抬頭看看伊莉莎白。「那種為了正事著急的著急——聽起來是個彬彬有禮的人，但正處於瀕臨崩潰的狀態。」

「沃特．派恩是阿曼達．派恩的爸爸。」伊莉莎白咬著牙說。「我前幾天去了他的辦公室一趟，找他談馬的的午餐問題。」

「結果？」

「就說是正面交鋒吧。」

「正面廝殺嗎，很好。」

21 尼爾森（Nielsen），調查電視收視率的公司，會招募家庭來作為他們調查收視率的對象。

「媽？」一個聲音出現在門口。

「寶貝回來啦。」伊莉莎白裝冷靜，伸出一隻手攬住她瘦削的女兒的肩頭。「今天學校好玩嗎？」

瑪德蓮舉起一條繩子。「今天的分享時間[22]，我打了一個雙套結給大家看。」

「大家有沒有很喜歡？」

「沒有。」

「那也沒關係，」伊莉莎白把女兒抱入懷裡。「每個人喜歡的東西本來就會不一樣。」

「但從來沒有人喜歡我喜歡的東西。」

「真是一群臭小鬼。」海芮碎念。

「上次大家不是很喜歡妳帶去的箭鏃嗎？」

「才沒有。」

「好吧，下星期妳要不要分享元素週期表試試看?大家一定會超愛的。」

「還是妳帶我的鮑伊刀[23]去，」海芮提議。「給那些臭小鬼一點顏色瞧瞧。」

「什麼時候吃晚餐？」瑪德蓮問。「我好餓。」

「我留了一份焗烤在烤箱，」海芮一邊逼自己往門口移動，一邊對著伊莉莎白說。「我得回去餵食家裡那隻野獸了。記得回電給派恩。」

「妳打給阿曼達・派恩幹嘛?!」

「我是打給她爸。」伊莉莎白說。「之前跟妳提過，三天前我去了一趟他的辦公室，解決午餐的問題。在我看來，他已經明白我們的立場了。我想阿曼達以後不會再偷妳的午餐吃了。再怎麼說，偷竊都是不對的。」她氣憤地說，心裡想的其實是多納提竟然膽敢偷她的研究去發表。

「那不是偷！」瑪德蓮脫口而出。「她……她其實也有帶午餐，」瑪德蓮小心地選擇用字。「——

只是不太正常而已。」

「就算是這樣，那也不關妳的事。」

瑪德蓮望著她媽媽，不懂她這話的意思。

「寶貝，妳得吃午餐，」伊莉莎白輕聲說。「這樣才能長高。」

「但我已經很高了，」瑪德蓮抱怨。「根本就已經長得太高了。」

「身高這種東西，是永遠不嫌高。」海芮說。

「但羅伯特．瓦德羅就是死於長太高！」瑪德蓮說，指了指她手中那本《金氏世界紀錄》。

「但馬的，那是腦下垂體病變所導致的。」伊莉莎白說。

「他長到兩百七十二公分高耶！」瑪德蓮繼續爭。

「真可憐，」海芮說。「長那麼高要怎麼進店裡買東西啊。」

「身高也是會害死人的！」瑪德蓮說。

「對，這也是為什麼每個人總有一天都會死，」海芮說。「因為什麼東西都可以殺人，親愛的。」

此話一出，她立刻就後悔了，尤其是當她看到眼前這對母女的樣子：伊莉莎白整個呆住，瑪德蓮則是垂著頭。

海芮打開後門，對伊莉莎白說：「明天妳出門划船前見啦。」然後她又對說瑪德蓮說：「馬的，妳的話，明天妳起床時見。」

自從伊莉莎白回去工作後，她們就是這樣安排的。早上，海芮會帶瑪德蓮去學校，下午由六點半去

22 Show-and-tell，一種課間活動，請小朋友自己帶東西來，在全班面前介紹自己帶來的東西。

23 bowie knife，一種刀尖上翹的匕首，攻擊性強。一九八二年大賣的電影《第一滴血》（*First Blood*）中，男主角藍波就是使用這種刀，從此以「藍波刀」之名更廣為人知。

接她回家。回家後，海芮會在家顧她，一直到伊莉莎白回來。「喔對了，差點忘記，」她從口袋裡抽出一張小字條。「這是要給妳的。」她意味深長地看了伊莉莎白一眼。「誰給的？就妳知道的那位。」

是穆福德女士。

伊莉莎白早就知道穆福德不太喜歡瑪德蓮這孩子。她不喜歡瑪德蓮有辦法看書，也不喜歡她踢球的方式，更不喜歡她打一堆複雜的童軍繩結。瑪德蓮經常在自我訓練打繩結的技能，她要求自己在黑暗中也能打，大雨中也能打，沒人幫忙也能打，以備不時之需。

「馬的，這些準備，是什麼時候用得上？」伊莉莎白問過一次，因為她在某個風雨交加的夜晚，發現瑪德蓮跑到外頭，身上裹著一塊防水布，整個人縮成一團，手裡拿著一坨繩子。

瑪德蓮抬頭看她媽媽，心裡很是驚訝。她心想，所謂的「以防萬一」，重點是那個「一」，不是那個「萬」吧。凡事就是要未雨綢繆。這種事，問她已經過世的爸爸大概會最清楚。

但老實說，如果她真的有機會跟爸爸說話，她第一個想問他的問題應該會是：你第一眼看到媽媽時是什麼感覺？你們是一見鍾情嗎？

凱文的前同事們，應該也有問題想問他：為什麼你看起來都沒在幹嘛，卻還可以得到那麼多獎？你和伊莉莎白·佐特的性生活如何？她看起來滿性冷感的，結果有嗎？連瑪德蓮的老師，穆福德女士，也有問題想問問這位凱文·伊凡斯。但其實她根本不可能有機會跟瑪德蓮的爸聊聊，不只是因為他已經不在人世，也因為在一九五九年，小孩子的教育是完全和爸爸無關的事。

阿曼達·派恩的爸爸是個例外，但那也只是因為派恩沒有太太了。他的前妻離開時（穆福德女士也認為離得好），還附贈一個高調離婚戲碼大禮包：她昭告天下，年紀比她大很多的沃特·派恩不只不是個好爸爸，更不是個好老公，而且相當尷尬地暗指是性生活方面的問題。這部分的事，穆福德女士不想細究。但總之因為這樣，派恩前妻順利接收了派恩的一切，包括她其實沒有想要的阿曼達。但這也情有可原，畢竟阿曼達不是那種很好養的小孩。結果，阿曼達後來又搬回來跟爸爸住，派恩先生因此成了阿曼達的家長，導致穆福德女士不得不聽他說那些爛理由，聽他為阿曼達不尋常的午餐找藉口。

儘管和派恩先生談話，總是會讓她一肚子火，但是跟佐特相比，派恩先生就沒那麼糟了。穆福德女士心想，我是哪來的好運，最常見到的家長偏偏是我最不喜歡的。不過沒辦法，現實就是如此，畢竟小孩子的行為問題都是從家裡開始的。但，如果真的要讓她在午餐小偷阿曼達．派恩，和愛亂問問題的瑪德蓮．佐特之間選一個，她還是會毫不猶豫選阿曼達。

伊莉莎白上次被穆福德女士找去溝通時，穆福德女士抱怨了瑪德蓮的上課狀況。「瑪德蓮會亂問問題？」伊莉莎白不太相信。

「沒錯，她每次都這樣。」穆福德女士劈頭就說，一邊挑著自己衣服袖子上的線頭，像蜘蛛在埋伏著，準備出手捕獲獵物。「比如說，昨天大家圍成一圈在討論勞夫養的烏龜時，瑪德蓮突然打斷大家，問她要怎麼成為納許維爾的自由鬥士[24]。」

伊莉莎白一副在思考瑪德蓮說這話的背後代表什麼意義的樣子，然後才說：「她的確不該打斷大家，我會跟她談談。」

穆福德女士不耐地說：「這不是我的重點，佐特女士。小孩子本來就很愛打斷別人說話，這種事我可以處理。我不能處理的是，一個想把話題導到公民權利的孩子。這裡是幼兒園，不是《韓特利－布林

24　一九六〇年代，為了反抗美國當時的種族隔離政策，一群大學生在田納西州的納許維爾市（Nashville）展開抗爭。

克利報導》[25]的節目現場。」她繼續說。「而且，妳女兒最近還跟我們的圖書館員抱怨館內沒有諾曼．梅勒[26]的書，甚至還想要求學校採購《裸者與死者》這本書。」穆福德老師抬了抬眉毛，兩眼盯著伊莉莎白實驗袍胸前口袋上那兩個用騷首弄姿的流線字體電繡而成的名字縮寫字母「E．Z」，看到都快鬥雞眼了。

「她是比較早就開始看書，」伊莉莎白說。「可能我之前忘了先跟妳提。」

穆福德老師合起雙手，充滿威脅性地向前傾身。「諾曼．梅勒耶，這成何體統。」

場景回到家裡的廚房，伊莉莎白打開海芮剛剛給她的小紙條。上面是穆福德女士的字跡，大大地寫著一個名字：**弗拉基米爾．納博科夫**[27]。

伊莉莎白挖了一份烤好的波隆那肉醬義大利麵到瑪德蓮的盤子裡。「今天除了分享時間以外，還有什麼好玩的嗎？」她不會再問女兒有沒有在學校學到東西了，因為實在沒什麼意義。

「我不喜歡上學。」

「為什麼？」

本來正看著自己盤子的瑪德蓮聞言抬起頭。「誰喜歡上學。」

在桌子底下聽著的六點半心想，好吧，既然本狗和小生物是心心相印，就要一個鼻孔出氣，所以他現在開始也要討厭學校了。

「媽，妳小時候喜歡上學嗎？」

「我小時候常常在搬家，」伊莉莎白說。「所以有時候甚至沒有學校可以讓我去，這種時候我就會自己去圖書館。不過，我一直都覺得去學校應該會是一件滿好玩的事。」

「所以妳去ＵＣＬＡ上學很好玩嗎？」

麥爾斯博士的樣子突然浮現在伊莉莎白眼前。「不好玩。」

瑪德蓮歪著頭看她。「媽，妳怎麼了，還好嗎？」

伊莉莎白根本沒發現自己下意識地抬手遮住臉。「沒事，寶貝，我只是有點累。」這些字句從她的指縫中流出。

瑪德蓮放下手上的叉子，看著眼前渾身繃緊的母親。「媽，發生了什麼事嗎？」她問。「是工作的事嗎？」

伊莉莎白把自己的臉埋在雙手底下，思考著該如何回答這個問題。

「我們是不是很窮？」瑪德蓮順著問，彷彿上面這幾個問題本來就屬於同一系列。

伊莉莎白把手放了下來。「妳怎麼會這麼問，親愛的？」

「湯米・狄克森說我們家很窮。」

「湯米・狄克森是誰？」她犀利地問。

「學校的一個男生。」

「那個湯米・狄克森還跟妳說了什——」

「還有爸爸以前是不是也很窮？」

---

25 The Huntley-Brinkley Report，美國國家廣播公司（ABC）製播的新聞節目，由韓特利、布林克利擔任雙主播，是當時收視率最佳的節目，曾八度獲得艾美獎肯定。

26 Norman Mailer，美國知名小說家，作品主題著重挖掘、剖析美國社會與政治病態問題，《裸者與死者》（*The Naked and the Dead*）為其代表作。

27 Vladimir Nabokov，二十世紀最偉大的作家之一，其小說《蘿莉塔》(*Lolita*, 1955) 是二十世紀最具爭議性的小說之一，曾被冠上「淫穢」的惡名。

伊莉莎白聞言，忍不住身子一縮。

最後一個問題的答案，就躺在伊莉莎白和芙萊斯克從哈斯汀偷回來的其中一個箱子裡。在三號箱子底，有一個標著「划船」的資料夾。

伊莉莎白看到它時，自然而然認定裡面會是一些剪報，紀念當年劍橋校隊的輝煌戰績。實則不然，裡面都是凱文在劍橋畢業以後，那些錄取他的單位寄給他的通知單。

她不無嫉妒地稍微瀏覽了一下：有幾所頂尖大學請他去擔任系主任，也有一些藥廠的處長職，還有一些私人機構的主持人。她翻了老半天，才翻到哈斯汀的錄取通知。啊、有了，上面說會給他一個私人實驗室——但是所有其他的地方，也都有提供相同的待遇。

所以，凱文到底為什麼最後會選擇哈斯汀？哈斯汀給的薪水，低到根本在污辱人。她看了看底下的簽名。是多納提。

她把那一疊紙塞回箱子裡，納悶他為何會在這個資料夾上標記「划船」？裡頭的東西和划船根本是八竿子打不著。然後她突然發現，每一張錄取通知上頭都有兩個用鉛筆寫的小小數字：一個是該機構和划船俱樂部的距離，另一個是該地區的降雨量。她又再翻到哈斯汀那張——果然，上面也標著一樣數據。但哈斯汀那張上面還有別張沒有的記號——兩個大大的圓圈，圈起了寄件地址中的兩個字：加州，以及大同市。

「如果爸爸以前很有名的話，那他應該很有錢，是不是？」瑪德蓮問，一邊用叉子轉著義大利麵。

「其實沒有，親愛的，不是有名的人都會很有錢。」

「為什麼？是因為他們搞砸了嗎？」

伊莉莎白想起那一疊錄取通知，以及凱文最後選了薪資最低的那個。到底誰會這樣搞？

「湯米．狄克森說要變有錢很容易，只要把石頭漆成黃色，說那是黃金就好了。」

「像湯米．狄克森這種人，我們叫他奸巧的騙子，靠著一點小聰明，用違法的旁門左道來得到自己想要的東西。」就像多納堤。她想著想著，又氣得牙癢癢。

不過這也讓她想到，她在凱文的箱子裡發現的另一個資料夾，裡面塞滿了像湯米．狄克森這種人寫來的信，不是一些怪裡怪氣的人，就是一些包你發大財賺大錢的投資理財老師，還有一大堆非親非故的假親戚——從同父異母或同母異父的姊妹到失散多年的舅舅，從心碎的母親到堂表遠親——每個人都說自己急需凱文幫忙。

她快速瀏覽了這些假親戚的信，發現這些信有極高的相似度。這些來信的假親戚，每個都聲稱他們和凱文有血緣關係，每個都提到一些發生在凱文當時年紀還很小、根本不可能會記得的回憶，然後每一個都跟他要錢。唯一例外的只有那個「心碎的母親」。這位的來信雖然一樣提到了血緣關係，但是沒有跟凱文要錢，反而說要給他錢。「希望能幫助你做研究。」她是這麼說的。「心碎的母親」至少寫了五次信給凱文，並求他回信。伊莉莎白心想，這人還真是沒心沒肝，堅持成這樣，連那個「失散多年的舅舅」寫了兩封就知道要停手了。「大家都跟我說你已經死了。」那個「心碎的母親」不停重複這句話。噢是嗎，那為什麼她和其他人一樣，要等到他出名以後才寫信給他？伊莉莎白心想，這人大概是想設圈套讓凱文上鉤，然後再偷走他的研究。伊莉莎白為什麼會這樣想？因為這種事才剛發生在她自己身上。

「我不懂。」瑪德蓮說，一邊把蘑菇從盤子的一側滾到另一側。「一個人如果夠聰明又夠努力，為什麼會賺不到很多錢呢？」

「這的確不是百分之百的事。但我很確定，你爸其實有機會賺更多錢，」伊莉莎白說。「只是他做了不一樣的選擇，畢竟錢不是一切。」

瑪德蓮看著伊莉莎白，半信半疑。

伊莉莎白沒告訴瑪德蓮的是，她其實清楚得很，為什麼凱文會心滿意足地接受多納堤那存心瞧不起人的職缺。但那真的是個非常短視近利的選擇，而且蠢到她很猶豫要不要說出口。此外，她也希望可以在瑪德蓮心中留下「父親是理性且明智的人」這個形象。

她還發現另一個標著「沃克利」的資料夾，裡面收藏著凱文和一個準神學家之間的書信往來。這兩人顯然是從沒見過面的筆友，但他們在文字上的交流是既暢所欲言又無話不談。而且幸運的是在這個資料夾裡，也保存著凱文寫給對方的信件影本。凱文有備份所有東西的習慣。伊莉莎白很清楚他這一點。

當時凱文在劍橋、沃克利在哈佛神學院念書。由於科學上的發現，尤其是凱文的研究，讓沃克利在信仰上有些過不去的地方——他在信上提到自己參加過一場凱文有短暫發言的研討會——讓他因此決定提筆寫信給凱文。

「親愛的伊凡斯先生，上週我在波士頓參加了一場科學研討會，而你在其中有過短暫的發言。我冒昧來信，是希望能和你討論你近期發表的文章〈複合有機分子的自然發生論〉。」沃克利的第一封信是這麼寫的。「或者，講得更直白一點，我想請問你：你覺得一個人有辦法同時相信神和科學嗎？」

「當然，」凱文回信表示。「只要睜眼說瞎話就行了。」

凱文這種踐踐的說話方式，時常會惹惱很多人，但似乎沒有造成這位年輕的沃克利先生任何困擾。他很快就回信了。

沃克利在回信中反駁。「但想必你也會同意一件事：在一個偉大的化學家開創這個領域之前，『化學』是不存在的。就好比，在藝術家創造出一幅畫之前，那幅畫是不存在的。」

凱文也是神速回覆。「我面對的是有憑有據的事實，不是虛幻的猜想臆測。所以我說，你的偉大化學家理論完全是屁話。對了，我發現你在哈佛，你有在划船嗎？我在劍橋校隊，拿校隊的全額獎學金。」

「我沒有划船，」沃克利回說。「但也很愛水上活動，有在衝浪。我在加州的大同市長大，你有來過加州嗎？如果沒有，你真的應該去加州看看。大同市很漂亮，天氣超好，是全世界天氣最好的地方吧。那裡也滿多人在划船的。」

伊莉莎白跪坐在自己的腳跟上，想到哈斯汀寄件地址上被圈起的「加州」和「大同市」。那兩個圈圈，圈得多麼有精神。所以他接受多納提那瞧不起人的職缺，不是為了自己的職涯發展，而是為了要划船？因為相信某個信耶穌又愛衝浪的人轉述的氣象報告？全世界天氣最好的地方，這有點言過其實了吧？

她繼續看下一封信。

「你從小就想當牧師嗎？」凱文問。

「我出生在一個神職人員的家庭，」沃克利說。「身體裡就流著這樣的血液。」

「血不是這樣影響一個人的。」凱文糾正他。「不過，我想問的其實是：你覺得為什麼會有那麼多人，願意相信那些幾千年前寫的文本？還有，為什麼這些文字越古老、內容越超自然、越難以證實，人們就越深信不疑呢？」

「人們需要的是安心。」沃克利回答他。「人們需要知道，有人曾經挺過了難關。而且，人類和其他動物不一樣，比較不懂得從錯誤中學習；要是少了無時無刻的提醒和威脅，人類很難當個好人。就像我們常說『有些人永遠學不乖』，這是因為人類真的學不會教訓。經文這種東西，就是在試著把人們拉回正軌。」

「但如果要找安慰的話，在科學裡，或是在那些我們有辦法去驗證核實、從而改進並充實的事物當中，不是能找到更多的安慰嗎？」凱文反問。「我只是真的不懂，人類都走到今天了，為什麼還有人願意相信古早以前那些醉醺醺的人寫下來的東西？這裡我沒有要道德批判的意思，以前的水真的很不乾淨，喝酒也是應該的。但我還是忍不住想，到底是要怎樣才能說服自己，相信那些瘋到不行的故事——比如燃燒的荊棘、天上掉下來麵包——是真實的、合理的？尤其是在這個人類已經可以用科學去證明一切的年代。現在應該不會有人寧可選擇拉斯普丁[28]的放血療法，放棄在最先進的史隆·凱特林中心接受治療吧？可是，還是有那麼多人死都要相信那些故事，而且還堅持別人應該要跟他們一樣。」

「你說得很有道理，伊凡斯，」沃克利在回信裡說。「但人們的確有信仰一些比自己更偉大的事物的需要。」

「為什麼？」凱文逼問。「**相信自己**有什麼不對嗎？如果人類非得相信個什麼故事，寓言或是童話不好嗎？這些故事也都可以教導倫理常情，不是嗎？我們甚至不必費心假裝寓言和童話都是真的。這麼想來，寓言和童話其實是更好的文本，對吧？」

沃克利雖然沒有承認，但他其實滿同意凱文的說法。我們不需要對著白雪公主禱告，不必擔心小矮人震怒，也可以理解童話故事背後的意涵。那些故事既簡短又好記，內容通常也囊括人情百態，比如愛、驕傲、愚昧、原諒等等。而且，寓言要傳遞的訊息都很輕薄短小，讀者也比較容易吸收，例如不要給別人添麻煩、不要傷害他人或動物、要懂得和比自己更不幸的人分享等等——總之，就是做個好人。想到這裡，沃克利決定換個話題好了。

「好吧，伊凡斯，」他提起以前信中聊過的內容。「你之前說過，神職工作不是真的存在在我的血液裡。這個說法，客觀上來說是沒錯，但我們沃克利家的人會作神職人員，就好像姓柯伯勒[29]的會去當鞋匠一樣。不過我也得向你告解，我一直非常喜歡生物學，只是生物學從來都進不了我們家門。也許我當牧師只是想要討好我的父親——所以，『讓父母開心』會不會其實才是我們終其一生真正在做的事？你呢？你爸也是科學家嗎？你會試著討他歡心嗎？如果是的話，我會說你已經成功了。」

「**我超恨我爸**，」凱文的回信只有全部用大寫字母寫的幾句話，而這封信也成了兩人最後的往來。「**他最好已經死了**。」

伊莉莎白又再讀了一次。「**我超恨我爸，他最好已經死了**。」她非常驚訝。凱文的爸爸不是已經死了嗎？被火車撞死的，而且至少有二十年了。那為什麼他還這樣寫？還有，凱文和沃克利的書信往來為何就此中斷？最後一封信上註明的日期，也是將近十年前了。

「媽——」瑪德蓮說。「媽！妳有在聽嗎？所以我們家是不是很窮？」

「親愛的，」伊莉莎白努力讓自己不要當場崩潰，因為她才剛把工作辭了。「今天發生太多事了。」她說。「妳可不可以就好好吃晚餐就好。」

「可是媽——」

電話鈴聲響起，打斷了她們的談話。瑪德蓮從椅子上跳下來，跑去接電話。

「不要接，馬的。」

「說不定是什麼重要的事。」

28 Grigori Rasputin，俄羅斯帝國末年極具影響力的神祕主義者，受到沙皇尼古拉二世倚重。

29 Cobbler，原意為鞋匠。

「我們現在在吃晚餐！」

「喂？」瑪德蓮說。「我是馬的．佐特，請問哪裡找？」

「親愛的，」伊莉莎白把話筒搶過來。「我說過不要在電話上提到自己的個人資訊，記得嗎？」然後她對著話筒說：「喂？請問哪位？」

「佐特女士嗎？」一個聲音說。「請問是伊莉莎白．佐特女士嗎？佐特女士，我是沃特．派恩，我們這星期有見過面。」

伊莉莎白嘆氣。「是，我記得，派恩先生。」

「我今天一整天都在想辦法聯絡妳。也許妳家傭人沒有告訴妳，但我有留話給妳。」

「她不是我家的傭人，她也沒有忘記告訴我。」

「噢。」他尷尬地說。「這樣啊，抱歉我誤會了。希望沒有打擾到妳，但不曉得妳現在是不是在忙，有沒有空說話呢？」

「沒有。」

「我會很快講完。」派恩怕她會掛電話，急著接下去說。「首先，佐特女士，午餐的事我都已經處理好，沒問題了，從今以後阿曼達只會吃自己的午餐。關於這件事，容我再向妳道歉一次。我這次打來，其實是還有另一個原因——是跟工作有關的。」

他繼續說，講到自己是當地電視台午間節目的製作人。「是 KC 電視台喔。」他語帶驕傲地說，其實一點也不覺得驕傲。「我這陣子一直在思考，想為我們的時段加入新血——新增一個烹飪節目，來為我們的頻道『加一點好料』。」他說了個雙關的笑話。其實他平常不會說這種廢話，只是伊莉莎白．佐特實在讓他太緊張了。當他等著話筒另一頭發出些許禮貌性的附和笑聲、卻啥都沒聽到時，他開始變本加厲。「身為在這個領域嘗過『酸甜苦辣』的資深製作人，我感覺做這個節目的時機『成熟』了。」

一樣，還是沒反應。

「我做過一些研究，」派恩滔滔不絕地繼續說。「而且根據我最近觀察到的一些相當有趣的趨勢，以及我個人對強檔節目的認知，烹飪節目完全是下午時段蓄勢待發的明日之星。」

伊莉莎白還是沒有反應。不過，就算她有反應也改變不了什麼，因為沃特說的這些全都不是真的。沃特．派恩其實根本沒做過任何研究，也沒觀察到任何趨勢，而且說實話，對於什麼樣的節目會紅，他也沒有半點頭緒。這一點，他們電視台的收視率就是最好的證明——通常都是墊底的。真相是現在下午有一個空檔，沒有東西播，廣告商正掐著他的脖子要他馬上把洞補起來。那個時間本來是一個給小朋友看的小丑節目，它不只本來就沒有很好看，扮小丑的那個人不久前還在酒吧被人打死了，所以這個節目是名副其實的「死掉」了。

過去三個星期以來，沃特不只得七拼八湊，胡亂找些東西塞在那個時間裡，還必須一天看八個小時的試鏡錄影帶，從魔術師、名嘴、喜劇演員、樂器演奏家、科學界專家、美姿美儀老師、木偶操縱師這些各式各樣的人當中，試著篩選出適合合作的人選。當沃特硬著頭皮看完這些試鏡帶，他實在不敢相信，這些人竟可以生出這麼多屁話，甚至還有臉錄下來、把帶子放進信封袋後寄給他。他們都沒有羞恥心嗎？話是這麼說，但他還是得趕快找到個誰來做節目，否則他的飯碗就不保了。他的老闆已經打開天窗說亮話。

沃特的工作已經是一場悲劇，這個月還被阿曼達的學校老師穆福德女士約談了四次。最近一次她語帶威脅說要舉報他，只因為他在又累又沮喪之中，不小心在阿曼達書包裡，那個原本應該放入裝有牛奶的保溫瓶的地方，放了自己的小酒壺。另外，他還曾經把釘書機當成三明治放進阿曼達的書包，或是把他的腳本當成餐巾紙放進去，還有一次因為家裡沒有麵包了，索性讓阿曼達帶摻香檳的巧克力當午餐。

「派恩先生？」伊莉莎白打斷他的思緒。「我今天忙了一整天，已經很累了。你想要說什麼？」

「我想做一個下午的烹飪節目，」他急忙說。「希望由妳來主持。妳很會做菜，佐特女士，而且我認為妳有觀眾緣，會有號召力。」其實是因為她長得很漂亮，但他沒這麼說。這世界上不少外貌姣好的人，都是靠著自己的長相在吃香喝辣，但他感覺伊莉莎白．佐特不是這種人。「這個節目會很好玩，就像姐妹之間、閨蜜之間的對話和交流。」由於伊莉莎白又沒回話，他又補上一句：「或者說，家庭主婦？」

電話另一頭的伊莉莎白瞇起雙眼。「**你說什麼？**」

沃特聽到那個口氣，本該識相地趕緊掛上電話，但因為他實在已經火燒屁股了，而火燒屁股的人難免盲目，接收不到一些顯而易見的訊號，所以他繼續死纏爛打。他很確定伊莉莎白．佐特是該吃這行飯的人，而且她是他老闆的菜，是他老闆會為之瘋狂的那一型。

「如果妳會怕面對觀眾，」他說。「別擔心，我們會幫妳提詞，妳只要照著讀，然後做妳自己就可以了。」他停頓一下，等待她的回應。結果還是沒反應，於是他又繼續說：「佐特女士，我不得不說，妳的氣場實在太對了。」他步步進逼。「妳完全就是人們想在電視上看到的那種人，比如……」他試著舉一個可以拿來跟她比擬的名人，卻一個都想不到。

「我是個科學家。」她表示。

「對！」

「所以你的意思是，人們想聽科學家說話。」

「對，」他說。「誰不想呢？」他自己就不想，也滿確定不會有人想聽科學家說話。「只不過，這是個烹飪節目，妳知道的。」

「料理本身就是科學，派恩先生，這兩件事並非毫不相干。」

「太狂了！我才正要說一模一樣的話！」

伊莉莎白看了看餐桌邊那一整疊還沒繳的水電費帳單。「這種工作的薪水是多少？」她問。他回答了一個數字，覺得自己聽到電話的另一頭發出一聲驚呼。是怎樣？她是覺得太高，還是嫌太低？

「不過呢，」他開始打預防針。「請妳來擔任主持人，對節目來說是有一定風險的。我想，妳應該從來沒上過電視，對吧？」他解釋了一下試播節目的合約大概會是怎樣，表示試播期是半年，如果半年後反應不怎麼樣的話，節目就會收掉，大家就可以掰掰了。

「什麼時候要開始？」

「馬上。我們希望這個烹飪節目在一個月內開播，越快越好。」

「你的意思是，這個『科學』烹飪節目對吧。」

「的確，就像妳說的，科學和料理這兩件事並非毫不相干。」他突然開始心生一絲絲疑慮，擔心伊莉莎白會不會不適任。但這哪裡需要他多作解釋？她一定明白，料理節目不是科學節目。「節目名稱叫做『一八〇〇開飯』，」他補充說，強調「開飯」這兩個字。

電話另一頭的伊莉莎白其實正在神遊。說實話，她根本恨死這種事了——在電視上煮菜給主婦看。但她哪裡有得選？她轉頭看了看正一起躺在地上的六點半和瑪德蓮。瑪德蓮在跟六點半說湯米．狄克森的事，六點半露出一副恨得牙癢癢的樣子。

「佐特女士？」沃特說，電話另一頭的沉默令他擔心起來。「喂？佐特女士？妳還在嗎？」

24 午後的昏沉時光

伊莉莎白從 KC 電視台的更衣間裡走出來後，便對沃特．派恩說：「這些洋裝根本就不能穿，每一件都超緊。上星期你們的裁縫師來幫我量身的時候，我還覺得他滿細心的，看來我錯了。他大概是年紀有點大，需要戴個眼鏡才能看得比較清楚。」

沃特為了讓自己看起來自在一點，把雙手插進口袋裡。「其實呢，洋裝本來就會故意做得合身一點。因為鏡頭會讓人顯胖，每個人看起來都會多出五公斤，所以我們用貼身的剪裁來中和那個效果。把自己塞進去，看起來就會很纖細。妳很快就會適應的，快到妳自己都不相信。」

「穿成那個樣子的話，我會沒辦法呼吸。」

「節目只有三十分鐘而已，三十分鐘後隨便妳怎麼呼吸。」

「每一次的一呼一吸之間，身體都在進行血液淨化的作業，由肺排出體內多餘的碳和氫。所以要是讓肺部受到擠壓，血液就沒辦法順利淨化，新陳代謝會受阻，還會導致血栓的形成。」

「所以，」沃特打算嘗試不同的策略。「妳是想讓自己看起來很胖嗎？」

「你說什麼？」

「妳現在這樣上鏡頭的話，看起來會像一頭小母豬——我不是指比較不好的那個意思。」

聽到他說這種話，伊莉莎白的下巴都快掉下來了。「沃特，聽好，不管怎麼說，我都不會穿上那件衣服。」

他忍不住咬牙，心想，這下該怎麼辦才好？而正當他跟她東拉西扯、試著說服她的時候，電視台的樂隊在攝影棚的另一頭，開始排練一首最新曲目。那是《一八〇〇開飯》的主題曲，是沃特自己創作的一首輕快小調，一種現代拉丁恰恰舞曲混搭火災警報的風格，會讓人忍不住跟著節拍搖頭晃腦的超洗腦歌曲，昨天還被他老闆盛讚為「吸安的[30]勞倫斯．韋爾克[31]之歌」。

「那是什麼**鬼東西**？」伊莉莎白咬牙切齒地說。

沃特的老闆菲爾．黎本斯摩，是ＫＣ電視台的監製兼電視台經理。他在批准這個烹飪節目的同時，已經把他想看到的重點說得很清楚。

「你應該知道要怎麼處理吧。」菲爾見過伊莉莎白之後，對沃特這麼說。「我要看到澎澎的頭髮、緊緊的洋裝，還有暖暖的居家布景，那種每個男人下班回家後都想看到的，一種集火辣人妻和溫柔好媽媽於一身的感覺。讓男人的夢想成真，這是你的工作。」

沃特坐在菲爾那張大得荒唐的辦公桌另一頭，跟他遙遙相望。沃特不是很喜歡菲爾這個人，雖然他少年得志，做什麼事也都比自己強，但就是太粗俗了。沃特尤其不喜歡粗俗的人，這種人總會讓他覺得自己太規矩太放不開，有如「彬彬有禮人」——有風度，又懂餐桌儀禮——的最後遺孤，而他的同胞都死光絕種了。

五十三歲的沃特抬手耙了一下自己正日益灰白的頭髮。「聽我說，菲爾。我有跟你說過嗎？佐特女士是**真的**會煮菜，而且是用烹飪原理來做菜的那種。她本身是個化學家，之前在實驗室工作，真的有在用試管的那種。她還有個化學碩士學位，你相信嗎？所以我在想，可以拿她的學經歷來炒作，讓主婦

30 吸食安非他命（on amphetamines），一種誇飾的口語用法，用來形容加倍亢奮、瘋狂。
31 Lawrence Welk，美國音樂綜藝節目主持人，一九五〇年代開始走紅。

們把自己投射在她身上。」

「你在說什麼?」菲爾詫異地說。「當然不能這樣幹，沃特。佐特讓人有距離感是好事，觀眾才不想在電視上看到自己咧。他們想看的是自己這輩子都作不成的人，他們要看到俊男美女，性感的男神和女神。你怎麼會連這麼基本的東西都不懂。」菲爾一臉很不爽地看著沃特。

「當然，當然，」沃特說。「我只是在想，我們可以來做點不一樣的嘗試，給這個節目一點專業的感覺。」

「專業的感覺?我們做的是下午時段，你別忘了，之前同一檔你做的可是小丑耶。」

「沒錯，但那都是觀眾預料之中的東西。所以我們不要再做小丑了，要做些更有意義的東西：讓佐特女士來帶領所有主婦，一起做出營養的晚餐。」

「有意義?」菲爾酸說。「你阿米希人[32]?什麼營養晚餐?門都沒有。你是想在節目開始之前，就把這節目搞砸嗎?聽著，沃特，事情很簡單的，照我說的去做就對了：緊緊的洋裝，配上一些勾引人的小動作，比方說在戴上隔熱手套時，加一點暗示性。」他現場示範了一下怎麼把隔熱手套當成絲絨手套那樣戴上。「然後，每天節目的最後，讓她調一杯酒。」

「調酒?」

「這點子很讚吧?我剛剛想到的。」

「但坦白說，我不覺得佐特女士會願——」

「喔對了，上星期她說的那個，什麼『在絕對零度沒辦法凝固氦氣』之類的——應該是在說笑吧。」

「是的，」他說。「我滿確定——」

「一點都不好笑。」

菲爾說得對，一點也不好笑。更糟的是，伊莉莎白在說這話時，她是認真的。她是認真想要在節目上講這個。問題是，不管沃特怎麼跟她苦口婆心，感覺她都聽不太進去。「我們的觀眾是普羅大眾。」沃特告訴她。「妳說話的對象是一些主婦，一些普通的鄰居阿姨大姊。」伊莉莎白轉頭看他，那眼神嚇到了沃特。

「鄰居阿姨大姊，哪裡普通了？」她糾正他。

「沃特，」那段主題曲音樂終於結束後，伊莉莎白說。「你有在聽嗎？我想到一個解決服裝問題的辦法了——穿實驗袍。」

「不好。」

「可以讓節目看起來更專業一點。」

「不行。」他又拒絕一次，同時想到老闆黎本斯摩那些超具體的要求。「相信我，真的不好。」

「我們何不用科學的方法來做事？我第一個星期先穿實驗袍，再看看觀眾反應如何。」

「這裡不是實驗室，」這句話他已經講過幾百萬遍了。「是廚房。」

「說到廚房，布景做的怎麼樣了？」

「還沒完全好，我們還在處理燈光的細節。」

才沒這回事，布景早就做好幾天了：背景上有個假窗戶，上面掛了穿桿式窗簾，流理台上擺滿各種小確幸裝飾，好太太風格終極版。他知道伊莉莎白一定會恨死那些東西。

「你會幫忙準備我需要的各種專業器材？」她問。「像是本生燈？示波器？」

「這個嘛，」他說。「因為大部分的人家裡不會有那些東西……但我還是幾乎備齊了妳清單上列的

32 Amish，基督教派的分支之一，拒絕使用汽車、電力等現代科技，過著樸實的傳統生活。

那些廚具，比如攪拌器——」

「瓦斯爐？」

「對。」

「也有洗眼台[33]吧？」

「呃——有。」其實只有水槽。

「我想我們之後還是隨時可以添購本生燈。它真的滿好用的。」

「我相信。」

「流理台呢？」

「妳要的不銹鋼檯桌我們買不起。」

「奇怪了，」她說。「這種非反應性材料通常不會太貴才對啊。」

沃特點點頭，一副他也很困惑的樣子，其實一點也不。布景裡那套系統櫃是他親自挑選的，材質是綴滿金蔥的亮晶晶美耐板，多溫馨歡樂啊。

「聽我說，」沃特表示。「我們做這個節目的目的是介紹既營養又美味、實用又實在的料理給觀眾，要讓大家覺得做菜沒那麼難，甚至，妳知道的，讓觀眾覺得做菜其實很好玩，所以要小心，不要讓他們覺得很難很陌生。」

「**很好玩**？」

「不然不會有人想看我們的節目。」

「但做菜本來就不好玩，」她解釋。「做菜是一件很認真的事。」

「對，」他說。「但認真之餘，還是可以好玩一點，對吧？」

伊莉莎白皺了皺眉。「我不覺得。」

「好，」他說。「那也許就一點點的好玩、一咪咪的好玩就好。」他舉起自己的食指和中指又捏又擠，表示有多麼「一咪咪」。「重點是，伊莉莎白，或許妳也聽說過，電視節目有三大金科玉律，也就是牢不可破的重點。」

「你是說要有良心，」她說。「還有原則。」

「良心？原則？都不是。」他腦海中浮現老闆的臉。「我是指真正的鐵則。」他掰開手指開始數。「第一條：要有娛樂性。第二條：要有娛樂性。第三條：要有娛樂性。」

「但我不是藝人，我是個化學家。」

「對，」他說。「但是到了電視上，妳要當個『有娛樂性的化學家』。妳知道為什麼要這樣嗎？我用一個詞就可以打破妳的盲點：下午。」

「下午。」

「**下午**。光是講這兩個字就讓我好想睡，妳呢？」

「不想。」

「好吧，也許這就是為什麼妳是科學家的原因，但妳總知道生理時鐘這件事吧？」

「誰會不知道有生理時鐘這件事，沃特。連我家那隻四歲的都很清楚什麼是生理時鐘——」

「妳是說妳家那隻五歲的吧。」他打斷她。「瑪德蓮至少要五歲才能上幼兒園。」

伊莉莎白隨便揮了揮手，想跳過這個話題。「所以你想說生理時鐘怎樣？」

「好，」他說。「正如妳知道的，以人類的生理時鐘來說，人一天應該要睡兩次覺：要睡午覺，然後晚上再睡八小時。」

33 Eye wash station，實驗室裝備，以便眼睛噴濺到藥劑時，可以在最短時間內進行緊急處理。

伊莉莎白點點頭。

「但大多數人因為工作的關係沒辦法睡午覺。我這裡指的大多數人，是指我們美國人，墨西哥人就沒有這個問題，或是那些在午餐就開喝、喝得比我們還多的法國人和義大利人等等，大概也沒有。但事實還是擺在眼前，人類的生產力會在下午的時候變低，在電視台，我們稱之為『午後的昏沉時光』，這個時候要回家的話還太早，要做什麼正事卻又已經太晚了。不論你是誰，是持家的主婦，是讀四年級的小朋友，砌磚的工人，還是商務人士，統統都難逃這個法則。每天在一點半到四點半之間，我們所謂的生產力會暫時消失，只剩下渾渾噩噩、死氣沉沉的時間必須消磨。」

伊莉莎白只抬起了一邊的眉毛。

「我剛才雖然是說每個人都難逃這法則，但是對主婦來說，這個現象更是特別危險。」他繼續說下去。「因為四年級的小朋友可以乾脆不寫作業，商務人士可以假裝自己有在聽別人說話，主婦卻得逼自己繼續做事。她得送小朋友去睡午覺，不然的話當天晚上會很慘。她得把地拖一拖，不然會有人踩到地板上的牛奶而跌倒。她得跑去買菜，不然家裡就沒東西吃了。還有，」他停頓了一下。「妳有發現嗎，廣大的女性朋友們總是會說『我剛跑去買個東西』——不是走去，不是前去，也不是順路過去，而是跑去。妳看，這就是我要說的。家務，是以神人等級的瘋狂轉速在運轉的一種工作，因為不管再怎麼措手不及，再怎麼忙不過來，她**還是必須**準備全家的晚餐。伊莉莎白，妳說，這種過勞的情況怎麼可能撐得了多久。就算沒得心臟病或還沒中風，也是處在情緒崩潰的邊緣。這一切都只是因為，她沒辦法像她四年級的孩子一樣拖延擺爛，或者像她在上班的老公一樣裝模作樣，儘管她也跟他們一樣深陷於渾渾噩噩的『午後的昏沉時光』，但她們必須要求自己繼續維持高產值。」

「典型的神經性剝奪，」伊莉莎白點點頭。「大腦因為沒有得到適當的休息，導致執行功能上的損害，也會造成皮質酮濃度上升。你說得太好了，但是這和電視節目有什麼關係？」

「太有關係了，」他說。「因為午間電視節目就是來拯救妳剛剛說的那個神經，呃，什麼剝奪的東西。午間節目和早晨、晚間節目最大的不同就是，它是要播來讓人們的大腦休息的。只要去看一下節目表，妳就會發現，每天從一點半到五點，電視不是在播兒童節目、肥皂劇，就是一些綜藝節目，全都是一些不需要觀眾用腦的東西。這可是我們電視台精心設計過的，因為我們這些做節目的人發現，人們在這段時間內幾乎都呈現要死不活的狀態。」

伊莉莎白想到哈斯汀前同事們那種要死不活的樣子。

「某種程度上來說，」沃特繼續說。「我們做電視的，其實也是在做公益。我們提供給人們，尤其是過勞的主婦，亟需的休息時光。所以我們設計兒童節目的重點在於讓電視當個電子褓母，讓媽媽們可以在前往下一幕前，有點時間喘口氣。」

「你所謂的下一幕是指——」

「做晚餐，」他說。「也就是妳出現的時間。妳的節目會在四點半播出，正是大家要從『午後的昏沉時光』醒來的時候。這是一個相當不容易處理的時段。因為研究顯示，這個時候是大部分的主婦一天當中壓力最大的時候。剩下的時間不多，卻還有太多的事情要完成——要做晚餐，要準備好餐桌、餐具，要把孩子們安頓好，永無止境的待辦事項。但此刻的她們，仍然感覺頭腦昏沉、提不起勁。這也是為什麼我們這個時段的節目其實責任重大，因為這時候不管電視上出現了誰，都是身負使命、要給予她們能量的人。這也是為什麼我會說妳的工作是要娛樂觀眾，我是真心的，伊莉莎白，妳的工作是喚醒人們，妳的使命是賦予人們生命力。」

「但——」

「妳還記得妳殺來我辦公室的那天嗎？當時也是下午。當時雖然我正深陷在午後的昏沉時光中，但妳喚醒了我——請容我向妳保證，在統計上，那是何等不可能的任務。我這個人專做無腦的午間節目，要把我這個無腦午間節目的『化身』叫醒，更是難上加難。這也是為什麼我可以斷言，妳一定做得到。因為連我，妳都有能力讓我坐起來、專心聽妳講話，更何況是對觀眾。所以我相信妳，伊莉莎白．佐特，我也相信妳身負的這個使命是有意義的，那就是為人們帶來實用又實在的料理，而不只是做做晚餐而已。還有，妳要切記：一定要讓觀眾感覺做菜是至少有那麼一點點的好玩。如果我是希望妳幫我催眠觀眾，就會把妳和妳的隔熱手套排在兩點半時段了。」

伊莉莎白想了一下。「我想我還沒以這個角度來思考過電視節目。」

「這是電視的科學，」沃特說。「地表上沒多少人知道這一門。」

她靜靜站在那裡，消化著他剛剛說的那一大串。過了一陣子，她又說：「可是我這個人就沒什麼娛樂性。我只是個科學家。」

「科學家也可以很有娛樂性啊。」

「舉個例？」

「愛因斯坦。」沃特秒答。「妳看誰不喜歡愛因斯坦。」

伊莉莎白思索了一下這個例子是否正確。「也是，他提出的相對論的確很有意思。」

「看吧?!」

「只不過，厲害的還有他太太，她也是物理學家，卻從來沒得到她應得的光環。她的研究是——」

「沒錯，妳又扣回到我們的主要觀眾群了：太太們！所以，我們要如何喚醒這些愛因斯坦太太呢？當然就是我們電視台在時間的考驗下研發出來、讓觀眾原地覺醒的絕招：笑話、造型、權威感，當然，還有我們的——美食。舉例來說，我敢說妳每次在家裡辦晚餐聚會的時候，大家一定都超想去。」

「我從來沒在家裡辦過晚餐聚會。」

「怎麼可能沒有，」他說。「妳和妳先生一定三天兩頭都在辦趴——」

「沃特，佐特先生並不存在。」伊莉莎白打斷他。「我沒結婚，正確來說，我從沒結過婚。」

「噢。」沃特倒抽一口氣，很明顯被嚇到了。「這樣啊，的確相當有意思……那，有件事想請妳幫忙一下，可以嗎？我不是說妳不好或怎麼樣，但妳可不可以盡量不要跟別人提到這件事？尤其是黎本斯摩，我老闆。或者說，最好是完全不要告訴任何人？」

「我愛瑪德蓮的爸爸，」她微微皺起眉頭。「只是我沒辦法嫁給他。」

「原來是婚外情啊。」沃特同情地說，然後壓低聲音。「所以他是對他老婆不忠，是吧？」

「不是，」她搖搖頭說。「我們彼此相愛，也只有擁有彼此。其實我們之前已經住在一起，大概有——」

「這也最好也不要跟任何人提起，」沃特打斷她。「絕對不行。」

「——兩年吧。我們是彼此的靈魂伴侶。」

「真好。」他清了清喉嚨。「我相信你們是天造地設的一對，不過，這種事還是不要隨便讓別人知道比較好。真的不要。但我想，妳本來應該有計畫要嫁給他吧？」

「沒有。」她輕聲說。「更精確來說，他死了。」她說著這些話時，臉上浮現一抹絕望。

目睹伊莉莎白整個人的氣場竟然可以這樣秒變，沃特呆住了。伊莉莎白的存在本身就很有態度，那種上鏡頭會很突出的威嚴，但是在那股氣勢中，也同時存在著脆弱。真是可憐。沃特沒多想，就伸出手臂環住她的肩頭。「真的太遺憾了。」他說，一邊抱住她。

「真的很遺憾。」她在他懷中喃喃說。「真的，真的。」

沃特有一點被嚇到。人怎麼可以寂寞成這樣。他像拍阿曼達那樣拍拍她的背，也試著從中讓她感覺自己也懂這種失去的感受，而不只是覺得很遺憾而已。話說，沃特有這樣愛過嗎？沒有，但現在他突然很清楚那會是什麼樣的狀態。

「對不起。」她說，輕輕推開沃特，很驚訝自己原來這麼需要一個擁抱。

「沒事啦，」他溫柔地說。「經歷這樣的事，真的很辛苦。」

「無論如何，」她收拾好自己的心情。「我還是不該提這件事，畢竟我已經因為這件事而被開除過一次。」

沃特又一驚。這天早上，他已經因為被嚇到三次。他不太確定她剛剛說的「這件事」是指什麼。她是在說自己因為害死她的愛人，所以被開除嗎？還是她是指因為未婚生子？兩個說法感覺都很有可能，而他當然是覺得後面那個比較好。

「是我害死他的，」她輕聲地坦承，這下他覺得比較好的那個選項被刪去了。「是我堅持說要用牽繩，才害死他的。自從那次之後，六點半也一樣再也回不去了。」

「那真的很不好受。」沃特更小聲地說。即使他不懂她說牽繩是什麼意思，或是傍晚六點半又發生什麼事了，他也還是明白她的意思——她曾經做了個什麼決定，結果下場很慘——因為他自己也做過一模一樣的事。他們倆都做了錯誤的選擇，連累家裡的小小人背負淒慘的後果。沃特又說了一次。「真的非常遺憾。」

「你的事我也很遺憾，」她說，試著讓自己冷靜下來。「離婚的事。」

「喔，那個沒什麼啦。」他隨意地撇撇手，還覺得有點糗，畢竟那只是自己在愛情上跌的一個小跤，哪能和她的情況相比。「跟妳的情況差得遠了。我這個，根本和愛情扯不上關係。其實，連阿曼達也不是我親生的，如果只看基因的話。」他不小心就直接講出來了，因為事實上，他也是三個星期前才知道的。

他的前妻其實一直都有在字裡行間暗示說阿曼達的爸爸不是他。他一直以為她這樣說，只是為了要讓他傷心而已。阿曼達的確長得不像他，但還好吧，天下多的是小孩子長得不像自己的父母。而每當他抱著阿曼達，他都可以感覺到那份父女血脈相連、誰也斬不斷的親情，讓他深信阿曼達肯定是自己的孩子。只是後來前妻冷酷的偏執侵蝕了他的心，所以當血緣檢測終於開放讓大眾使用，他就去做了。結果五天之後，事實就擺在眼前。他和阿曼達只不過是兩個最熟悉的陌生人。

然而，當他盯著那張檢測報告時，竟然超無感的。那些他以為這種時候該有的感覺，比如被背叛、崩潰之類的，統統都沒有出現。那個結果對他來說一點也不重要。阿曼達是他的女兒，她是阿曼達的父親，就是這麼簡單。他全心全意愛著自己的女兒，血緣根本就沒有那麼重要。

「我其實從來沒有打算生小孩，」他對伊莉莎白說。「但妳看我現在，也是個愛女兒的爸爸。人生就是這樣，真的很謎，對吧？越是想去計畫或為未來做打算，通常最後只會落得失望而已。」

她點點頭，因為她就是那個想計畫、打算的人。的確，相當失望。

「總之呢，」他把話題帶回工作。「我相信我們可以一起把《一八〇〇開飯》這個節目做好，但有些事還是希望妳能，嗯，通融一下，畢竟妳是要上電視的人。服裝的部分，我會請裁縫師把衣服改鬆一點，但有個交換條件，那就是：妳要練習笑。」

她皺起眉頭。

「傑克．拉蘭可是連做伏地挺身的時候都在笑。」沃特說。「這也是他讓很困難的運動，看起來好玩一點的祕方。妳可以研究一下傑克的做法，他是專家中的專家。」

聽到傑克的名字，她整個人繃緊起來。自從凱文死後，她就再也沒看過傑克的節目，因為某種程度上她覺得凱文會死——對，她知道這一點也不合理——都是傑克的錯。但這時，她想起每次傑克的節目結束時，凱文都會跑來廚房找她的景象，突然讓她心裡一陣暖。

「有了有了。」沃特說。

伊莉莎白看看沃特。

「妳剛剛差一點就在笑了。」

「喔。」她說。「有嗎，不小心的。」

「沒關係，小心或不小心的都可以。大多數時候，我的笑都是裝出來的，包括去伍德小學的時候。等等我就要去一趟。穆福德女士又找我去跟她溝通一下了。」

「她也有叫我去，」伊莉莎白驚訝地說。「但我是明天。她找你是想跟你談談阿曼達在看的書嗎？」

「看書？」換成沃特吃驚了。「阿曼達是在上幼兒園的小朋友，連字都看不懂，看什麼書？總之，問題不在阿曼達身上，是我。穆福德女士覺得我這個人很可疑，因為我是獨自養女兒的單親爸爸。」

「為什麼？」

她的疑問出乎他意料之外。「妳以為呢？」

「噢，我知道了。」她突然開竅。「她覺得你有偏差的性癖好。」

「呃，我個人是不會講得這麼，呃，直白。」沃特說。「但沒錯。她表現得好像我臉上寫著『大家好！我一個人照顧小孩，因為我是戀童癖！』。」

「這麼說來，我想穆福德老師應該也懷疑我有性偏差。」伊莉莎白說。「凱文和我以前幾乎每天都會做愛──但以我們的當時的年紀和一天的活動量來說，是再正常不過了──只是我們沒結婚……」

「呃，」沃特說。「別──」

「要發生性行為又不是一定得結婚──」

「呃──」

「有時候，」她用一種實事求是的口吻繼續說。「我會半夜醒來，然後整個人超級想做愛──我想你應該也會這樣，但我看到凱文正處於快速動眼睡眠期，就沒叫醒他了。後來我跟他提到這件事，他就氣噗噗地對我說，『不、不、不，伊莉莎白，管他快不快速、動不動眼，叫醒我就是了，沒什麼好說的。』

我也是後來讀了更多有關睪固酮的東西以後，才比較了解男性的性驅力——」

「講到驅力，」沃特打斷她，他的臉已經紅透半邊天了。「我有件事要提醒妳，妳的車停在靠北邊的車位比較好。」

「北邊，」她手叉腰說。「是我停車時，靠左的那邊嗎？」

「沒錯。」

「總之，」她繼續說。「穆福德老師這樣誤會你，以為你不只是一個愛女兒的爸爸，我很遺憾。我想她一定沒有讀過《金賽性學報告》。」

「金賽——」

「因為要是她有讀過的話，一定會覺得你和我完全是偏差的相反。我們只不過是——」

「普通的正常家長？」他急著接下去說。「身教言教的典範？充滿愛的守護者？」

「孩子的親人。」她漂亮地收尾。

最後的「親人」兩個字，也是凝聚這兩人之間那份無所不談的奇特友誼的關鍵。他們同是被虧待的人，所以相逢就像曾相識一樣，即使兩人的共通點就只有那個淪落的部分，但已經足夠了。

「話說回來，」沃特說，想到自己好像從來沒跟任何人這樣坦誠聊過性或生物學，連跟自己也沒有。「關於服裝的事，要是裁縫師沒辦法把衣服改好，讓妳穿起來比較好呼吸的話，妳就先穿妳自己的衣服吧。」

「所以你真的不考慮實驗袍？」

「不考慮，但是因為我希望妳可以做**妳自己**，」他說。「而不是一個科學家。」

伊莉莎白把幾撮髮絲塞到耳後。「但我**就是**一個科學家，」她表示。「那就是我。」

「或許吧，」他說。「不過伊莉莎白，這不過是起點而已。」他說這話時，不知道它其實是一個預言。

25 普通的婆婆媽媽

沃特現在回想起來，當初也許應該先讓伊莉莎白看過那些布景才對。

節目開始，音控室播放出音樂——那首已經花了沃特太多錢製作而她也已經很討厭的輕快洗腦主題曲——伊莉莎白大步走進布景裡。沃特急吸一口氣。鏡頭前的伊莉莎白身穿一件單調的黃褐色洋裝，胸前有成排的小釦子一路從胸前往下延伸到裙子下襬。她的手上戴了一只天美時腕錶，它發出的滴答滴答聲，大聲到在樂隊的鼓聲之間，沃特都聽得到。她的頭上戴了一個護目鏡，左耳上夾了一隻 2B 鉛筆，一手拿著一本筆記本，另一手則夾著三支試管，整個人活像拆彈專家和旅館女僕的綜合體。

沃特看著她站在台上一邊在等音樂結束，一邊掃視著眼前布景的每一個角落。她的嘴唇緊閉，肩膀僵硬，看得出她對自己眼前的每一分、每一寸有多麼不滿意。最後一個音符結束後，她把頭轉向提詞卡，看完上面的字句後，便又轉開頭。她把手上的筆記本和試管放到流理台上，轉身走到水槽邊，屁股對著鏡頭，俯身靠向假窗戶，看了看窗裡的假風景。

「這實在讓人太不舒服了。」她直接對著麥克風講出這句話。

攝影師轉頭看沃特，眼睛瞪得老大。

「提醒她一下，這是直播節目。」沃特悄聲對攝影師說。

攝影助理馬上在一個大大的板子上，草草寫了個「**直播中!!**」，然後舉起來給伊莉莎白看。

伊莉莎白看了一眼那片大板子，伸出自己的食指一比，彷彿在說再給我一秒鐘的樣子，然後又繼續自顧自地參觀起布景，看了看牆上掛著的畫：一幅是「願主佑我家」的繡字，一幅是垂頭喪氣的耶穌在跪著禱告，還有一幅是出自某個業餘畫家的海邊揚帆風景畫。接下來，重頭戲登場。擺滿流理台上的各種小物，讓她的眉頭錯愕地拱起，比如一個用安全別針勾連起來的針線籃、一個裝滿鈕釦的玻璃密封罐、一顆咖啡色毛線球、裝滿薄荷糖的水晶糖果盅和一個麵包盒，盒子上用一種很常出現在宗教文本上的歌德字體寫著「每日靈糧麵包」。

不過是昨天而已，沃特才特別讚賞了布景設計師，說他品味一百分。「那些小擺飾是神來一筆。」他告訴設計師。「非常搭。」但此刻，這些東西擺在伊莉莎白身邊，看起來就像一堆垃圾。他看著她又繼續晃到流理台的另一頭。她一看到那對公雞、母雞造型的鹽罐和胡椒罐組後，臉色一片慘白；當那個穿著粉紅色編織套的烤麵包機映入她的眼簾，她露出一臉嫌惡；還有一個用橡皮筋纏成的小球，讓她瞬間倒退三步。那顆球的旁邊，是一個形狀像一名胖胖的德國婦人正在做蝴蝶餅的餅乾罐。然後，她突然停下動作，猛然抬起頭，望向上方用鋼絲吊著的一個大時鐘，時鐘的指針停在六點鐘位置，中間印著亮晶晶的「一八〇〇開飯」幾個字。

「沃特，」伊莉莎白說，抬手擋在自己眼前，彷彿前頭的燈光很刺眼。「沃特，借一步說話，麻煩你。」

「進廣告！進廣告！」沃特用氣音對攝影師說。伊莉莎白這時正打算穿過布景，走向沃特的所在位置。**「馬上！現在！立刻！」**

「伊莉莎白，」沃特從椅子上站起來，往她走去。「妳不能這樣！回布景去！我們是直播節目耶！」

「喔，是嗎？那現在沒辦法播，因為這個布景不能用。」

「所有東西都能用，瓦斯爐、水槽，我們全都測試過了，都能用。現在馬上回布景去！」他說，一手奮力指揮著她回去。

「我是說這個布景『我』不能用。」

「聽我說，妳只是太緊張了而已。」他說。「我們今天沒有找現場觀眾來錄影，就是要讓妳先適應一下環境。但現在我們已經在錄了——現場直播可不是開玩笑的，該做的妳還是得做。今天是我們的試播集，所以要修正什麼，可以之後再來處理。」

「所以布景是還可以改的，」她把手插在腰上，再研究一次那片布景。「看來該改的有很多。」

「好，不，等一下。」他擔心地說。「我再講清楚一點，布景是不能改的。妳現在看到的這一切是我們的布景設計師，研究好幾個月後做出來的成果。這樣的廚房，是當今女性想看到的廚房。」

「嗯哼，我就是個當今的女性，但我一點也不想看到這種廚房。」

「我不是說妳，」沃特說。「我是指普通的婆婆媽媽們。」

「什麼叫普通。」

「妳知道我的意思，就是一般的家庭主婦。」

她不屑地發出一個好像鯨魚在噴水的聲音。

「好，好，好，聽我說，我懂妳的意思。」沃特低聲說，胡亂揮著一隻手。「但妳別忘了，伊莉莎白，這不只是我們兩個人的節目而已，是整個電視台的節目。電視台給我們薪水做這個節目，我們既然拿了人家的錢，最好乖乖聽人家的話辦事。這件事妳也很是清楚，畢竟妳也是工作過的人。」

「但是說到底，我們是在為觀眾做事。」她辯解。

「對。某種程度上是，不，等等——不是。」他反駁。「我們的工作是做觀眾想看的節目，即使他們還不知道這就是他們想要的。我之前跟妳解釋過這件事，午間節目的製作原則。在大家要死不活、要醒不醒的時候，哎，妳知道的！」

「要再進一次廣告嗎？」攝影師悄聲問。

「不必，」她馬上接。「大家抱歉，我準備好了。」

「我們有共識了？確定？」伊莉莎白走回布景裡時，沃特大喊。

「確定。」伊莉莎白說。「你要我跟**普通的**婆婆媽媽對話，所謂**一般的**家庭主婦。」

沃特相當不喜歡她講這句話的方式。

「倒數，五——」

「**伊莉莎白**——」他用警告的口氣說。

「四——」

「**稿子都幫妳寫好了。**」

「三——」

「**妳照唸就對了。**」

「二——」

「**算我拜託妳。**」他哀求。「**稿子真的寫得很好，妳就唸吧！**」

「一！——開始！」

「大家好。」她正對著攝影機說。「我是伊莉莎白．佐特，你現在收看的是《一八〇〇開飯》。」

「還不錯，還行。」沃特喃喃自語。他又比手勢向伊莉莎白示意：笑！他伸手將自己的嘴角往上推。

「歡迎來到我的廚房。」她僵硬地說。她左肩上方的位置，那個垂頭喪氣的耶穌低頭看著她。「今天我們要一起——」

她頓了一下，才說出「開——心地做菜。」這句話。然後，就沒有然後了。

現場陷入一陣詭異的沉默。

攝影師轉頭看沃特，比手勢問：「要再進一次廣告嗎？」

「不行！」沃特用嘴型回答。「**該死！不行！她今天就是要給我好好錄！該死的伊莉莎白！**」他無聲地大吼，一邊狂揮他的手。

但伊莉莎白好像中邪了一樣，不管什麼都無法讓她回魂，不論是沃特揮舞的雙手、攝影師準備進廣告的提示，還是化妝師拿那個為伊莉莎白準備的化妝海棉來擦自己的臉。她到底在搞什麼鬼？

「**音樂！**」沃特終於對音效師做出這兩個字的嘴型。「**音樂！**」

但就在下音樂之前，伊莉莎白突然注意到自己手上的手錶正在滴滴答答，然後她回魂了。「喔抱歉，」她說。「我們剛剛講到哪裡了？」她看了一下提詞卡，停頓了一下，忽然指著自己頭上的時鐘。「在開始做菜前，我想提醒各位一件事。這個時鐘是不會動的，不要看這裡的時間。」

坐在製作人椅上的沃特，這時總算吐出一口氣。

「對我來說，做菜是一件很認真的事，」伊莉莎白繼續說，無視提詞卡上寫了什麼。「而我知道，對妳來說也是。」她把流理台上那個針線籃推到邊邊，讓它掉進一個拉開的抽屜裡。「我也很清楚，」她對著那天剛好轉到這個節目的少數觀眾說。「妳的時間非常寶貴，因為對我來說也是如此。所以讓我們約定——」

「媽！」加州范紐斯市的一個小男孩，坐在電視前面無聊地大喊。「都沒有什麼好看的——」

「那就關掉，」小男孩的媽媽從廚房裡喊回來。「我現在很忙，你可以出去玩——」

「媽……媽……」小男孩又叫了一陣子。

「好了，皮皮，夠了喔你。」那媽媽不堪其擾，從廚房裡走出來，濕濕的手上還握著削了一半的馬鈴薯。同一時間，廚房裡坐在高腳椅上的嬰兒哭了起來。「怎麼連關電視這種事都要我來做啊。」她說。就在她準備把電視關掉時，她感覺到電視上的伊莉莎白正在對她說話。

「就我自己的經驗來看，世界上有太多人不明白、更不懂得感謝，作為一個太太，一個媽媽，一個女人，我們得付出多少心血和犧牲。但我和那些人不一樣。所以在接下來的三十分鐘裡，我們要做的是，值得妳花時間的事。我們要做的是，人人都看得出妳的用心的料理。我們會在三十分鐘內就做好一頓晚餐，一頓實實在在的晚餐。」

「這是什麼？」皮皮的媽媽說。

「我哪知。」皮皮說。

「現在，讓我們開始吧。」伊莉莎白說。

不久後，造型師兼化妝師羅莎，跑來休息室跟伊莉莎白道別。「喔對，我怕之後就沒機會了，想跟妳說，我很喜歡妳那隻髮簪鉛筆。」

「之後就沒什麼機會？」

「黎本斯摩已經吼沃特有二十分鐘了。」

「因為一支鉛筆？」

「因為妳沒有照稿唸。」

「喔，沒錯。因為我實在沒辦法讀那個提詞卡。」

「喔？」羅莎聽起來鬆了一口氣。「只是因為這樣？因為字太小嗎？」

「不是，不是，」伊莉莎白說。「我的意思是，提詞沒有提好提對。」

「伊莉莎白。」沃特漲紅著臉出現在休息室門口。

「好吧，」羅莎悄聲說。「有緣再見囉。」她緊緊摟了一下伊莉莎白的肩頭。

「哈囉，沃特，」伊莉莎白說。「我才剛列下幾點我們要立刻改進的地方。」

「哈什麼囉，」他罵回去。「妳是在搞屁啊妳？」

「屁要怎麼搞，我沒在搞。說真的，我覺得今天錄得還行。一開始是有點卡，我承認，但只是因為我還處於驚嚇狀態中，等我們把布景改掉後，我保證不會再出現那樣的狀況。」

沃特跺著腳走進休息室，跌坐在一張椅子裡。「伊莉莎白，」他說。「這是工作，而妳只有兩件事要做：笑，唸台詞。就沒了。布景長什麼樣子或是卡片上寫什麼，都不關妳的事。」

「但我覺得是我的事。」

「不是。」

「總之，我沒辦法讀卡上的詞。」

「放屁。」他說。「我們之前明明就跟妳測試過不同的字體大小，妳忘了嗎？妳一定看得到那些該死的卡片上寫的東西。我的老天，伊莉莎白，黎本斯摩已經打算要砍掉整檔節目了。妳知道妳現在是在把我們兩個推進火坑嗎？」

「抱歉。那我去跟他談談好了，現在。」

「噢別，」沃特秒回。「妳別去。」

「為什麼不行？」她說。「有些事情我想交代清楚，尤其是布景的部分。還有我很抱歉，沃特，我不是看不到卡片上寫什麼字，是我的良知讓我沒辦法讀出上面的內容。那些東西實在是慘不忍睹，誰寫的啊？」

他抿著嘴說：「我。」

「噢。」她有些震驚。「但那些話，不像我會說的。」

「對。」他咬著牙說。「我是故意那樣寫的。」

她一臉驚訝。「但你之前不是叫我做自己？」

「不是那個妳，」他說。「不是『做菜是非常複雜的事』的那個妳，也不是『太多人不明白、更不懂得感謝，作為一個太太，一個媽媽，一個女人，我們得付出多少心血和犧牲』的那個妳。沒人想聽到這些東西，伊莉莎白。到了電視上，妳就是必須很正面，很開心，很ＨＩＧＨ！」

「但我就不是那樣的人。」

「但妳可以試著作那樣的人。」

伊莉莎白想了一下她截至目前為止的人生。「下輩子吧。」

「妳可不可以不要現在跟我吵這件事？」沃特說，心臟很不舒服地狂跳。「我才是午間時段的專家，我已經跟妳解釋過節目要怎麼做才對。」

「但我才是女人，」她嗆回去。「對著清一色女性觀眾講話的女人。」

這時一個助理從門邊探頭進來。「派恩先生，」她說。「我們一直接到來問剛剛那個節目的電話，但我們不知道要怎麼回答他們。」

「天啊，」他說。「這麼快就接到投訴了嗎？」

「他們打來問購物清單上的食材，明天要用到的，尤其是一個叫 CH_3COOH 的東西，大家不知道那是什麼。」

「那是醋酸，」伊莉莎白解釋。「也就是醋，裡面含有百分之四的醋酸。真是不好意思，我應該用普羅大眾都看得懂的用語來寫清單。」

「**妳真心？**」沃特說。

「非常感謝。」助理說完後就消失了。

「話說回來，那個購物清單的點子是哪裡來的？」他問。「我們之前沒討論過什麼購物清單——上面還出現了化學式。」

「是沒錯。」她說。「那是我準備走出布景的時候想到的。我自己覺得滿不錯的，你不覺得嗎？」

沃特抬手摀住他的臉。他心想，的確是個很好的點子，他只是不想承認而已。「妳這樣不行。」他的聲音悶悶的。「妳不能見鬼地隨便想做什麼就做什麼。」

「我沒有見鬼地隨便想做什麼就做什麼。」她回嘴。「要是我想做什麼就做什麼的話，我就不會在這裡了，而是在實驗室裡。」她又說。「如果我沒弄錯的話，現在你體內的皮質酮濃度應該偏高了，就是你所謂的『午後的昏沉時光』那種狀態。你應該去吃點東西。」

「妳，」他狠狠地說。「休想教我什麼是午後的昏沉時光。」

接下來幾分鐘，兩人坐在休息室裡，一個看著地板，一個盯著牆壁，沒人吭出半點聲音。

「派恩先生？」另一名助理又從門邊探頭進來。「黎本斯摩先生要過去機場了，他要我提醒你，你有一個星期可以搞定『那件事』——不好意思，我太不清楚是哪件，但他說你最好讓『它』變——」她低頭看一下手上的筆記。「——性感。」她的臉一紅。「對了，還有這個。」助理交給沃特一張黎本斯摩草草寫下的字條：**幹說好的調酒呢**?!

「謝謝。」沃特說。

「抱歉了。」她說。

「派恩先生，」之前那個助理又出現了，另一位於是閃人。「有點晚了，我得回家了，但那些電話……」

「沒關係，寶拉，妳先回去吧。」他說。「我會處理。」

「我可以幫忙嗎？」伊莉莎白問。

「妳今天已經幫得夠多了。」沃特說。「所以，當我說『不用了，謝謝』，是真的『不用了，謝謝』的意思。」

然後他起身前往助理的座位，伊莉莎白跟在他後面。

沃特接起電話。「KC電視台。」他疲憊地說：「對，抱歉，是醋。」
「是醋。」伊莉莎白對著另一線回答。
「是醋。」
「是醋。」
「是醋。」
「是醋。」

話說，以前做小丑節目的時候，從來沒人打電話來過。

26 葬禮

「大家好，我是伊莉莎白．佐特。你現在收看的是《一八〇〇開飯》。」

沃特坐在椅子上，緊閉著雙眼。「拜託，」他悄聲說。「拜託，拜託，拜託。」這天是他們第十五次錄影，沃特已經快累死。這些天來他一再跟她解釋，就像他沒辦法選擇自己辦公桌的款式，她也沒辦法選擇要在什麼樣的廚房布景裡做菜。這不是在針對她、故意不給她換，而是布景就和辦公桌一樣，是公司做過調查、衡量經費許可之下的結果。但不管他說多少次，她都是一副終於聽懂了的樣子，一邊點頭一邊說「你說得對，**但是——**」然後又是無限迴圈。台詞的事也一樣。他叫她要讓觀眾有參與感，不要讓大家覺得很無聊。結果，就算撇開那些煩人的化學式先不管，她這個人還是只有「無聊」兩個字可以形容。沃特心想，要是有一群觀眾就坐她面前幾公尺的地方，她或許可以瞬間領悟到自己的無聊有多麼可怕吧，於是他決定開始找觀眾來現場一起錄影。

「今天是第一次有觀眾來到我們的現場，歡迎你們到來。」伊莉莎白說。

很好很好。

「每週一到週五的下午四點半，我們都會在這裡一起做晚餐。」

到這裡都還沒脫稿。

「今天我們要做的是焗烤菠菜。」

這匹脫韁野馬終於受控了。她終於學乖、聽話了。

「不過，在開始做菜之前，我們得先清出一些空間，才能做事。」沃特瞪大了眼，因為台上的伊莉莎白竟然拿起桌上那顆咖啡色毛線球，往觀眾的方向一扔。

不—要—啊—他暗自乞求。在攝影師轉頭過來看他的同時，觀眾席那裡發出一陣爆笑。

「有人家裡缺橡皮筋嗎？」她舉起那顆橡皮筋球，然後觀眾席裡竄出了幾隻手，她就又把那球扔向觀眾席。

沃特嚇歪了，兩手緊抓著自己屁股底下的帆布椅子。

「有足夠的空間，才能好好做事，」她說。「而且更可以讓我們感覺到手邊的工作是很重要的事。今天我有這麼多事要做，所以需要更多空間，不曉得現場的朋友們願不願意幫我這個忙——有人用得到這個餅乾罐嗎？」

沃特驚恐地看到，現場幾乎所有觀眾都舉起了手。在他還沒意識過來現場究竟發生什麼事時，眼前已經是人群蜂擁向前的畫面，因為伊莉莎白跟她們說，想要什麼就統統拿走，可以直接上台自取。結果在短短不到一分鐘之內，布景裡的所有東西都不見了，連掛在牆上的畫也是，只剩下背景的假窗戶和上頭掛著的時鐘。

「好。」當觀眾回到各自的位子上後，她用嚴肅的口氣說：「現在讓我們開始吧。」

沃特清了清喉嚨。除了要有娛樂性之外，電視界的第一鐵則就是：不管現場發生了什麼事，都要假裝一切都是本來就計畫好的。所有電視節目主持人都受過這樣的訓練，而從沒當過主持人的沃特，在那一刻也打算裝裝看。他在現場的帆布椅上坐直身子，然後上半身微微前傾，表現出一副這場脫序演出是他一手策畫出來的樣子。不過，當然，所有人都知道事實並非如此，而且每個人也都用自己的方式來回敬他的無能：攝影師搖了搖頭，音控師嘆了口氣，布景設計師則是在舞台右側對他比了個中指。與此同時，伊莉莎白正在用一把沃特這輩子見過最大的刀子，在台上處理著一大堆菠菜。

黎本斯摩一定會殺了我，沃特心想。

他閉上眼，傾聽觀眾席傳來的細碎聲響：椅子移動的聲音，輕輕的咳嗽聲。再遠一點的地方，傳來伊莉莎白講解著鉀和鎂在人體健康上扮演什麼樣的角色。沃特很喜歡自己為這一段寫的台詞，可以納入他個人的名言佳句之列：菠菜色，真美好不是嗎？綠色，讓人想到春天。結果，這一整段，被伊莉莎白直接跳過。

「……很多人認為，吃菠菜會讓我們頭好壯壯，因為菠菜幾乎和肉類含有一樣多的鐵質。然而事實上，菠菜裡也有大量的草酸，而草酸會抑制鐵質的吸收。所以別聽大力水手胡說，吃菠菜不會真的讓你變得頭好壯壯。」

太棒了，她現在是在影射大力水手是個騙子對吧。

「但菠菜仍然是營養價值相當高的一種食物，接下來我會再跟各位細聊。」然後，她對著鏡頭揮了揮菜刀。「休息一下，我們馬上回來。」

去你的，幹。他無言到連站都懶得站起來。

「沃特，」不多久，伊莉莎白跑到他身邊來。「你覺得怎麼樣？我剛有採納你的意見，讓觀眾有參與感。」

他轉頭過去看她，面無表情。

「剛剛我完全就是照你說的『要有娛樂性』去做。那個當下我正好需要騰出一些空間，剛好又想到在棒球場上，攤販不也是會朝觀眾席丟花生嗎？結果你看，很成功呢。」

「對。」他的聲音像一灘死水。「所以妳就邀請大家直接進來球場，把本壘版、球棒、手套、所有看得到的東西都搜刮一空。」

她一臉驚訝。「你是不是在生氣。」

「三十秒，佐特女士。」攝影師說。

「沒有，不。」他冷靜地說。「我沒有在生氣，我是氣炸了。」

「但是是你要我娛樂大家的。」

「妳沒有娛樂大家，妳只是把不是自己的東西，統統拿去送人而已。」

「但我需要空間才能做事。」

「準備好星期一為自己收屍吧。」他說。「先是我，然後是妳。」

她轉身走開。

「歡迎回到《一八〇〇開飯》。」她對觀眾說，沃特聽得出她在生氣。觀眾們拍手歡迎。那句話之後，沃特就聽不出來了，但那也只是因為他的肚子有夠痛，心跳有夠快。他多麼希望這是某種更嚴重的病快要發生的前兆，中風或是心臟病，隨便哪個都好。他閉上眼，祈求死之將至。

當他再睜開眼，看到伊莉莎白在那空盪盪的廚房裡揮舞著她的雙臂。「料理就是化學，而化學就是生活。」她說。「妳改變自己、改變一切的能力——就從這裡開始。」

老天可憐可憐我吧，沃特心想。

這時，他的助理彎身在他耳邊悄聲傳達，黎本斯摩要沃特明天一早來的第一件事就是去見他。沃特又閉上眼睛。**深呼吸**。他告訴自己。**放輕鬆**。

閉著眼睛，他看見了莫名其妙的東西。那是一場葬禮，他本人的葬禮。所有人穿著五彩繽紛的衣服聚在那裡，而他聽到某人在講話——是他助理嗎？她在講沃特是怎麼死的，那故事有夠無聊，他很不喜歡，但是和他這輩子做過的那些爛午間節目倒是滿搭的。他仔細聽，希望至少聽到一些稱讚他的話，卻只聽到「所以你這週末要幹嘛？」這類的。

遠遠的，他聽到伊莉莎白又在那邊傳道，高談闊論講著工作的重要性，對這些明明是來參加葬禮的人，強灌「如何自重自愛」的心靈雞湯。「要勇於冒險，」她說。「不要害怕去實驗新的事物。」

不要當像沃特這樣的人，這才是她真正的意思。

奇怪了，一般來說，大家參加葬禮不是都會穿黑色的嗎。

「先在廚房裡無所畏懼，到了生活中也就會無所畏懼。」

是誰讓這女人來為他唸祭文的？黎本斯摩嗎？真的很過份。沃特．派恩，這輩子唯一冒過的險就是雇用這個女人，而這女人也成了他英年早逝的原因。去你的勇於冒險，去你的不要害怕去實驗新的事物。我都被妳害死了，佐特。

但他還是一直聽到她的聲音出現在背景中，伴隨著持續不停的切菜聲。十分鐘過後，他聽到了她說出收尾句：「你們來擺餐桌、準備餐具，讓媽媽可以有點自己的時間。」

她的意思是說，別管那死去的沃特了——**我**才是重點。

到場弔唁的來賓們開心地鼓掌。結束囉，可以去喝一杯囉。

就這樣，結束。沃特想像的葬禮就跟他的人生一樣無聊。他這才發現，所謂「無聊死了」很可能不只是說說的。

「派恩先生？」

「沃特？」

他感覺到一隻手碰了碰自己的肩膀。「要不要去找醫生過來看看？」第一個聲音問。

「可能要。」另一個聲音說。

他睜開眼，看到佐特和羅莎站在他眼前。

「我們在想，你剛剛好像昏倒了。」佐特說。

「你整個人倒了下去。」羅莎也說。

「脈搏有點快。」伊莉莎白說，用手指壓在他的手腕上測量。

「我要去找個醫生過來嗎？」羅莎又再問一次。

「沃特，你今天有吃東西嗎？你上一次吃東西是什麼時候？」

「我沒事。」他的聲音有點沙啞。「走開。」其實他真的不太舒服。

「他應該是沒吃午餐，」羅莎說。「我剛才沒看到他去餐車拿東西吃，而且他昨天晚餐也沒有吃。」

「沃特，來，」伊莉莎白表示。「這個你帶回家吃吧，我剛剛做的焗烤菠菜。」她把一大盤焗烤放到他手上。「帶回去後，只要在烤箱裡烤一烤就好了，一百九十度烤四十分鐘，可以嗎？」

「不可以。」他說，坐起身來。「我不會烤，而且阿曼達很討厭菠菜，所以不要給我，我不要。」說完這話，他才發覺自己聽起來像個臭小鬼。

他抬起頭，告訴那個化妝師（叫什麼名字來著？）：「抱歉讓妳擔心了。」他吐出一串黏在一起的名字。「但我真的沒事，妳先下班吧。祝妳有個愉快的夜晚。」

為了證明自己真的沒事，他從椅子上爬起來，搖搖晃晃地走回自己的辦公室，然後在裡頭一直等到他確定那兩人應該都已經離開這棟大樓了，才熄燈離開。但是當他來到停車場，卻發現那盤焗烤被放在他的引擎蓋上。**一百九十度烤四十分鐘**，上頭附了一張字條這樣寫著。

到家後，只是因為他實在太累了，就把那盤東西塞進烤箱。沒多久，沃特坐下來和女兒一起吃晚餐。吃了三口之後，阿曼達表示，那是她這輩子吃過最好吃的食物。

27 我從哪裡來

一九六〇年五月

時序來到春天。「各位小朋友，」穆福德女士說。「今天我們要來進行一個新的活動，叫做『我從哪裡來』。」

瑪德蓮猛地吸一口氣。

「請大家回去把這張紙給媽媽填。這個叫作『家族樹』，媽媽在這棵樹上寫的東西，會幫助我們更清楚認識一個很重要的人——猜猜看是誰？給你們一個小小的提示：答案就在活動的名稱裡。」

小朋友圍著老師坐成一個半圓，每個人都用手托著下巴。

「誰想要先猜猜看？」穆福德試探地問。「湯米嗎？請說。」她說。

「我可以去上廁所嗎？」

「要加『請問』，湯米。不行，我們快下課了，你下課再去。」

「總統？」蕾娜說。

「妳應該說，『是總統嗎』？」穆福德女士表示。「不是，蕾娜，妳答錯了。」

「是萊西嗎？」阿曼達問。

「不是，阿曼達，這是家族樹，而且旁邊沒有狗屋。會出現在家族樹上的只有人類。」

「人類也是動物的一種。」瑪德蓮說。

「不，不是。瑪德蓮，」穆福德女士有點怒了。「人類就是人類。」

「還是是瑜珈熊啊？」另一個小朋友問。

「『是瑜珈熊嗎？』」穆福德女士先糾正他，也越講越氣。「當然不是！熊也不會出現在家族樹上，而且家族樹跟電視節目沒有關係！家族樹上只會有人，人類。」

「但人類就是動物的一種。」瑪德蓮很堅持。

「瑪德蓮，」穆福德女士飆她。「妳夠了喔！」

「所以我們是動物？」湯米問瑪德蓮，眼睛睜得老大。

「不是！我們不是！」穆福德女士大聲說。

但這時湯米已經把手塞到自己的腋下，學著猩猩的聲音吼來吼去，開始在教室裡跳來跳去。「噫、噫！」湯米向同學們呼朋引伴。下一秒，班上大概有一半的小朋友加入他的行列。「噫、噫、喔、喔！噫、噫、喔、喔！」

「不要鬧！湯米！」穆福德女士爆氣大罵。「你們全部給我停下來！安靜！再鬧就全部送去校長室！安靜！馬上！」在穆福德女士用超凶的聲音，加上更高層級權威的要脅下，孩子們乖乖回到地板上坐好。「好。」她整隊重來。「我剛剛說，在這個活動中，你們會更加認識一個很重要的『人』。」她瞪著瑪德蓮，刻意強調那個字。「所以這個人到底是誰？」

這次沒人敢回了。

「是誰？」她堅持要小朋友們回答。

幾顆小蘿蔔頭搖了搖頭。

「答案就是你們，小朋友！」她氣到大吼。

「什麼？為什麼？」茱蒂有點緊張地問。「我做錯了什麼嗎？」

「看在老天的份上，」穆福德女士說。「別耍笨，茱蒂。」

「我媽說她再也不要給學校一毛錢了。」另一個叫做羅傑、看起來很容易發脾氣的小朋友說。

「我們沒有在討論錢的事！」穆福德女士暴怒說。

「我可以看一下那棵樹嗎？」瑪德蓮問。

「『請問』！」穆福德女士大吼。

「請問？」瑪德蓮說。

「不行！不可以！」穆福德女士尖聲大叫，把手上的紙對折又對折，彷彿對折兩次後瑪德蓮就拿它沒轍一樣。「這不是給妳的，瑪德蓮，是給妳媽媽的。好了，小朋友，」她說，試著重新掌控整個局面。「現在所有人排成一排，讓我把這張紙別到你們的衣服上，然後你們就可以下課回家了。」

「我媽媽要妳不要再別東西在我衣服上了，」茱蒂說。「她說妳會把我的衣服弄得一個洞一個洞的。」

妳媽是個滿嘴垃圾的臭婊子，穆福德女士很想這麼說，但她最後真正說出口的是：「沒關係，茱蒂，那妳的就用釘書機釘吧。」

小朋友們依序讓穆福德女士在衣服上別好小紙條。然後當他們一踏出教室，全都有如被拴住太久的小馬，一個個跑得像飛一樣。

「妳不准走，瑪德蓮。」她說。「妳留下來。」

瑪德蓮告訴海芮自己晚回家的原因。「等一下，妳剛剛說，」海芮說。「妳被老師留下來，是因為妳告訴老師人類是動物？但親愛的，為什麼要跟老師說這個？這樣好像不是很好耶。」

「會嗎？」瑪德蓮困惑地說。「為什麼會不好？我們就真的是動物啊。」

海芮也疑惑了起來，也許瑪德蓮是對的——人類其實真的是動物？她自己也不太確定。「我的意思是，」海芮回答。「有時候，不要跟人爭辯比較好。在學校要尊重老師，所以就算有時候妳不同意她說的話，也還是要聽她的話。這就是所謂的圓融。」

「我以為圓融是要對別人好一點。」

「嗯，沒錯，我的意思就是這樣。」

「就算她說的東西是錯的嗎？」

「是的。」

瑪德蓮咬起嘴唇。

「妳自己有時候也是會犯錯，不是嗎？妳也不會想在很多人的面前被糾正吧？穆福德女士可能只是覺得很糗而已。」

「但她看起來不像。而且這已經不是她第一次跟我們講一些不正確的事了，像是上星期，她就說是上帝創造了世界。」

「的確很多人是這樣相信的，」海芮說。「而且相信這件事也沒什麼不對。」

「所以妳也相信嗎？」

「我們還是來看看這張小紙條裡面寫什麼吧。」海芮趕緊轉移話題，把別在瑪德蓮身上的紙條拆下來。

「是家族樹的活動。」瑪德蓮說，把她的便當盒摔在流理台上。「媽媽要負責填。」

「我討厭這種東西，」海芮一邊喃喃地說，一邊看著學習單上那棵畫得很醜的橡樹。它的枝幹上都是一些要填上親戚名字的空格——不管是死的、活的還是失散的——這些人彼此因為婚姻，因為血緣，或只是因為運氣不好，而產生了關聯。「不就是好管閒事、吃飽了撐著的身家調查嘛。沒有附上一張傳票嗎？」

「應該要有嗎？」瑪德蓮吃驚地問。

「我覺得，」海芮說，把那張紙折回去。「這東西會讓人以為自己的人生只能建立在別人身上，這種手法真的很拙劣。妳媽媽看到這東西一定會氣到翻過去。我要是妳，就不會拿給她看。」

「可是上面的空格我都不會填，爸爸的事我也不知道。」她想到今天早上媽媽塞在便當盒裡的紙條：圖書館員是學校裡最重要的老師。如果有她不知道的事，她也都有辦法找出答案給妳。這不是我的個人見解，而是事實（妳自己知道這件事就好，不需要和穆福德女士分享）。

不過，當瑪德蓮問學校的圖書館員，可不可以幫她找劍橋大學某一年的畢業年鑑時，對方先是皺了皺眉，然後給她一本上個月的《亮點》兒童雜誌。

「妳怎麼會不知道妳爸的事？妳知道的可多了，」海芮說。「比如妳知道妳爸的父母——也就是你的祖父、祖母——很年輕的時候就被火車撞死，然後妳爸去跟他姑姑住，直到姑姑撞到樹後過世為止，然後他又去住在兒童之家——我忘記那是哪裡了，總之名字聽起來像個女生。另外，妳爸還有一個教母，只不過家族樹上沒有教母這個空格就是了。」

「教母」這兩個字一說出口，海芮就後悔了。她會知道這件事是因為她闖了人家空門，而且，她知道這個教母很顯然不是凱文生活中有往來的人，比較像神仙教母這樣的角色。至於她是怎麼知道的呢？在凱文認識伊莉莎白之前，有一次他匆匆出門上班，結果忘了關門。海芮身為好鄰居，就特地跑來幫他關門囉。

像海芮這樣熱心的人，當然也會義不容辭進去看看，確認一下他家有沒有遭小偷。在她自行參觀完整間房子之後，她的結論是：在凱文忘了關門的這四十六秒鐘之間，看來是什麼事也沒發生。

走進屋內後，海芮發現了幾件事情。首先，凱文．伊凡斯應該是個頗大牌的科學家，因為他竟然曾經出現在雜誌封面上。再者，他是個邋遢的懶人。另外還有，他是在蘇城一間名字聽起來不怎麼樣、帶有宗教色彩的兒童之家長大的。她之所以會知道這一點，是因為凱文垃圾桶裡有一張被揉成一團的紙。海芮把它撿了起來，順手打開來看（純粹出於好心，畢竟誰不曾一不小心就把需要保留的東西給丟進垃圾桶裡呢？）

那是一封信，信上表示兒童之家需要錢，因為他們失去了最主要的捐款人——某位慈善家，要求院方善用捐款「給孩子們良好的科學教育與健康的戶外活動」——所以兒童之家只好來向校友們尋求援助。凱文．伊凡斯，你是否願意幫忙？你的一份愛心，他的一份希望，現在就送幸福到萬聖兒童之家！凱文的反應是把這封信丟進垃圾桶，意思就是：你們也太好意思了吧，幹，怎麼還沒被送去關啊。

「什麼是教母？」瑪德蓮說。

「跟你們家很熟的朋友，或是親戚。」海芮說，揮開腦海中的那段記憶。「某個會照顧妳精神生活的人。」

「我有嗎？」

「妳是說教母？」

「我是說精神生活。」

「噢，」海芮說。「這我就不知道了。妳相信看不見的東西嗎？」

「我很喜歡魔術。」

「但我不喜歡，」海芮說。「我不喜歡被耍的感覺。」

「但是妳相信神。」

「呃，好吧，對。」

「為什麼？」

「我就是相信，而且大部分的人都相信。」

「但媽媽不相信。」

「我知道。」海芮說，試著隱藏她對此事的不認同。

海芮覺得相信神才是對的，而不相信神是一種自大妄為。對她來說，相信神就像刷牙和穿內衣一樣，是一件該做的事。而且，所有正派體面的人都相信神，連她丈夫——這麼不體面的人，也都相信神。神是他們倆婚姻得以維持的原因，同時也是她為什麼必須忍受、承擔這段婚姻的原因，因為這段婚姻是神賦予她的。神最會的就是給你東西承擔，而且保證每個人統統有獎。還有，如果你不相信神，就沒辦法順道相信有天堂和地獄的存在了。海芮太想要相信地獄的存在了，因為她太想要相信斯隆先生會下地獄。海芮站起身，對瑪德蓮說：「妳的繩子呢？妳該練習打那些結了。」

「我每一種都會打了。」

「閉著眼睛都打得出來了嗎？」

「對。」

「那在背後打呢？也會了嗎？」

「對。」

海芮假裝自己很支持瑪德蓮發展她那些奇怪的嗜好，但講真的她一點也不認同。這孩子不喜歡芭比，也不喜歡丟沙包，只喜歡打童軍繩結、看一些跟天災和戰爭有關的書。比方說，昨天她才偷聽到瑪德蓮出題考市中心那間圖書館的館員：喀拉喀托火山（Krakatoa）下一次爆發會是什麼時候？當地政府會怎麼警告居民？估計會有多少人死亡？

海芮看看瑪德蓮，她正瞪著那張家族樹的學習單，兩顆大大的灰色眼珠望著空空的枝幹，牙齒咬著下嘴唇。凱文也是超愛咬嘴唇的人，難不成咬嘴唇這種事是會遺傳的嗎？

她不知道。她自己生了四個，每個孩子都很不一樣，也跟她自己超不像。結果呢？全都成了陌生人，各自住在某個遙遠的城市，有自己的小孩、過著自己的生活。她也很想相信親子之間真的有像裝甲一樣堅固、斬不斷的連結，但事實並非如此。家庭這回事，是需要經營的。

「妳餓了嗎？」海芮問。「要不要吃一點起司？」海芮打開冰箱。這時，瑪德蓮從書包裡拿出一本書：《和剛果食人族在一起那五年》。

海芮從瑪德蓮的身後探頭一看。「親愛的，老師知道妳在讀這個嗎？」

「不知道。」

「很好，繼續保持。」

瑪德蓮看書這件事，也是海芮和伊莉莎白之間沒有共識的另一件事。大概十五個月前，海芮都還以為瑪德蓮只是在假裝看書而已，畢竟小孩子本來就很愛模仿爸媽的行為。沒多久後，她發現伊莉莎白不只是教瑪德蓮認字讀書，而是教她讀很複雜的東西，像是報紙、小說，還有《大眾機械》雜誌。

海芮想過，這孩子會不會是天才，因為她爸就是。但應該不會吧，應該只是因為伊莉莎白教得好而已。伊莉莎白這個人，就是不願意承認凡事都有極限，不只對她自己，連對別人也是一樣。像是在伊凡斯先生走了大概一年以後，有一次她無意間在伊莉莎白的書桌上看到一些筆記，上頭的內容顯示，伊莉莎白打算教六點半學的詞彙多到沒有人會相信。當時海芮覺得可能是伊莉莎白的心情還沒平復，所以暫時發個瘋也是難免。結果，瑪德蓮三歲的時候，有一次在找她的溜溜球，大聲問有沒有人看到，一分鐘之後，六點半就把溜溜球找出來，放到瑪德蓮的腿上。

《一八〇〇開飯》這節目也一樣，有一種超出常理的味道。每天節目開始時，伊莉莎白都會認真地說做菜不是件容易的事，接下來的三十分鐘可能不只有食物在煎熬，人也會很煎熬。

「料理展現的，不是一種精確的科學。」昨天伊莉莎白在節目上這麼說。「正如我手上這一顆番茄，和你手中的那一顆不一樣。所以妳得深入了解妳手中的食材，不斷實驗它，包括用眼睛去看、用耳朵去聽、用鼻子去聞、用舌頭去嚐、用雙手去摸，像這樣不停地測試、評估成果。」

接著她就開始對觀眾詳細解釋，煮那道菜在化學上是經過什麼樣的反應。當不同食材放在一起烹調，運用特定的加熱方式，會產生一連串複雜的酵素反應，最後變成一道好吃的菜餚。伊莉莎白中間還提到很多酸啊基啊氫離子啊之類的東西。在反覆聽了幾個星期以後，海芮竟然漸漸開始聽懂這些詞彙了。

節目上的伊莉莎白，會從頭到尾都一臉正經地告訴觀眾：我們現在面對的是一個艱難的挑戰，但我相信在座的各位都是身經百戰、智勇雙全的好手，所以我很清楚各位一定辦得到。

這個節目真的很奇特，沒什麼娛樂性，反而比較像爬山：在結束之後，才讓人感覺通體舒暢。不過，她和瑪德蓮當然是每天準時收看、屏息收看，因為她們每天都覺得這應該會是《一八〇〇開飯》最後一集。

瑪德蓮這時已經翻開手上的書，研究著一幅有個人正在啃另一個人大腿骨的雕刻作品。「人類好吃嗎？」

「我不知道。」海芮說，把切成塊狀的起司放到她面前。「不過我覺得，重點應該是看你怎麼煮。我相信妳媽媽就有辦法讓所有人都變好吃。」除了斯隆先生，她心想，因為這人已經腐爛了。

瑪德蓮點點頭。「大家都很喜歡媽媽煮的東西。」

「誰是大家？」

「我們班的小朋友。」瑪德蓮說。「有些人現在午餐會跟我帶一樣的東西來了。」

「真的嗎?!」海芮驚訝地說。「是前一天晚上吃剩的嗎？」

「對。」

「所以他們的媽媽，也都有看妳媽的節目？」

「應該是。」

「真的嗎?!」

「真的啦。」瑪德蓮強調，不懂海芮怎麼理解力變差了。

海芮一直以來都以為《一八〇〇開飯》沒什麼人在看，伊莉莎白自己也證實過這件事。因為她在跟海芮聊天時曾經說過，這將近六個月的試播，真的是有如一場槍林彈雨的奮戰。眼看著試播合約快要到期了，她個人相當確定電視台不會跟她續約。

「但妳還是可以跟他們談談吧？各退一步折衷一下？」海芮問，覺得心慌又失落，因為她很喜歡看伊莉莎白上電視。「也許妳主持的時候可以笑一下？」

「笑？」伊莉莎白回答。「妳有看過外科醫師在割闌尾的時候笑嗎？沒有，而且誰會想看到外科醫師在動手術時亂笑。做菜這件事和動手術一樣，需要全神貫注。總之，菲爾・黎本斯摩要我用『觀眾都是笨蛋』的方式來說話。門都沒有。海芮，我絕對不會讓『女人就是蠢』的迷思繼續猖狂下去。他們要解約就解約，我就去做別的事情。」

但別的事情不可能跟做節目一樣好賺，海芮心想。多虧電視台的高薪，伊莉莎白終於兌現了她的承諾：支薪給海芮。海芮領到自己人生的第一份薪水時，那種感受之強烈，真的難以言喻。

「妳知道我也認同妳的想法，」海芮小心地措辭。「但也許真的沒辦法的時候，妳只能想辦法裝出他們想要的樣子。妳知道的，逢場作戲一下。」

伊莉莎白歪著頭。「逢場作什麼戲？」

「妳知道我的意思，妳是聰明人。」海芮說。「雖然派恩先生，或那個什麼黎本斯摩，可能會不太開心。但男人不都那樣嘛，妳懂的。」

伊莉莎白想了一下，不對，男人究竟是哪樣，她真的不懂。除了凱文、她死去的哥哥約翰、梅森醫師，還有也許沃特．派恩——除了這幾個人，她好像都只會讓男人展現出他們最糟糕的一面。那些男人都只想要掌控她、碰她、支配她、糾正她；他們不是想使喚她，就是要她閉嘴。她實在不懂，為什麼他們不能就把她當一個人類同胞，當個同事，當個朋友，當作同等的存在，或甚至當成陌生的路人對待——至少他們還會自然而然尊重對方，直到某天在報紙上看到他家的後院埋著屍體為止。

海芮是伊莉莎白唯一一個真正的朋友。她們在大多數事情上都有同感，只有男人和女人的異同這件事情除外。

在海芮看來，男人和女人，來自完全不同的世界。男人是一種需要呵護、有著脆弱自我的生物，因此無法忍受女人比他們聰明或比他們有能力。

「海芮，這樣講實在太荒謬了。」伊莉莎白會和她爭辯。「男人和女人都是人，都是各自成長過程與經驗的產物，都是僵化的教育體制下的受害者，也都可以決定自己的行為。簡單來說，把女人貶低成『少了點什麼的男人』，或是把男人抬舉成『多了點什麼的女人』，都是沒有生物基礎的論述。這些觀念都是文化上的結果，而這一切就從兩個顏色開始：藍色和粉紅色。一切就是從這裡開始失控，開始無限上綱。」

說到僵化的教育體制，上星期伊莉莎白才又被穆福德女士約談，去討論一個和這個話題有關的問題：瑪德蓮在學校會拒絕參加小女孩的活動，比方說扮家家酒之類的遊戲。

「瑪德蓮想做一些比較適合男孩子做的事，」穆福德女士表示。「這是不行的。女人的天地就是家庭，從妳那個——」她輕咳了一聲。「**電視節目**來看，妳應該也認同這個道理。所以，好好跟妳女兒聊聊吧。她上星期竟然說要加入糾察隊。」

「這有什麼不好嗎？」

「男孩子才能加入糾察隊。男孩子保護女孩子是天經地義的事，畢竟男孩子的體格比較高大。」

「但瑪德蓮是班上最高的。」

「這正是我要說的另一個問題。」穆福德說。「她長那麼高，會讓男孩子感覺不舒服。」

「所以呢，我不要，海芮。」伊莉莎白斬釘截鐵地說，把話題拉回工作的事情。「逢場作戲這種事，我做不到。」

海芮正忙著把指甲縫裡的髒東西摳出來，大砲伊莉莎白繼續激昂地開講，說多少女人以為附屬於男人是一種天命，以為女性身體比較小號就表示腦也比較小，以為自己天生比較差，但至少差得挺美的。更可怕的是什麼妳知道嗎？伊莉莎白開示，很多女人就把這種觀念傳給自己的下一代，說出「男生就是這樣啦」或是「女生不就是那樣嗎」之類的話。

「女人們到底在搞什麼？」伊莉莎白大嘆。「為什麼願意把那些社會的偏見吞下去？甚至還讓那些觀念繼續延續下去？她們難道不知道亞馬遜的部落是母系社會嗎？還是瑪格麗特・米德的書都絕版、買不到了？」直到海芮起身，表示自己不想再聽她長篇大論了，伊莉莎白才終於閉嘴。

「海芮，海芮，」瑪德蓮一直叫。「妳有在聽嗎？海芮？那她後來怎樣了？也死了嗎？」

「誰也死了？」海芮心不在焉地問，奇怪自己為什麼沒讀過瑪格麗特・米德的書。咦，她是寫《飄》[34]的那位嗎？

「那個教母。」

34 《飄》（*Gone with the Wind*）的作者是瑪格麗特・米契爾（Margaret Mitchell, 1900 – 1949）。

「噢，她喔。」她說。「我不知道。但總之，這個人——不曉得是男是女——不是真的那種教母。」

「但是妳說——」

「我說的教母是指『神仙教母』，是捐錢給妳爸爸待的兒童之家的那個人，其實也有可能是男的，而且他或她捐錢也是捐給整個兒童之家，不只妳爸一個人而已。」

「那個人是誰？」

「我怎麼知道，而且那也不重要吧？神仙教母就是慈善家的意思，有錢人拿錢出來做點善事，比如安德魯．卡內基（Andrew Carnegie）弄了個圖書館一樣。不過呢，捐錢這種事是可以節稅的，所以捐錢的人也不是真的那麼無私。妳還有別的作業要寫嗎？除了那棵煩人的樹以外？」

「也許我可以寫信給爸爸以前的家，問他們那個教父是誰，然後就可以把他的名字寫在樹上了——不能寫在枝幹上的話，也許可以寫在一顆果實裡。」

「不行，家族樹上沒有果實，而且這些神仙教母，也就是慈善家，通常很重視隱私，所以兒童之家不會隨便透露是誰在當散財童子。還有，沒人在說『神仙教父』的，這個角色永遠只有女性。」

「因為教父是黑手黨專用嗎？」

海芮大聲嘆一口氣，混雜著讚嘆與惱怒兩種情緒。「重點是，這種神仙家長不會出現在家族樹上。首先是，因為他們跟妳沒有血緣關係，再來是，他們通常不會露面，不讓人知道他們是誰。這也是可以理解的事，否則每個人都會跑去找他們要錢了。」

「但有祕密是不對的。」

「不一定。」

「妳有祕密嗎？海芮。」

「沒有。」海芮撒了謊。

「妳覺得媽媽有祕密嗎？」

「沒有。」這次是實話。她多麼希望伊莉莎白懂得保留一些祕密，或至少不要把自己的意見一股腦都說出來。「好啦，我們來把這些空格隨便填一填吧。反正妳的老師也不會知道是不是真的。填完後，我們就可以來看妳媽媽的節目了。」

「妳是要我說謊嗎？」

「馬的，」海芮有點怒。「我剛才有說這是說謊嗎？」

「所以神仙沒有血嗎？」

「神仙當然有血！」海芮忍不住尖叫出聲。她抬起一隻手，扶住額頭。「先不要管這個了，妳自己去外面玩一下吧。」

「可是——」

「去跟六點半玩你丟我撿。」

「我明天還要帶照片去學校，海芮，」瑪德蓮說。「一張有全家人的照片。」

一直趴在桌下的六點半，這時把他的頭放到瑪德蓮瘦骨嶙峋的膝蓋上。

「要全家福，」瑪德蓮強調。「所以裡面也要有爸爸在才行。」

「不，不一定。」

六點半爬起來，走去伊莉莎白的房間。

「如果妳不想跟六點半玩你丟我撿，就跟六點半去圖書館還書吧。妳借的書已經到期。現在去，回來剛好可以看妳媽媽的節目。」

「可是我現在不想去。」

「嗯哼，人生有時候就是得做些自己不想做的事。」

「那妳做了什麼自己不想做的事？」

海芮閉上眼，腦中浮現了斯隆先生的臉。

28 聖人

「嗨，瑪德蓮。」市中心圖書館的館員說。「今天有需要什麼嗎？」

「我想找愛荷華州的一個地址。」

「跟我來。」

館員帶著瑪德蓮穿過狹窄擁擠的層架。半路上，她停下來罵了一個在書上折角做記號的人，還唸了另一個把腳跨在隔壁椅子上的人。

「這裡是卡內基圖書館。」她氣憤地低聲說。「我可以把你永久停權喔。」

「瑪德蓮，到了。在這上面。」她說。他們來到擺滿一整架子的電話簿前。「妳是說愛荷華，對吧？」她在上面找了找，拉出其中的三本。「知道是在哪個市嗎？」

「我在找一個兒童之家（boys home），」瑪德蓮說。「那裡只有男生，但是名字很女生……我只知道這麼多。」

「可能需要多一點線索，」館員說。「畢竟愛荷華也不小。」

「如果是我，我會賭是蘇城。」後面傳來某個聲音說。

「但蘇不是女生的名字啊。」館員一邊翻著手上的簿子一邊說。「蘇是印地安名——喔，牧師，哈囉，不好意思，我忘了找你要的那本書了，我現在就去找。」

「但蘇這個名字還是可能讓人誤以為是女生啊，」那個穿深色長袍的人繼續說。「比方說是『舒』還是『蘇』，小孩子很容易混淆。」

「這個孩子不會。」館員說。

「沒有，不在這裡，」十五分鐘後，瑪德蓮說。她已經查過一頁又一頁的頁面了。「我把整個 B 開頭的都找完了，都沒找到『兒童之家』。」

「喔，剛才忘了跟妳說，」那個牧師坐在瑪德蓮的對面。「——通常兒童之家會用某個聖人的名字來命名。」

「為什麼？」

「因為照顧別人小孩的人，都是聖人。」

「為什麼？」

「因為小孩很難帶。」

瑪德蓮翻了個白眼。

「試試看聖文森（Saint Vincent）。」他說，同時伸手把牧師服的領口拉鬆一點，讓自己舒服一些。

「你在看什麼書？」瑪德蓮開始翻找著電話簿裡 S 開頭的部分。

「一些跟信仰有關的東西，」他說。「我是神職人員。」

「我是說——裡面那一本。」她說，指對方塞在某本經書裡的雜誌。

「噢，」他有點不好意思。「就——看好玩的。」

「《馬的這是啥》（*Mad*）。」她一邊把雜誌抽出來，一邊大聲唸出雜誌名稱。

「就一些好笑的東西。」牧師解釋說，迅速把雜誌抽回去。

「我可以看一下嗎？」

「妳媽媽應該不會同意。」

「因為裡面有人的裸體嗎？」

「沒有！」他說。「不，這不是——不是那種雜誌。我只是偶爾也需要放鬆一下、笑一下，畢竟我的工作裡沒有半點幽默的成分。」

「為什麼？」

牧師遲疑片刻後才說：「我猜想，可能因為神不是個好笑的人吧。妳找兒童之家做什麼？」

「我爸在兒童之家長大，然後我在做一個家族樹的作業。」

「這樣啊，」他微笑著說。「寫家族樹聽起來很好玩。」

「這件事倒是有待商榷。」

「**有待商榷**?!」

「意思是，很難講，不一定。」瑪德蓮說。

「的確是。」他很驚訝。「不介意的話，方便問妳幾歲嗎？」

「我不方便透露自己的資訊，這涉及個人隱私。」

「噢，」牧師漲紅了臉。「也是，妳說的對。」

瑪德蓮咬著鉛筆後頭的橡皮擦。

「不過，」牧師說。「這樣子尋根，知道一些自己家族的故事，應該滿好玩的對吧？我個人覺得啦。那目前為止，妳有發現什麼了嗎？」

「目前喔，」瑪德蓮說，盪著桌子底下懸空的雙腳。「我媽媽那邊，她爸爸在坐牢，因為他燒死了一些人。她媽媽在巴西，因為稅金的問題，然後她哥哥已經死了。」

「喔——」

「我爸那邊，我知道的還不多，但我在想，兒童之家的人應該就像他的家人吧。」

「怎麼說？」

「因為是他們把他帶大的。」

那牧師揉了揉自己的頸背。就他所知，兒童之家是一個充斥著戀童癖的地方。

「你剛剛不是才稱他們『聖人』嗎。」她提醒牧師。

他暗自嘆口氣。當牧師最大的麻煩，就是一天要說好幾次的謊。人們就是想要你不斷跟他們保證，一切都會沒事的，或至少以後就會沒事了，而不是要你提醒他們其他更顯而易見的事實，比如情況其實有多糟，而且以後只會更慘而已。像是他上星期主持了一場葬禮，死者是一位他的教區裡死於肺癌的先生，他卻得對著他的家人，那群一個個抽菸抽得像一根根會走動的煙囪的人，說他之所以會離開，不是因為他一天抽四包菸的習慣，而是因為神需要他。那一家子聽到之後深深吸了口氣，真誠地感謝他的智慧。

「但妳什麼要寫信給兒童之家？」他問。「直接問妳爸就好了呀？」

「因為他已經過世了。」她輕嘆一聲。

「喔主啊！」牧師搖了搖頭。「我很遺憾。」

「謝謝。」瑪德蓮嚴肅地說。「有些人說，一個人是不會想念從來沒擁有過的東西，但我不認同這個說法。你說呢？」

「的確是如此。」他又摸摸自己的頸背，直到他找到那撮有點太長的頭髮。上次他去英國利物浦找朋友的時候，他們去看了一個叫做「披頭四」的樂團表演。那是一個新的英國團，團員都有留瀏海。他之前從來沒聽過男生也可以留瀏海，但是他發現自己喜歡他們瀏海的程度，竟然和喜歡他們的音樂的程度不相上下。

「你有想在這本書裡看到什麼嗎？」瑪德蓮問，指著牧師的經書。

「一些靈感吧，」他說。「一些可以在星期日的宣講上感動人的東西。」

「比如神仙教母嗎？」她問。

「神仙——」

「我爸之前的兒童之家就有一個，她捐了很多錢。」

「噢，」他說。「妳是說捐贈人吧，兒童之家通常會有好幾個這樣的人，因為經營那樣的地方是滿花錢的。」

「不是，」她說。「我指的就是神仙教母。她們送錢給一些自己根本不認識的人，真的就像神仙一樣。」

牧師再一次又驚又喜。「的確是。」他頗認同。

「但海芮說她寧可拿薪水，不想靠神仙施捨。她不喜歡捉摸不定的東西。」

「海芮是誰？」

「我的鄰居，她是天主教徒，所以沒辦法離婚。她覺得家族樹只要隨便填一填就好，但我不想。這樣會讓我覺得我的家族好像有什麼問題一樣。」

「這樣啊。」牧師小心地說，心想這小朋友的家庭，剛剛聽起來的確頗有問題的樣子。「海芮也許只是覺得，有些事本來就不必讓別人知道。」

「你是指祕密嗎？」

「不是，我指的是隱私。舉例來說，我剛才問妳幾歲，妳很明白地告訴我那是妳個人的資訊，是妳的隱私，因為我們還不夠熟，所以妳不願意透露，而不是因為妳的年齡是個祕密。所謂的祕密是，妳怕講出來以後，會被有心人士拿來當作把柄，或拿來傷妳的心。祕密通常和那些讓我們感覺羞恥的事情有關。」

「你有祕密嗎？」

「有。」他坦承。「妳呢？」

「我也有。」她說。

「我相信每個人其實都有祕密，」他說。「尤其是那些說自己沒有祕密的人。一個人一輩子都不為任何事情覺得羞恥或愧疚，應該不太可能。」

瑪德蓮點點頭。

「不過呢，的確有人以為自己可以從那棵蠢樹上的名字、從那些自己從來沒見過的人身上，來更加認識自己。舉例來說，我遇過有人因為自己是伽利略的直系後裔而自豪，還有一個人強調自己的血緣可以追溯到『五月花號』那艘船。這些人講起自己的祖先時，一副自己是有家譜的貴族姿態，其實明明沒這回事。家族和親戚沒辦法讓一個人變聰明或變重要，更沒辦法幫助你成為你自己。」

「那，什麼可以讓我成為我自己呢？」

「妳的選擇，妳怎麼過自己的人生。」

「但很多人沒辦法選擇自己要過什麼樣的人生，比如說奴隸。」

「的確，」她的直截了當讓牧師有些苦惱。「妳說得沒錯。」

他們倆靜靜地在那裡坐了一會兒。瑪德蓮繼續翻著電話簿，牧師心裡想著要去買一把吉他。「總之，」牧師又開口說。「我不認為家族樹是很好的尋根方式。」

瑪德蓮抬起頭看他。「大概一分鐘前，你才說知道一些自己家族的事會滿好玩的。」

「對，我是這麼說的，」他向瑪德蓮告解。「但我剛剛在說謊。」然後他們倆都笑了。遠處的圖書館館員抬起頭，看了看他們的方向。

「我叫雷弗倫·沃克利。」他悄悄地說，同時對館員點頭致歉。「我是第一長老會的。」

「馬的．佐特，」瑪德蓮說。「跟你在看的雜誌是同一個『馬的』。」

「好的，馬的。」他小心翼翼地發音，心想她的「馬的」大概是某個法文字之類的。「如果聖文森找不到的話，可以找找看聖愛摩，喔對了，或者是萬聖——當他們沒辦法決定要用哪個聖人來取名時，就會直接叫萬聖（All Saints）。」

「萬聖。」她立即翻到A開頭的部分。「啊，有了，找到了！萬聖兒童之家！」但這份喜悅很短命。「他們沒有寫地址，只有一支電話。」

「這樣有什麼問題嗎？」

「我媽說只有在有人死掉的時候，才可以打長途電話。」

「這樣啊，反正我經常得打長途電話，可以幫妳從我的辦公室打過去。我可以跟他們說，我在幫一個教友的忙。」

「這樣你又得說謊了。你是不是很常說謊？」

「因為這是一個善意的謊言，馬的。」他有點不悅地說。為什麼大家都不懂神職人員這份工作本身就是充滿矛盾的？「不然，」他有點尖銳地說。「妳就聽海芮的話，亂寫一通就好。這其實也不失為一個好方法。過去的事就讓它留在過去。」

「為什麼？」

「因為過去本來就只有在當時的時空下才有意義。」

「但我爸不是只存在過去裡，他現在也還是我爸。」

「當然，」牧師的口氣軟化。「我這樣提議只是因為，如果要打電話給萬聖之家，他們應該會比較願意跟我談，我們之間比較好聊，因為彼此都是有信仰的人，就像妳跟同學聊學校的事會比較好聊一樣。」

瑪德蓮露出一臉很驚訝的樣子，因為她從來不覺得跟那些同學很好聊。

「我知道了，」他說，開始不想淌這渾水。「叫妳媽媽打吧，畢竟是問她老公的事，我相信他們會願意幫忙的。但他們可能會需要妳們提供一些證明，證明他們兩人的關係，比如證書之類的，這樣應該就夠了。」

瑪德蓮整個人呆掉。

「我想了一下，還是請你幫忙好了。」瑪德蓮說，然後在一張紙上飛快寫下一個名字。「這是我爸的名字。」她把自己的電話寫在旁邊，把紙條交給他。「你什麼時候方便打？」

牧師低頭看一眼那個名字。

「凱文·伊凡斯?!」他驚訝地猛抬起頭。

當年在哈佛神學院唸書的時候，沃克利旁聽了一門化學課。他本來是想潛入敵方陣營，看他們怎麼解釋世界的創造，未來他才知道怎麼反制。結果他上了一年的化學課後，卻發現自己身陷其中。拜那些關於原子、物質、元素、分子的新知所賜，現在他很難再相信是神創造了一切。別說天堂了，地球、甚至披薩，全都和神無關。

身為一個神職世家的第五代傳人，還念了全世界最好的神學院，這整件事對他來說是個天大的麻煩——不光是不符合家族的期待，也和科學本身的性質有關。科學建立在一個他未來職涯中幾乎完全碰觸不到的東西之上，這東西叫做實證。而在這個由實證建構起的世界中央，有一名年輕的男子，他叫做凱文·伊凡斯。

當伊凡斯時來哈佛參加一個講座，講者都是一些做 RNA 相關研究的人。沃克利只是因為星期六晚上沒別的事情可做，於是跑來聽講座。伊凡斯是當時的講者中最年輕的一位，整個活動幾乎沒說幾句話。那天，其他講者說了一堆名詞亂飛的基本觀念，像是化學鍵是怎麼形成的又怎麼斷裂，然後又在所謂的「有效碰撞」（effective collision）之後重新形成鍵結。坦白說，整場座談相當無聊，但有位講者持續不懈接下去說，要想產生任何變化，就必須有足夠的動能。這時候，觀眾群裡有人問能不能舉個無效碰撞的例子，也就是因為動能不夠，所以從來沒有變化發生，卻還是有很大的影響力。伊凡斯就在這時湊向麥克風。

「有，信仰。」他說，然後起身離座。

伊凡斯那個回答在沃克利心底揮之不去，於是決定提筆寫信告訴他。出乎他意料的是，伊凡斯竟然回信了，於是他也回信給伊凡斯，然後伊凡斯又再回信。他們就這樣一來一往寫了下去，雖然對事情的看法相左，但是對彼此也都有好感。聊著聊著，他們漸漸從聊信仰、聊科學，聊到了自己的事。然後他們發現彼此不只同年，還有兩個共通點：這兩人都以一種幾近瘋狂的程度熱愛水上運動（凱文划船，他衝浪），所以對好天氣都有一種執著。再者是他們倆都沒有女朋友，研究所也都讀得不是很開心，對於畢業之後的人生也都有點茫然。

但後來沃克利提到了繼承父親衣缽的事，毀了這段友誼。他只是在想伊凡斯是不是也跟他有一樣的處境，結果凱文回信說自己恨死父親了、希望他早就死了。

沃克利震驚不已。伊凡斯很明顯因為父親而受過很深的傷害。以他對伊凡斯的了解，那份恨意勢必是建立在最沒血沒淚的**實證**之上。

有好幾次，沃克利試著提筆回信，卻不知道自己可以說些什麼。他，以神職人員為目標，當時在寫的神學論文題名為《現代社會對慰藉的需求》，面對伊凡斯的傷卻無話可說。

兩人的筆友關係就這樣結束。

沃克利畢業後沒多久，他的父親突然過世。他回到大同市參加喪禮，之後就決定留下來。他在海邊找了個小地方住，繼承了他父親的教會，也回到他的衝浪板上。

他在大同市待了幾年後，才發現伊凡斯也在這裡，他不敢相信，天下竟然有這麼巧的事？但當他還在想辦法鼓起勇氣聯絡這位名氣有夠大的朋友時，伊凡斯死於一場離奇的意外。

然後他聽到消息，有人在問有沒有人願意主持這位科學家的喪禮。沃克利便自願去了。他感覺自己有必要好好地向這位自己這輩子少數欣賞過的人致意，也有必要盡其所能將他的靈魂引領到一個寧靜的地方安歇。另外，他也想知道：誰會來他的喪禮？誰會為這位才華洋溢的男人而悲傷？

答案是：一個女人和一隻狗。

「對了，我爸有在划船，」瑪德蓮補充說。「說不定會是個有用的線索。」

沃克利沉默了一下，想起那個加長型棺木。

他試著回想，當時自己究竟跟那個站在墓前的年輕女子說了什麼。『對於妳失去至親之慟，我真的非常遺憾』嗎？可能吧。他本來打算在典禮結束後和她聊聊，但沃克利還沒讀完最後的祝禱，那女子就離開了，那隻狗也跟著一起走了。他告訴自己，之後再去拜訪她好了，但他不知道她叫什麼名字，也不知道她住哪裡。雖然要問到也不是真的很難，但他就是沒有行動。因為那女子給他一種感覺，要是他跑去跟她談凱文的靈魂怎樣怎樣，只會把事情弄得更糟而已。

主持完凱文的喪禮，直到好幾個月後，沃克利還是忘不掉也參不透凱文的人生為何如此短暫。在這個世界上，真正在做一些有意義的事——為世界帶來重大改變——的人何其少，而伊凡斯正是成功溜進未知世界那個狹小開口的人，透過神學避而不用的方式在探索世界。他感覺自己也參與過那個世界，即使只是那麼一小段的短暫時光。

但那時候是那時候，現在是現在。現在他是個牧師了，已經不需要科學。但他倒是挺需要發明一些新穎的方式，來告訴他的會眾們，做人要好一點，處事要得體一點，對別人要客氣一點。到頭來他還是成了一名牧師，雖然心中還是有一些疑惑，也還會不時想起那個傑出的伊凡斯。如今，眼前竟然出現一個表示自己是他女兒的孩子。神的道路果然奧祕難測。

「等等，讓我確認一下。」他說。「妳說的凱文．伊凡斯，是五年前死於一場車禍意外的那位。」

「其實是因為一條牽繩，不過沒錯，就是他。」

「噢，」他說。「但問題是，那個凱文．伊凡斯沒有小孩，而且，他也沒有——」他有點猶豫，沒能說下去。

「沒有什麼？」

「沒事。」他趕緊說。事實已經擺在眼前，這個小女孩是非婚生的。「那張是什麼？」他指著一張露出一小角、夾在她筆記本裡的泛黃剪報。「是別的作業嗎？」

「老師還要我們交一張有全家人的照片。」她說，然後把那張沾了狗口水，還濕濕的紙抽了出來。她誠惶誠恐地拿著那張紙，像是拿著一尊無價之寶一樣。「我只有這張是全家人都在裡面的。」

他也小心翼翼地打開那張紙。那是一篇關於凱文喪禮的文章，搭配了一張照片，照片裡就是上次那名女子和那隻狗。他們都背對著鏡頭，但看得出來他們都相當悲痛地望著一副漸漸被塵土吞噬的棺木，也是他曾經祝禱過的那副棺木。看著看著，一陣惆悵向他襲來。

「但是馬的，這怎麼能說是一張全家福呢？」

「這是我媽媽。」瑪德蓮說，指著伊莉莎白的背。「這是六點半。」她指著那隻狗。「我在我媽媽肚子裡，就在這裡，」她又指了一次伊莉莎白。「然後我爸在這個盒子裡。」

過去七年的人生裡，沃克利不知已經安慰過多少人，但是當這個小女孩用一種「事實就是如此」的方式說著失親的痛，竟讓他有種一顆心被掏空的感覺。

「馬的，有件事我希望妳可以了解，」他說，同時很驚訝地發現，原來自己的手也出現在那張照片裡。「一個家的樣貌，不需要符合那個家族樹的形狀。這也許是因為人類不屬於植物界，而是屬於動物界。」

「就是說啊。」瑪德蓮發出感嘆。「這也是我想告訴穆福德女士的。」

「要是我們真的是樹的話，」他又說，擔心這孩子在介紹自己的家庭時得忍受多少的哀傷。「人類大概會更長壽一些，也會因此更有智慧一些。」

說完這話，他才意識到，凱文．伊凡斯沒有活很久，他剛剛那段話不就等於在影射凱文不太聰明嗎？他心想，我實在是個差勁的牧師，史上最爛的。

瑪德蓮看似在思索他這段話，然後她伸長脖子、越過桌面，低聲地對他說：「沃克利，我得回去看我媽了。但我在想，我可以告訴你一個祕密嗎？」

「當然，我不會告訴別人的。」他說，心想「看我媽」是什麼意思。是她生病了嗎？

瑪德蓮盯著沃克利的臉，彷彿在檢查他是不是又在說謊，然後她起身跑到他身邊，對著他的耳朵說了句悄悄話。沃克利聞言，驚奇地睜大了眼。然後，他想都沒想，也把手湊到她的耳邊說了什麼。

這兩人一臉訝異地看著彼此。

「那其實也還好啦，沃克利，」瑪德蓮說。「真的。」

他則是不知道該怎麼回應她的祕密。

29 鍵結

「歡迎來到《一八〇〇開飯》，我是伊莉莎白．佐特。」

她雙手叉腰，唇上搽著磚紅色的口紅，蓬鬆的頭髮在往後紮起來轉一圈後以一支 2B 鉛筆當髮簪固定住。伊莉莎白調整好視線的高度，兩眼直視著攝影機。

「今天是令人興奮的一天，」她說。「因為我們要來了解三種不同的化學鍵，分別是離子鍵、共價鍵、氫鍵。為什麼我們需要了解這些化學鍵？因為這些鍵結都是生命的根本。了解這些化學鍵，妳就了解生命的根本。而且，從此之後妳烤的蛋糕，就不會再塌塌的、膨不起來了。」

南加州家家戶戶的婦女們，這一刻都準備好鉛筆和紙了。

「離子鍵，就是所謂『異性相吸』的鍵結。」伊莉莎白走出流理台，來到一個畫架前，開始一邊畫一邊講解。「舉例來說，妳的博士論文是探討自由市場經濟學，而妳老公是在修車廠工作，你們彼此相愛，但他很可能沒什麼興趣聽妳說什麼『看不見的手』。這也不能怪他，因為妳比誰都清楚那隻『看不見的手』，不過是自由派製造出來的垃圾。」

她看一下現場的觀眾，不少人低頭做了一下筆記。有人在筆記本寫下：「看不見的手：自由派的垃圾。」

「重點是，妳和妳老公雖然是兩個完全不一樣的人，彼此間卻有非常強的吸引力。這樣很好，就像離子鍵一樣。」她停頓一下，伸手將那一頁往上翻，露出下面一張新的白報紙。

「又或者，你們的婚姻比較像是共價鍵。」她說，畫了一個新的化學結構式。「如果是這樣，你們很幸運，因為你們兩個是一加一大於二，兩人的強項相加，能創造出更美好的東西。比如，當氫加上氧，我們會得到什麼？水，也就是大家更常見到的 H_2O。在許多方面，一個共價鍵和一場派對差不了多少——妳準備派餅、他帶紅酒來，讓派對好吃又好玩。但如果妳和我一樣，不太喜歡派對的話，可以把共價鍵想成某個歐陸的小國家，比如瑞士。」她在白報紙上飛快寫下「阿爾卑斯山＋強健的經濟體＝所有人都想住的地方。」

此刻，加州拉荷亞的某戶人家客廳裡，三個小孩正在搶一個貨車玩具。玩具車的車軸掉在一疊疊得超高的衣服旁邊，那疊衣服高到快要倒在一旁那位嬌小的婦女身上。她留著一頭鬈髮，手上拿著一小本拍紙簿，正忙著寫下「瑞士：搬家！」。

「再來就是我們的第三種鍵結——氫鍵。」伊莉莎白說，指著另一組分子圖。「氫鍵是今天我們談到的鍵結當中，最脆弱、最嬌貴的一種。氫鍵被我稱為『一見鐘情』鍵，因為兩造會彼此相吸引，僅僅是基於視覺上的訊息，比方說妳愛上他的笑容、他愛上妳的髮香。但是當你們交談後，妳發現他根本就是個納粹，還覺得女人就只會抱怨。結果，咻。沒辦法，這脆弱的鍵結就這樣斷掉了。這就是氫鍵。各位女性朋友們，從化學的世界裡，我們學到：如果事情太過美好、太不真實，很可能是因為那的確不是真的。」

伊莉莎白走回流理台後方，放下手中的麥克筆，拿起一把刀，然後以保羅．班揚[35]般的氣勢舉起刀，將一顆大洋蔥劈成兩半。「今天我們要來做雞肉派，」她向觀眾宣布。「現在就開始吧。」

這時在聖塔莫尼卡的一名婦女，轉頭對自己悶悶不樂的十七歲女兒說：「看吧！」女孩的眼線粗到飛機都可以按照那條線降落了。「我就說吧，妳和那個男的之間只是氫鍵而已。妳還是醒醒，多吸一些空氣裡的負離子吧！」

「妳又來了。」

「妳可以去念大學，擁有光明的未來！」

「可是他愛我！」

「他只是在扯妳後腿而已！」

「我們休息一下，馬上回來。」伊莉莎白說，攝影師指揮現場進廣告。

此刻的沃特・派恩癱坐在他的製作人椅上。為了這個節目，他向菲爾・黎本斯摩折腰，折到他腰都快斷了，才好不容易幫佐特跪到了再半年的合約，但交換條件是：科學要刪去，性感要進來。菲爾鄭重警告，他這次不會手下留情，一定說到做到。根據他的說法，電視台已經收到海量的抱怨。今天節目開始之前，沃特也對伊莉莎白提到這件事。「有幾個小地方，我們需要更動一下。」他表示。

她專心地聽他說，也一邊認真地點頭，好像真的在考慮要接受他提出的這些建議，最後說：「沒辦法。」

除了上述的『小』問題，阿曼達最近那個愚蠢的家族樹作業也令他十分心煩。那作業還要求要附上一張全家人都在其中的照片，即使那個媽媽早就落跑了。更惱人的是，這作業的目的就是要突顯他們父女的血緣關係，卻也是他們倆事實上沒有、也永遠不會有的關聯。他本來就打算要告訴阿曼德真相——不只是她那個差勁的媽永遠不會回來了，還有他們父女倆壓根兒不相干的事實。被收養的孩子有權利知道真相，他也在等待那個對的時機點來開誠布公。他想，嗯，等她四十歲生日吧。

「沃特，」伊莉莎白邁步走向他。「你有跟保險公司聯絡嗎？你沒忘記吧，明天的主題是燃燒反應。雖然我個人不覺得會有什麼危險，但——沃特？」她在他眼前揮揮手。「沃特？」

35 Paul Bunyan，美國民間故事中的巨人樵夫。

「佐特，倒數六十秒進場。」攝影師說。

「但現場多準備幾個滅火器也無妨。還有，我個人比較偏好用氮氣推進的那種，比較不喜歡新式、有水有泡沫的。總之，基本上是兩種都可以，都滅得了火。沃特？你有在聽嗎？給我一個反應。」她皺了皺眉，轉身往布景台走去。「我下一個休息時間再過來找你好了。」

就在她轉身走回去時，沃特看著身穿藍色長褲的伊莉莎白、踩著一階又一階的階梯上台時——等等，她竟然穿著藍色的高腰褲，還繫著腰帶——她以為自己是誰？凱薩琳・赫本[36]嗎？黎本斯摩看到的話，應該會抓狂吧。沃特轉頭，做個手勢示意要化妝師過來。

「怎麼了，派恩先生？」羅莎說，手上抓著一堆小塊海綿。「有什麼需要幫忙的嗎？佐特目前的妝容沒問題，沒有油光。」

沃嘆了一口氣。「妳哪一次看到她臉上泛油光了？」他說。「這攝影棚的燈熱到可以三十秒煎熟一塊牛排，她站在底下卻從來不冒一滴汗。到底是怎樣？」

「的確不尋常。」

「歡迎回到《一八〇〇開飯》。」伊莉莎白說，還用雙手同時指著攝影機。

「拜託妳正常一點。」沃特小聲地說。

「現在，」伊莉莎白對著她的主婦觀眾們說：「相信各位都已經利用剛剛的休息時間，把手上的紅蘿蔔、芹菜、洋蔥切成不同形狀的小塊，幫食材製造出更大的表面積，來讓調味料附著在上面，同時也可以縮短我們烹調的時間。讓我們來看看鍋子裡的狀況。」她稍微抬起鍋子一角讓攝影機拍攝。「現在，加一點適量的氯化鈉——」

「要她說『鹽』是會死嗎？」沃特不滿地說。

「我很喜歡她用那些很有科學感的詞呢，」羅莎說。「每次聽她那樣講，不知道耶，都會讓我覺得自己好像很行。」

「很行？」他說。「行什麼行？妳們不是只想著要變瘦、變美嗎？還有，她身上那條褲子是在搞什麼？她從哪裡弄來的？」

「你還好吧，派恩先生？」羅莎問。「需要幫你拿點什麼東西來嗎？」

「要，」他說。「給我來點氰化物[37]。」

接下來的幾分鐘，伊莉莎白忙著一邊把東西加到鍋子裡，一邊介紹組成各個食材的化學成分是什麼，然後在烹煮的過程中，會形成什麼樣的化學鍵結。

「妳們看，」她再稍抬起鍋子給攝影機拍攝。「現在，我們看到的是由兩種或多種純物質，混合在一起的混合物。這個時候，各個物質都還保有他們各自的化學性質。為什麼說雞肉派是混合物？因為這裡的紅蘿蔔、豌豆、洋蔥、芹菜都還是維持各自本來的性質，只是混合在一起而已。我們可以這樣比喻，一個成功的雞肉派就像是一個高效率的社會，比如瑞典，這裡的每一種蔬菜都各司其職，各展所長，各行各業都一樣重要。當我們再把一些調味料加進來，大蒜、百里香、胡椒、氯化鈉——這些調味料不只為裡頭的物質提味並增添口感，更平衡了混合物中的酸性。這一切為社會帶了什麼？育兒津貼。不過，瑞典一定有一些別的問題，像是皮膚癌。」然後攝影師給了她一個提示。「現在我們先進一段電視台的節目宣傳影片，之後馬上回來。」

「剛剛是怎樣？」沃特驚呼。「她剛說什麼？」

「育兒津貼。」羅莎一邊說，一邊用海綿幫他擦擦額頭。「的確是該列入選舉的政見裡。」她一彎

36 Katharine Hepburn，美國二十世紀極具影響力的女演員，不遵從社會對女人的期望，在女人只穿裙裝的年代就穿著褲裝，一生致力於促進女權。

37 Cyanide，有劇毒。

腰，正好看到沃特頭爆青筋。「嘿，你要不要吃一點乙醯水楊酸？吃了會——」

「妳說什麼？」他低聲問，推開她的手。

「育兒津貼。」

「不是這個，妳剛——」

「乙醯水楊酸？」

「**阿斯匹靈**。」他聲音嘶啞地要求她改口。「在KC電視台，它就叫阿斯匹靈，拜耳的阿斯匹靈。想知道為什麼嗎？因為拜耳是我們的廣告商之一，出錢給我們花，聽懂了嗎？再說一次，阿、斯、匹、靈。」

「阿斯匹靈。」她說。「我馬上回來。」

「沃特？」伊莉莎白的聲音突然從他頭頂上傳來，把他嚇到跳起來。

「靠！伊莉莎白！」他說。「妳非要這樣嚇人不可嗎？」

「我沒有要嚇你，是你自己要閉著眼睛。」

「我剛剛在思考。」

「滅火器的事嗎？我也在想這件事。我覺得準備三個好了。其實兩個就很足夠，但有三個的話，應該能保證不會有任何悲劇發生，大概可以把保障拉到百分之九十九那麼高，甚至還再高一點點。」

「天啊，」他渾身一陣哆嗦，把手汗揩在褲子上。「我是被困在惡夢裡了嗎？怎麼都醒不過來？」

「如果你在擔心剩下的百分之一，」伊莉莎白說。「真的沒必要擔心。那百分之一就是人們常說的『神的旨意』了，比如地震、海嘯之類的，因為目前的科學還沒辦法預測，也只能聽天由命了。」她停頓一下，調整一下她的腰帶。「沃特，你覺不覺得，我們竟然到現在都還在用『神的旨意』這個詞，是很有意思的事嗎？在這個大多數人講到神，就只想到愛和羔羊，還有馬槽裡的嬰兒的時代。這個神說自己是慈愛的存在，卻連怒氣都沒辦法控制，把無辜的人折磨得東倒西歪——這種行為也太像躁鬱症發作了。這要是在精神病院裡，可是會被人用電擊來治療的。我個人是不太贊同這種做法，畢竟電擊治療還沒被廣泛驗證有效。話說回來，你不覺得神的旨意和電擊治療有很多共通點，實在是很有意思的事嗎？兩者都具有某種暴力又殘酷——」

「倒數六十秒進場，佐特。」

「——野蠻又無情的性質——」

「天啊，伊莉莎白，夠了。」

「總之，就三個吧。每個女人都應該知道該怎麼滅火。我們會先學怎麼悶熄火苗，當用悶的還不夠時，我們再用氮氣。」

「四十秒，佐特。」

「妳那條褲子是怎麼回事？」沃特咬牙切齒地說。因為實在咬得太緊，話都有點發不出來了。

「好看嗎？你一定很喜歡。你每天都穿，我現在終於明白了，真的很舒服。不用擔心，我本來就打算說是你推薦的，沒有要跟你搶功勞。」

「什麼意思？」

「妳知道我是什麼意思。」

「別！伊莉莎白，我從來沒——」

「我拿阿斯匹靈來了，派恩先生。」羅莎出現在沃特旁邊，打斷了他的話。「啊佐特，讓我速速看一下——很好，臉轉到另一邊——很好，美極了，真的。沒問題，可以上了。」

「佐特，十秒鐘。」攝影師大喊。

「你生病了，沃特？」

「妳看到那個家族樹的作業了沒？」沃特小聲說。

「八秒鐘，佐特。」

「你的臉色很蒼白。」

「那個樹！」他硬是要說。

「送？但你之前不是說不能再送東西了嗎？」

伊莉莎白走上台，面對攝影機。「歡迎回到《一八〇〇開飯》。」

「妳剛剛是給了我什麼，」沃特厲聲對羅莎說。「根本沒用。」

「要過一陣子才會有感覺。」

「我哪來的一陣子，」他說。「整瓶給我。」

「你剛剛才已經吃了最高劑量。」

「噢是嗎？」他回嗆，搖了搖瓶子。「那為什麼瓶子裡還有剩？」

「現在，把妳這鍋瑞典倒出來，」伊莉莎白說。「倒進妳稍早揉好的油脂、澱粉、蛋白質分子組態中，也就是派皮——它的化學鍵是在遇到水分子 H_2O 的時候建立起來的。就這樣，妳為派皮創造出一個既穩定又堅固的完美結構。」她停頓一下，用她沾滿麵粉的手指著塞滿蔬菜和雞肉的派皮。

「既穩定又堅固的完美結構。」她重複一次這句話。「化學就是這樣和生活緊密結合——說到底，我們生活中的一切都是由化學構成的，而生活就像我們手上這個雞肉派一樣，需要有個堅強的後盾。在家裡，妳就是那個堅強的後盾，妳背負的是極偉大的使命。妳在做的是一份全世界最不被重視的工作，卻是真正撐起了全世界的工作。」

攝影棚的觀眾席裡，可以看到有幾位女性猛力點頭。

「現在讓我們來好好欣賞一下今天的這個實驗。」伊莉莎白繼續說。「剛剛妳善用了化學鍵的優雅打造了一個派皮，不只能盛裝餡料，還能提升餡料的風味。現在，在妳把派封起來前，想一下妳的內餡用了什麼料，問問自己：我手上的這個瑞典還需要什麼嗎？一點檸檬酸嗎？或許。一些氯化鈉嗎？也可能不錯。等微調的動作進行得差不多、感覺對了以後，再把另一片派皮、像蓋被子一樣蓋上去，把邊邊捲起來，讓它完全密封。最後，再在派皮表面劃短短的幾刀，幫它開一個煙囪。這樣等它在加熱的時候，裡頭的水分子才會有空間化為水蒸氣並且蒸發出去。切記，如果妳沒加開煙囪，妳的派就會變成悶燒的維蘇威火山了。所以，為了保護山下的居民，不要忘了劃最後的這幾刀。」

她拿起一把刀，在派上劃了三小道開口。

「好了，」她說。「接著就把派放進烤箱，烤溫是一九〇度，大約烤四十五分鐘。」說完，她看一下時間。

「看來我們還有一點時間，」她說。「也許我們可以來聽聽現場的觀眾有沒有問題。」她看攝影師一眼，攝影師正在用手指比一個割喉的手勢，同時用唇語狂說：「不！不！不！」

「這位女士，請說？」伊莉莎白指向坐在第一排的一位女性說。

那女子的眼鏡架在一頭紮得又緊又硬的髮型上，粗粗的腿也被壓力襪包得緊緊的。

「我是來自肯維爾的菲理斯太太，」她一邊站起來，一邊緊張地說。「我只是想說，我真的、真的很喜歡妳的節目……像我這樣腦袋不太靈光的人，我先生總是這樣說我……」她因為不好意思而漲紅了臉。「真的很不敢相信，我竟然學了這麼多東西。上星期妳講到滲透作用就是較低濃度的溶液通過半透膜進入較高濃度的溶液，聽完之後，我就在想說……有沒有可能……」

「請說。」

「好，有沒有可能，我的腿部浮水腫，是由於身體導水度出了問題，再加上血漿蛋白的滲透壓反射係數異常所導致。妳覺得呢？」

「非常細緻的診斷，菲理斯太太。」伊莉莎白說。「妳專攻哪個領域的醫學？」

「噢，」那位太太連忙結巴地說。「不、不，我不是醫生，我只是個家庭主婦而已。」

「這世界上沒有哪個女人『只是』個家庭主婦。」伊莉莎白說。「除了照顧家裡的人，妳還有在做什麼？」

「沒什麼，就一些小嗜好而已。我很喜歡讀醫學期刊。」

「滿有趣的，還有呢？」

「縫紉。」

「衣服嗎？」

「人體。」

「傷口縫合？」

「對，我有五個兒子，他們三不五時就會在自己身上弄出洞來。」

「當妳在他們這個年紀時，妳想過自己長大要——」

「當一個愛家的媽媽。」

「不，我是問妳認真地——」

「負責開心臟的外科醫生。」那位太太脫口而出。

整個攝影棚突然一片鴉雀無聲。她這荒謬的夢想，就像在一個沒有風的日子裡，一件濕透的衣服被吊在那裡。開心臟的外科醫生？那一瞬間，感覺好像全世界都在等著有人先笑出來，其他人再跟著一笑置之就好。但是這時，觀眾席的另一頭傳來一個拍手聲，接著有一個人跟進，接著又有一個人加入，然後又十個人，然後又二十人。不多久，所有觀眾都起立鼓掌，還有人開始喊：「菲理斯醫師！心臟外科醫師！」

最後，全場歡聲雷動。

「不是啦，沒有啦，」那位太太在鼓噪聲中急忙否認。「我是開玩笑的，我才沒辦法呢。而且，已經太遲了。」

「這世界上沒有『太遲』這種事。」伊莉莎白表示。

「但我不行啦，不可能。」

「為什麼。」

「因為太難了。」

「養五個兒子就不難嗎？」

那位太太抬起手，摸到她額頭上的點點汗珠。「但是像我這樣的人，要怎麼開始呢？」

「先去公共圖書館找書來讀，」伊莉莎白說。「然後考進醫學院，好好念書，再來是當住院醫師。」

那位太太好像這才意識到，伊莉莎白非常認真看待她的話。「妳真的覺得我做得到嗎？」她的聲音顫抖著。

「氯化鋇的分子量是多少？」

「二〇八．二三。」

「妳可以的。」

「但我先生——」

「真是個幸運的傢伙。對了，菲理斯太太，今天是送禮日，我們製作人剛剛決定的。」伊莉莎白說。「所以，為了表達對妳的支持，支持妳迎向無所畏懼的未來，我們決定把剛剛做的雞肉派送給妳。請妳上台來拿。」

在一片亢奮的掌聲中，伊莉莎白將用鋁箔紙包好的派，交給現在看起來心意已決的菲理斯太太手上。「今天的節目就到這裡，」伊莉莎白。「明天同一時間歡迎再度收看。明天我們將一起探索廚房之火的世界。」

菲理斯太太那五個在家裡電視機前調皮搗蛋的兒子，這時每一個都睜大眼、張大嘴，彷彿這輩子頭一次看到自己媽媽的樣子。然後，伊莉莎白好像已經料到這一切，她直直看進攝影機的鏡頭，對著菲理斯太太那五個震驚的兒子說話。

「兒子們，你們來擺餐桌、準備餐具，」她下令。「讓媽媽可以有點自己的時間。」

30 百分之九十九

一星期後。「馬的，」伊莉莎白小心地斟酌用字。「穆福德女士今天打電話來我工作的地方，跟我聊到一張不太對勁的全家福照片。」

瑪德蓮立刻低頭研究自己膝蓋上的小疹子，一副對疹子突然很有興趣的樣子。

「她還講到一個家族樹的作業，」伊莉莎白輕聲地說。「她說妳在上面寫自己是——」她看了一下手上的筆記。「娜芙蒂蒂、索傑娜．特魯思、愛蜜莉亞．艾爾哈特[38]的後代。妳有印象嗎？有這回事？」

瑪德蓮抬起頭，無辜地看著伊莉莎白。「我不記得了。」

「然後家族樹上還多畫了一個果實，上面寫著『神仙教母』。」

「噢嗚。」

「樹的底下，有人誰了寫了一句『人類是動物的一種』，還畫了三條底線來強調，接著又寫『人類和動物的基因，有百分之九十九是一樣的。』」

瑪德蓮看著天花板。

「怎麼會是百分之九十九？」伊莉莎白說。

「什麼？」瑪德蓮說。

38 娜芙蒂蒂（Nefertiti）為古埃及王后，考古學家推斷她或許曾與法老王一起治理過埃及，並在他過世後獨掌大權一段時間。索傑娜．特魯思（Sojourner Truth）為美國早期女權運動、廢奴主義代表人物。愛蜜莉亞．艾爾哈特（Amelia Earhart）為美國飛行員暨女權運動者，是第一位獨自飛越大西洋的女飛行員。

「太不精確了。」

「但——」

「在科學上，準確性是很重要的。」

「但——」

「事實上，人類和動物基因的相似程度，高達百分之九十九點九。」伊莉莎白把女兒抱進懷裡。「是我不對，小寶貝。除了圓周率以外，我都還沒跟妳講到小數點的事。」

「抱歉打擾了，」海芮自己從後門進來。「有一些電話留言，我忘了留給妳。」她把一張紙條放到伊莉莎白面前，立刻轉身要走。

「海芮，」伊莉莎白瀏覽一下那張紙條，叫住她。「這是誰？第一長老會的牧師？」

瑪德蓮聽到，嚇到手臂上的寒毛直豎。

「他聽起來感覺就是『妳好，有聽過神愛世人嗎』那種人，大概是照著一張不知哪裡弄來的清單，一個接一個打電話吧，只不過他是說要找馬的。不用管他，我其實是想確定妳有看到這個，」她明確指出其中一條。「《洛杉磯時報》有打來。」

「他們也有一直打到我工作的地方，」伊莉莎白說。「說想要採訪我。」

「採訪！」

「妳又要上報了嗎？」瑪德蓮問，聽起來有點擔心。她們家上過兩次報，一次是她爸死了的時候，另一次則是她爸的墓碑被子彈掃到、碎得亂七八糟的時候。上報對她們家來說，好像都不是什麼好事。

「沒有，馬的。」伊莉莎白說。「想訪問我的不是科學版的記者，而是女性生活版的。他說他沒有興趣談化學，只想談跟晚餐有關的事。由此可見，他不知道晚餐和化學其實是密不可分的。而且，我合理懷疑他只是想刺探我們家的事，明明這根本和他一點關係也沒有。」

「給他問有什麼不好？」瑪德蓮蓮問。「我們家是有什麼問題嗎？」

這時，桌子底下的六點半抬起頭。他實在很討厭瑪德蓮這樣，老是覺得他們家可能有什麼問題。至於娜芙蒂蒂這幾位出現在家族樹上的事，六點半也不覺得那只是瑪德蓮的妄想，因為就邏輯上來說，其實它是相當精確的推論，畢竟所有人類都有共同的祖先，系出同門。說也奇怪，連他這隻狗都懂的道理，穆福德女士怎麼會不懂呢？喔對了，順帶一提，各位有興趣的話，可以聽一聽、參考一下。六點半最近學到一個新的詞彙：日記。人類會把自己對於家人、朋友的一些難聽話寫在「日記」上，然後祈禱永遠不會有人發現。另外，加上「日記」這個詞，六點半的詞彙庫數量現在已經來到六百四十八。

「明天見了，兩位。」海芮說，重重地把後門關上。

「我們家是有什麼問題嗎？」瑪德蓮又再問一次。

「沒有。」伊莉莎白語氣篤定地說，一邊整理著桌子。「六點半，來幫我操作通風櫥。我想測試用碳氫蒸氣來洗碗。」

「我要聽爸爸的事。」

「我都跟妳講過了，親愛的。」說到凱文，伊莉莎白的神情整個一亮。「妳爸是個很有才華、很誠實、很有愛的人。他是划船健將，也是非常有天份的化學家。他長得很高，眼珠是灰色的，跟妳一樣。然後他還有一雙超大的手。他的爸媽不幸死於一場火車意外，姑姑後來也因為撞到樹而死掉，妳爸爸只好去住兒童之家，在那裡他……」說到這裡，她停了下來，思索起手上這個洗碗實驗。「馬的，幫我一個忙，把這個氧氣罩戴起來。六點半，過來，我幫你把護目鏡戴上。」伊莉莎白幫他們調整護具的綁帶。

「好了，然後——妳爸就去劍橋唸書，他在那裡……」

「鵝通之掐呢？」戴著氧氣罩的瑪德蓮問。

「兒童之家沒什麼好講的了，寶貝，那一段其實我知道的也不多。妳爸不太喜歡聊那時候的事。那是他的私事。」

「是私失？還是咪密？」瑪德蓮在氧氣罩下追問。

「私事。」她媽堅定地回。「人生本來就是這樣，難免遇到一些不好的事。妳爸爸之所以沒有多談兒童之家的事，我想是因為他覺得執著也沒用，改變不了過去，不如就別多說。他在一個沒有父母、沒有家人可以依靠的環境中長大，所有孩子應得的愛和保護，在那裡他都沒有得到，但他還是咬著牙撐過去了。當我們遇到困難時，最好的辦法往往是——」她說，同時伸手拿起一支鉛筆。「去扭轉它，把劣勢當成優勢——不讓糟糕的事影響自己——要跟它拚了。」

伊莉莎白像個戰士一樣說出這些話，瑪德蓮反而擔心起來。

「媽，那有不好的事發生在妳身上嗎？」

「妳是說除了妳爸死掉這件事嗎？」但此刻洗碗實驗正如火如荼進行著，電話鈴聲又剛好響起，瑪德蓮的問題最後落得一個不了了之。

「喂，嗨，沃特。」伊莉莎白稍後接起電話。

「希望沒有太打擾到——」

「不會。」她說話的同時，沃特聽到背景裡有個不尋常的嗡嗡聲在響著。「什麼事？」

「嗯，主要是有兩件事想跟妳說，首先是關於家族樹的作業，我在想——」

「沒錯。」她表示。「那東西真的是搞死我們家了。」

「我們家也是。」他慘兮兮地說。「感覺老師好像知道我在樹枝上寫的那些名字全是掰出來的了。妳也是亂掰的嗎？」

「不是，」伊莉莎白說。「但馬的犯了一個數學上的錯誤。」

沃特聽不懂，就沒有搭腔了。

「明天我得去見一下穆福德女士。」她繼續說。「對了，你知不知道，我們家的女兒下學期又都被分到她的班上，因為她要繼續教一年級——我講『教』，完全是在酸她的意思。但總之，我已經跟學校投訴了。」

「天吶。」沃特嘆了一口氣。

「那第二件事是什麼？」

「是菲爾。」他說。「他……呃……他不太，呃，高興。」

「我也是。」伊莉莎白說。「真不知道他是怎麼做到監製這個位子上的。這麼沒有遠見、缺乏領導力，又沒半點禮貌的人。他對電視台女同事的態度也非常下流。」

「哎，」沃特說，想到幾個星期前，當自己在跟菲爾．黎本斯摩討論伊莉莎白時，被他吐了口水。

「我承認，他這個人的確滿有個性的。」

「這不叫有個性，沃特，這叫做人格低劣。但總之，我已經決定要跟董事會投訴了。」

沃特搖搖頭，心想：天吶，她怎麼又要去投訴。「伊莉莎白，菲爾自己就是董事會的成員。」

「那又怎樣，總要有人注意到他的誇張行徑。」

「是是是，」沃特嘆氣。「但妳應該也很清楚，這世界上到處都是這種人。我們在這種情況下，就是能做多少算多少，同時也想辦法跟人家相處。為什麼妳就是做不到呢？」

她想了一下，有沒有什麼理由可以說服自己好好跟菲爾．黎本斯摩這種人相處——還真的沒有。

「聽我說，我想到一件事。」沃特說。「菲爾最近想討好一個新廠商來贊助節目，一個做湯罐頭的老闆。他想要妳在節目裡業配他們的產品，比如拿來做一道焗烤。我看妳就用，廠商要是爽快埋單的話，菲爾應該就會多給我們一些空間。」

「湯罐頭？但我做菜只用新鮮的食材。」

「妳就不能至少退一步，讓我們大家海闊天空嗎？」他哀求。「不就是一個罐頭而已？妳也要替團隊裡其他人想想——我們每個人都還有家要養，伊莉莎白，沒辦法隨便就丟掉飯碗。」

電話的另一頭陷入一陣沉默，彷彿她有在慎重考慮他剛剛說的話。「我想要直接跟菲爾談，面對面談。」她說。「說清楚講明白。」

「不行。」沃特斷然地說。「絕對不行，絕對不可以。」

她大嘆一口氣。「好吧，今天是星期一。星期四把那個湯罐頭拿來吧，我再看看能怎麼辦。」

結果那一整個星期，一天比一天還可怕。這場談話的隔天，也就是星期二，穆福德女士那個家庭樹作業揭開的內幕，在學校裡鬧得沸沸揚揚：從瑪德蓮的爸媽沒結婚就生下她、阿曼達沒有媽媽，到湯米．狄克森的爸爸酗酒。不是說學校的小朋友對這些事多有興趣，他們才不在乎呢，在乎的人是穆福德女士。她興奮到眼睛發亮，像隻飢餓的病毒似的瘋狂吞噬這些資訊，再拿去餵養班上其他媽媽，再由這些婆婆媽媽像天女散花一般把消息灑遍整間學校。

星期三，公司有人暗中把一張上頭寫著電視台所有員工薪資的紙條，從伊莉莎白的門下塞了進來。伊莉莎白瞪著那張紙條心想，原來我的薪水只有那個運動哥的三分之一？運動哥的節目一天只播三分鐘，而他唯一會做的就只是把比賽的得分報出來而已。更糟的是，她這才知道KC電視有一個「分潤」機制，而且只有男性員工才有資格分。

但真正讓她最後大爆氣的，是星期四一早海芮出現時的那個樣子。

當時伊莉莎白才剛把要給瑪德蓮的紙條塞進便當盒裡，上頭寫著：物質（matter）不能被創造或摧毀，只能重新排列。白話來說就是——不要坐在湯米．狄克森旁邊。

當時明明是大清早，天都還沒亮，但是當海芮在桌邊坐下時，臉上卻戴著太陽眼鏡。

「海芮？妳怎麼了？」伊莉莎白立刻有所警覺。

海芮用盡全力裝出一副「小事而已，沒什麼」的樣子，講了一下斯隆先生昨天晚上的失控行徑。她雖然也有用他那一大堆成人雜誌反擊，但是因為道奇隊輸了，加上伊莉莎白在節目上鼓勵現場那位太太去當心臟外科醫生這件事，斯隆先生對此非常之不同意，抓了一支空啤酒瓶往海芮砸過來，結果她就像射程裡的獵物一樣應聲倒地。

「我要報警。」伊莉莎白說，伸手去拿電話。

「不可以報警。」海芮一隻手搭在伊莉莎白的手臂上。「警察什麼都不會做，反而只會讓他更肆無忌憚而已。而且，當時我也有用我的皮包甩他。」

「這樣不行，我們現在就過去妳家，」伊莉莎白說。「一定要讓他知道這種行為是不被容許的。」她站起身。「我去拿我的球棒。」

「不可以，要是妳攻擊他，警察會辦的人是妳，不是他。」

伊莉莎白想了一下。海芮說得沒錯。這股太過於熟悉的怒氣讓她咬牙切齒，想起多年前跟警察交手的那個情景。**那妳要不要先提供一個道歉聲明**？回憶浮現，她下意識地伸手去摸摸看頭上的鉛筆在不在。

「我沒事，伊莉莎白，我可以照顧好自己。他沒有嚇到我，而是讓我更唾棄他，這兩種感覺天差地遠。」

伊莉莎白完全懂這種感覺。她傾身用雙手抱住海芮。她們倆的友誼雖然深厚，但平常很少有肢體接觸。「妳知道嗎，為了妳，」伊莉莎白摟緊她。「我可是什麼事都做得出來。」

海芮震驚地抬起頭，熱淚盈眶看著伊莉莎白。「嗯，我也是，妳懂的。」半晌後，海芮推開伊莉莎白。「真的沒什麼，讓它過去就好。」海芮抹抹自己的臉，向伊莉莎白保證。「我很快就會沒事了。」

但伊莉莎白可不是那種可以「讓它過去就好」的女人。五分鐘後，在她倒車準備出門時，已經把應對策略都想好了。

三小時後。「哈囉，觀眾朋友們，」伊莉莎白說。「歡迎收看《一八〇〇開飯》。大家有看到這個嗎？」她把那個罐頭湯拿起來、靠近攝影機。「這東西真的很讚，可以幫妳省下超多時間。」

此時，沃特坐在製作人椅上，感激地倒抽一口氣。她願意用那個湯來做菜！

「因為裡面有滿滿的各種化學添加物，」她說，然後「咚」的一聲把它丟進旁邊的垃圾桶。「只要讓親愛的家人多吃一些這種東西，不久後就可以送他們進棺材，妳也就不必再替他們煮飯了，是不是可以幫妳省下超多時間呢？」

攝影師一臉困惑，轉頭看向沃特。沃特低頭看看手錶，好像突然想起有個會要開的樣子，然後他迅速起身，走出攝影棚，直奔停車場，打開他的車門，直接閃人。

「幸好其實我們還有更快的方式，可以盡早送親愛的家人歸西。」伊莉莎白一邊說，一邊走向旁邊的畫架，上頭有各式各樣的蕈菇類插畫。「菇類就是一個絕佳的選擇。是我的話，我會選擇綠帽蕈[39]，又稱死帽蕈。」她用手指敲著其中一個圖案。「它的毒性耐高溫烹調，拿來做成看起來無毒無害的焗烤菜，根本就是完美。而且它長得非常像它的兄弟：草菇。所以，要是有誰死了，然後有人跑來質問妳的話，妳只要裝成好傻好天真的家庭主婦，辯稱自己不小心弄錯了，就可以脫身囉。」

菲爾．黎本斯摩坐在他的辦公室裡，抬頭看向辦公室裡的其中一台電視。他心想，等等，她剛剛說了什麼？

「最美妙的是，有毒的蕈菇可以運用在各種料理中。」伊莉莎白繼續說。「如果今天不想做焗烤的話，何不試試蕈菇鑲肉？可以拿去和妳家隔壁那個不知好歹、讓老婆沒好日子過的那位先生分享呢！反正他都已經一腳踏進棺材了，妳來幫他一把，何嘗不是日行一善呢？」

她這話讓觀眾席裡的某人爆出一聲笑加掌聲。在此同時，攝影機正好捕捉到有幾個人在振筆疾書，寫下「綠帽蕈」。

「不過，我當然是開玩笑的，妳怎麼可能會想毒死妳親愛的家人呢？」伊莉莎白說。「我相信妳的老公和小孩一定都是體貼的好人，都很明白妳為他們付出多少辛勞，也懂得花心思向妳表達珍惜和感激，又或者是另一個很少見的情況，妳有幸走出家庭、在外頭有一份工作，那妳親愛的老闆一定懂得什麼叫做公平公正，讓妳和同樣職務的男性平起平坐、領一樣的薪水。」這段話贏得了更多的笑聲和掌聲，一直持續到她走回流理台前。

「今天我們要做的是焗烤花椰菜蘑菇。」她說，然後舉起一籃蘑菇——那應該是草菇吧？

「讓我們開始吧。」

當晚整個加州都沒人敢碰晚餐，想來也是合情合理。

伊莉莎白走出布景後，化妝師羅莎告訴她：「佐特，黎本斯摩請妳等等七點鐘去他的辦公室找他。」

「七點？」她的臉色一變。「可見得這人沒有小孩子要接。對了，妳有看到沃特嗎？我覺得他應該在生我的氣。」

「他剛才提早走了。」羅莎說。「聽我說，我覺得妳不要一個人去見黎本斯摩比較好。我和妳一起去吧。」

「羅莎，謝謝，我一個人沒問題。」

39 Amanita phalloides，又稱 death cap mushroom。

「還是妳先打給沃特，跟他說一下。他從來不會讓我們自己一個人去見黎本斯摩。」

「我知道，」伊莉莎白說。「不用擔心。」

羅莎猶豫不決，看了看時鐘。

「妳先回去吧，又不是什麼大事。」伊莉莎白說。

「妳至少先打給沃特吧，」羅莎說。「讓他知道一下。」羅莎轉身收拾自己的東西。「喔對，我超喜歡今天的節目，超好笑的。」

伊莉莎白轉頭看她，眉毛一挑。「好笑？」

再幾分鐘就要七點了。準備完明天節目的內容後，伊莉莎白揹起她的大包包，然後走過 KC 電視台空蕩蕩的走廊，抵達黎本斯摩的辦公室。她敲了兩次門後，逕自開門走進去。「你找我嗎？菲爾？」

黎本斯摩正坐在他那張巨型辦公桌後方，桌上堆滿了文件和吃了一半的食物。整間辦公室裡瀰漫著污濁的煙味，四個超大的黑白電視機正在回放各種節目，其中一個在播某齣肥皂劇，一個在播傑克・拉蘭，另一個在播某個兒童節目，最後一個則是在播她的《一八〇〇開飯》。伊莉莎白從來沒看過自己的節目，也沒聽過自己的聲音從音箱裡傳出來。還真是難聽，她心想。

「妳也差不多該到了。」黎本斯摩不悅地說，將手上的菸塞進一個雕花玻璃碗裡捻熄。他指了指一張椅子，示意要伊莉莎白坐下，接著氣沖沖地走去把門關起來並鎖上。

「他們要我七點過來找你。」

「我有叫妳說話嗎？」他厲聲說。

她聽到左邊傳來自己的聲音，說著果糖加熱會怎麼反應，於是轉頭看向那台電視。她心想，我有把酸鹼值講對嗎？啊，有。

「妳知不知道我是誰？」黎本斯摩的聲音從房間的另一邊傳來，但刺耳嘈雜的電視聲音讓他的話糊成一團。

「我知不知道……竊賊？」

「我說，」他一邊走回自己的座位，一邊更大聲地說。「妳知不知道我是誰？」

「你是菲爾．黎本斯摩。」她大聲回答。「不介意的話，我把電視關掉好不好，這樣我根本聽不到你說什麼。」

「放肆！妳什麼態度！」他說。「我說『妳知不知道我是誰？』，聽不懂啊？妳到底知不知道我是誰啊？」

她露出一臉不解的神情。「我剛說，你是菲爾．黎本斯摩。但如果你還是不太確定的話，我們可以看一下你的駕照上是怎麼寫的。」

他立刻瞇起他的眼睛。

「彎下去！」傑克．拉蘭疾呼。

「來跳舞吧！」小丑又笑又喊著。

「我從沒愛過你。」某個護士坦承。

「酸鹼的 pH 值。」她聽到自己的聲音在說。

「我是菲爾．黎本斯摩**先生**，本電視台的——」

「不好意思，菲爾，」她指著自己身邊的電視音箱說：「我真的聽不到——」她伸手要去調音量。

「**住手！**」他爆怒大吼。「**不准碰我的電視！**」

然後他站起身，拿著幾個資料夾，大步走過來，站定在她面前，兩腳開開的樣子有如攝影機腳架。

「妳知道這是什麼嗎？」他說，在她面前揮著那些資料夾。

「資料夾。」

「不要跟我耍小聰明。這是《一八〇〇開飯》的觀眾問卷調查、廣告成效分析，還有尼爾森的收視率報告。」

「真的嗎，」她說。「那我也想——」但她根本來不及瞥一眼，資料夾就又被他抽走了。

「不要講得一副妳知道要怎麼分析，」他尖酸刻薄地說。「一副妳有可能看得懂上面在寫什麼一樣。」他拿著那疊資料夾用力一拍自己的大腿，又大步走回自己的位子。「我實在是已經放任你們太久，在那邊做那些狗屁垃圾。沃特那傢伙駕馭不了妳，我就自己來。妳，如果還想保住飯碗的話，從現在開始，我要妳穿什麼就給我穿，我要妳調什麼酒就給我調，我要妳怎麼講話就怎麼講，我要妳——」

他講到一半就停下，因為伊莉莎白的反應——也就是沒反應——讓他沒辦法繼續說下去。伊莉莎白坐在椅子上的那個樣子，就像一個家長在等著小朋友發完脾氣。

「我看這樣吧，」他猛地吐了一口口水。「妳現在就給我走路！」結果伊莉莎白還是一點反應也沒有，黎本斯摩於是起身，努氣沖沖走去把那四台電視機關掉，力道大到扭壞了兩個轉鈕。「所有人都給我滾！」他大聲怒吼。「妳、派恩，有的沒有的，所有跟這節目沾上一點邊的，跑龍套或跑腿的，全部統統回家吃自己！」他講到上氣不接下氣，走回他的辦公桌後，一屁股坐到椅子上，等著接下來她應該有、也只可能會有的兩種反應：開始哭或開始賠罪，但最好是兩個一起來。

這房間終於安靜下來了。伊莉莎白點著頭，順手整理一下自己的褲子。「所以說，你為了今天毒蘑菇這一集要開除我，還有所有跟這個節目有關的人。」

「沒錯。」他強調，同時不敢相信自己剛剛上演的那一齣威脅戲碼，竟然沒有嚇到她。「因為妳，妳一個人，讓所有人都丟了工作。都是妳的錯，妳毀了一切。」他靠回椅背，等著她跟他低頭求饒。

「讓我們打開天窗說亮話，」她說。「你打算開除我，不只是因為我沒有穿你要我穿的衣服，沒有用你要的方式對攝影機笑，更是因為——如果有哪裡講錯，麻煩糾正我——因為我不知道『你是誰』。為了這幾件事，你決定開除所有《一八〇〇開飯》的工作人員，就算同一批人也負責另外四、五個節目，你也要他們明天就不用來了。換句話說，另外那四、五個節目也會受到嚴重的影響，因此沒辦法播出。」

她邏輯清晰的推論，讓菲爾更加惱羞。「我可以找到人取代他們，二十四小時內，」他彈一下手指。「但我看應該不用那麼久。」

「所以儘管節目這麼成功，你還是決定要這麼做。」

「對，我還是決定要這麼做。」他說。「而且，妳的節目一點也不成功，這才是重點。」他又拿起資料夾起揮了揮。「每天每天都有人來投訴，來抱怨妳，抱怨妳那些主張……還有科學。廣告商都打算抽腿了，還有那個湯罐頭廠商——很可能會告我們。」

「說到廣告，我一直都很想跟你討論這件事。」她拍拍手，一副感謝他提醒了她這個話題的樣子。「現在的阿斯匹靈、制酸劑胃藥廣告，感覺都是在暗示跟著節目做出來的晚餐，會讓人吃了會很不舒服。」

「因為那是事實。」菲爾嗆回去。這兩個小時內，他已經吃了至少十顆胃藥，卻還是一直在反胃。

「至於投訴的部分，」她繼續回應他剛剛的話。「我們的確是有收到一些抱怨，但比起支持與讚賞的信件，實在少到可以忽略不計。我其實沒有料到會有這樣的成果，菲爾。因為我這個人不管到哪裡都很格格不入，但最近我開始在想，也許就是這種格格不入感，節目才有這樣的成就。」

「**妳的節目哪裡成功了？**」他還在嘴硬。「根本就是一場災難！」菲爾心想，現在到底是怎樣？這女人怎麼還一副自己的飯碗沒事一樣？

「一個人沒辦法融入社會，是很恐怖的事。」她若無其事地說。「畢竟，想成為群體的一部分，是人類與生俱來的天性。但這個社會一直在告訴每個人，你還不夠好，不能成為群體的一份子。你懂我的意思嗎？菲爾？我們總是在用一些沒什麼意義的標準在衡量自己，比如你是什麼性別、什麼族裔、信什麼教、政治上有什麼偏好，念什麼學校——甚至連身高、體重都拿來比。」

「妳扯到哪裡去了？」

「但是在我的節目裡，我們關注的是大家的共通點：化學。所以就算觀眾覺得自己受制於各種後天社會行為的束縛，像是『男人應該這樣，女人應該那樣』之類的老套，這個節目也會鼓勵他們去跳脫那些過於簡化的思維，然後像科學家一樣，用更細膩的方式思考。」

菲爾癱坐在椅子上，相當不習慣輸的感覺。

「因為你想做強化社會常規、束縛個人潛力的節目，所以你才會想開除我。這一點我完全可以理解。」

菲爾感覺自己的太陽穴在抽動，兩手在顫抖。他伸手抓了一包萬寶路，倒一根出來，點燃它。就在他深深吸氣、菸頭引燃了絲絲延燒的光亮火苗時，整個辦公室陷入一陣寂靜無聲。在吐氣的同時，他也端詳著伊莉莎白的臉。

然後他突然站起來，帶著他因為挫敗而顫抖的身軀，大步走向一個靠牆的櫃子，裡面隨意擺放著幾瓶看起來很有身份地位的琥珀色威士忌和波本。他抓了一瓶出來，瓶口就著一個厚壁玻璃杯傾倒，一直倒到快要滿出來為止。他一口把整杯吞下肚，立即又倒了一杯，然後轉頭看她。「這個地方是有大人的，」他說。「妳也該學著聽話了。」

她困惑地看著他。「有一件事我一定得重申，沃特．派恩一直以來都沒有放棄要我聽你的話做事，他一直都很盡責盡力，即使他也相信這個節目不該只是你想要的那樣，也可以不只是你想像的那樣。他是個盡忠職守的好人，所以不應該被我個人的行為牽連。」

聽到她提起沃特，黎本斯摩放下手上的玻璃杯，又湊上去吸一口菸。黎本斯摩不喜歡自己的權威被質疑，更無法容忍也不會容忍一個女人這樣對他。黎本斯摩解開身上那件細直條紋西裝外套的鈕釦，兩眼定定看著伊莉莎白，然後慢慢鬆開皮帶，嘴裡說著：「打從一開始，我就該這麼做了——」那皮帶像條蛇一樣，掙脫本來的束縛。「建立基本規範。但是以妳的情況說，可以把它當作離職面談的一環。」

伊莉莎白坐在那裡，手臂緊壓著椅子的扶手。她用一種不疾不徐的聲音說：「菲爾，我建議你，不要再靠近了。」

他不懷好意地看著她。「妳好像到現在都還不知道這裡是誰的地盤？不過沒關係，妳很快就會知道了。」黎本斯摩低下頭，把褲頭的扣子解開、拉鍊拉開。他蹣跚地一步步走向伊莉莎白，生殖器軟趴趴地晃到距離她的臉不到十公分遠的地方。

她不敢置信地搖著頭，因為她實在不懂，男人為何就是以為女人都覺得他們的生殖器官好棒棒或好可怕。接著，她彎腰伸手拿包包。

「我很清楚我是什麼人！」他口齒不清地大吼，把自己朝伊莉莎白頂過去。「問題是，妳知不知道自己是哪根蔥?!」

「我是伊莉莎白．佐特。」她淡定地說，接著抽出一把才剛磨好的十四吋主廚刀。但她不太確定菲爾有沒有聽到這句，因為他已經整個人嚇昏過去。

31 祝早日康復賀卡

菲爾是心臟病發，沒有太嚴重的那種。但是在一九六〇年代，心臟病發的人大部分都活不下來，再輕微也一樣。結果那個男人幸運地活了下來，只是醫生說他得住院三個月，然後至少在家裡休養整整一年，出門工作更是想都別想。

「救護車是妳叫的？」沃特驚呼。「妳人在現場?!」沃特隔天上班時才得知這個消息。

「沒錯。」伊莉莎白說。

「那他——他是怎樣？倒在地上？抱著心臟？喘不過氣？」

「都沒有。」

「好，那是怎樣？」焦急的沃特雙手一攤。伊莉莎白和化妝師交換了一個眼神。「到底發生了什麼事？」

「我等等再過來好了，」羅莎說，立刻收拾好她的工具箱。離開之前，她緊緊摟了一下伊莉莎白的肩。「妳最棒了，佐特，讓我向妳致上最高敬意。」

看著眼前這一幕，心慌意亂的沃特眼睛瞪得老大。「妳救了菲爾一命，這我知道，」門關上後，他立刻緊張地說。「但是到底發生什麼事了？告訴我，晚上七點，妳為什麼會在那個地方？太詭異了！一五一十說給我聽。」

伊莉莎白把椅子轉向，面對沃特。她抬手抽出用來固定髮髻的 2B 鉛筆，改把它塞到左耳後，然後拿起杯子，啜了一口咖啡。「他說要跟我開個會，」她說。「還說很急，不能等。」

「開會？」沃特的臉色大變。「我不是早就跟妳說過，妳知道的——我們說好了，妳絕對不可以自己一個人去見菲爾，不是因為我覺得妳沒有能力或怎麼樣的，而是因為我是妳的製作人，而且兩個人總是比——」他掏出手帕來擦拭額頭上的汗。「伊莉莎白，我告訴妳，但妳不要告訴別人，」他突然壓低聲音。「菲爾．黎本斯摩不是什麼好人——妳懂我的意思了吧？他不是可以信任的人，而且他在處理問題的時候很容易——」

「他說要開除我。」

沃特臉色發白。

「還有你。」

「天啊！」

「還有所有做這個節目的人。」

「怎麼可以！」

「他還說你駕馭不了我。」

沃特的臉色變成一片慘白。「妳要明白，」他緊緊握住手上的手帕。「妳知道我對菲爾這個人的看法。不是他說什麼，我都全部認同、照著做。妳看，我有試過要駕馭妳嗎？別鬧了。妳說，我有逼妳穿那些可笑的服裝嗎？一次也沒有。妳想想，我有求妳，要妳讀那些傻傻、甜甜的台詞嗎？是有沒錯，但那是因為那些台詞都是我親手幫妳寫的。」

沃特舉起雙手。「老實跟妳講吧，他給我兩個星期——兩個星期之內，找到一個方法讓他眼見為憑，證明妳那種無法無天的作風是有用的，比方說電視台因此收到更多粉絲的來信、粉絲的電話，或是排隊想進我們節目現場當觀眾的人數，比來看所有其他節目的人加起來還多。如果可以做到這樣，他才要跟妳續約。但妳知道，我總不可能隨便跑去他的辦公室對他說：『喂菲爾，她才是對的，你錯了。』這箇直就是自殺式行為。絕對不能這樣幹。對付他這個人，要順著他的毛摸、安撫他的自尊，還要用一點手段、說他想聽的話——妳懂我的意思。昨天妳拿起那罐湯的時候，我以為這下子我們搞定了，結果妳竟然跟觀眾說那東西有毒。」

「因為那是事實。」

「妳聽好，我活在現實世界裡。」沃特說。「在這個現實世界裡，人們會為了保住自己的爛工作，做些鳥事說些鬼話。妳不知道這一年來我承受了多少鳥事。還有妳大概也不知道，我們很多廣告商都打算收手了。」

「菲爾跟你說的。」

「對。再跟妳說一個消息。不管妳收到多少封愛你愛到破表、暖到都燒起來的粉絲信——只要廣告商們開金口說一句『我們討厭佐特』，咱們就沒戲唱了。而根據菲爾的了解，他們全都很討厭妳。」沃特把手帕塞回口袋，起身去飲水機用紙杯裝水。他等著桶裝水發出那個讓人不舒服的咕嚕聲，因為它總是會讓他想到自己的胃潰瘍。「聽我說，在我想出辦法之前，先不要告訴任何人這件事。」他伸手按住腹部。「現在已經有多少人知道了？應該就我們兩個對吧？」

「我已經跟節目上的所有人講了。」

「不會吧。」

「保守估計，現在整棟大樓的人應該都已經知道了。」

「不會吧。」他又哀嚎一次，伸手按住他的額頭。「該死，伊莉莎白，妳在想什麼啊妳？妳該不會搞不清楚，當自己被開除的時候要怎麼做吧？第一步：絕不要告訴任何人事實真相，看妳是要假裝自己中了樂透才離職，還是繼承了懷俄明州的一個牧場，還是要被挖角去紐約飛黃騰達之類的，怎麼說都好。第二步：喝到掛，喝到天塌下來，喝到妳想到下一步該怎麼做為止。天啊，妳真的不知道電視圈要怎麼混是不是！」

伊莉莎白又啜了一口咖啡。「所以，你到底想不想聽我說？」

「妳還沒說完?!」他焦慮地說。「怎樣?他也要把我們的車收回去嗎？」

伊莉莎白直直看進他的眼裡。她平時相當平滑的額頭，這時候微微皺起。光是這樣，就讓沃特把注意力從自己轉移到她的身上。沃特突然覺得心神不寧。他剛剛完全放錯重點了。這整件事最最關鍵的問題，是伊莉莎白當時是一個人去見菲爾。

「我聽妳說，」他突然覺得很想吐。「拜託妳告訴我。」

全天下的男人都和菲爾一模一樣嗎？不是的，沃特不這麼認為。那麼，其他和菲爾不一樣的男人，包括他自己，在遇到菲爾這種人的時候，有站出來做點什麼嗎？也沒有。雖然這樣說起來，好像其他男人都很俗辣、很沒種，不過講真的，他們能做什麼？誰會蠢到和菲爾這種人正面對決？所以，為了避免衝突，大家都是乖乖聽命行事。人人都心知肚明，人人都姑息養奸。然而，伊莉莎白不是「人人」。沃特伸出顫抖的手扶著額頭，恨死自己這軟弱無能的身體裡的每一根骨頭。

沃特低聲說：「他有想對妳幹嘛，逼得妳必須反抗嗎？」

伊莉莎白坐直了身子。這時，化妝鏡旁的燈打在她身上，整個人散發出一股堅毅決絕的氣息。沃特驚恐地看著她的臉，心想，聖女貞德在柴火被點燃的那一刻之前，大概就是這個模樣吧。

「是有。」

「天吶！」沃特大喊，捏爆了手上的紙杯。「天吶，不會吧！」

「沒事，沃特，他沒有得逞。」

沃特停下來。「噢對，因為他心臟病發了。」他鬆了口氣。「來得太是時候了。好死不死，他心臟病發。喔、喔、喔，感謝主！」

她看著他的誇張反應，伸手到自己的包包裡撈著某個東西。那跟她昨天帶去菲爾辦公室的，是同一個包包。

「要謝的話，我不會謝主。」她說，一面從包包裡抽出那把十四吋主廚刀。

沃特倒抽一口氣。伊莉莎白和大部分廚師一樣，都堅持做菜一定要用自己的刀，所以她每天都會把自己的刀揹來電視台，然後再揹回家。大家其實都知道這件事，只有菲爾不知道。

「不過我完全沒碰到他，」她解釋說。「他就自己倒下去了。」

「天吶——」沃特喃喃地說。

「我叫了救護車，但你也知道那個時間的路上有多塞，我等很久，等到天荒地老，所以好好利用了那段時間。這裡，你看。」她把黎本斯摩昨晚拿來對著她揮來揮去的其中一個資料夾交給沃特。「聯合播放許可，」她說，沃特很明顯吃驚不已。「你知道我們的節目已經在紐約州聯播三個月了嗎？而且還有一些很有意思的新廣告商想贊助。雖然菲爾那樣跟你說，但其實有超多金主爭先恐後想投錢進來我們節目。你看。」她指著其中一條。那是 RCA Victor 唱片公司。

沃特低頭盯著那一疊紙，示意要伊莉莎白把她那杯咖啡給他。她把咖啡遞給他後，他一飲而盡。

「不好意思，」他總算擠出一句。「這轉彎實在太大，我實在一下子反應不過來。」

她有些不耐煩地抬頭看一眼牆上的時鐘。

「我不敢相信……我們的節目紅成這樣，」他繼續說。「竟然還被開除了？」

伊莉莎白認真地看著他。「不，沃特，我們沒有被開除，因為現在是我們當家了。」

四天後，沃特坐在菲爾本來的位子上。辦公室裡的煙灰缸被清掉，波斯地毯也移走了。電話機上的按鈕不停在閃著，重要的電話一通接一通。

「沃特，就把你覺得該改正的東西改一改就是了。」伊莉莎白提醒著現在是代理監製的沃特。當沃特因為這沉重的責任而有些猶豫畏縮，伊莉莎白幫他把事情簡化，開導他說：「就做你覺得對的事情，沃特，然後也叫大家做自己覺得對的事情就好了，沒有那麼難吧？」

事實上哪有她說得那麼容易。畢竟，關於管理，他也只知道一種方式，那就是羞辱加操控下屬，因為一直以來他就是被這樣管過來的。但伊莉莎白好像真的相信——天啊，這女人也太天真了——當員工感覺到自己被重視的時候，工作的產值會比較高。

那天，他們又被穆福德女士約談，兩人一起站在伍德小學門外。「沃特，不要在那邊要衝不衝、要做不做的，」伊莉莎白對他說。「抓緊方向盤後，就把油門踩下去。猶豫或害怕的話，就用裝的，假裝自己可以做到。」

假裝自己可以？這個他很行。才過沒幾天，他就談好了一系列的新合作，當中包括把《一八〇〇開飯》聯播到東、西岸各州，也敲定新一批可以讓電視台利潤翻倍的廣告商。最後，他還趁著自己沒嚇到縮回去之前，召集了電視台全體員工，向大家轉達菲爾的病情，也說明了伊莉莎白怎樣救了他一命，然後告訴大家雖然之前發生了「那個插曲」，他還是希望大家覺得在ＫＣ電視台工作是開心、有意義的。整場會議上宣布的所有事項當中，菲爾心臟病發這件事，獲得了最多掌聲。

「我有請我們的美術做了一張祈福卡給菲爾。」他說，舉起那張超大的卡片，上頭是漫畫版的菲爾在美式足球場上勝利達陣的樣子，只不過他手裡抓的不是球，而是他的心臟。沃特事後想想，這圖好像有那麼一點不恰當。「請各位在上面簽名，」沃特說。「想要的話也可以留個言。」

當天晚一點輪到他自己簽名的時候，他稍微看了一下大家在上面寫了什麼祝福。大部分的人都是寫「祝早日康復！」，但當中有些留言倒是有點黑暗。

去你的黎本斯摩，幹。

當時要是是我在場的話，就不會幫你叫救護車了。

要死就死一死，不要歹戲拖棚。

沃特認出最後那句的筆跡，是菲爾其中一個祕書寫的。

雖然沃特早就知道自己應該不是唯一一個討厭老闆的人，但他沒想到竟然有那麼多人和他同一陣線。這當然讓他心裡有個譜了，但也同時為此沉痛揪心。因為身為製作人，他也算是菲爾管理團隊的一員，所以之前為了推進菲爾的計畫，曾經讓多少人被迫付出代價，說起來其實他也有責任。他拿起一支筆，這是今天第四次他聽從伊莉莎白簡單明瞭的建議：對的事情，做就對了。

「**祝你永不康復**」，沃特用大大的字寫在卡片中央，再把卡片塞到一個巨型信封裡，最後把信封丟到「待寄出」的籃子裡。他默默許下一個承諾。改變勢在必行，他會從自己開始做起。

32 難得之人

當海芮趕著瑪德蓮坐進自己的克萊斯勒時，瑪德蓮發問了。

「媽媽知道嗎？」新學期已經開始一陣子。正如先前提到的，瑪德蓮很幸運地又被分到穆福德老師的班上，海芮於是心想，那麼瑪德蓮一天不去上課也沒關係，甚至二十天都不去也沒差。

「當然不能讓她知道！」海芮一邊調整著車子的後照鏡，一邊說。「她要是知道了，我們還去得成嗎？」

「她不會生氣嗎？」

「如果被她知道的話，當然會。」

「妳學媽媽的簽名學得好像，」瑪德蓮看著手上的請假單說。「只有『E』和『Z』這兩個字母比較不像。」

「哼，」海芮有點不悅。「妳是想說，還好學校沒有請筆跡鑑定專家來抓我漏洞嗎？」

「真的耶，妳運氣真好。」白目的瑪德蓮說。

「總之呢，咱們的計畫是這樣的，」海芮說，沒理會她。「我們就跟其他人一樣排隊入場，一進到攝影棚，就繞到後面去坐最後一排。那裡不會有人跟我們搶。我們要坐那裡，以免萬一發生什麼事，就可以馬上從旁邊的緊急出口開溜。」

「但只有真正緊急的時候，才能走緊急出口吧。」瑪德蓮說。

「是沒錯，但要是被妳媽媽發現我們跑去的話，確實算得上是緊急事件了。」

「可是，打開緊急出口的門，應該會觸動警鈴或保全不是嗎？」

「對，這樣更好，搞得現場一片混亂，剛好可以讓妳媽媽分心，我們可以趁勢逃走。」

「妳確定我們真的要去嗎？海芮？」瑪德蓮說。「媽媽說電視台不是個安全的地方。」

「胡說八道。」

「但是她說——」

「馬的，電視台安全得很。電視台是一個讓大家去學東西的地方，妳媽媽不就在那裡教大家做菜嗎？對吧？」

「她教的是化學。」瑪德蓮糾正她。

「那妳說說看，去電視台可能會有什麼危險？」

瑪德蓮看著窗外。「輻射過量。」

海芮重重嘆了一口氣。這孩子跟她媽真的是一個模子刻出來的。正常來說，這種對話會發生在小孩子再大一點的時候，但瑪德蓮在這方面的進度非常超前。她想像著瑪德蓮長大後的樣子。**我講過幾百萬遍了！**她大概會這樣吼自己的小孩。**點了本生燈，你一定要在現場顧著，不能跑掉！**

「到了！」當電視台的停車場進入瑪德蓮的視野時，她突然大叫出來。「真的是ＫＣ電視台耶！哇嗚！」但她的臉瞬間立即垮下。「但是，海芮妳看，有超多人在排隊。」

「天殺的。」海芮看著那繞著停車場排隊的人龍咒罵了一聲。現場大概有幾百人吧，大部分都是拿著小包包、腋下濕透、正在狂擦汗的女人，也有幾位用兩根手指拎著西裝外套的男人。每個人都在用自己手上的東西猛搧風，比如地圖、帽子或是報紙。

「這些人都是來看媽媽的節目嗎？」瑪德蓮驚訝地問。

「不是吧，親愛的，很多其他的節目也都是在這裡錄影。」

「這位太太，不好意思，」停車場的一個先生說，示意要海芮停下車，然後從瑪德蓮那一側窗戶探進來。「沒看到上面寫的嗎?車位已滿。」

「好吧，那麼我要停哪裡比較好?」

「妳們是來排《一八〇〇開飯》的嗎?」

「對。」

「那真是不好意思了，說實在話，妳們肯定進不去。」他指著排隊的人龍。「像這些人大部分都白排了。有些人凌晨四點就跑來排了。今天可以進場的，應該也都已經選好了。」

「什麼?!」海芮大驚。「竟然有這種事?」

「沒辦法，這節目太紅了。」

海芮有點不知所措。「但你看，我還特地為此讓這孩子請假。」

「實在抱歉了，阿姨。」他把半個身子探進車裡。「抱歉了，小朋友。我每天都在這裡趕別人走，所以每天都有人跟我大呼小叫的。相信我，這種感覺不好受。」

「我媽媽應該會覺得這樣很不好。」瑪德蓮說。「她不會開心有人受到這種對待。」

「聽起來妳媽媽是個好人。」那個先生說。「不介意的話，可以把車開走了嗎?後面還有很多人，我還得一個個去請他們離開。」

「好的。」瑪德蓮說。「但方便幫我一個忙嗎?可以把你的名字寫在我的筆記本上嗎?我會跟我媽媽說，說你的工作有多辛苦。」

「馬的!」海芮示意要她閉嘴。

「妳在跟我要簽名嗎?」他大笑。「哇，生平第一次有人跟我要簽名耶。」在海芮來得及制止前，那人已經收下瑪德蓮的作業簿，小心地順著筆記本的格線用最標準、工整的字寫下「西摩爾．布朗」。

然後，在他闔上作業簿的那一剎那，筆記本封面上的名字讓他像被電線杆掉落的電線打到一樣，瞬間電醒了他。

「瑪德蓮．佐特？」他不敢相信自己的眼睛。

攝影棚裡又暗又涼，到處都有超粗的電線從東連到西、從南跨到北，兩側也都有大台的攝影機架在那裡，已經準備好隨時開拍，就等攝影棚頂的那些大燈打下來、照亮布景台。

「兩位請坐。」沃特．派恩的助理領著瑪德蓮和海芮來到觀眾席的第一排，這裡突然有兩個位子被空出來。「這裡是我們棚內視野最好的位子。」

「不好意思，」海芮說。「方便的話，我們其實比較想坐在後面一點。」

「噢不，千萬不行。」那位小姐說。「派恩先生會殺了我。」

「總歸是有人要死就對了。」海芮喃喃地說。

「我覺得坐這裡滿好的。」瑪德蓮說完就一屁股坐下。

「看現場的節目，跟在家裡收看會很不一樣。」助理向她們說明。「因為在現場，你不會只是在『看』節目，而是會成為節目的一部分。還有燈光——燈一打下去，感覺就完全不同了。我向妳們保證，這裡絕對是美景第一排。」

「我們只是不想讓伊莉莎白．佐特因為看到我們而分心而已，」海芮再試著用別的藉口。「不想讓她緊張。」

「佐特？緊張？」那助理小姐發出一陣大笑。「哈哈哈，妳真是幽默。別擔心，她是看不到觀眾的，因為布景燈很強，強到她看不清前面的人。」

「妳確定？」海芮問。

「千真萬確，跟人會死、稅得繳一樣篤定。」

「每個人都會死是沒錯，」瑪德蓮指出。「但不是每個人都會老實繳稅。」

「哎呀，妳這個聰明伶俐的小可愛。」助理小姐說，口氣突然變得有點酸。但就在瑪德蓮打算用統計數據來跟她辯論逃稅的比例有多高時，樂隊開始演奏起《一八〇〇開飯》的主題曲，助理小姐也瞬間消失得無影無蹤。然後瑪德蓮看到沃特．派恩從左邊遠處走過來，坐到一張有靠背的帆布椅上。當沃特點個頭，攝影機馬上就定位，接著，一個戴著耳機的男人豎起了大拇指。

主題曲終於來到最後幾個小節時，一個熟悉的身影走了出來，她像總統走上典禮台一樣走路有風，她抬頭挺胸，她氣宇非凡，她的頭髮在強光之下閃閃發亮。

瑪德蓮這輩子已經看過她媽媽數不清多少次，從早上剛睜開眼起床的樣子，到晚上閉上眼入睡的模樣。她看過媽媽微微往後仰、閃避本生燈上的火焰，也看過媽媽盯著顯微鏡的模樣；她看過媽媽是怎麼和穆福德女士過招，看過媽媽剛洗完澡從浴室裡走出來的樣子，也從她懷裡看過正抱著自己的她。各時各地、各種角度的伊莉莎白，她都看透了，卻從來沒看過這個樣子的她。**媽！**瑪德蓮心裡漲滿了驕傲。**媽咪！**

「哈囉大家好，歡迎來到《一八〇〇開飯》。」伊莉莎白說。「我是伊莉莎白．佐特。」

剛剛那助理小姐說得沒錯，有打燈真的差很多，家裡電視那種黑白粒子畫面完全不能比。

「今天是牛排之夜。」伊莉莎白說。「也就是說，今天我們要來探討肉類的化學成分，並且將深入了解『結合水』與『自由水』這兩者的不同。因為——各位知道後，應該會非常驚訝，」她舉起一大片頂級的沙朗牛排。「——肉類的含水量高達百分之七十二。」

「就像生菜一樣。」海芮悄聲說。

「但它還是跟生菜完全不能比，」伊莉莎白說。「因為生菜的含水量高達百分之九十六。水為什麼這麼重要？因為水分子是人體中占比最大的物質。我們人體中有百分之六十都是水。人如果不吃東西的話，可以撐最多三個星期，但是如果不喝水的話，三天之內就會死，頂多四天。」

觀眾席傳來一陣騷動。

「這就是為什麼——」伊莉莎白說。「當你想為自己的身體補充點什麼的時候，會先想到水的原因。不過現在，讓我們先回到今天的主題：肉類。」她選了一把又大又亮的刀後，一邊示範要如何切牛排，一邊開始講解牛排有什麼營養價值，解釋人體如何運用牛肉裡的鐵質、鋅、維他命 B 群，並說明了為什麼蛋白質對小朋友的成長特別重要。接著她講起肌肉組織裡有多少水分子是以自由水的形式存在，最後收在她真心覺得好有趣的自由水和結合水的定義上。

當伊莉莎白在講解以上這些內容時，全場觀眾席完全處於屏氣凝神的狀態，沒人咳嗽，沒人低聲交談，沒人把腳翹起來或把腳放下來。真要說有什麼聲音的話，只有偶爾出現原子筆劃過紙張所發出的沙沙聲，因為他們在做筆記。

「讓我們先進一段節目宣傳影片。」伊莉莎白收到攝影師的提示後對觀眾說。「不要走開，馬上回來。」她把刀子放下，大步走出布景，然後在化妝師面前停下，讓化妝師拿海綿按一按她的額頭、壓一壓幾根鬆脫的頭髮。

瑪德蓮轉頭看了一下現場的觀眾。他們個個如坐針氈，既緊張又不耐地等著伊莉莎白重新出現在台上。瑪德蓮的心因為嫉妒而有點小刺痛，因為她突然發現自己得和這麼多人分享她的媽媽，而她不喜歡這種感覺。

幾分鐘後，伊莉莎白回來了。「我們先拿切半的新鮮蒜頭剖面，像這樣抹在牛排的表面，同時也在它的兩面撒上氯化鈉和胡椒鹼。然後，當妳看到鍋裡的奶油開始冒泡泡的時候——」她指著一個已經燒熱的平底鑄鐵鍋。「——再把牛排放進鍋裡。記住，一定要等到奶油開始冒泡泡才能放牛排。因為當奶油開始冒泡，才表示奶油裡的水分已經蒸發掉了。對煎牛排來說，這一點至關重要。只有這樣，妳才能確保牛排是在脂質裡煎煮，而不會在過程中吸收多餘水分。」

當牛排在油鍋裡滋滋作響時，伊莉莎白從圍裙裡拿出一個信封。「趁這個時間，我想跟各位分享一封來自長灘的信，署名是娜妮特．哈利遜。她是這麼寫的，『親愛的佐特女士，我吃素，但不是因為宗教因素，而是因為我覺得吃有生命的東西不太好。但我先生告訴我，人需要吃肉，我這樣做很蠢，可是我就是很不喜歡有生命為了我而死去。耶穌當時就是為了我們而死，承受了巨大的痛苦。妳誠摯的娜妮特．哈利遜，寫於加州長灘。』」

「這是一個很有意思的觀點，娜妮特，」伊莉莎白說。「人類的飲食，的確會對地球上其他生物的生存造成影響。但事實上，植物也是生命，當我們把植物切成小塊、用臼齒咬碎、推下食道，讓我們胃裡的鹽酸消化植物時，很少考慮到其實植物本來也是活著的。總之，娜妮特，我還是要給妳掌聲鼓勵一下，因為妳在吃東西之前會先思考。只不過妳要小心別搞錯一件事，那就是，吃素也一樣是藉由殺生來維持自己的生命，這是沒有辦法避免的。至於耶穌的部分，不予置評。」接著她轉過頭，將滴汁的血紅色牛排插出鍋子，然後直視著攝影機。「接下來，進一小段廣告。」

海芮和瑪德蓮面面相覷，兩人都瞪大了眼。「我有時候真的很懷疑，這個節目到底為什麼會受歡迎？」海芮低聲說。

「不好意思，兩位，」助理小姐又出現了。「派恩先生在問，方不方便和兩位講幾句話？」她嘴裡雖然問著，其實完全不給她們回答的機會。「請跟我來。」助理帶著她們悄悄從攝影棚溜出來，穿過一條走廊，來到一間辦公室，而沃特．派恩正在裡面來回踱步。辦公室裡，有四台電視機靠著牆壁排列，一台挨著一台，每一台都在播《一八〇〇開飯》。

「哈囉，瑪德蓮，很高興見到妳。」他說。「但也很驚訝。妳今天不用上學嗎？」

瑪德蓮朝沃特點了點頭。「嗨，派恩先生。」然後她指了指海芮。「這位是海芮，是她說要來的，而且她還偽造文書。」

海芮對她使了個眼色。

「妳好，我是沃特．派恩。」沃特主動和海芮握手。「久仰，很高興見到妳本人，海芮……斯隆，對吧？我一直在聽伊莉莎白說妳有多好，但是——」他突然壓低聲音說：「要是被她發現妳們兩個跑來的話，妳怎麼辦？妳們在想什麼啊？」

「我知道，」海芮說。「所以我們才想坐在最後排。」

「阿曼達本來也想來，」瑪德蓮說。「但海芮不想一次背負兩條罪名，因為偽造文書罪已經不輕了，綁架就更不用說——」

「的確十分深思熟慮，斯隆太太。」沃特打斷瑪德蓮。「跟兩位說明一下，如果我能作主的話，我當然是非常歡迎兩位，但現在不是我一個人可以決定的。」他轉頭對著瑪德蓮說：「妳媽媽只是想保護妳而已。」

「因為輻射線會外洩嗎？」

他愣了一下。「我的意思是，妳媽媽不想讓大家知道妳是誰，這是在保護妳，瑪德蓮。妳這麼聰明，一定懂我在說什麼。」

「我不懂。」

「我的意思是，妳媽想要保護妳，讓妳保有自己的隱私。她不想要妳因為她而跟著出名，因為出了名就會暴露在鎂光燈下，難免會成為別人議論的對象。」

「媽媽有多出名？」

「自從節目開始在其他地方聯播，」沃特用手指輕點著額頭。「她又變得更有名一些。現在連芝加哥、波士頓、丹佛這些城市，都看得到妳媽媽的節目了。」

「接下來，我們來切迷迭香，」這時，背景傳來伊莉莎白的聲音。「最好用妳家裡最利的那把刀，這樣才能把對迷迭香的傷害減到最小，避免因此流失過多的電解質。」

「為什麼出名不好？」瑪德蓮問。

「也不是說不好啦，」沃特說。「只是人出名以後，往往會有意想不到的事情也跟著來了，當中有一些不是什麼好事。像是有些人喜歡假裝自己認識有名的人，比如假裝自己認識妳媽媽，只因為這會讓他們感覺自己也是個了不起的人。而為了證明自己真的跟妳媽媽很熟，這些人會編出一些跟她有關的是是非非，裡面難免會有些不太好聽的東西。所以妳媽媽想要保護妳，不讓別人隨便亂編亂說妳的事。」

「有人會亂編我媽媽的事情？」瑪德蓮有些警戒地問。她心想，應該是因為錄影時打的光，才會有人想幫她媽媽編故事，因為那個光打下去，讓她看起來整個人超無敵、超威的。觀眾就是想看到這樣的她，一個值得尊重、也備受尊重的女性，雖然她其實也和所有人一樣，有著平凡的煩惱。瑪德蓮在想，這大概跟她自己在人前會假裝不識字有點像——為了讓日子好過一點，人就是得有些不得不。

「別擔心了，」沃特把一隻手放在瑪德蓮瘦削的肩膀上。「如果這世界上只有一個人有辦法照顧好自己，那人大概就是妳媽媽了。沒多少人膽敢冒犯伊莉莎白．佐特的。她唯一擔心的事，就是別人跑來占妳便宜，懂了嗎？她對妳也是一樣的，斯隆女士。」沃特轉向海芮說。「應該沒人比妳和伊莉莎白相處的時間還要長，想必妳也有不少朋友會跑來刺探。」

「我沒什麼其他的朋友，」海芮說。「就算有，我也知道該說什麼、不該說什麼。」

「很好，妳也是聰明人。」沃特說。「說實在的，我也沒什麼其他的朋友。」

沃特暗自想了想，其實他就只有伊莉莎白這一個朋友。不只是普通的朋友而已，伊莉莎白是他最好的朋友。他沒有跟她提過這件事，但確實是如此。有一堆人總愛說男人和女人之間沒有純友誼——他們錯了。他和伊莉莎白兩個人幾乎無話不談，再親密的事情都聊過。他們可以聊生死，聊性愛，也可以聊小孩。朋友會互相支持，他們有；朋友會不時一起大笑，他們也有。不過，他不得不說，伊莉莎白這個人真的不太愛笑。儘管節目越來越紅，他卻感覺她整個人越來越鬱鬱寡歡。

「好囉，」沃特說。「我還是盡快讓兩位離開。要是被妳媽媽發現，我們所有人都會吃不完兜著走。」

「可是為什麼媽媽會這麼受歡迎，你覺得？」瑪德蓮問，還是暗自希望可以不用跟別人共享自己的媽媽。

「因為她只說實話，」沃特說。「這一點很難得。也因為她做的菜都非常、非常好吃。還有好像大家都真的很想學化學，這一點我倒是想不通。」

「為什麼說實話很難得？」

「因為有時候說實話會造成一些後果。」海芮說。

「沒錯，難以承擔的後果。」沃特很同意地。

這時，角落的電視機傳來了伊莉莎白的聲音。「看來，我們今天還有時間回答現場一位觀眾的問題。請說，就是妳，穿薰衣草色洋裝的那位。」

一名女士容光煥發地站了起來。「啊，妳好，我來自中國湖（China Lake），我叫做艾德娜・弗萊斯坦。我只是想說，我真的好喜歡妳的節目，尤其是妳之前說，要對我們吃的食物心存感激，讓我真的很有感覺。所以我想請問妳，妳有沒有一段最喜歡的禱告，會在每天吃飯前唸來謝飯，唸來感謝上帝，感謝主賜予我們恩典呢？我真的很想知道，謝謝妳！」

伊莉莎白抬手遮擋眼前的強光，彷彿想看清楚艾德娜的樣子。「哈囉，艾德娜。」她說。「謝謝妳的問題，答案是沒有。我沒有特別喜歡哪一段禱告，也從來不謝飯。」

這時，辦公室裡的沃特和海芮，臉色瞬間慘白。

「噢天啊，拜託妳，」沃特低聲說。「到此為止，不要再說下去了。」

「我是無神論者。」伊莉莎白實話實說。

「要爆了。」海芮喃喃說。

「也就是說，我不相信神。」伊莉莎白再補一刀，觀眾們驚呼出聲。

「等一下，不相信神很奇怪嗎？」瑪德蓮忽然插嘴問。「這種事很少見嗎？」

「我相信那些辛苦工作、讓我們有東西可以吃的人，」伊莉莎白繼續說。「比如那些農夫、貨車司機、物流人員。不過艾德娜，最重要的是我相信妳，是妳做出營養美味的食物來餵養全家人，是妳讓下一代長大、茁壯。」

說到這裡，她看一眼時間，然後又轉頭看向攝影機。「今天的節目就到這裡。希望妳明天也能加入我們，一起探索溫度冷與熱的世界，了解溫度對風味的影響。」然後她的頭微微地往左一傾，像在思考自己剛剛是不是說得太多了，還是說得不夠多。「孩子們，你們來擺餐桌、準備餐具。」她用比平常更堅定的語氣說：「讓媽媽可以有點自己的時間。」

幾秒鐘後，沃特辦公室的電話開始響個不停。

33 信心

在一九六〇那個年代，大概不會有人在電視上說自己不信神之後，還會以為自己之後有機會再上電視。沃特辦公室的電話便是最佳證明，線路立刻被廣告商和觀眾的威脅恐嚇塞爆。他們有的要伊莉莎白．佐特滾蛋，有的想把她抓去關，有的要把她遊街示眾、讓她被石頭活活打死。那些想要打死她的人，正是那些宣稱自己是主的子民的人，而他們的主，正是要大家凡事原諒、凡事要忍耐的那位。

「天殺的，伊莉莎白。」沃特說。大約十分鐘前，他才把海芮和瑪德蓮從自己辦公室的側門送走。「有些話妳不說，沒人會當妳是啞巴！」他們倆坐在伊莉莎白的休息室裡，那條黃格子圍裙仍緊緊繫在她纖細的腰上。「妳要信什麼隨便妳，那是妳的權利，但是妳不可以逼別人要跟妳一樣，尤其是在全國都看得到的節目上。」

「我剛剛有逼別人要跟我一樣嗎？」她有些驚訝地問。

「哎，妳懂我的意思。」

「艾德娜．弗萊斯坦問了一個簡單明瞭的問題，我就給她簡單明瞭的回答。她自由地表達自己對耶穌的信仰，我為她感到高興，也樂見她行使自己的權利。同樣的道理，我覺得所有人都應該享有同等的待遇。不信神的人，也有表達的權利。很多人不相信神，有人相信占星學，有人相信塔羅牌，或者是像海芮那樣——她相信玩快艇骰子（Yahtzee）的時候，先吹一口氣再擲，可以丟出比較好的點數。」

「我想不必我多說，」沃特咬著牙說：「神和快艇骰子是沒辦法相提並論的。」

「說得也是，」伊莉莎白說。「快艇骰子好玩多了。」

「妳今天說出這種話，會讓我們付出昂貴的代價。」沃特警告她。

「沃特，別這樣，」她說。「對我們有點信心嘛。」

給別人信心，這本該是沃克利最專業的部分，但他今天連對自己都沒什麼信心。在花了好幾個小時安慰一個把所有事都怪在別人身上的會眾後，他回到自己的辦公室。本來想獨處一下，卻發現那位最近來兼職打字的芙萊斯克小姐，正坐在他的位子上用著他的打字機。她正以一分鐘三十字的速度在狂敲猛打，眼睛卻同時黏在辦公室裡的電視上。

「請好好觀察一下這顆番茄。」沃克利看到電視上一個有點面熟的女人正在說話，一支鉛筆從她的頭後冒出來。「妳大概不覺得自己和這顆番茄之間，會有什麼共通之處——但還真的有：妳的ＤＮＡ和番茄的ＤＮＡ，相似度高達百分之六十。現在，請轉頭看看旁邊的人，有沒有一種熟悉的感覺？不管有沒有，妳們之間的ＤＮＡ相似度甚至更高，高達百分之九十九點九。而且，妳們和地球上的所有人類之間，ＤＮＡ相似度也是這麼高。」然後她放下番茄，拿起一張羅莎·帕克斯的照片。「這也是我支持民權運動的原因。我支持民權運動那些勇敢的領導者，比如羅莎·帕克斯。[40]從科學的角度來說，基於膚色的歧視，根本荒謬至極，更是徹底的愚昧無知。」

「芙萊斯克小姐，不好意思？」沃克利說。

「再給我幾秒鐘，」她比出一隻手指頭。「快好了。好了，這是你佈道用的講稿。」她從打字機中

40 在黑人民權運動興起之前，美國有種族歧視法律規定白人與黑人的座位必須分開。一九五五年，羅莎·帕克斯（Rosa Parks, 1913 – 2005）在公車上拒絕讓座給白人而被逮捕，掀起聯合抵制該地公車的社會運動。美國國會後來稱她為「現代民權運動之母」。

抽出一張紙。

「我們可能會認為，愚昧無知的人很快就會在大自然法則下被淘汰，」電視上的伊莉莎白繼續說道。「但達爾文忽略了一件事，那就是：愚昧無知的人是不會忘記吃飯的。」

「這是什麼節目？」

「《一八〇〇開飯》。你沒聽過《一八〇〇開飯》嗎？」

「我們還有點時間，可以回答現場一個問題。」電視上的伊莉莎白說。「好，那位穿著——」

「哈囉，我是來自聖地牙哥的法蘭辛・拉福森！我想跟妳說，就算妳不相信主，我也還是妳的大粉絲！但我想請問，妳有沒有比較推薦哪一種飲食法？我知道我是該減肥了，但我也不想為了減肥而餓肚子。現在我每天都有在吃減肥藥。謝謝妳！」

「法蘭辛，謝謝。」伊莉莎白說。「在我看來，妳沒有體重過重的情況。因此，我會假設妳是受到時下那些雜誌的影響太深。可是，那些雜誌裡的女性全都瘦過頭了。這種不近人情的美學淹沒了妳對自己的信心，扭曲了妳對自我價值的判斷。所以我會說，與其用什麼飲食法或吃什麼藥——」她停頓一下。「可以問各位一下嗎？」她說。「現場有多少人有在吃減肥藥？」

有幾個人緊張地舉起手來。

伊莉莎白又等了一下。

結果幾乎在場所有人都把手舉起來。

「不要再吃那些藥了。」她呼籲。「那都是些安非他命等級的東西，會誘發精神疾病。」

「但我很不喜歡運動。」法蘭辛說。

「也許是妳還沒找到對的運動。」

「我有看傑克・拉蘭。」

聽到傑克．拉蘭這個名字，伊莉莎白忍無可忍地閉上眼。「划船怎麼樣？」她說，突然看起來很累的樣子。

「划船？」

「沒錯，划船。」她又重複一次，睜開眼睛。「划船是一種粗暴的娛樂，本來就是設計來考驗我們的心智、毅力和全身的肌肉。划船都是在日出之前，很常遇到下雨。妳會滿手都是厚厚的繭，也會讓妳的手臂、胸口、大腿變壯。妳會划到胸口痛，手也長水泡。划船的人有時候會忍不住問自己，『我到底為什麼要這樣折磨自己？』」

「天啊！」法蘭辛說。「聽起來太可怕了！」

這不是伊莉莎白的本意，因此露出困惑的表情。「我要說的重點是，划船的話就不需要飲食法和減肥藥了，對靈魂也有幫助。」

「但我以為妳不相信有靈魂這件事？」

伊莉莎白嘆口氣，又閉上眼睛。凱文，你說說看，這是在說女生就是不適合划船嗎？

「她是我以前的同事。」芙萊斯克說，把電視關掉。「之前在哈斯汀的同事，只是後來我們兩個都被開除了。等等，你是說真的嗎？你不知道她是誰？她是伊莉莎白．佐特，現在到處都看得到她的節目了。」

「所以她也有在划船？」沃克利說，覺得不可思議。

「什麼叫『也』？」芙萊斯克問。「你還有認識誰在划船嗎？」

沃克利看到瑪德蓮帶了一隻超大隻的狗來公園。「馬的，」沃克利說。「妳怎麼沒跟我說妳媽媽在主持電視節目？」

「我以為你知道，因為大家都知道，尤其是她說自己不相信上帝以後。」

「不信上帝沒什麼大不了，」沃克利說。「美國可是個自由國家，信仰當然也是每個人的自由。一個人要相信什麼都可以，只要不會傷害到別人就好了。說到這個，我個人正好認為科學也是一種信仰。」

瑪德蓮沒想到他會這麼說。

「對了，這位是？」他一邊說，一邊把手伸出去給那隻狗聞。

「六點半。」她說。

這時剛好有兩個講話很大聲的女人走過去。

「席拉，我如果沒記錯，」其中一個女人問。「她是說，要讓一克原子量的鑄鐵升高攝氏一度的話，需要〇．一一卡的熱能，是這樣對吧？」

「沒錯，艾蓮，」另外一個女人說。「所以我才會想去買一個新的煎鍋。」

「啊，我想起來了，」沃克利等到兩位女士走過去後，才繼續說。「他也有在妳的全家福照裡，真是帥氣的狗狗。」

六點半的頭用力頂著沃克利的手掌。

這傢伙不錯，六點半心想。

「話說，我想妳大概以為我已經忘了那件事，畢竟已經過了好一陣子，但其實我一直在嘗試著聯繫萬聖之家。上次跟妳聊完以後，我打了好幾次電話過去，只是每次打過去，對方都說主教不在。今天我有跟他的祕書說到話，但是她說他們那裡沒有收留過叫凱文．伊凡斯的人。也許我們問錯間了也說不定。」

「不，」瑪德蓮說。「是那間沒錯，我很確定。」

「馬的，我不覺得一個教會祕書會對人說謊。」

「沃克利，」她說。「是人就會說謊。」

34 萬聖

「你剛才說那個地方叫什麼名字？萬聖？」主教詫異地再問一次。當時是一九三三年，他本來還期待自己會被分發到一個居民都在喝蘇格蘭威士忌的富裕教區，結果卻被派去負責一個破爛的兒童之家，地點在愛荷華。那裡收留了一百多個男孩子，年紀由小到大都有，每一個都是罪犯的預備軍。看到他們，就會提醒主教一件事：下次要開樞機主教玩笑的時候，不要當著他的面。

「對，萬聖。」樞機主教說。「那個地方需要一點規矩，跟你一樣。」

「坦白說，我不是很會照顧小孩。」主教告訴他。「我個人是對寡婦和妓女比較有一套——還是把我派去芝加哥好了？在那裡，我會表現得更好。」

「除了規矩以外，」樞機主教完全沒把他的請求當一回事。「那個地方需要錢，所以你也要負責抓住長期捐款。表現好的話，未來也許我會考慮把你調去其他更好的地方。」

但那未來從來沒有到來。時間來到了一九三七年，主教還是沒解決兒童之家的現金流問題。那幾年他唯一完成的東西，就是一份「我恨這個鳥地方」的清單，內容長達十頁，可以歸結出五大讓他暴怒的點：三流的神父、黏答答的食物、什麼都會發霉、戀童癖，還有源源不絕、一般家庭不是覺得太野就是太會吃的男童。總之，都是一些沒人要的小孩。這一點，主教完全可以理解，因為他自己也不想要這些小孩。

一般來說，天主教會的募款方法不外乎：賣雪莉酒和《聖經》書籤、乞討要錢、狗腿諂媚——這些他們都有在做，但賺到的錢只夠這個地方苟延殘喘下去。樞機主教說得沒錯，他們真正需要的是大筆的捐款。問題是，有錢人都只想把錢花在兒童之家根本沒有的一些東西上：教會理事、獎學金、紀念活動。不管他再怎麼積極努力募款，準乾爹們都會立刻察覺兒童之家的致命破綻，回絕了他。「獎學金？」金主會嘲笑反問。兒童之家畢竟並非真的可以讓小朋友好好學習的學校，就像監獄不是真的可以讓人改過自新的地方。這兩個地方還有另一個共通點：都沒人想進去。至於資助教會的理事？同樣的問題——兒童之家根本連部門都沒有，哪來的理事。那紀念活動呢？兒童之家關的這些人都太年輕了，要紀念他們不知道還要等多久。而且重點是，誰會想紀念這些所有人都想要忘掉的小孩子？

結果，四年後，主教依然跟一堆社會邊緣的問題兒童卡在玉米田中央。顯然不管他再怎麼禱告，都改變不了這個事實。所以為了消磨時間，他有時候會幫那些小朋友排個名，看誰最會製造麻煩，但最後連做這個排行榜都是在浪費時間，因為占據第一名的永遠是同一個人：凱文．伊凡斯。

「那個加州的牧師又打電話來了，又在問凱文．伊凡斯的事。」主教祕書告訴他。主教現在滿頭白髮，也已經老了不少。祕書放了幾份公文在他桌上。「我照你說的做，跟他說我幫他查過檔案了，但沒看到有叫凱文．伊凡斯的人待過這裡。」

「主啊，他為什麼就是不肯放過我們呢？」主教說，把桌上的文件推到一邊。「新教徒就是這樣，不懂什麼時候該收手。」

「凱文．伊凡斯到底是誰啊？」她好奇地問。「某個神父嗎？」

「不是。」主教說，腦中浮現了那個害他直到今天，幾十年過去了，卻還離不開愛荷華的男孩。「他是一個詛咒。」

祕書離開後，主教搖搖頭，想起凱文當年有多常站在這間辦公室裡，因為他又闖了個什麼禍，比如打破窗戶、偷書，或是一拳揮在神父臉上，明明人家只是想對他好、讓他有被愛的感覺。其實，不時會有一些善良的夫妻跑來兒童之家，想收養這裡的孩子，但從來沒有人看上凱文這個孩子，不過那也不是他們的錯。

然後某一天，那個男人憑空出現了。他叫做威爾森，說自己來自帕克基金會，一個油水滿到出汁的天主教基金會。

主教聽到帕克基金會的人來訪時，他是那麼篤定，心想自己總算是要出運了。光是想像那個威爾森會給他多大筆的善款，他的心就跳得好快。他都想好了，他會靜靜地等他先說出一個數字，然後呢，他會莊重地、有尊嚴地，再多要一些。

「哈囉，主教。」威爾森先生劈頭就說，一副他正在趕時間的口氣。「我在找一個大概十歲左右的小男生，個子應該滿高的，頭髮應該是偏金色。」他繼續說，這個孩子的家人大概四年前發生了一連串意外而身亡，而他相信這個孩子現在人在這裡，在萬聖之家。這個孩子還在世的家人，最近才發現他的存在，所以想把他接回去。「他叫凱文．伊凡斯。」威爾斯先生說完後，低頭看了一下手錶，像是要趕著去赴下一個約。「如果剛剛我說的那個孩子在這裡的話，我想見見他。事實上，我打算直接把他帶走。」

主教失望地瞪著這個威爾森，張著嘴卻說不出話來。從他被通知說金主正在門口，到他們握手打招呼這短短幾分鐘時間內，主教可是連感謝捐款的話都想好了。

「怎麼了嗎？」威爾森先生問。「我個人不是很喜歡催促別人，但我再過兩個小時就要飛了。」

他連錢這個字都沒提到。主教感覺芝加哥正在離他遠去。他盯著那男人看了一會兒。那人既高大又自大，跟凱文一樣。

「或是我可以直接過去看一下孩子們，也許我有辦法直接認出他來。」

主教轉頭看向窗外。當天早上他才抓到凱文在洗禮池洗手。「這水哪裡神聖了，」他告訴主教。「不就是自來水。」

主教雖然也很想越快把凱文弄走越好，但就算他真的走了，主教最大的問題——錢的問題，還是沒有解決。他看著窗外墓園裡那一堆東倒西歪的墓碑，墓碑上寫著「紀念逝者」。

「主教？」威爾森站在那裡，公事包已經提在手上，急著要去見凱文。

主教沒回話。他心想，他實在很不喜歡這個人，不喜歡他貴貴的衣服，不喜歡他沒有先跟人家約好就直接跑來。看在上帝的分上，我可是堂堂主教一名——這個人把尊重放到哪裡去了？他繼續盯著窗外那些墓碑，都是一些也被這個地方凌虐、最後死在這裡的主教的墓碑。他清了清喉嚨，在那裡拖時間、賣關子。他怎麼能讓自投羅網的帕克基金會帶著沒說出口的錢飛走呢。

主教轉頭面向威爾森。「容我很遺憾地告訴你，」他說。「凱文·伊凡斯已經死了。」

「對了，要是那個有夠煩的牧師又打來的話，」年邁的主教喝完手上的咖啡後，繼續指導他的祕書之後該怎麼做。「跟他說我已經死了，或是說——等等，不要，妳跟他說，」主教合起手掌，指尖碰指尖的那種。「妳發現凱文·伊凡斯是在另一個兒童之家，在——呃，或許紐約的波基普西（Poughkeepsie）之類的？可是那裡之前發生過大火，所以資料全都遺失了。」

「你是要我隨便亂掰嗎？」她憂心地問。

「這不叫亂掰。」他說。「別擔心，火災這種事是年年有處處有，畢竟根本沒人在照規定蓋房子。」

「可是——」

「照我的話做就對了，」主教說。「那個牧師只是在浪費我們的時間。別忘了，我們最重要的工作是為眼前這些活生生、還在呼吸的小朋友們募款。要是接到有意捐款的電話，很好，統統轉給我，但凱文．伊凡斯這種的鳥事——沒辦法，此路不通，無可奉告。」

威爾森一臉自己想必聽錯了的樣子。「你……你剛剛說什麼？」

「凱文最近因為罹患肺炎過世了。」主教淡淡地說。「所有人都沒辦法接受，因為大家都很喜歡凱文。」接著主教開始編故事，說凱文是個多麼有禮貌的孩子，是聖經課的班長，還有他多麼愛吃玉米。主教娓娓道來越多細節的同時，威爾森整個人看起來也越僵硬。眼看這些鬼扯十分奏效，主教便決定再加碼。他走向放資料夾的架子，拿出一張照片。「我們就是用這張，來幫他設立紀念基金的。」黑白照片裡的凱文正一隻手叉著腰，身體向前傾，張大嘴巴像在罵人的樣子。「我非常喜歡這一張，因為實在很傳神，好像看到凱文本人一樣。」

他看到那個威爾森低頭盯著照片，不發一語。主教本來以為他會開口要一些證明之類的東西，結果沒有——他看起來非常震驚，甚至有些悲痛的樣子。

這讓主教不禁起疑。這個威爾森先生，該不會根本不只是凱文「失散多年的親戚」？首先，身高是挺像的。說不定凱文是他的——外甥？可能嗎？還是說，其實是他的——兒子？噢主啊，真是這樣的話，這男人大概不知道自己應該多麼感謝他才對。主教我可是幫你省下了天大的麻煩啊。

主教又清了清喉嚨，靜靜地讓這個令人扼腕的消息慢慢發酵幾分鐘。

「當然，我們願意捐款給紀念基金。」威爾森終於說話了，聲音聽得出尚未恢復平靜。「帕克基金會很願意表彰這個孩子。」他嘆口氣，讓他整個人甚至感覺更消沈。然後，他伸手從公事包裡拿出一本支票簿。

「是的，」主教語帶同情地說。「『凱文．伊凡斯紀念基金』，一份特別的禮物，獻給特別的男孩。」

「主教，我之後會再跟你聯繫，討論一些細節，包括簽訂長期的捐款計畫。」威爾森的心情仍未平復。「但希望你能先收下這張支票，容我代表帕克基金會，致上最深的謝意，感謝你……所做的一切。」

收下支票的主教，很努力逼自己不要偷瞄上面的數字。他等到威爾森的前、後腳都出了辦公室的門，才把那張紙攤放在自己的辦公桌上。好討喜的一筆錢呀，之後還會有更多呢。真是多虧了自己，竟然聰明到幫一個根本還沒死的人成立紀念基金，真的很高招。他坐到椅子裡，往後一躺，十指交扣放在胸前。要是還有人需要證明上帝真的存在，看這裡就對了：萬聖之家。這不就是所謂「人自助，而後神助」的最佳寫照嗎？

和瑪德蓮分開後，沃克利從公園回到自己的辦公室，有點不情願地拿起了話筒。他要再打一次電話給萬聖之家，因為他想證明瑪德蓮錯了。不是每個人都會說謊的。

諷刺的是，他自己下一秒就要說謊了。

「午安，」聽到主教祕書的聲音後，沃克利裝出一口英國腔。「方便的話，我想和你們的募款中心聊聊。我有意捐贈一筆為數不小的款項。」

「噢！」祕書十分有精神地說。「容我直接將電話轉接給主教，稍等。」

幾分鐘後。「據我了解，這位先生你有意捐款，是嗎？」年邁的主教對沃克利說。

「確實是。」沃克利騙他。「我們專門在幫助，呃，小朋友，」他說完這話，腦中浮現瑪德蓮那張臉。「尤其是失去親人的小朋友。」

不過，等等，凱文．伊凡斯是孤兒嗎？沃克利暗想。當他們還是筆友的時候，凱文有很明確表達過他的父親應該還活著。凱文用特別強調的字體寫下的句子，沃克利到現在都還歷歷在目：**我超恨我爸，他最好已經死了。**

「坦白說，我是在找凱文．伊凡斯長大的地方。」

「凱文．伊凡斯？抱歉，這裡沒有這個人。」

電話另一頭的沃克利沒有回話，因為他聽得出來對方在說謊。沃克利可是每天都在聽別人說謊的人，聽到都可以測謊了。但話說回來，他們倆同是披著聖袍的人，竟然同時對彼此撒謊。他做夢都沒想過這種事。

「這樣啊，那真是可惜了，」沃克利小心翼翼地說。「因為我這筆錢是特別指定要給凱文．伊凡斯長大的機構。我相信你也是做了不少善事，但你知道那些善心人士有時候就是這樣，腦筋比較轉不過來。」

電話的另一頭，主教伸手揉了揉眼皮。對，他太清楚善心人士就是「怎樣」了，比如帕克基金會就讓他整個人活在人間地獄裡，先是拿一堆科學書籍和划船這種蠢東西來整他們，後來又搞了一齣過度反應的戲——當他們發現自己的捐款，竟然是捐來紀念一個，呃，其實根本還沒死的人的時候。而他們是怎麼發現這一切的呢？因為凱文這小子竟然自己掙脫了要死沒死的謎團，登上一本叫做《今日化學》的雜誌封面。結果就有一個叫做艾莉．帕克的人打電話來，羅列了一百種罪名，威脅說要把他告到死。

艾莉．帕克是哪位？就是帕克基金會背後的那個帕克。

主教之前從沒有跟她講過話，跟他接洽的一直只有威爾森一個人。主教直到這時候才明白威爾森是艾莉．帕克的代表人兼律師。後來回想起來，過去十五年來的每一份捐款文件上，他的確有印象每次在威爾森的簽名旁邊，都有另一個潦草的簽名。

「你竟然敢欺騙帕克基金會？」那女的在電話上吼他。「騙我們說凱文．伊凡斯十歲時得肺炎死了，就只是為了要我們捐款？」

他心想，女士，妳無從想像愛荷華這地方是要多慘就有多慘呀。

「帕克女士，」主教安撫她說。「我可以理解妳現在的心情。但我敢發誓，曾經待過萬聖的那位凱文．伊凡斯是真的已經死了。妳提到的雜誌封面那一位，只是同名同姓的另一個人罷了，畢竟這名字也算是個菜市場名。」

「不可能，」她很堅持。「那一定是凱文，我一秒就認出他了。」

「請問妳之前有見過他本人嗎？」

她遲疑了一下。「沒有。」

「這樣啊。」主教用一種可以有效讓她意識到自己有多荒謬、有多鬧的口氣說出這三個字。

五秒鐘後，帕克女士就取消了既定的所有捐款。

「咱們做這行的，真的很不容易對吧，沃克利先生？」主教說。「善心人士的確就像滑溜溜的魚那樣不好掌握。但不瞞你說，我們這裡還有好多其他孩子，都和你說的這位凱文．伊凡斯一樣，值得出錢出力來照顧。」

「肯定是的，」沃克利表示。「只是我手上的資金有限，所以只有辦法捐這一筆——我剛才有沒有說過，大約是五萬美金，要給凱文．伊凡斯之前住——」

「等一下，」主教打斷沃克利。聽到那個巨額數字，讓他的心臟突然跳得飛快。「希望你可以諒解，我是基於隱私的考量，所以沒有辦法跟你確認誰曾經住過這裡。而且，就算你說的那位先生真的住過這裡，坦白說，我也不方便對你透露。」

「了解，」沃克利說。「這樣的話……」

主教抬頭瞥了一眼時鐘。再過不久，他最喜歡的節目《一八〇〇開飯》就要開始了。「不、不，等等。」既不想錯過節目，也不想錯失捐款的他脫口而出：「你真的要逼我做到這個地步是吧？好吧，這件事就你知我知牆壁知。沒錯，凱文・伊凡斯的確是在這裡長大的。」

「真的嗎？」沃克利瞬間坐直身子。「你有辦法證明嗎？」

「這還用說，我有很多證明。」主教感覺有點被冒犯，摸了摸自己臉上那些當年被凱文氣出來的皺紋。「要是他沒住過這裡，我們怎麼能設立『凱文・伊凡斯紀念基金』呢？」

沃克利吃了一驚。「不好意思，請問你說什麼？」

「凱文後來成了一個傑出的年輕化學家。為了向這個特別的孩子致敬，我們幾年前創立了『凱文・伊凡斯紀念基金』。你可以在任何有點規模的圖書館裡找到相關的稅務證明，只不過捐贈人——也就是帕克基金會——要求我們不要對外公開這件事。原因部分在於，我想你應該也猜得到，他們畢竟沒辦法捐錢給所有死了小朋友的兒童之家。」

「死了小朋友？」沃克利說。「但伊凡斯先生過世時，已經是成人了吧。」

「噢噢噢，對，」主教結巴地說。「沒錯，我只是太習慣叫他小朋友了，畢竟在我認識他的那些日子裡，他還只是個孩子。凱文真的是個很棒、很特別的孩子，聰明伶俐，長得又高。那麼，現在可以談談你想捐款的事了吧？」

幾天之後，沃克利又和瑪德蓮約在公園碰面。「我有一個壞消息和一個好消息。」沃克利說。「妳說得沒錯，妳爸爸的確是在萬聖之家長大的。」他繼續轉述主教的話，說凱文當年是「很棒、很特別」又「聰明伶俐」的孩子。「他們還幫他成立了一個『凱文・伊凡斯紀念基金』。」他說。「我也去圖書館確認過了，這個基金之前由一個叫做帕克基金會的機構支持了十五年之久。」

瑪德蓮皺起了眉頭。「之前？」

「後來他們就沒再捐款了。這種事也不算少見，可能是機構的計畫有些變動。」

「可是沃克利，我爸六年前才過世。」

「所以？」

「所以帕克基金會為什麼會已經捐了十五年的錢來紀念我爸？這樣算來——」她掐指一算。「——前面有九年，他不是根本還沒死嗎？」

「噢。」沃克利滿臉漲紅。他沒發現這個時間上的不合理。「我在想，也有可能之前不是用紀念的名義吧，說不定比較像一種榮譽基金。那位主教有提到，這個基金的宗旨是為了向妳爸爸致敬。」

「可是如果他們有這個基金，為什麼你一開始打過去的時候，他們不說呢？」

「隱私問題。」沃克利照著主教的話告訴她，至少聽起來是有些合理。「總而言之，好消息是，我查了一下帕克基金會的資料，是一個叫威爾森的先生在管理，住在波士頓。」他充滿期待地看著她。「威爾森。」他又重複一次。「所以，他應該算得上妳那棵家族樹上的『果實』教父。」說完，沃克利往椅背一靠，等著瑪德蓮做出開心的反應。但那孩子完全沒說話，於是他又補一句。「這名字聽起來，感覺是一個相當高貴的人。」

「他聽起來是個搞不清楚狀況的人，」瑪德蓮說，眼睛看著身上的一處結痂。「感覺連《孤雛淚》都沒看過。」

瑪德蓮說的有點道理，只是沃克利其實花了不少時間在這件事情上，本來以為她聽到這些後會很興奮，或至少有點感激之情。但話說回來，沃克利怎麼會到現在還有這種想法？從來沒有人對他的付出表達過感激。他可是每天都親上火線安慰那些人，陪著一起面對各種試煉和苦難耶，卻總是只得到他們一句：「神為什麼要懲罰我？」他心想，去問主啊，我哪會知道？

「總之呢，」他試著讓自己不要聽起來太失落。「我要說的就是這些。」

瑪德蓮雙手抱胸，看起來頗失望。「沃克利，」她說。「這是算壞消息，還是好消息？」

「**好消息**。」他強調。沃克利這輩子沒接觸過多少小孩。此時的他開始覺得，以後還是離小孩子遠一點吧。「壞消息是，我有幫妳找到帕克基金會那位威爾森的地址，但只是一個郵政信箱。」

「郵政信箱有什麼不對嗎？」

「有錢人都會使用郵政信箱，不會提供真的地址，免得被來路不明的人纏上。它有點像是信件的垃圾箱。」他彎下身在自己的包包裡翻來翻去一陣子後，抽出一張紙條，交給瑪德蓮。「這是郵政信箱的號碼。但是，馬的，我先說，不要抱太大的希望。」

「我有的不是希望，」瑪德蓮一邊研究那個信箱號碼，一邊表示：「而是信心。」

沃克利看著她，十分驚訝。「哇，這個字竟然從妳的嘴裡講出來，真有趣。」

「為何？」

「因為，」他說。「嗯哼，妳知道的，信仰就是建立在對主的信心之上。」

「但你也知道，」她小心地措辭，像是不想他又再次出糗。「信心不一定建立在信仰之上，對吧？」

35 犯錯的味道

星期一的清晨四點半，伊莉莎白一如往常穿著保暖的衣物，在漆黑的天色下開車前往船屋。就在她正要開進平常一片空蕩蕩的停車場時，卻發現那裡幾乎已經沒有位子可以停了。再者，她還發現——有女的，而且是很多女的，在黑暗中辛苦地往船屋前進。

「天啊。」她喃喃說。然後她戴上帽子，試著穿過擁擠的人潮，希望趕緊找到梅森醫師，先跟他解釋一下。結果還是太遲了，他已經坐在長桌的一頭，正在發報名表。當梅森醫師抬頭看到她時，臉上沒半點笑。

「佐特。」

「你應該很納悶發生了什麼事吧。」伊莉莎白低聲說。

「其實還好。」

「我在想，」伊莉莎白說。「這應該是因為有一次，有個觀眾問我飲食法上的建議，我建議她多運動，然後字裡行間好像有提到划船的事。」

「『好像』嗎？」

「我印象中有。」

這時，一個在排隊的小姐轉頭對朋友說：「妳看，光是這一點，我就開始喜歡上划船了，」她指著一張有八個男人坐在船上的照片。「划船只要坐著就可以了。」

「妳先是把划船描述成世界上最可怕的一種懲罰，然後又建議全國上下的女性何不親自給它試試看。」梅森醫師一邊把原子筆遞給下一位小姐，一邊說。「我有沒有剛好喚醒妳的記憶？」

「是沒錯，但我應該不是那樣講——」

「妳就是這樣講的。當時我剛好在等一個病人的子宮頸擴張，所以也有看到那一集。我老婆也有看，她都按時鎖定。」

「很抱歉，梅森，真的，我沒想到——」

「喔是嗎？」他劈里啪啦說了一串。「妳知不知道兩個星期前，我一個病人為了等妳把梅納反應解釋完，在那邊給我不肯用力嗎？」

她先是一臉詫異，然後想了一下。「那實在沒辦法，梅納反應是真的有點複雜。」

「而且我從星期五就一直打給妳。」他有點不悅地說。

伊莉莎白一驚。的確，梅森不只打去電視台，也有打到家裡，但她忙得不可開交，忙到忘了回電。

「對不起，」她說。「我只是太忙了。」

「妳本來可以幫忙把這一切先處理好的。」

「是。」

「我們今天別想下水了。」

「對不起，真的。」

「妳知道我最氣的是什麼嗎？」他指著後面一個在做開合跳的女人。「我想說服我老婆來划船，說了好多年都沒用。妳知道的，我一直相信女性比男性更耐痛，只是我講破了喉嚨，我老婆都不聽，結果伊莉莎白．佐特才說了幾句——」

那個在做開合跳的女子停下動作，對伊莉莎白比了個讚。

「——她二話不說就跑來了。」

「原來如此。」伊莉莎白聽懂了，朝那個女人點點頭表示讚賞。「所以說，其實，你很開心。」

「我——」

「然後你想表達的是，『謝謝妳伊莉莎白』。」

「不是。」

「梅森醫師，真的不用跟我客氣。」

「我沒有。」

伊莉莎白又看看那個女人。「你老婆在做測功儀了。」

「喔不，天啊，」梅森大叫。「貝西，先不要做那個！」

同樣的情況在全美國各地的船屋上演，一堆女性跑去說想划船。有些俱樂部很歡迎她們一起加入，但不是每個地方都如此，也不是每個看她節目的人都喜歡她講的那些東西。

比方說，電視台外頭一個看起來很不爽的女人在舉牌抗議，牌子上用潦草的字寫著：「不信神的異教徒！」一旁還畫了伊莉莎白的頭像。

這天，伊莉莎白發現電視台的停車場，就像早上船屋的停車場一樣都滿了。

「一堆跑來抗議的。」沃特遇到伊莉莎白後對她說。「所以我才說，伊莉莎白，有些事情妳不要在電視上講。」他再三提醒。「自己的想法，留在自己心裡就好。」

「沃特，」伊莉莎白說。「和平抗議是相當有價值的一種論述方式。」

這時，那群人當中有人大喊：「等著下地獄被燒死吧妳！」

「妳說這個叫**論述**?!」沃特說。

「他們只是想吸引別人注意而已，」她講得一副自己有相關經驗的樣子。「哪天就會自行解散，繼續過他們的日子了。」

雖然伊莉莎白這麼說，但沃特還是很擔心。因為電視台收到恐嚇，說要取伊莉莎白的小命。沃特已經知會警察和電視台保全人員，甚至還打電話告訴海芮．斯隆。不過他沒有告訴伊莉莎白本人，因為她要是知道了，肯定又會想自己一個人去把事情搞定。

幸好警察那邊的說法讓他稍微安心一點。「哎，就是一些無毒無害的小嘍囉而已。」他們這樣告訴沃特。

幾個小時後，位於城市另一頭的佐特家裡，六點半也在擔心著。上星期五的節目結束時，他就發現不是所有人都在為伊莉莎白鼓掌。今天的節目也是，有人沒在拍手。

焦急的他等待著。等到小生物和海芮去廚房裡忙，他趁機從後門跑走。六點半往南走了四個街區，往西走了兩個街區，在上交流道的邊坡上找了個好位置。然後，等到一台平板貨車為了匯入上高速公路的車流而減速時，他趁機跳了上去。

六點半當然知道ＫＣ電視台在哪裡。有讀過《不可思議的旅程》[41]的人都知道，狗就是有辦法找到任何東西。這件事沒什麼好不可思議。有一次，伊莉莎白講「稻草堆裡撈針」的典故給六點半聽，讓他很驚訝，因為他不懂：在稻草堆裡找一根針，到底難在哪裡？六點半心想，高碳鋼的氣味，要辨認不出來也很困難吧。

總之，找到電視台不難，是進去電視台比較難。

六點半來到電視台的停車場。他在那些車子之間晃蕩，車頭裝飾和尾翼在熱到不合理的太陽下閃閃發光。他得找到電視台的入口才行。

「哈囉狗狗。」一個穿著深藍色制服的大隻佬，站在一扇看起來很重要的門前對他說：「你要去哪裡呀？」

六點半很想回他：去裡面，而且我跟你一樣，是負責保全的工作。但要他真的開口解釋是不可能的事，於是他決定用演的——也就是電視上的人慣用的那種溝通方式。

六點半開始表演走不動的樣子，然後假裝跌了個狗吃屎。

「哎喲！」那人說。「撐著點，狗狗，我來幫你！」他用力敲那扇門，然後有個人把門打開。大隻佬立刻把六點半抬進有冷氣的大樓裡。一分鐘後，六點半已經在用伊莉莎白的道具不鏽鋼攪拌盆喝水了。

每個人對人類這種生物的看法不一，有好有壞。不過六點半覺得，如果真有什麼可以讓人類稱得上萬物之靈，大概就是他們有一顆善良的心吧。

「六點半？」

伊莉莎白！

他奔向伊莉莎白。如果是真的中暑的狗，一定沒辦法像那樣子跑。

「搞屁——」那個穿藍制服的人這才發現六點半根本好好的。

「你怎麼進來的？」伊莉莎白整個抱住六點半。「你怎麼找到我的？西摩爾，他是我的狗，」她告訴穿藍色制服的人。「六點半。」

「女士，現在是五點半，但外面還是熱得要命。我看到這隻狗在外面昏倒了，所以把他抬進來。」

41 《不可思議的旅程》（*The Incredible Journey*），一九六一年出版的童書，內容關於一隻貓和兩隻狗穿越四百多公里尋找他們摯愛的主人的故事。

「謝謝你，西摩爾。」伊莉莎白相當激動。「我欠你一次人情。他一定是一路跑過來找我的。」她不敢置信地說。「我家離這裡很遠，將近十三公里吧。」

「也許是跟妳女兒一起來的，」西摩爾說。「還有那位開克萊斯勒的阿姨一起？像前幾星期那次一樣？」

「等等，」伊莉莎白突然臉色一變。「你說什麼?!」

「拜託先讓我解釋一下。」沃特伸手擋在胸前，彷彿在防禦即將到來的攻勢。

伊莉莎白早就說過，絕對不能讓瑪德蓮來電視台。沃特其實不知道為什麼，因為阿曼達一天到晚來。但每次伊莉莎白講起這件事，沃特都會一副我明白我同意的樣子點著頭，即使他其實不懂也懶得搞懂。

「那是學校的作業，」他亂掰一通。「題目是『觀察爸爸、媽媽工作的樣子』。」他不知道自己為什麼突然想幫海芮．斯隆瞎掰出一個藉口，卻也同時感覺這麼做是對的。「妳那麼忙，」沃特說。「大概是聽過就忘了吧。」

伊莉莎白一驚，也許真的是她自己忘記了。因為當天早上，她才發現自己居然忘了回梅森醫師電話。「我只是不想讓我女兒覺得我是個上電視的藝人，」她拉起一邊袖子，對沃特解釋。「我不想讓她覺得，我是在——表演。」伊莉莎白想起她父親的樣子，一張臉瞬間硬得像水泥。

「噢，這妳可以放心，」沃特的口氣有點酸。「天底下沒有半個人會以為妳是在『表演』。」

伊莉莎白熱切地靠向前。「謝謝你。」

沃特的祕書這時走了進來，拿著一大疊信件。「派恩先生，我把比較有時效性、需要盡快看過的信放在最上面。」她說。「還有，不知道你有沒有注意到，走廊上有一隻大狗。」

「一隻——啥？」

「他是我的狗，」伊莉莎白馬上接話。「他叫六點半。就是因為他，我才發現原來有『觀察爸爸、媽媽工作的樣子』這個作業。西摩爾跟我說——」

六點半聽到自己的名字，起身進到辦公室裡，嗅了嗅裡面的氣息。沃特．派恩，嗯，這人苦於缺乏自信。

沃特兩眼瞪得超大，兩手緊抓住椅子的扶手，拚命地往後靠。這狗也太大隻了吧。

他猛地吸一口氣，把注意力轉到那一大疊信件上，心不在焉聽著伊莉莎白在那邊碎碎唸個不停她的狗狗可以做哪些事——坐下、乖乖待著、你丟我撿，八成不脫這一類的吧。愛狗人士總愛這樣沒完沒了炫耀自己的狗，不管那狗做的是多麼不起眼的事，他們都可以驕傲到升天。但她滔滔不絕的津津樂道，倒是給了他不少時間思考什麼時候打個電話給海芮．斯隆，把他剛想到的說詞通報給她，讓她可以一起把這個謊說好說滿。

「所以說，你覺得怎麼樣？你不是一直想試一些新東西嗎？」伊莉莎白說。「你覺得有機會嗎？」

「有何不可？」他一副頗有同感的樣子，其實不知道自己在同意什麼。

「太棒了。」她說。「那我們明天就開始嗎？」

「聽起來很不錯！」他說。

隔天在節目上，「哈囉大家好，」伊莉莎白說。「我是伊莉莎白．佐特，歡迎來到《一八〇〇開飯》。今天我想跟各位介紹我的狗，六點半。六點半來，跟大家打招呼。」六點半把頭歪向一邊，觀眾發出一陣笑聲與掌聲。沃特無奈地坐在他的製作人椅上。十分鐘前，他們才通知沃特又有狗出現在電視台，而且，為了讓特寫鏡頭好看一點，化妝師還幫他修了瀏海。沃特暗自發誓自己以後再也不要說謊了。

在六點半成為節目固定班底的一個月後，人們甚至無法想像沒有他的節目會是什麼樣的了。大家都超愛他，他甚至也開始收到一些粉絲來信。

對於六點半的加入，只有一個人不太開心，那就是沃特。他在想，大概因為他不是「愛狗人士」吧。「愛狗」對他來說是個十分難以理解的概念。

攝影師說：「佐特，觀眾三十秒後進場。」六點半正站在布景台的右邊，想著要如何讓沃特也愛上自己。上個星期，他把一顆球放在沃特腳邊，想找他一起玩。他自己也不是很喜歡玩「你丟我撿」這種遊戲，因為他覺得很沒有意義，結果沃特和他一樣意興闌珊。

某人大喊：「好，觀眾進場！」攝影棚的門被打開，一大群興致高昂的觀眾嘻笑著進場。他們各自入座，有人指著那個永遠停在六點整的大時鐘。「妳看、妳看！」像觀光客指著拉什莫爾山（Mount Rushmore）那些總統石雕頭像一樣，他們大呼小叫著。「哇，是那個時鐘耶！」

「那隻狗在那裡！」幾乎每個人都會驚呼出聲。「妳看！是六點半耶！」

六點半實在不懂為什麼伊莉莎白不喜歡當明星，因為他自己很享受這種感覺。

「馬鈴薯的皮，也就是，馬鈴薯塊莖的外皮，」十分鐘後，伊莉莎白解釋著。「是由木栓化的細胞組織構成的。它是馬鈴薯的自我保護機制。這證明了連馬鈴薯都知道——」

六點半站在伊莉莎白身邊，像個臥底探員在監視著觀眾。

「——完善的保護，就是一種攻擊。」

觀眾全部都看到著迷，這時六點半要掃描每個人的臉更是容易。

「馬鈴薯皮含有豐富的配糖生物鹼，」她繼續說。「這是一種幾乎無法摧毀的毒素，無論是透過烹調，或甚至油炸，都沒辦法把它分解。但就算這樣，我還是不會把皮削掉，因為表皮含有豐富的纖維質，而且它也可以時時提醒我們：生活中到處都有危險，連馬鈴薯皮裡都有。最好的應對策略就是不要怕，而是正視危險的存在，然後，」她拿起一支刀子。「把它處理掉。」攝影機這時特寫她動作純熟地挖掉一個馬鈴薯芽眼。「馬鈴薯的芽眼和綠芽一定要去掉。」她又拿來另一個馬鈴薯，一邊挖一邊說：「因為這裡的配糖生物鹼的濃度是最高的。」

六點半仔細觀察了一下觀眾席上的人。他在找一張臉——啊，她在那裡，那個沒有跟著大家一起拍手的人。

接著伊莉莎白說要進一段節目宣傳預告，然後走下台。

通常這時六點半都會跟著她，但他今天直接走進觀眾席，立刻引起現場一陣興奮的騷動。有人在拍著手，叫著「狗狗，來，來這裡！」六點半明知道沃特堅決反對他進去觀眾席，因為他擔心有觀眾怕狗或是對狗過敏，但他還是進去了，因為讓觀眾有臨場感和參與感也是一件好事，而且他想要更靠近那個沒在拍手的人。

那個人坐在第四排最後一個位子，嘴巴抿得扁扁的，一臉就是非常不認同的樣子。六點半知道這種人。當他走到第四排，那一排的觀眾都伸出手摸他，他則是用 X 光般犀利的眼神觀察著那位女士。她看起來非常嚴肅，一副不苟言笑、不饒人的樣子。說真的，六點半覺得她有點可憐，畢竟人會變成這種德性，是因為受過被這種人折磨的苦。

扁嘴女士轉頭看看六點半，臉部表情十分僵硬。然後她小心翼翼地伸出一隻手，從她的大包包裡掏出一根菸，再拿著那根菸往自己的大腿敲了兩下。

原來是有抽菸的人啊，這樣就合理了。人類總認為自己是地球上最聰明的物種，卻也是唯一會主動吸食致癌物的動物。這是全天下都知道的事實。六點半正打算轉身離開時，忽然停下腳步，因為他在尼古丁的味道之外又聞到另一種味道。

那氣味相當微弱，但也非常熟悉。這時，節目的主題曲再次奏起。「她終於要回來了！」六點半又聞了一次。他抬頭再看了看那個沒在拍手的人。她正把包包放回靠近走道的地板上。當她把菸湊近嘴邊，六點半看到她的手在抖。

六點半把鼻子抬起來嗅了嗅——硝化甘油？怎麼可能。

「在一個大鍋子裡裝滿 H_2O，」回到布景台上的伊莉莎白說。「然後再把馬鈴薯——」

六點半再聞一次。是硝化甘油沒錯。這東西要是沒處理好，會製造出一種可怕的噪音，像煙火一樣，或是——爆炸。他猛地吞了一口口水，因為想起了凱文。

「——放進鍋子裡，然後用大火煮。」

「給我找，小廢柴，」六點半覺得自己好像聽到朋德爾頓基地那個訓犬師的聲音在耳邊響起。「幹給我把炸彈找出來！」

「馬鈴薯的澱粉，是由直鏈澱粉與支鏈澱粉構成的長鏈澱粉——」

硝化甘油的味道，就是犯錯的味道。

「當澱粉鏈開始斷裂——」

那味道，就在沒拍手的人的包包裡。

當年在朋德爾頓基地，偵查犬只負責找到炸彈的位置，不用負責移除炸彈。移除炸彈是訓犬師的工作。只有很偶爾的時候，那種愛現的狗，像是德國牧羊犬，才會硬是要幫忙移除。

電視台裡面明明就很涼爽，六點半卻開始喘到不行。他想要前進，四條腿卻像一灘水一樣，動不了。他告訴自己，當作在玩那個自己最討厭的「你丟我撿」就好嘛——只不過丟出來的是他最討厭的硝化甘油味。

但光是這麼想，就讓六點半反胃到不行了。

保全室裡，西摩爾在他的桌上發現一個把手完全濕透的女用包包。「這是誰的東西？遺失的女士現在一定急死了吧。」他打開包包，想找證件之類的東西。但就在他一打開的那個瞬間，他倒抽了一口氣，伸手去抓電話。

「現在，來一張你雙手抱胸的姿勢。很好——」某個記者把閃光燈裝上相機，一邊說著：「對，看起來很不好惹，擺出一副『想找我麻煩，你是在自找苦吃』的樣子來。」

信不信由你，但這次跑來的又是同一個記者，那個當年在墓園遇到六點半的記者。這傢伙還在設法讓自己的報導更即時、更獨家，所以最近在自己車上裝了竊聽警用頻道的無線電，這下子果然派上用場了：有人在KC電視台攝影棚的某個女用包包裡，發現了一個小型炸彈。

西摩爾表示，那包包就憑空出現在他的桌上，他實在不知道是誰把包包放在那裡的。記者一邊聽一邊在做筆記。西摩爾說，他本來是要打開來看裡面有沒有證件，但裡面只有一堆誹謗伊莉莎白．佐特的傳單，上面寫著她是無神論所以是共產黨，還有用細瘦的電線隨便捆在一起的兩管炸藥，看起來很像壞掉的玩具。

「但是怎麼會有人想在KC電視台裡放炸彈？」記者問。「這裡主要是做午間節目，不是嗎？像是肥皂劇、小丑節目這種的。」

「我們這裡是做各式各樣的節目，」西摩爾說，用抖個不停的手抹了一下額頭。「但自從有個主持人在節目上說自己不相信神之後，就開始出現一些麻煩。」

「什麼？」那個記者不敢置信地說。「誰不相信神？是什麼樣的節目提到了這樣的內容？」

「西摩爾！西摩爾！」沃特・派恩大喊著，跟一名警員推開一大群憂心忡忡的員工後，來到他面前。「西摩爾，太好了你沒事！辛苦你了——是你冒著生命的危險，在保護大家！」

「派恩先生，我沒事，」西摩爾說。「我其實沒做什麼，真的。」

「不，布朗先生，你太客氣了，」警官看一眼他的手冊。「真的辛苦你了。我們已經注意那位女士好一陣子。她是個死忠的麥卡錫主義者[42]，很狂熱的那種。她說她已經寄了好幾個月的恐嚇信。」警官闔上手冊。「大概是都沒人理她、讓她不甘寂寞，所以就採取行動了吧。」

「恐嚇信？」記者聽到了關鍵字。「所以，是因為——某個新聞節目嗎？政治理念不合？觀點不同？」

「烹飪節目。」沃特說。

「要不是你先取得那個包包，布朗先生，現在大概會是完全不同的光景。你到底是怎麼辦到的？」警官又問。「你是怎麼偷偷把那個包包拿走，卻可以不被她發現？」

「我沒有。真的就像我一直說的，」西摩爾很堅持他的說法。「那包包是自己出現在我桌上的。」

「你真的不用那麼謙虛。」沃特說，拍拍他的背。

「真英雄。」警官點點頭。

「我們家編輯肯定會愛死這整件事。」記者說。

這時，累壞的六點半正在遠處的某個角落，望著這幾個男人。

「來，我們再拍幾張照片，應該就差不——」記者的眼角瞥到了六點半。「咦，」他說。「我好像認得這隻狗？對，我真的認得。」

「大家都認得，」西摩爾說。「他也有一起上節目。」

記者一臉疑惑看向沃特。「但你剛不是說，這是個烹飪節目嗎？狗可以在節目上幹嘛？」

沃特遲疑了一下，據實以告。「沒幹嘛。」就在這話出口後，他突然感覺胸口很悶。

沃特和遠處的六點半四目相接。連他這個不愛狗人士都看得出來，那傢伙已經累到不成狗形。

42 麥卡錫主義（McCarthyism）支持者。麥卡錫主義是美國一九五〇年代以美國共和黨參議員麥卡錫為代表的一種政治態度。出於對共產主義的恐懼，他製造了莫須有的證據到處指控許多無辜者，在美國造成廣泛的社會和文化負面影響。

36 生與死

「我有個重大的消息要告訴各位！」沃特說，興奮到身體忍不住顫抖。一星期後，沃特和阿曼達來到伊莉莎白家的實驗室，和伊莉莎白、海芮、瑪德蓮一起吃晚餐。他們現在會這樣固定在星期日晚上一起吃個飯。「《生活》（*Life*）雜誌今天打電話給我，說想要找我們做封面故事！」

「沒興趣。」伊莉莎白說。

「但，是《生活》耶！」

「他們只是想刺探個人隱私，挖一些跟大家無關的私事。我很清楚這種事。」

「聽我說，」沃特說。「我們需要上這個雜誌。死亡恐嚇這事雖然結束了，但節目真的很需要一些正面的曝光。」

「不要。」

「伊莉莎白，妳不能一直這樣，拒絕所有雜誌的採訪邀約。」

「我個人是很願意跟《今日化學》聊聊。」

「好，」他翻了個白眼。「很讚，完全不是我們的目標受眾。但因為我已經走投無路，所以主動打過電話給《今日化學》了。」

「然後？」她期待地問。

「然後他們說，他們沒興趣訪談某個在電視上煮飯的小姐。」

伊莉莎白立刻起身走掉。

「海芮，救我。」沃特求救。這時他們已經吃完飯，坐在屋外乘涼。

「誰叫你要說她是電視主廚。」

「我知道，但誰叫她要昭告天下說自己不信上帝。這個等級的麻煩，是壓一輩子都壓不下來的。」

這時候，紗門被推了開來。「海芮？」阿曼達打斷他們。「過來一起玩？」

「等一下就過去，」海芮說，把阿曼達摟進懷裡。「妳跟瑪德蓮先蓋個碉堡如何？蓋好我就過去。」

「阿曼達真的很喜歡妳，海芮。」沃特等他女兒進到屋裡後，低聲地說。他有及時阻止自己，沒把下一句「然後我也是」說出口。過去這幾過月來，他常常過來佐特家，所以也越來越常見到海芮。每次離開以後，他都會發現自己一直在想海芮，想好幾個小時。海芮已婚——根據伊莉莎白的情報，是段相當不愉快的婚姻——但那又怎樣，感覺就算她未婚也對他沒半點興趣。

不過這也不能怪她，沃特也已經五十五歲了。他的頭開始禿，工作也做得不太好，還帶著一個年紀小又不是自己親生的小孩。這麼說好了，如果有一本兩性教科書叫做《這種男人最倒胃口》，沃特大概會是封面上的那個人。

「噢，有嗎？」海芮說。她一聽到讚美，脖子馬上漲紅。她不自在地調整一下身上的洋裝，把洋裝拉低讓裙擺蓋住襪子。「我去跟伊莉莎白聊聊，」她表示。「但你得先跟那個記者講好，不要問任何和私生活有關的問題，尤其是跟凱文．伊凡斯有關的。好好地聚焦在伊莉莎白身上，聚焦在她的成就上。」

訪談是約在下一個星期，報導是由一位獲獎無數的記者富蘭克林．羅斯負責。羅斯這個人是以再怎麼難搞的巨星，他都有辦法取得對方信任而出名的。他在《一八〇〇開飯》錄影進行到一半、伊莉莎白已經在台上切了一大堆菜時，悄悄溜進觀眾席中保留給他的位置。「很多人會以為，蛋白質的來源只有肉類、魚類還有蛋，」她正在說著。「事實上，蛋白質源自植物，地表上最大最壯的動物也是以植物作為主食。」她舉起一本《國家地理雜誌》，翻到討論大象的專題，開始鉅細靡遺地解釋起世界上最大型地面動物的新陳代謝，還要求攝影師給照片上的大象排泄物一個特寫。

「我們甚至看得到裡面的纖維質。」她敲著照片說。

羅斯沒看過這節目幾次，就已經感覺這節目有一種奇特的娛樂性。然而，坐在觀眾席裡的他，發現那些坐在他身邊的觀眾——大概有百分之九十八的女性——和佐特一起成為這個節目奇妙的一環。她們每個人都是全副武裝有備而來，全都帶著筆記本和鉛筆，有人還帶了化學課本來。每個人都全神貫注在聽講，全場呈現一種應該出現在大學的講堂或教堂裡、但事實上很少見的景象。

羅斯趁著其中一段廣告時間，轉頭跟旁邊的女子搭話。「不介意的話，方便請問一下嗎，」他很有禮貌地問，並亮出自己的證件。「妳是喜歡這個節目的什麼地方呢？」

「被人當一回事。」

「不是因為食譜？」

那女子以一種不屑的眼神看著他。「我有時會想，」她一字一句地說。「如果要男人試著當一天美國的女人，他一定撐不過中午。」

坐在他另一邊的女子輕輕拍了拍他的膝蓋。「小心，女人要造反了。」

節目結束後，他走到後台和佐特與她的狗碰面。那隻叫六點半的狗，像警察在搜身一樣拚命地聞他。在簡短打過招呼後，佐特請羅斯和攝影師一起到她的休息室，然後開始跟他們介紹這個節目——或者應該說，這個節目上提過什麼與化學有關的內容。他很有禮貌地聽她說完，然後稱讚她的褲子，說那是個相當大膽的選擇。聽到這話的她，一臉十分訝異的樣子，然後恭喜他也做了同樣的大膽選擇，而她說這話時的語氣相當耐人尋味。

就在攝影師默默地開始飛快按著快門時，他把話題轉移到她的髮型上。伊莉莎白冷冷看著他。

那攝影師有點擔心地望著羅斯，因為他今天的任務是至少拍到一張伊莉莎白．佐特在笑的照片。**這樣不行啦**，他對羅斯示意，**你說個笑話吧**。

「方便請問一下妳頭髮上的鉛筆是？」羅斯又試了個新話題。

「當然，」她說。「這是 2B 鉛筆。2指的是鉛的硬度等級，不過鉛筆裡面沒有鉛，只有石墨，一種碳的同素異形體。」

「不是，我是想問——」

「為什麼我用鉛筆，而不用原子筆嗎？因為石墨是可以去除掉的，但墨水不行。人都會犯錯，羅斯先生，用鉛筆的話，才有機會把錯誤擦掉。科學家預期有錯誤發生的可能，也因為這樣，我們懂得擁抱失敗。」她不屑地看了他手上的原子筆一眼。

那攝影師翻了個白眼。

「聽我說，」羅斯闔上他的筆記本。「我原本以為這個訪談是經過妳同意才敲定的，現在看來，妳應該是被逼的。我不會硬要訪問不願意受訪的人。容我誠摯地在這裡向妳道歉，抱歉打擾了。」然後他轉向攝影師，用下巴示意門的方向。但就在他們穿過半個停車場後，保全人員西摩爾．布朗叫住了他們。

「佐特說，請在這裡稍等一下。」他說。

五分鐘後，羅斯已經坐在伊莉莎白那台老普利茂斯車的副駕駛座上，攝影師則被丟在後座和狗一起坐。

「他不會咬人吧？」整個人縮到窗邊的攝影師問。

「所有的狗都有辦法咬人，」伊莉莎白轉頭對他說。「就像所有人類都可以傷害別人一樣。所以，和狗相處的撇步是，只要你表現得合情合理，他就不會有理由傷害你。」

「所以是他會咬人的意思？」攝影師問。

這時他們正要匯入車流上交流道，引擎加足馬力的聲音蓋過了這個問題。

「我們要去哪裡？」羅斯問。

「我的實驗室。」

當車子駛入一個還算乾淨但略顯老舊的社區、停在一棟小小的咖啡色屋子前，羅斯心想他剛剛應該是聽錯了。

「我恐怕得先向你們致歉，」伊莉莎白帶領他們倆進門。「最近離心機壞掉了，但我還是可以煮杯咖啡給兩位。」

當她開始煮咖啡，攝影師也開始拍照。羅斯看著那本來應該是廚房的地方，驚訝得嘴都合不起來。那個空間看起來像一間手術室和發過生化危機的現場的綜合體。

「我有點把它操過頭了。」她指著一個銀色的龐然大物，一邊說明著這東西可以把不同密度的液體分開。叫什麼離心機來著？羅斯不知道那是什麼。他又打開筆記本，她放了一疊餅乾在他面前。

「這是桂皮醛。」她介紹。

羅斯轉頭，發現那隻狗在監視著他。

「很少人會把狗取名叫六點半，」他說。「有什麼特別的意思嗎？」

「特別的意思？」點燃了本生燈後，她皺著眉轉頭看向他。她實在不懂，為什麼他一直在問這種基本問題。她開始詳細講起巴比倫人在數學、天文上都只用六十進位制——也就是數到六十才進位，她補充說明。「希望這樣講有清楚一點。」

與此同時，在她的邀請之下，攝影師正在參觀這間房子。回來之後，他問客廳中央的裝置是什麼東西。「你是說測功儀嗎？」她說。「那是一個划船機。我有在划船，現在有很多女性和我一樣。」

隨後，羅斯把筆記本留在實驗室的桌上，跟他們一起到實驗室隔壁的客廳，去看她示範划船的動作。「爾格是功的單位。」她一邊前前後後做著那相當單調的動作一邊解釋，攝影師同時從各個角度拍攝她。「划船的動作需要許多爾格。」接著她站起身，攝影師特寫了幾張她手上的繭，然後一行人又回到了實驗室。羅斯發現那狗在自己的筆記上流了很多口水。

接下來的訪談就是從一件很無聊的事，講到另一個極無趣的東西上。他繼續問，她的回答也都很有禮貌、很盡責，也很科學性。換句話說，他啥都沒問到。

她把一杯咖啡放在他面前，但他其實是個不太喝咖啡的人，因為對他來說太苦了，但看在她為了煮這杯咖啡，得經過剛剛那個離奇冗長的步驟和流程的份上——從燒瓶、管子、吸量管到蒸氣——所以基於禮貌，他還是喝了一口，然後再喝另一口。

「這真的是咖啡嗎？」他驚呼。

「也許你們會想看看我和六點半是怎麼在實驗室裡工作的。」她提議後，就幫那隻狗戴上護目鏡，然後開始解釋自己的研究領域——她說叫作無生源論，先是拼給他聽寫，後來直接把羅斯的筆記本搶過去，用工整的印刷體寫下。同時，攝影師正在狂拍六點半，拍他按按鈕開啟、關閉通風櫥的樣子。

「我帶你們來這裡，」她對羅斯說。「是因為我希望你們的讀者可以了解：我是化學家，不只是烹飪節目的主持人而已。有段時間，我都在嘗試解開一個當今最偉大的化學謎團。」

接著她開始解釋無生源論。從她在描述時精確掌握整個理論細節的程度，可以很明顯看出她對這份研究的熱情。同時，他也發現她真的滿會講解的，有辦法把超無聊的概念講得很有趣。就在她揮舞著雙手，一一指出並簡介著實驗室裡大大小小的東西時，他也在詳細做著筆記。她不時會和他分享一些實驗結果和她對數據的解讀，然後又再為離心機壞了這件事道歉，並說明為什麼自己不可能在家裡放一台迴旋加速器——城市住宅區的法律，讓她沒辦法在家裡安裝一個會有輻射的裝置。「政客就是這樣，總是要把事情搞得更複雜，對吧？」她說。「總而言之，我之前在研究的是，生命的起源。」

「但現在不是了？」他問。

「現在沒有了。」她回答。

羅斯有點糾結。科學這東西，他實在是壓根兒沒興趣。他擅長探究的東西是人。但是當天的經驗在在證明了，要了解伊莉莎白．佐特這個人，是不可能跳過她在做的事情。他心想，有沒有其他方法可以讓她卸下心防，但沃特．派恩已經很明白地警告過他了，有一條路是絕對行不通的——如果他還硬是要試，這場訪談的下場會很慘。最後，羅斯還是決定放手一搏。「可否跟我聊聊凱文．伊凡斯呢？」他說。

光是聽到凱文的名字就讓她神色大變，眼神充滿失望。她看著羅斯的樣子，就像看著一個沒有遵守承諾的人。「所以其實你真正有興趣的，是凱文的研究。」她直截了當地說。

攝影師對羅斯搖搖頭並嘆口氣，一臉「看你幹了什麼好事」的神情，然後撒手不管，蓋上了鏡頭蓋。「我在外面等。」他嫌惡地說。

「我想知道的不是他的研究，」羅斯說。「我想知道的是你們兩個的關係。」

「這關你什麼事？」

又來了，他感覺那隻狗緊迫盯人的眼神。**我可是清楚掌握了你的頸動脈位置了喔**。

「因為一直有人在嘰嘰喳喳你們兩個之間的事。」

「嘰嘰喳喳。」

「就我所知，他是來自相當富裕的家庭——又划船又唸劍橋——妳則是，」他看了一下自己的筆記。「有UCLA的碩士學位。但我發現妳大學不是在那裡念的，那是在哪裡念的呢？據我了解，妳離開哈斯汀是被開除的。」

「你調查我。」

「這的確是我工作的一部分。」

「所以你也調查了凱文。」

「喔，其實還好，因為不太需要。他也算夠有名——」

她歪著頭，那樣子讓他有點擔心。

「佐特小姐，」他說。「妳也滿有名——」

「名聲對我來說不重要。」

「別讓閒言閒語替妳說自己的故事，佐特小姐，」羅斯鄭重地說。「那些人總是能把黑的說成白，白的說成黑的。」

「記者又何嘗不是。」她說，然後坐到他旁邊的凳子上。有那麼一瞬間，她好像就要開口了，然後感覺又在重新考慮什麼，轉頭盯著牆壁。

他們兩個在那裡坐了好一陣子，久到咖啡都要涼掉了，久到她手上的天美時腕錶似乎也不想再滴答下去。外頭傳來一陣喇叭聲，然後一名女子大吼：「我講過幾百萬遍了，你聽不膩我可是說得很膩啊！」

如果說做記者這行有什麼老生常談的話，大概就是：當你停止發問，訪談對象才會敞開心扉，自己娓娓道來。羅斯當然知道這點，但這不是他一語不發的原因，而是因為他恨死自己了。明明人家已經警告過不要越線，他卻還是這麼做了。他已經成功取得她的信任，卻又自己把那些信任統統踩在腳下。他想道歉，但身為一名文字工作者，他深知語言是不足以表達歉意的。這種時候，再多說什麼都沒用。

然後，一陣警笛聲呼嘯而過，嚇到了她，像隻受到驚嚇的小鹿。

她傾身向前，幫他把筆記本重新打開。「你想知道我和凱文的事？」她尖銳地問，然後開始把所謂最最最不應該告訴記者的事，那個最赤裸、最毫無掩飾的事實，向他全盤托出。羅斯反而因此不知如何是好。

37 完售

伊莉莎白・佐特毫無疑問是當今電視界最聰明、也最有影響力的人物。羅斯在飛回紐約的班機座位上寫下這一句。他停筆，再點了一杯威士忌和水，看向窗外一望無際的空無。羅斯是個不錯的作家，也是個不錯的記者。兩者綜合起來，該有的能力他都有，只要再加上足夠的酒精，他就能寫點什麼東西出來——至少他是這麼希望的。伊莉莎白・佐特的人生，不是什麼幸福快樂的故事，而這對於他的工作來說通常是好事，只是這一次，他實在很難說——

羅斯的手指輕敲著飛機上的餐盤。一般來說，寫報導的人不會想從不中立的觀點來寫作，最好是不偏不倚、不為所動去寫。但這次，他發現自己已經站在某一邊了。講得更明確一點，就是他完全只想站在伊莉莎白那一邊，而且非常不願意用其他觀點來解讀她的人生。羅斯挪了一下屁股，然後把剛送上來的飲料一飲而盡。

他其實也訪談了很多其他人，從沃特・派恩到海芮・斯隆，從哈斯汀的一些人到《一八〇〇開飯》全部的工作人員。他甚至還有機會接觸到她的孩子瑪德蓮，那個會晃到實驗室來看書的孩子。話說，她該不會真的在讀福克納的《喧嘩與騷動》（*The Sound and the Fury*）吧？不過他沒有開口問那孩子問題，因為連他自己都覺得不妥，同時也因為那隻狗上前阻止他靠近。當伊莉莎白轉身幫瑪德蓮處理一個腳上的傷口時，六點半對著羅斯齜牙咧嘴，發出嚴正警告。

但講真的，別人說什麼都不重要，只有她說的那些話會讓他一輩子記得。

「凱文和我是彼此的靈魂伴侶。」她是這樣開場的。

她接著談起那個龜毛難搞又鬱鬱寡歡的男人。他們之間的感情，強烈到讓羅斯感覺彷彿自己也失去了親人一樣。「我們倆的感情很稀有，不需要對化學有多了解，就可以知道自己該多麼為此心懷感激。」她說。「我們不是一拍即合，而是用撞的——真的撞下去那種。在一個劇院大廳相撞後，他吐在我身上。你知道大霹靂[43]吧？就像那樣。」

然後她繼續用「膨脹」、「密度」、「熱」之類的字眼來描述他們的戀愛過程，還特別強調在熱情之外，這段關係更是建立在對彼此事業的重視之上。「一個男人願意認真對待伴侶的事業，就像對自己的一樣認真。」伊莉莎白說。「你知道這是一件多麼千載難逢的事嗎？」羅斯猛地吸了口氣。

「你可能會說，因為我也是化學家，所以他會對我的研究有興趣也只是剛好而已。」她說。「但我曾經和其他許多化學家一起工作過，羅斯先生，他們沒有一個人把我當成他們的同類，除了凱文和另一個人以外。」伊莉莎白的眼裡充滿憤恨。「另一個人是多納提博士，哈斯汀化學所的所長，他不只很清楚我是同類，還很清楚知道我在做什麼東西，因為他偷了我的研究結果，拿去當成自己的論文發表。」

羅斯瞪大了眼。

「發現這件事後，我就辭職了。」

「妳為什麼不去向那個期刊檢舉？」他說。「為什麼不要求期刊改掛妳的名字？」

伊莉莎白看著羅斯，彷彿他是其他星球來的生物一樣。「你剛剛是在說笑嗎？」

羅斯突然覺得一陣愧疚襲來。她說得沒錯，比起一個男性說的話，而且對方還是研究院的所長，誰會相信一個女人的證詞？而且講真的，連他自己都不一定會信。

「我愛上凱文，」她繼續說。「因為他善良，因為他聰明，也因為他是第一個把我這個人當一回事的男人。你想想看，要是有一天，所有男人都把女人當一回事——我們的教育會有根本性改變，這個社會的勞動結構也會有革命性轉變，婚姻諮商大概也不用做生意了。你懂我的意思嗎？」

他懂，但他其實不想懂。羅斯的太太才剛離開他，原因是他不懂得尊重她作為一名家庭主婦和母親的工作與職責。不過話說回來，家庭主婦和媽媽，哪裡算是真的工作，對吧？明明就比較像是一種角色。總之她就是離開他了，沒什麼好說的了。

「這也是為什麼我會想在《一八〇〇開飯》上教化學的原因。當女人懂得化學之後，也會懂得這世界是怎麼運作的。」

羅斯一臉狐疑。

「我指的是，從原子和分子的角度來了解這個世界，羅斯，」她解釋。「也就是主宰這個物理世界的原則。當女人了解這些基礎概念以後，她們就會漸漸看到那些禁錮自己的各種限制是有問題的。」

「是男人設下的限制。」

「是這整個由人類一手塑造出來的文化和宗教教條，要求男性這單一性別獨自肩負起領導的責任，這是非常違反自然法則的事。光是了解了最基礎的化學知識，就可以看出這樣偏頗、片面的做法很危險。」

「嗯，」羅斯默默想著自己好像從來沒有這樣思考過。「我同意這個社會的確還有相當大的進步空間，但如果說到信仰，我個人是傾向認為信仰能讓人謙卑，讓我們清楚自己處於這個世界的什麼位置。」

「真的嗎？」她訝異地說。「我認為信仰是要幫助人逃避責任。它告訴我們，再怎樣都不是我們的錯，因為世間萬物的背後有個什麼人或什麼力量在操縱著。所以說到底，千錯萬錯都不是我們的錯。如果希望情況好轉，那就禱告吧。但事實上，這世界上的善惡大多是我們自己造的孽，而且我們其實也有

43 Big Bang，解釋宇宙發展過程的一個理論，主張整個宇宙起源於一個極小的點，因大爆炸而不斷向外膨脹。

能力去改變、修正它。」

「妳的意思應該不是指人類有辦法修正這個宇宙吧。」

「我指的是修正自己，羅斯先生，修正我們自己犯下的錯誤。自然是另一個層面，更高層次的，而人類可以更了解自然、更深入自然的核心。但要能做到這件事，我們必須先打開被自己關上的那些門。託性別、種族等盲目偏見的福，有多少才華洋溢的人沒辦法進入科學研究領域來貢獻和發揮——想到這個就讓我非常火大，想必你也是。有太多重大的問題等著科學去解決，比如飢荒、疾病、物種滅絕等等。那些為了自肥而濫用過時的文化、關上大門的人，除了虛偽，更是眾所皆知的懶惰。哈斯汀研究院就都是這種人。」

羅斯停下筆，因為她說的這種狀況，聽起來有點耳熟。現在他雖然是在一個負有盛名的雜誌社工作，但他的新編輯是從八卦娛樂週刊《好萊塢報導》（*The Hollywood Reporter*）過來的。於是呢，得過普立茲獎的羅斯，得跟一個用「卦」來稱呼新聞、認定文章的重點是「腥羶色」的上司一起工作。**報導本來就服膺於資本！**他會這樣叮嚀羅斯，**有爆料才會有讀者！**

「我是無神論者，羅斯先生。」她重重地嘆口氣。「或者應該說是人本主義者，只是有時也不得不承認，人類真的很讓人受不了。」

她站起身，收拾好杯子，把它們端到洗眼器一旁。直覺告訴羅斯，這代表這場訪談已經結束，結果她又回來了。

「其實我沒有大學學位，」她說。「也從來沒說過我有。我當時進麥爾斯的實驗室，完全是靠自學的。講到麥爾斯，」她的口氣變重，同時抬手抽出頭髮裡那一支鉛筆。「我有話要說。」然後她把整件事的前因後果都告訴了羅斯，說當初自己之所以不得不離開ＵＣＬＡ，是因為要是有男人強暴了一個女人，學校的處理方式會是要那女人閉嘴。

羅斯用力吞了一口口水。

「至於我的成長背景，我是我哥把我帶大的。」她繼續說。「是他教我認字讀書，是他帶我去見識圖書館這座黃金屋，是他保護我免於受唯利是圖的父母影響。我們在小倉庫裡發現約翰上吊的那天，警察都還沒趕到，我爸就先閃人了。他連一刻也不願意等，因為表演不能遲到。」她說她的父親是散播末日謠言的那種神棍，現在在監獄裡服他二十五年的刑期，因為有一次在表演奇蹟的時候，他害死了三個人——說實在的，當時只有三個人受害，才是真正的奇蹟。至於她的母親，伊莉莎白已經至少十二年沒見過本人了。她在巴西組了一個全新的家庭，想必這輩子都不會回來了。照這樣看來，逃稅竟然成了一種得奉獻一生的事業。

「但我覺得凱文的成長背景才是真的奇葩。」伊莉莎白開始娓娓道來凱文父母是怎麼死的，然後姑姑又是怎麼死的，最後他就被送去一個天主教兒童之家，在那裡從小被神父虐待，直到他長大到有能力阻止對方為止。這些是她後來從凱文的陳年日記裡看來的，就放在她和芙萊斯克偷來的那些箱子裡。就算那些孩提時期的字跡潦草到幾乎無法辨識，字裡行間的傷痛卻是怎麼也藏不住的。

伊莉莎白沒有告訴羅斯，她在凱文的日記裡也發現了凱文為什麼會成為一個愛記仇、放不下仇恨的人。**我明明就不該被困在這個地方**——他是這麼寫的，彷彿當初還有別的可能——**我這輩子永遠、永遠都不會原諒那個人，只要我還有一口氣在**。搭配凱文和沃克利兩人的信件後，伊莉莎白明白了：日記上指的那個人，就是他希望已經死了的父親，那個他發誓會恨到死的人，而他最後確實遵守了這個對自己的諾言。

羅斯低頭盯著桌子，想著自己的成長背景可謂相當普通：家裡有兩個大人，沒人自殺，沒人被殺，他所在的教區，神父也沒做過任何不當的舉動。即便如此，羅斯對於自己的人生還是有很多不滿的地方。他覺得自己真的很有事。這是人的壞習慣，除了對他人的困境與苦難不痛不癢，還不懂得珍惜自己擁有的一切，直到那一切離自己而去。想著想著，羅斯好想他老婆。

「凱文的死，」她說。「我得負全責。」他臉色蒼白地聽著伊莉莎白講述那個意外、那條牽繩、那陣警笛聲。她說，發生這件事以後，爛事就接二連三，她做什麼、不做什麼都是錯。對她來說，就是因為凱文死了，才衍生出接下來的一連串錯誤：首先是，她沒有預見多納堤竟然會偷走她的研究，導致她放棄那個研究；再來是，為了讓女兒適應社會生活，把她送去她根本沒辦法適應的學校；更糟的是，她還讓自己變成她最不想成為的人，變成一個和她父親一樣表演者。噢，還有，她還讓菲爾・黎本斯摩心臟病發作。「但最後這件事，我倒是不會把它列在錯誤當中。」伊莉莎白說。

「你們兩個後來聊了什麼？」在前往機場的路上，攝影師問羅斯：「我有錯過什麼嗎？」

「完全沒有。」羅斯沒說實話。

上計程車之前，羅斯就已經暗自決定，那天聽到的私生活部分，他都不會寫。他會在一定的限度裡，把該寫的寫一寫，其他的則隻字不提。他會把報導寫好寫滿，但也會有寫等於沒寫。他會揭露她的事，但不會揭穿她。總之他會準時交稿，畢竟有準時交稿，就已經遵守了記者這行百分之九十九的守則。

連伊莉莎白・佐特本人都沒有意識到，《一八〇〇開飯》不只是一堂化學課而已。那天羅斯在飛機上，寫下了這段話，**而是每週一到週五，三十分鐘一堂的人生課。這堂課不是要教你認識自己、了解自己，也不是要你分析自己、評判自己。《一八〇〇開飯》讓觀眾看到的是：你其實可以成為什麼樣的人。**

文章裡簡介伊莉莎白個人背景的部分，他洋洋灑灑寫了兩千字關於無生源論的內容，再另外搭配一個五百字的段落，說明大象如何吸收和消化牠攝取的食物。

「這哪裡算一篇人物故事？」他頭上的新編輯看完草稿後回覆：「說好的內幕和腥羶色呢？」

「還真的沒有。」羅斯說。

兩個月後，伊莉莎白就登上《生活》雜誌，成了封面人物。她雙手抱胸，神色堅毅冷冰，一旁是「為什麼伊莉莎白做什麼，我們就吃什麼」的標題。六頁的專題人物報導裡，有十五張伊莉莎白的照片，包括她在上節目、在做測功儀、在化妝、在摸六點半、在和沃特．派恩開會、在整理頭髮等等的樣子。文章用羅斯那句褒揚的話開頭，說她是當今電視界最聰明的人物，但編輯把「聰明」劃掉，改成「有魅力」。接下來，它描述了一下伊莉莎白最受歡迎的那幾集節目，例如滅火器那集、毒蘑菇那集、我不信上帝那集，還有許多其他的經典內容。文章最後收在羅斯的個人觀察，表示這節目其實是一堂又一堂的人生課。但這篇人物專題報導還沒結束，精采的在後頭。

「她根本就是死亡天使。」某個菜鳥記者跑去紐約州的新新懲教所（Sing Sing Correctional Facility），找到了佐特的父親，而他在面會室裡這麼描述伊莉莎白：「不只是魔鬼的後裔，還跩得要命。」

這位菜鳥記者還成功從UCLA的麥爾斯博士那裡取得一句對佐特的評論：「一個胸無大志的學生，對男人比對分子還有興趣。」麥爾斯最後還順便補一刀，說佐特本人根本沒有電視上那麼好看。

菜鳥記者也跑去找多納提。當他問起伊莉莎白之前在哈斯汀的工作狀況時，多納提回答：「誰？佐特？噢，你是說國民辣廚娘？我們之前都叫她辣妹啦。」他說。「每次這樣叫她，她就會用女人最愛用的那種方式抗議，就是自己其實聽得很開心的那種啦。」他笑著說，拿出她之前那件實驗袍來證明自己有憑有據，上頭清晰可見繡著她的名字縮寫「E．Z」[44]。「辣妹真的是十分傑出的實驗室技士——技

44 同easy之意，指一個人性觀念開放，可隨興與人上床，作貶義使用。

士這個職位就是專門設計給想當科學家，但又沒那個腦子的人來做的。」

他最後一位訪問的是穆福德女士。「事實證明，女人的舞台就是家庭，像伊莉莎白．佐特這樣子跑出去工作，後果就是嚴重影響到自己小孩的身心健康。佐特小姐很常過度誇大自己孩子的能力——那些在意名聲、地位的家長，通常會有這樣的傾向。我身為她女兒的老師，理當是盡心盡力，竭盡所能來彌補孩子家教上的缺失。」穆福德女士的話旁邊附了一張圖，而它偏偏正好是瑪德蓮的家族樹。**不要騙人！**穆福德女士在上頭寫著，**下課後來找我！**

通篇報導最具殺傷力的是那棵家族樹，因為瑪德蓮不只把沃特．派恩當成親戚寫上了——讀者立刻腦補，這一定是表示伊莉莎白和製作人有一腿——還在旁邊畫了一些小圖，包括她穿著囚衣的外公、在巴西吃玉米粽的外婆、一隻大狗在讀童書《老黃狗》（*Old Yeller*），另外還有個果實上寫著「神仙教母」，以及一個叫海芮的女人在毒害丈夫、一座亡父的墓碑、一個脖子上有絞繩的孩子。當然，還有那讓所有人莫名其妙的部分：樹上寫著娜芙蒂蒂、索傑娜．特魯思、愛蜜莉亞．艾爾哈特的名字。

結果那本雜誌不到二十四小時就完售。

38 布朗尼

一九六一年七月

有句話是這樣說的：負面宣傳也是一種宣傳。以這個例子來說，還真是說得很對。《一八〇〇開飯》的人氣就此大爆發。

「伊莉莎白，」辦公室裡，沃特對著坐在面前的伊莉莎白說，而她的臉像塊石頭一樣僵硬。「我知道那篇文章讓妳很崩潰——大家都很崩潰，但我們還是可以往好的方面想，比如新廣告商趨之若鶩跑來說要合作，還有幾個廠商也在跪求用妳的名字做一系列新商品，鍋子，刀子，各種東西都有！」

從她抿著嘴的樣子看來，他就知道自己麻煩大了。

「玩具商美泰兒還送來一個提案，說要做女孩兒的化學玩具組——」

「化學玩具組？」她微微抬起頭。

「只是計畫而已，還在草擬的階段。」他小心地措辭，並遞給她一份提案。「如果妳有想調整的地方，我想他們一定——」

「『女孩兒們！』」，她大聲讀出來。「『一起用科學，做出專屬妳自己的香水吧……！』我的天吶，沃特！而且還是粉紅色的外包裝?! 現在就打電話給他們——我是想告訴他們那些小塑膠瓶怎麼放比較好。」

「伊莉莎白，我們沒有要全部都答應，」他語氣平和地說。「只是它有機會讓我們下半輩子都不愁吃穿。做這個也不是為了我們自己，而是為了我們的女兒。我們得為她們設想才行。」

「這不叫為女兒設想，這叫替廠商行銷。」

「派恩先生，」一個祕書進來報告。「羅斯先生在二線上。」

「不，准，接。」伊莉莎白警告他，表情中依然可見誹謗中傷對她造成的傷害。

幾個星期後，「哈囉大家好。」伊莉莎白說。「我是伊莉莎白．佐特，歡迎來到《一八〇〇開飯》。」她站在流理台後，砧板上放了五顏六色的各種蔬果。「今天晚餐的主角是茄子，」她拿起一個大大的紫色蔬菜。「它的營養非常豐富，但因為含有酚類化合物，所以吃起來會有點苦。要去除苦味的話——」她突然語塞，把手上的茄子翻來轉去，一副不太滿意的樣子。「我重來一次好了。如果你想去除茄子的苦味，又想同時保留茄子的軟嫩——」她突然又停下來，大聲嘆口氣，然後把茄子扔到一旁。「算了，」她說。「人生已經夠苦了。」然後她轉身打開身後的櫥櫃，拿出完全不同的食材。「我們今天改作布朗尼。」

瑪德蓮這時候趴在電視機前，抬起的雙腿交勾在身後。「看來我們今晚又要再吃布朗尼了，海芮，已經連吃第五天了。」

「心情不好的時候，我就會做布朗尼。」伊莉莎白坦承。「我不會鬼扯說蔗糖是身心健康必需的營養，但是根據我個人的經驗，吃這個就是可以讓心情好一點。讓我們開始吧。」

「馬的，」海芮抬高音量蓋過伊莉莎白的聲音，同時動手補了一下口紅，並整理一下她蓬鬆的頭髮。「我要出去一下，可以嗎？不要開門，不要接電話，也不可以自己跑出去。我會在妳媽媽回來之前趕回來。可不可以？馬的？妳有聽到我說話嗎？」

「妳說什麼？」

「等會兒見。」

門「喀嚓」一聲關上。

「做布朗尼，最好是用高品質的可可粉或是烘培用的無糖巧克力，」伊莉莎白說。「我個人是比較喜歡用荷蘭的可可粉，因為它含有相當高濃度的多酚。多酚是一種還原劑，可以幫助妳的身體抗氧化……」

瑪德蓮看著電視上的媽媽，把可可粉、糖、融化的奶油加在一起後，開始猛力地用一個木湯匙攪打，感覺那個碗都快被攪爆了。《生活》上架時，瑪德蓮是多麼引以為傲，那是我媽媽——她登上雜誌封面了！但她都還沒有機會讀，伊莉莎白（還有海芮）就把手邊那幾本全部丟進垃圾袋裡，接著把那沉甸甸的一整袋丟到外面去。「不准讀這種胡說八道的鬼話，」她對瑪德蓮說。「聽到了沒？天塌下來都不准讀。」

瑪德蓮點點頭。但隔天她一到學校就直奔圖書館，一段接著一段讀，一口氣從頭到尾把整篇報導讀完。「不，」她哽咽起來。「不、不……」眼淚滴濕了那張媽媽幫她綁頭髮的照片。它拍得好像伊莉莎白成天只會幫女兒綁頭髮的樣子。「我媽明明是化學家，她明明是科學家……」

瑪德蓮回過神，注意力回到電視上。伊莉莎白正在把核桃切碎。「核桃含有極豐富的維生素 E，而且是以 γ-生育酚的形式存在。」她說。「經證實，核桃能有效促進心臟的健康。」但她切核桃的那個模樣，大概誰都看得出來，她受傷的心是吃再多核桃也沒用。

門鈴聲在這時突然響起，把瑪德蓮嚇到跳起來。發生《生活》雜誌的事後，海芮就不讓她應門了，但海芮現在不在，管不到她。瑪德蓮偷偷往窗外瞥了一眼，本來以為會看到個陌生人，結果是沃克利。

「馬的，」瑪德蓮打開門後，沃克利對她說：「我最近真的很擔心妳。」

電視上的伊莉莎白正在說明空氣是如何附著在糖粒的粗糙表面，然後被一層薄薄的油脂包覆，形成氣泡。「加了蛋以後，」她說。「蛋白質會防止這些被油脂包覆的氣泡在加熱時被破壞。」說完，她放下手上的攪拌盆。「先進一段節目宣傳影片，我們馬上回來。」

「我突然自己跑來，希望不會造成妳們的困擾。」沃克利說。「我只是在想，妳媽媽在主持節目的時候，妳應該會在家。她今天真的要做布朗尼當晚餐嗎？」

「她今天心情不好。」

「因為《生活》嗎——我想也是。妳的保姆呢？」

「海芮等等就會回來了。」她猶豫著要不要開口，因為不確定這樣做對不對。「沃克利，你要留下來吃晚餐嗎？」

他沒說話。如果他也是依據心情來決定自己今天要吃什麼，他這輩子大概每餐都得吃布朗尼。「我已經不請自來，還待下來的話似乎不太妥。馬的，我只是想過來看看妳而已。我實在很內疚我當時沒能多做點什麼，在家族樹作業上多幫點忙。不過講真的，妳用開闊、誠實的心態來定義自己的家族，這一點也讓我非常為妳感到驕傲，因為構成家庭的，的確不只有血緣而已。」

「對啊，本來就是。」

沃克利張望了一下這個擺滿了書的小空間，然後也看到那台測功儀。「啊有了，」他驚喜地說。「那個划船機器，妳爸爸的手真的很巧。」

「我媽媽的手也很巧。」她回答。「她把整個廚房改成一間——」就在她想帶著沃克利去參觀實驗室時，電視上的伊莉莎白回來了。「我喜歡下廚的原因之一，就是做菜這件事本身非常有效用。」她一邊說，一邊把麵粉加進去。「我們不只是在做好吃的東西，也在為身體的細胞提供能量，透過它延續生命。說到**有用**這一點，某些人在做的事就完全相反了，一點用也沒有，比方說——」她停頓一下，直直看進攝影機，氣到都要鬥雞眼了。「做雜誌。」

「妳可憐的媽媽。」沃克利搖搖頭。

這時，後門突然「砰」的一聲打開了。

「海芮？」瑪德蓮喊。

「親愛的，是我。」那聲音聽起來非常疲倦。「我今天提早回來。」

沃克利整個人呆住。「妳媽媽回來了？」

沃克利完全還沒有準備好要見伊莉莎白．佐特本人。跑來凱文．伊凡斯曾經生活過的地方，就已經夠讓他激動的了，更何況突然要面對那個自己沒能在凱文喪禮上安慰的女子，那個有名的無神論者兼電視節目主持人，那個才剛登上《生活》雜誌封面的人物。不行，他得離開這個地方，現在，馬上！在她本人目睹自己年幼的女兒，跟一個成人男子單獨待在這沒有其他人在的屋裡之前——噢主啊！他到底在想什麼？還有比這種場面更難看的嗎？

「掰。」他悄聲對瑪德蓮說，轉身就要往前門走，但就在他抵達門口之前，六點半跑到他的腳邊。

嗨沃克利！

「馬的？」伊莉莎白把包包扔在實驗室裡後，走進客廳。「怎麼沒看到——」她沒來得及把話說完。

「噢。」她皺著眉頭，沒想到會看到一個穿著牧師服的人出現在她家裡，一隻手還抓著前門的門把。

「嗨，媽咪，」瑪德蓮試著表現得跟平常一樣。「他是沃克利，是我朋友。」

「我是雷弗倫．沃克利，」他說，那隻握著門把的手仍緊抓著門把不放。「第一長老會的牧師。真的很抱歉打擾到妳，佐特女士。」他急著解釋。「真的非常、非常對不起，在妳忙了一天之後還來打擾。我和瑪德蓮是之前在圖書館認識的，而且就像她說的，我們是朋友，我們——我其實剛好差不多要走了。」

「那個家族樹的作業，沃克利有幫我。」

「非常可怕的作業，」他說。「完全是別有用心。我個人非常反對學校作業涉及和家庭相關的私領域——不過講真的，雖然我很希望自己有幫上忙，但我真的沒做什麼。凱文·伊凡斯真的影響我的人生很多——我是指他的研究，雖然妳可能會覺得很奇怪，畢竟我是做這行的。我相當仰慕他，甚至可以算得上是他的粉絲，我和伊凡斯之前其實是——」他欲言又止。「真的很抱歉，我真的很遺憾。我想這一切對妳來說，想必相當的——」

沃克利聽見自己像暴漲的河水在滔滔不絕、語無倫次說著。但他說的越多，伊莉莎白·佐特看著他的那個眼神，就讓他越是害怕。

「海芮呢？」

「去忙了。」

電視上的伊莉莎白正在說：「我們有時間接受現場觀眾提問一、兩個問題。」

「妳真的是個化學家嗎？」某個人問。「《生活》雜誌上說——」

「是，我是。」伊莉莎白強調。「有沒有人是真的有問題想問？」

客廳裡的伊莉莎白突然臉色大變。「快把這東西關掉。」她說，但在她來得及動作之前，另一個現場的觀眾就不懷好意地問了。「妳的女兒真的是私生子嗎？」

沃克利兩個劍步向前，迅速把電視關掉。

「不要理那個人，馬的，」他說。「這個世界真的是充滿既無知又愚昧的人。」然後他環顧一下四周，彷彿在檢查自己有沒有忘記帶什麼東西。「打擾妳們了，真的非常、非常抱歉。」就在他一隻手再次握住門把時，伊莉莎白·佐特將一隻手搭在他的袖子上。

「雷弗倫．沃克利，」伊莉莎白的聲音，是沃克利此生聽過最悲傷的聲音。「我記得你。」

「你之前怎麼從來沒跟我說過，」瑪德蓮伸手拿第二塊布朗尼。「為什麼不跟我說你也有去我爸爸的喪禮？」

「因為在那場喪禮上，」他說。「我只是個小角色而已。我一直都很欣賞妳爸，但不等於我真的認識他本人。當時我只是想幫忙，想找機會說點什麼，可以讓妳媽媽好過一點，但我失敗了。不過妳知道嗎，我雖然從來沒有見過妳爸本人，不知道為什麼，卻感覺自己很了解他這個人。這話聽起來可能有點太浮誇了，」他轉向伊莉莎白。「真的很抱歉。」

整頓晚餐，伊莉莎白幾乎沒說什麼話，但沃克利那有如告解的自白，某種程度上竟然觸動了她，使她聽著聽著，輕輕地點了點頭。

「馬的，私生的意思是，」伊莉莎白說。「小孩在沒有合法婚姻的情況下出生，也就是妳爸和我沒有結婚就生了妳。」

「我知道私生的意思，」瑪德蓮說。「但我不知道為什麼這是一件需要大驚小怪的事。」

「只有對那些蠢人來說，這才是一件需要大驚小怪的事。」沃克利插嘴說。「我成天都在跟那些蠢人說話，所以我太了解他們了。作為一名神職人員，我一天到晚都在想辦法要對笨下藥，想辦法要讓他們發現自己的行為不過在製造一些不必要的……總之，妳媽說得非常對。那篇文章裡，有引用一句妳媽媽的話，她說我們的社會很大程度是建立在迷思之上，而我們的文化、信仰、政治都太善於扭曲真相了。私生就是這個社會的迷思之一，妳不需要在乎這個字眼，也不需要理會用這個字眼的人。」

伊莉莎白訝異地抬起頭。「但這沒有出現在《生活》上！」

「什麼？」

「我講到迷思的那段，社會扭曲真相的那一段話。」

這下子換沃克利一臉訝異了。「噢對，不是在《生活》，是羅斯另外一篇——」他看向瑪德蓮，一副這才想起自己是來幹嘛的樣子。「噢親愛的主，我差點忘了！」他彎身從自己的包包裡拿出一個沒封口的黃色公文袋，放到伊莉莎白的面前。上面寫著幾個大字：**伊莉莎白．佐特親啟**。

「媽，」瑪德蓮馬上說。「羅斯先生前幾天有跑來，我沒開門，因為我不可以應門。而且，因為來的是羅斯先生，海芮說他現在是全民公敵第一號。」她停頓一下，微微低頭。「其實，我有讀《生活》那篇報導，」她向媽媽坦白。「我知道妳叫我不要看，但我還是看了，真的很可怕，而且我不知道羅斯先生是怎麼拿到我的家族樹作業，總之都是我的錯，然後我還——」眼淚滾滾流下瑪德蓮的雙頰。

「寶貝，」伊莉莎白一把將孩子摟進懷裡。「怎麼會是妳的錯呢，這絕對不是妳的錯。這一切的一切，跟妳一點關係也沒有，妳什麼錯都沒有。」

「絕對是我的錯。」瑪德蓮哽咽地說，她的媽媽一邊輕撫著她的頭。「那個文件，是羅斯先生拿來的。」瑪德蓮指著沃克利放在桌上的公文信封。「他把它放在門口，我就把它打開了。雖然上面是寫『親啟』，但我還是看了，然後還拿去給沃克利看。」

「但妳為什麼要——」她這話還沒說完，突然轉頭看向沃克利。「等等，所以你也看了？」

「馬的來找我的時候，我人不在，」沃克利解釋。「但教會的打字員在，她說馬的來過，而且看起來非常傷心的樣子。老實說，我的確看了裡面的那篇文章，教會的打字員也看了，其實它很——」

「天啊！」伊莉莎白爆氣了。「你們這些人是怎樣？不懂『親啟』兩個字的意思嗎？」她火速抓起桌上那個信封袋。

「但馬的，為什麼妳那麼傷心？」沃克利沒回應在發飆的伊莉莎白。「至少羅斯先生有試著扳回一城，把事實寫下來，不是嗎？」

「什麼『事實』?」伊莉莎白說。「那個人最好是會知道——」她拿出信封袋裡的東西一看，就把話吞回去了。

那是一篇尚未發表的報導樣張，標題是「女人的腦袋為什麼這麼重要?」底下是伊莉莎白在家裡實驗室裡的照片，戴著護目鏡的六點半站在她身旁。這張照片的四周，是許多其他女性科學家在實驗室裡工作的照片。它的副標題寫著：「科學有偏見：女性科學家如何面對科學界的性別偏誤。」

那些樣張上夾著一張字條：

佐特，抱歉。我離開《生活》了，還在想辦法讓世人看到事情的真相，卻發現不是每個人都有興趣知道，已經被十個科學雜誌回絕。我先啟程去越南一趟，有一篇專題報導要寫。——羅斯

伊莉莎白屏氣凝神地讀著這篇新文章。它該寫的都有寫到：她的目標、她的實驗，同時還寫到其他女性科學家的研究與故事。讀了她們的奮鬥過程，讓伊莉莎白彷彿吃了一記定心丸，了解她們的研究進展也對她深具啟發性。

瑪德蓮這時還在哭。

「寶貝，」她說。「我不懂，這篇文章為什麼會讓妳傷心?羅斯這一篇寫得很好，妳看了這篇我不會生氣的，反倒很高興妳有讀。他寫到我真正的樣子，還寫到其他女人的故事。我很希望這一篇能找到地方發表，哪裡都可以。」她再看一眼那張字條。已經被十個科學雜誌拒絕了?真的假的?

「我知道，」瑪德蓮抹了一下鼻水。「所以我才會這麼難過。媽媽，妳本來應該待在實驗室裡做實驗的，卻因為……因為我，才不得不上電視做晚餐。」

「不是這樣的，」伊莉莎白溫柔地說。「我們為人父母，都得想辦法賺錢養家，這只是長大成人必經的一部分。」

「但妳是因為我的關係，才沒有辦法繼續在實驗室工作——」

「不是——」

「是，沃克利的打字員跟我說的。」

「?!」伊莉莎白張大了嘴。

「主啊，耶穌啊。」沃克利嘆，把他的臉埋到雙手裡。

「什麼？」伊莉莎白說。「你的打字員是哪位？」

「我想妳應該是認識她沒錯。」沃克利說。

「馬的，」伊莉莎白說。「妳聽好，我還是化學家，是電視上的化學家。」

「不，」瑪德蓮傷心地說。「妳不是。」

39 編輯大人

時間回到兩天前。

芙萊斯克小姐打字的速度，通常是一分鐘一百四十五個字左右，已經稱得上卓越超群的快速了。近來工作十分得心應手的她，在吃了三顆減肥藥配咖啡後，感覺自己今天很有機會打破一分鐘兩百一十六個字的世界紀錄。正當一切準備就緒，碼表在一旁滴滴答答計時中，她的雙手正在鍵盤上狂敲時，卻無預警地聽到了四個字。

「不好意思。」

「媽呀！」她大叫出聲，嚇到整個人往後彈。她一轉頭，看到左手邊出現一個瘦削的小孩，手裡拿著一個黃色公文袋。

「嗨。」那孩子說。

「見鬼了，妳想嚇死誰！」芙萊斯驚呼。

「女士，妳打字很快呢。」

芙萊斯克把手壓在自己的心臟上，幫自己壓壓驚。「喔，謝……謝妳喔。」她擠出這幾個字。

「妳的瞳孔放大了。」

「什——什麼？」

「請問沃克利在嗎？」

芙萊斯克往後靠向椅背，心臟仍處於震顫中的狀態。在此同時，那小孩竟然湊到打字機前，讀起她打出來的內容。

「妳做什麼？」芙萊斯克說。

「計算打字速度。」那孩子說，然後吃驚地說：「哇嗚！妳完全是史黛拉．帕尤納絲等級的強耶！」

「妳怎麼會知道史黛拉——」

「全世界打字打最快的人，每分鐘兩百一十六個——」

芙萊斯克瞪大眼睛。

「不過剛剛因為我打斷了妳，所以應該把這個也考量進去——」

「小朋友，妳是哪位？」芙萊斯克質問她。

「女士，妳在冒汗。」

芙萊斯克伸手抹了一下自己汗溼的額頭。

「這樣算起來，妳剛剛的速度是一分鐘一百八十個字。」

「妳叫什麼名字？」

「馬的。」那個小朋友說。

芙萊斯克看著那孩子腫腫又紫紫的嘴唇，還有她長長又拙拙的四肢。

「伊凡斯？」她下意識地說出口。

兩人震驚地愣愣看著彼此。

「很久以前我和妳爸媽是同事，哈斯汀的同事。」芙萊斯克告訴瑪德蓮，桌上擺著一盤健康餅乾。「那時候我在人事室，妳爸媽是在化學所。妳爸爸當時非常出名，這妳應該知道吧。然後，現在妳媽也很有名了。」

「因為《生活》嗎？」瑪德蓮沮喪地低下頭。

「不是。」她很肯定地說。「不管有沒有那東西都一樣有名。」

「我爸爸是個怎麼樣的人？」瑪德蓮問，咬了一口餅乾。

「他喔……」芙萊斯克遲疑一下，因為她這才發現自己完全不清楚伊凡斯是怎樣的人。「他當時是完全無法自拔地愛上妳媽。」

瑪德蓮眼睛一亮。「真的？」

「妳媽媽也是，」這是她頭一次不帶嫉妒之情說出這些話。「無可救藥地愛上了妳爸。」

「還有呢？」瑪德蓮想知道更多。

「他們倆在一起非常幸福，幸福到妳爸臨走之前，還留了個禮物給妳媽媽。妳知道那個禮物是什麼嗎？」她用下巴輕輕指向瑪德蓮的方向。「就是妳。」

瑪德蓮翻了個小白眼。她想，每次大人這樣子說話時，背後一定有什麼不好聽的事不能說。有一次她聽到沃克利在跟一個圖書館員說話，沃克利說雖然她的表親喬伊絲離開了人世——她是在一家連鎖超市裡抓著心臟猝死的——但至少她走的時候沒有太多痛苦和煎熬。是喔，你怎麼知道？有人跟喬伊絲本人確認過嗎？

「然後呢？」瑪德蓮問。

然後？芙萊斯克心想，然後我到處惡意散播妳媽媽的謠言，成功讓妳媽媽被開除。然後妳媽媽因為陷入貧困的窘境，迫不得已只好再回到哈斯汀。然後我和妳媽媽在廁所大吵一架，才發現彼此都是因為被性侵，才沒拿到博士學位，導致我們出社會以後只能低就，在一些滿是廢物爛人的公司裡做一些毫無成就感的事。如此這般，沒有然後了。

但她沒把這些話說出口，反而說：「然後妳媽媽決定待在家裡帶妳，因為她覺得帶小孩應該會比較好玩。」

瑪德蓮把餅乾放下。又來了，大人就是愛這樣，這裡講一點事實，那裡又掰一些假話。

「我實在看不出來，待在家裡帶小孩哪裡好玩了。」瑪德蓮說。

「什麼意思？」

「她應該很難過才對吧？」

芙萊斯克轉開視線。

「而且，難過的時候，我就不會想要自己一個人。」

「要不要再來一點餅乾？」芙萊斯克想轉移話題。

「一個人在家，」瑪德蓮繼續說。「沒老公，沒工作，沒朋友。」

芙萊斯克突然對一本叫做《每日靈糧》的刊物很感興趣的樣子，伸手拿起來翻。

「當時到底發生了什麼事？」瑪德蓮追問。

「她被研究院**開除**，」芙萊斯克說，沒想過瑪德蓮聽了這些話會怎麼想。「因為肚子裡有了妳。」

瑪德蓮整個人垮了下來，彷彿剛剛有人從後面開了她一槍。

「這不是妳的錯，真的。」芙萊斯克試著安慰眼前這個已經啜泣了十分鐘的孩子。「是哈斯汀那些人的錯。真的很難相信那些人怎麼可以這麼古板，真的是一群渣男。」講著講著，芙萊斯克才想起來，自己曾經跟其中一個渣男交往過，便一口氣把剩下的餅乾吃下肚。

這時，還在哭得上氣不接下氣的瑪德蓮，開口告訴她那餅乾裡含有食用色素黃色四號，那是一種和肝臟、胰臟功能低下有關的食品添加物。

「總之，事情不是妳想的那樣，」芙萊斯克說。「妳媽媽不是因為妳才離開哈斯汀，是多虧了妳，她才總算有辦法離開哈斯汀，雖然之後還笨到又回去一陣子，但這又是另一個故事了。」

瑪德蓮發出一聲嘆息。「我該走了。」她看了看時鐘，擤了擤鼻子。「抱歉破壞了妳的測速挑戰。可以幫我把這個交給沃克利嗎？」芙萊斯克收下那個沒有緘封的信封袋，上面寫著：伊莉莎白．佐特親啟。

「沒問題。」芙萊斯克承諾，然後給了瑪德蓮一個擁抱。瑪德蓮離開後，她逕自把信封打開來看。
「我的媽，」看完羅斯這篇新文章之後，芙萊斯克大嘆：「看來佐特是個貨真價實的高手啊。」

「編輯大人，你好，」三十秒後，她怒氣沖沖地開始寫要投書給《生活》編輯部的信。「在讀了你們那篇關於伊莉莎白．佐特的報導後，那篇荒謬至極的封面故事，我覺得貴社負責事實查核的人員應該馬上走路才對。我認識伊莉莎白．佐特本人，還曾經與她共事過，所以我很清楚那篇報導裡全是一些胡說八道。另外，我也曾經和多納提博士共事過，他在哈斯汀曾經搞過什麼骯髒事，我不只知道內幕，還有文件可以證明。」

她在投書中列舉了伊莉莎白身為化學家的成就，這部分是她從羅斯那篇新文章裡讀來的，同時也一併揭露佐特在哈斯汀工作時遭受的那些不公平對待。「多納提挪用她應得的研究經費後，就毫無理由地把她開除了。」她寫道。「我會知道，是因為當時我也是共犯，而我為了贖這個罪，現在靠著打佈道講稿來維生。」她接著開始詳述多納提在剽竊佐特的研究後，是怎麼欺騙重要的投資人。最後，她在信的結尾表示，雖然自己很清楚《生活》應該是沒種刊出她這封投書，但她還是覺得非寫不可。

結果這封投書出現在下一期的雜誌上。

「伊莉莎白，妳看這個！」海芮興奮地說，手上拿著最新一期《生活》雜誌。「全國各地的女性都寫信去《生活》抗議，而且所有人都站在妳這邊——女人造反了！裡面還有一篇，投書的人說自己是妳之前哈斯汀的同事。」

「沒興趣。」

伊莉莎白才剛寫好要給瑪德蓮的字條，放到便當盒裡。然後她開始裝忙，在本生燈上東摸西摸。這幾星期以來，她雖然已經盡全力要振作起來——她告訴自己，不要理會那篇文章，要撐下去——過去她也是這樣撐過所有的困難，連自殺、性侵、欺騙、剽竊、天崩地裂的失去摯愛，她都撐過來了，這次想必也可以，心情卻始終沒有平復。

這次不論她怎麼使勁要自己爬起來，《生活》雜誌對她整個人的污衊，就是一直把她打回地上。那傷害感覺像是永久烙印在她身上一般，讓她永遠沒辦法反制或逃脫。

海芮大聲地唸出那封投書。「要不是伊莉莎白．佐特，我也……」

「海芮，」她怒斥。「我說我沒興趣。」知道這些又有什麼用，她這輩子已經完了。

「那羅斯寫的另一篇呢？還沒發表的那篇？」海芮又繼續說，沒理會伊莉莎白剛剛回話的那個口氣。「很有科學感的那篇。講真的，我本來還不知道有那麼多女性科學家的存在——我是說，除了妳和居禮以外。我已經讀過兩遍了，非常引人入勝。它的內容全都奠基在事實上，真正的科學。」

「但已經被十個科學雜誌拒絕了。」伊莉莎白的口氣要死不活。「科學界的女性，這種東西根本沒人在乎。」她抓起了自己的車鑰匙。「我去親一下馬的，跟她說掰掰，然後我就要出門了。」

「可以幫我一個忙嗎？這次不要把她吵醒。」

「海芮。」她說。「我哪一次有吵醒過她？」

當海芮聽到那台普利茂斯車駛離車道，她便好奇地打開瑪德蓮的便當盒，看看今天伊莉莎白又寫了什麼金玉良言。「不是妳多心，」便當盒上的紙條這麼寫著。「大部分人都很讓人倒胃口沒錯。」憂心的海芮不禁抬手撐著頭。

她輕手輕腳地在實驗室裡走來走去，擦拭所有的檯面。伊莉莎白這次的抑鬱，顯然已經來到前所未有的新高點。

海芮看著實驗室裡那些空白筆記本，那些積了灰塵的化學器材，還有很久沒人削過的鉛筆。該死的《生活》雜誌，她心想。什麼生活，生活個屁。這雜誌根本就偷走了伊莉莎白的生活，更毀了她的生活——還不都是因為什麼多納提、麥爾斯的鬼扯蛋，在那裡自欺欺人。真的欺人太甚。

「喔親愛的，」海芮對著出現在走廊上的瑪德蓮說：「妳媽媽把妳吵醒了嗎？」

「一天又要開始了。」

她們一起坐在餐桌旁，各自拿了一個瑪芬來吃。那是伊莉莎白當天早早起床烤的。

「海芮，我真的很擔心，」瑪德蓮說。「擔心媽媽。」

「唉呀，妳媽媽確實是陷入了低潮，馬的，」海芮說。「但很快她就會谷底反彈了，等著瞧吧。」

「妳確定？」

海芮看向別的地方。不，她一點也不確定。事實上，她這輩子從沒有這麼不確定過。任何人都是有極限的。她擔心伊莉莎白終究是被這一切給逼到極限了。

想著想著，她的目光落在新一期的《女性居家雜誌》上，當中有篇文章的標題是「妳真的可以放手把自己交給造型師嗎？」另一篇的標題則是「怦然心動！今年是『大人物感』上衣的一年」。然後她嘆了一口氣，伸手再拿了一個瑪芬。

當時是她說服伊莉莎白接受《生活》採訪的，如果要找個人來怪的話，真的該怪她。

她們倆安靜地坐了一會兒。瑪德蓮忙著撕下瑪芬的油紙時，海芮的腦袋裡在重播剛剛伊莉莎白說的話。她說沒人會想看跟科學界女性有關的東西。嗯，這倒是真的。等等，不對，這真的是「真的」嗎？

海芮偏過頭。「等一下，馬的，」她一邊思考，一邊慢慢地說。「給我等一下。」

40 正常

十一月，某個寒冷的夜晚，伊莉莎白向沃克利告解。「我最近經常想到死這件事。」

「我也是。」他說。

他們倆在屋外坐著，低聲說話。瑪德蓮在屋裡看電視。

「我在想這應該不太正常。」

「也許吧，但我也不太知道什麼叫正常。科學上會講正常嗎？你們怎麼定義正常？」

「科學上來說，」她說。「應該是接近平均值就算正常。」

「我覺得好像不是這樣。正常與否又不是天氣，它不能預測，也不是你能製造的。如果從我的角度來說，我想『正常』可能不存在。」

她從一旁看著他。「這句話出自你這個覺得《聖經》很『正常』的人嘴裡，感覺還真怪。」

「一點也不怪，」他說。「我甚至會說，其實《聖經》裡發生的事沒有一個是正常的。這也許正是大家會這麼愛《聖經》的原因吧，畢竟誰會想相信生命就是表面上看起來那樣？」

她好奇地看著他。「但你應該是相信《聖經》那些故事才對，畢竟你還忙著宣揚那些故事。」

「有些東西我的確相信，」他澄清。「像是不要放棄希望，或不要向黑暗屈服。妳說我在『宣揚』，我倒比較希望把它想成我是用那些故事來讓人『有感』。不過，我信什麼不重要。我在想，妳之所以想到死，是因為妳感覺自己生不如死。問題是，妳不只沒死，還活跳跳的，結果讓你落入現在的境地。」

「你是什麼意思？」

「妳知道我是什麼意思。」

「你這個牧師也太奇怪了。」

「我不是奇怪的牧師，我只是很糟的牧師。」他糾正她。

她猶豫了一下。「沃克利，有一件事我得跟你坦承。我有看過你們倆的信，你和凱文當時往來的書信。我知道那是你們倆之間的隱私，但那些信就保存在他的遺物裡，所以我看了。好幾年前的事了。」

沃克利轉頭看著伊莉莎白。「伊凡斯有把那些信留下來？」他突然好想念這位老朋友。

「不曉得你知不知道這件事，但當時凱文之所以會選擇來哈斯汀工作，是因為你的關係。」

「什麼？」

「因為你跟他說大同市的天氣超好。」

「我有嗎？」

「你也知道凱文這人有多在乎天氣。他本來大概還有一百萬個待遇好一百萬倍的機會，最後卻選擇來這裡，來大同市，來『全世界天氣最好的地方』，你當時是這樣說的。」

沃克利這才意識到自己隨口的一句話，竟有如此的份量。伊凡斯因為那句話來到了大同市，也死在大同市。「但這裡的天氣，要等清晨的霧氣散去後才算好。」他好像覺得自己必須解釋一番。「我真不敢相信，他是為了要在陽光下划船，才搬來這裡——可是划船都是在一大清早，根本沒有太陽。」

「你不需要跟我解釋這些。」

「我感覺我有責任，」在意會到凱文的死與自己有多大的關係後，沃克利非常驚恐。「這全都是我的錯。」

「不是，」伊莉莎白嘆氣。「買了那條牽繩的人，是我。」

他們並肩坐在那裡，聽著屋裡的瑪德蓮跟著電視主題曲在唱著歌：馬就是馬，當然是馬，馬就是馬，當然沒人可以跟馬談馬，除非那馬是艾迪先生這匹大名鼎鼎的馬！

這首歌讓沃克利想起，在圖書館認識瑪德蓮那天，她在他耳邊悄悄告訴他的祕密。**我的狗認得九百八十一個字喔**。他聽到時很驚訝，因為像瑪德蓮這樣一個凡事堅持實事求是的孩子，怎麼會講出一個連草稿都沒打的謊呢？

那麼，當時沃克利對她說了什麼祕密呢？那是他最見不得人的祕密：**我其實不相信上帝**。

伊莉莎白稍微閉一下眼，清了清喉嚨。「沃克利，我本來有一個哥哥，」她的口氣像是在告解自己犯下的罪。「但他也不在了。」

沃克利皺了皺眉。「哥哥？不好意思，什麼時候？他什麼時候走的？」

「很久以前，我十歲的時候，上吊自殺。」

「天吶。」沃克利說，聲音有點顫抖。他突然想起來，瑪德蓮的家族樹作業裡，最下面的確有一個脖子上有絞繩的孩子。

「其實有一次我差點死掉。」她說。「那次我跳進一個礦場的水池，但我不會游泳，到現在都還不會。」

「什麼？」

「但我哥在我跳了以後，就跟著跳了下來，然後把我拉回岸邊。」

「所以妳想說，妳哥曾經救了妳一命。」沃克利說，一步步揭露她的內疚。「所以妳覺得自己當初也應該救他一命，是嗎？」

她轉頭看向他，表情一片空白。

「伊莉莎白，他當初會馬上跟著跳，是因為妳不會游泳。但妳知道，自殺是很不一樣的狀況，比游泳複雜太多了。」

「但沃克利，」她說。「我哥他，其實也不會游泳。」

然後兩人都不發一語。沃克利因為不知道該說什麼而沮喪，伊莉莎白則是因為不知道該拿自己怎麼辦而情緒低落。這時，六點半推開了門，來到伊莉莎白身邊，用力地推推她。

「妳因此一直沒辦法原諒自己，」沃克利終於開口。「但妳應該要想辦法原諒的，其實是他。接受這個事實，然後原諒他。」

她發出一個傷心的哀鳴，像輪胎突然洩了氣一樣。

「妳是科學家，」他說。「所以妳會去質疑許多事，然後去尋找問題的解答。但我得說，有時候、有些事情，真的就是沒有答案。妳知道嗎，人們在禱告時會這樣開場：『主啊，請賜予我寧靜，讓我接受無法改變的事情吧』。」

她皺起眉頭。

「這當然不是妳的作風。」

她歪了歪頭。

「化學就是改變，改變也是妳思想的核心。這樣很好，這個社會需要的，就是更多像妳這樣不安於現狀的人，不害怕去挑戰那些讓人無法接受的事物。只不過有時候，比如妳哥哥自殺、凱文的死——這種讓人無法接受的事物，是永遠無法改變的了。伊莉莎白，有些事情，會發生就是會發生。」

「有時候，其實我也明白為什麼我哥會選擇離開人世，」她輕聲向他坦承。「發生這麼多事之後，我也想登出人生了。」

「我懂。」沃克利說，心裡想著《生活》雜誌對她造成的傷害。「不過相信我，真正的問題不在於那些事。不是因為那些事，讓妳想要登出。」

她困惑地轉頭看向他。

「是因為那些事，讓妳渴望重新登入。」

41 回歸

「哈囉大家好，」她說。「我是伊莉莎白．佐特，你現在收看的是《一八〇〇開飯》。」

沃特．派恩坐在製作人椅上。閉上眼睛的他，回想著他們認識彼此的那一天。當時的她頭髮紮起來，身上穿著實驗室白袍，沒把他祕書放在眼裡就直接衝進辦公室，劈里啪啦說了一串，聲音聽起來如此清亮。沃特也記得當下她有多麼讓自己覺得驚豔。是的，她的確太有魅力了。但直到現在這一刻，沃特才發現她的魅力其實和她的長相沒什麼關係。造就她那股魅力的是她的自信，那種深刻明瞭自己是什麼樣的人的自知自信。而那自信如今像種子一樣散播開來，深植在每個觀眾的心中。

「在今天的節目開始之前，我要宣佈一件重要的事。」她說。「今天是我在這個節目的最後一天。」

觀眾席間一陣譁然。「什麼？」所有人交頭接耳。「她剛剛說什麼?!」

「我即將離開《一八〇〇開飯》的主持崗位。」她再講得更明確一點。

這時，河濱市的一座牧場裡，一個女人手上的一整盒蛋硬生生地掉到地上。

「妳不是認真的吧！」觀眾席第三排上有人大喊。

「我是認真的，我一直都是很認真的一個人。」她說。

一股低氣壓籠罩在整個攝影棚。

對於現場的反應有些應付不來的她，轉頭望向沃特，沃特則肯定地向她點了個頭。他只能做到這樣了，因為再多表示一點什麼，都有可能會讓他整個人瞬間崩解。

昨天晚上她沒有事先知會沃特，就開車跑去他家找他。沃特因為身邊有人，本來是懶得應門。但是當他從門上的小洞看出去，發現是伊莉莎白杵在他家們口，而瑪德蓮在她停在路邊的車上睡覺，六點半像個亡命天涯的車手一樣擠在駕駛座上待命時，他立即把門打開。

「伊莉莎白，怎麼了——」他心跳得好快。「發生什麼事了嗎？」

「是伊莉莎白？」沃特身後傳來另一個擔憂的聲音。「我的老天，怎麼了？是馬的發生什麼事了嗎？該不會是她受傷了？」

「海芮?!」伊莉莎白驚呼。

這三人站在那裡一言不發好一陣子，像在演一場沒人記得下一句台詞的戲。最後，沃特總算開口：「我們本來打算過一陣子再跟妳說。」

「等我把離婚辦好。」海芮不假思索地接下去說。

然後，沃特伸手去握海芮的手，伊莉莎白嚇得叫了一聲。她這一叫嚇到了六點半，使他一不小心頂到喇叭，而且是頂個不停，結果吵醒了瑪德蓮，然後吵醒了阿曼達，最後整個社區裡所有傻傻以為今天可以早點睡的人，全都被吵了起來。

但伊莉莎白還是站在門邊一動不動，呆呆愣愣。「我真的完全不知道，」她一直重複這句。「我怎麼可能完全沒有察覺？我有這麼瞎嗎？」

海芮和沃特互看了一眼，一副就是在說，噢，有啊，妳就是這麼瞎。

「我們改天再把整件事的經過告訴妳。」沃特說。「是說，妳怎麼會跑來？都九點了。」畢竟伊莉莎白之前從來沒有這樣突襲拜訪過他。「發生什麼事了嗎？」

「沒有發生什麼不好的事，」伊莉莎白說。「只是現在我感覺很不好意思。你們告訴了我這麼美好的消息，我卻是要告訴你們——」

「什麼？**什麼事？**」

「不對，不該這麼說，」她說，像在節目上更正講錯的台詞一樣。「我想說的，其實也是好事。」

沃特不耐地揮著手，像在催她快點把話說出口。

「我……我決定了，我要辭掉節目。」

「什麼?!」沃特大驚。

「明天就走。」她補上一句。

「不！」海芮說。

「我不主持了。」她再說一次。

她說這話時的語氣直接表明了，就算這是個倉促的決定，也是一個她不會倉促反悔的決定，不論他們再怎麼勸、怎麼說、怎麼討價還價都不會有用，不論他們拿什麼瑣碎的小事出來講，比如合約、還沒賺大錢、她走了後沒人可以替代她，等等，也都會是徒勞。她決定了就是決定了，沒有任何的餘地，所以沃特只能開始哭。

海芮也聽懂她的意思了，心裡為伊莉莎白感到驕傲——類似當母親的聽到自己孩子說她決定要把一生奉獻給某個沒錢賺的志業時，心裡百感交集的那種驕傲——然後也跟著哭起來。海芮張開雙臂，把沃特和伊莉莎白一起緊緊抱住。

「作為《一八〇〇開飯》主持人的這些日子，的確是非常開心，但是我決定要回歸學術研究了。」她眼神堅定盯著攝影機。「所以，藉著這個機會，我想要在這裡謝謝妳們——不只謝謝妳們的觀賞，」她抬高音量，讓大家在喧鬧中還可以聽到她在說什麼。「也要謝謝妳們的友誼。過去這兩年來，我們一起完成了許多事，一起做了好幾百道菜，實在很不可思議。不過，女士、小姐們，我們一起做的不只是晚餐，更是在創造歷史。」

此話一出，現場觀眾全都站了起來，出聲歡呼表示認同，讓伊莉莎白又驚又喜。

「在我離開之前，」她大吼。「有件事我想各位應該會有興趣知道——」她舉起雙手請大家安靜。「大家還記得菲理斯太太嗎——那位曾經勇敢地告訴我們，她想當心臟外科醫生的那位女士？」然後她伸手從圍裙的口袋裡掏出一封信。「電視台收到她向我們更新自己近況的信。她不只以創紀錄的神速，順利完成了醫學院預科的課程，也成功申請上一間醫學院了。恭喜妳，瑪嬌瑞．菲理斯。我們從不曾懷疑，也始終都相信妳一定可以做到。」

聽到這個消息後，觀眾的心情立刻振奮起來。一向不苟言笑的伊莉莎白，在想像菲理斯醫師會如何在上刀前死命地仔細刷手時，也忍不住露出微笑。

「我想有一件事，瑪嬌瑞應該也會同意，」伊莉莎白再度提高了音量。「這一切最困難的部份，不是回學校念書，而是鼓起足夠的勇氣去實踐。」她大步走向畫架，拿起一支筆寫下：**化學就是改變**。

「每當妳開始懷疑自己，」她轉過身對觀眾說：「每當妳感到害怕的時候，要記住——勇氣是做出改變的根基，而人類生來就是設計成在持續不斷改變。所以明天早上一起床，妳可以跟自己約好：從今天開始我不要再裹足不前，不要再認同別人對我的評價、聽信別人說我辦得到或辦不到什麼事，更不會再容許別人把一些毫無意義的性別、種族、經濟狀況、信仰標籤貼在自己身上。女士、小姐們，不要讓自己的才華進入休眠狀態。自己的未來，由自己打造。今天回去以後就問自己：我要改變的是什麼，然後馬上開始行動。」

全美國各地的女性這時都從沙發上跳起來，伸手往餐桌重重一捶。她們興奮地呼喊，因為伊莉莎白的話而振奮，同時也為她即將離去而傷心不捨。

「在走之前，」她努力壓過現場的聲音。「我想要謝謝一個非常特別的朋友，她叫做海芮．斯隆。」

這時在伊莉莎白家客廳裡的海芮，下巴一秒掉了下來。

「海芮，」瑪德蓮輕聲說。「妳要出名啦！」

「各位都知道，每天節目的最後，」伊莉莎白再次舉起雙手請大家安靜。「我都會告訴孩子們可以去擺好餐桌、準備餐具了，這樣妳才可以有點自己的時間。『要留一點時間給自己』，是在我認識海芮．斯隆、第一次見面的時候，她給我的建議——同樣也是這個建議，促成了我想離開《一八〇〇開飯》的決定。謝謝海芮．斯隆，謝謝妳告訴我要留一點時間給自己，去找回我到底需要什麼、想要什麼或追求什麼，去校正自己的目標在哪個方向，然後再繼續朝著那裡邁進。幸好有妳，我才得以回歸初心。」

「我的天。」海芮臉色變得一片蒼白。

「哇嗚，派恩先生大概會殺了妳吧。」瑪德蓮說。

「謝謝妳海芮，」伊莉莎白。「也謝謝妳們所有人，」她向觀眾席點頭示意。「而且，今天我還是要請孩子們擺好餐桌、準備餐具，然後也請各位留一點時間，把自己校正回妳的目標所在方向。女士、小姐們，請勇於挑戰自己，運用化學的法則——也就是改變——去撼動停滯不前的現狀吧。」

又一次，現場觀眾再度全體起立；又一次，掌聲雷動。當伊莉莎白打算轉身下台時，觀眾卻都還不願意離開，都在等著最後一道指令。有些不知所措的伊莉莎白，看向沃特的方向。

他先是揮手示意她稍等一下，然後飛快在一張提詞卡上寫幾個字，舉起來給她看。伊莉莎白點了點頭，再一次正對攝影機。

「我們的基礎化學課就上到這裡。」她宣布。「下課。」

42 人事室

一九六二年一月

大家本來都以為，伊莉莎白應該很快就會被如雪片般飛來的工作錄用通知淹沒，也許是大學、研究院，或甚至國家衛生研究院（National Institutes of Health）之類的單位。這裡的大家是指：海芮、沃特、沃克利、梅森，還有伊莉莎白自己。畢竟，不論《生活》怎麼污衊與嘲弄她，她都已經是個名聲顯赫的電視名人。

結果伊莉莎白反而是被平靜淹沒了。

她不只一通電話都沒接到，送去各大研究機構的履歷也都石沉大海。因為她有名是有名，但整個科學界對於她的學術研究經歷，仍然抱持疑慮——光是麥爾斯博士、多納提博士這兩位重磅級化學家在《生活》雜誌上表明她不是真的科學家就足夠打擊她了。

這也讓她體認到爆紅的另一個本質：名氣來得快，去得也快。世人感興趣的伊莉莎白．佐特，只有那個穿著圍裙的伊莉莎白．佐特。

「妳還是可以回去做節目呀。」海芮對著伊莉莎白這麼說。她剛和六點半一起進門，手上抱著一堆圖書館借回來的書。「妳知道的，只要妳願意，沃特今天就可以讓妳重回主持台。」

「我知道，但我不想。」伊莉莎白說，把手上的書放下來。「目前為止，重播都滿順利的不是嗎？妳要不要喝咖啡？」她問，一邊動手點燃本生燈。

「我沒時間喝，跟律師約好了。妳有幾通電話，」海芮從圍裙裡掏出幾張紙條，上頭寫著她記下的留言。「梅森醫師想跟妳聊聊女子划船隊制服的事，還有，妳大概作夢也想不到，哈斯汀今天有打電話來，我差點要直接掛掉。妳說扯不扯？哈斯汀耶，還敢打來，也太好意思了。」

「哈斯汀的誰？」她問，努力不要洩露出她的不安。過去兩年半來她一直提心吊膽著，擔心他們發現凱文那些箱子不見了。

「人事室的主任，但妳別擔心，我已經告訴她，妳還是滾回地獄去吧。」

「她？」

海芮快速查了一下留言。「在這裡，這個，一位芙萊斯克小姐。」

「芙萊斯克已經不在哈斯汀了，」伊莉莎白鬆了口氣。「她幾年前就被開除了，現在在幫沃克利打字，那些佈道講稿。」

「這就奇怪了，」海芮說。「她剛剛跟我說她是人事室的主任。」

伊莉莎白皺起眉頭。「她是開玩笑的吧。」

海芮的車駛離車道後，伊莉莎白幫自己倒了一杯咖啡，然後抓起電話。

「你好，這裡是芙萊斯克的辦公室。我叫芬奇。」一個聲音說。

「芙萊斯克的辦公室？」伊莉莎白質疑地問。

「是，不好意思，請問哪裡找？」那個聲音說。

伊莉莎白遲疑了一下。「抱歉，請問妳是？」

「先請問妳是？」那個聲音反問。

「好、好，我說就是了，」伊莉莎白說。「我是伊莉莎白．佐特，我要找芙萊斯克小姐。」

「伊莉莎白·佐特是嗎，」電話另一頭的聲音說。「別騙人了。」

「請問妳什麼意思？」伊莉莎白問。

就是這種口氣，讓接電話的女子認出真的是她。「喔，真的是妳耶！」她連忙輕聲說。「不好意思，佐特小姐，我是妳的鐵粉，很榮幸可以跟妳說到話。麻煩妳稍等一下。」

「佐特，」過了一會兒，電話裡傳來芙萊斯克的聲音。「幹妳也太會拖了吧！」

「哈囉，芙萊斯克，」伊莉莎白說，「哈斯汀人事室主任妳好？沃克利知道妳在這裡亂打電話嗎？」

「三件事，佐特。」芙萊斯克果斷地說。「第一，那篇文章真的是爽文一篇。我一直在等這一天到來，看到妳再次登上哪本雜誌的封面，結果，果然！簡直是神來一筆，這就是所謂的擒賊先擒王吧。」

「什麼？妳在說什麼？」

「第二，我超愛妳家傭人——」

「海芮不是傭人。」

「我說我是哈斯汀的人，她就立刻叫我滾回地獄——完全是我今天一整天的亮點。」

「芙萊斯克——」

「第三，我需要妳盡快趕過來哈斯汀一趟，越快越好——現在，立刻，馬上，最好是一個小時內到，如果可以的話。妳還記得我之前說的那個肥貓投資人嗎？他又出現了。」

「芙萊斯克，」伊莉莎白嘆了口氣。「我是很愛聽笑話，但是妳這——」

「妳愛聽笑話？」芙萊斯克大笑。「這句話本身才是笑話吧！佐特，聽我說，我又回來哈斯汀了，而且是空降在山頂。之前想資助妳的那個金主，看到我寫給《生活》的那封信後就跟我聯絡了。細節等稍後見面時再告訴妳，我現在很忙。我正忙著把這個藏污納垢的哈斯汀清理乾淨，噢，實在是太太太爽了！所以妳可以過來吧？還有——真不敢相信我要竟然要跟妳說這個，妳可以把妳那隻該死的狗一起帶來嗎？投資人也想見見他。」

海芮走進漢森兄弟律師事務所時，兩隻手都在顫抖著。過去這三十年來，她不斷地向神父告解，說她的丈夫滿嘴髒話又酗酒，還從來不參加彌撒。他不只把她當奴隸對待，還不停用言語侮辱她。然而，過去這三十年間，神父都只是點點頭，然後說雖然沒辦法離婚，但還是有很多事情是她可以試著去做的，比如她可以禱告，祈求自己可以找到更好的方法，來當一個更好的妻子，或是她也可以好好反省，去了解為什麼自己會讓丈夫不開心，還有她可以花更多心思好好打理自己的容貌。

所以她才會訂了一大堆女性雜誌，它們提供了各式各樣的自我成長心法，還把執行方法和步驟寫得清清楚楚。只是，不管她照著雜誌的建議做了什麼，她和斯隆先生之間的關係仍然沒有因此改善。更糟的是，那些建議有時候反而會釀成新的嫌隙，像是有一次她跑去燙頭髮，因為雜誌上說新髮型「會讓他眼睛為之一亮地從椅子跳起來」，結果卻只招來他不停抱怨她的頭很臭。一直到後來伊莉莎白．佐特出現在她的生命裡，她才終於意識到也許她需要的不是新衣服或新髮型。她需要的或許是一份事業，在雜誌界。

海芮心想，這個世界上大概沒人比她更了解雜誌了吧？怎麼想都沒有。而她也很清楚自己要如何證明這一點，就從羅斯那篇沒地方發表的文章開始。

海芮認為羅斯犯的是一個相當經典的錯誤：他以為講科學界女性的文章，只會有科學相關的雜誌期刊才感興趣，但是海芮很清楚，羅斯第一步就走錯了。她後來有打電話給羅斯，但幫他接電話的人表示羅斯人還在——那是哪裡？越南嗎？

總之，她沒先取得他同意，就替他把文章投稿到一些地方去了。有何不可？要是成功被刊登了，他還得謝謝她呢。而要是沒收到任何回覆，情況也不會比現在更糟。

當她把那包稿子拿去郵局秤重郵寄時，還附上寫好地址、貼好回郵的信封，確保對方可以盡快回覆。然後她向聖母瑪莉亞禱告三次、在胸前比劃十字架兩次，加上深呼吸一次，把包裹投進了郵箱。

兩星期後沒收到回音，她忍不住一陣憂心；四個月後還是沒消息，她心如槁木死灰，只好面對現實：又被拒絕了。

也許她沒有自以為的那麼懂雜誌，也許就是沒有人想要海芮和她寄出的文章，正如沒有人想要伊莉莎白和她的無生源論。

還是說，有沒有可能是斯隆先生因為海芮找到幸福而忿忿不平，為了折磨和懲罰她，把她的信都丟掉了？

「佐特小姐，」哈斯汀的櫃檯小姐看到伊莉莎白本人走進大廳時，高興地簡直要當場昏過去。「我馬上通知芙萊斯克小姐說妳到了。」她立刻把一條電線插進接線盤，對電話另外一頭的某人用氣音說：「她來了！」然後，她拿出一本達爾文寫的《小獵犬號航海記》（*The Voyage of the Beagle*），抬頭對伊莉莎白說：「可以請妳在這裡簽個名嗎？因為妳的關係，我最近開始上夜校了。」

「沒問題，」伊莉莎白說，在封面簽上她的名字。「恭喜妳。」

「這都要謝謝妳，佐特小姐，」年輕的櫃檯小姐興奮地說。「噢還有，可以請妳也在雜誌上簽個名嗎？如果不會太麻煩的話？」

「不了，」伊莉莎白說。「《生活》已經是我的拒絕往來戶。」

「啊，抱歉，不是的，我也不看《生活》。」櫃檯小姐說。「我指的是最近的另外一本。」她遞出一本很厚很潮的雜誌。

伊莉莎白低頭一看，忍不住被嚇到，因為她竟然在《時尚》（*Vogue*）的封面上看到自己。

「女人的腦袋為什麼這麼重要？」《時尚》封面上的標題這麼寫著。

伊莉莎白和芙萊斯克兩人的高跟鞋敲在走廊地板上發出清脆的聲響，和四周那些實驗室發電機、冷卻扇的悶悶嗡鳴聲形成了強烈反差。芙萊斯克表示，她們要在凱文之前的研究室跟對方碰面。

「為什麼偏要在那裡碰面？」

「肥貓投資人堅持的。」

「很高興見到妳，佐特小姐。」威爾森說，從凳子上站起身。身形修長的他向伊莉莎白伸出手，她逐一打量了他那頭精密修剪過的灰髮、鼠尾草綠的眼珠，以及身上那一襲條紋羊毛西裝。六點半也同樣用鼻子把威爾森好好搜過一遍，然後看向伊莉莎白：初步判定此人不具威脅性。

「久仰了，我們一直都很希望能見到妳。」威爾森說。「抱歉這麼臨時與妳聯繫，謝謝妳願意過來一趟。」

「你們？」伊莉莎白有些訝異地問。

「他是指我和他。」一位大約五十多歲的女子說道，從實驗室的儲藏室走了出來，手上拿著一個筆記板。那女人有著一頭本來應該是金色、正在慢慢變白的頭髮。她和威爾森一樣穿著一襲西裝，也是作工相當精緻的西裝，只不過是亮藍色的，領子上別著一個廉價小花胸針，讓她看起來沒那麼嚴肅。「我是艾莉．帕克。」她的聲音聽起來有點緊張。「很高興見到妳。」

六點半這時已經完成對威爾森的調查，改而上前分析帕克。「哈囉，六點半。」她蹲下身子。六點半的頭頂著她的大腿，試探地一聞，驚訝地把頭縮回來。「他可能是聞到我的狗的味道了。」艾莉．帕克再把六點半摟過來。「我們家賓果是你的鐵粉。」她看著六點半說。「我也超愛看你上節目。」

看來此人相當聰明又有智慧。

「接下來我們需要清點每一間實驗室，」帕克對芙萊斯克說。「也需要了解一下妳的需求，佐特小姐。」她的語氣中帶著一絲敬意。「看妳在研究上還需要什麼。我是說，妳未來在哈斯汀的研究工作。」

「繼續妳在無生源論上的研究。」威爾森插嘴。「最後一集的節目上，妳提到有意回歸研究工作。有什麼地方會比這裡更好呢？」

伊莉莎白偏過頭說：「我現在就可以想到好幾個。」

上一次伊莉莎白進到這間實驗室時，芙萊斯克也在，只不過那次她是要告訴伊莉莎白：凱文的東西被清空了，六點半得滾蛋，還有她肚子裡有了瑪德蓮。伊莉莎白看到那面黑板上現在已經被別人的字跡填滿，讓她不禁覺得失落。然後她回頭看了看威爾森先生，他修長的身軀就像一塊布似地披掛在凱文以前坐的凳子上。

「我實在不想浪費你們的時間，」伊莉莎白說。「但我真的沒有打算回哈斯汀，因為一些個人因素。」

「我懂，這不是妳的問題，畢竟妳曾經在這裡經歷過那麼多事。」艾莉．帕克說。「不過，我還是希望妳願意給我一個機會，跟妳談談看。」

伊莉莎白環顧四周，發現凱文當時貼在門上的警告標語還留在那裡。她的目光停在其中之一上頭：**請離開**。

「真的很抱歉，」她說。「這恐怕只是讓妳白費唇舌而已。」

艾莉．帕克轉頭看向威爾森，威爾森則轉頭看向芙萊斯克。

「還是我們先喝杯咖啡吧，」芙萊斯克立刻起身。「我現在就去煮個一壺來。這段時間，各位可以稍微琢磨一下帕克基金會接下來的計畫。」但芙萊斯克還沒走到實驗室門口，實驗室的門就被打開了。

「威爾森！」多納提大喊著，好像威爾森是他好久不見的老友一樣。「我剛剛才聽說你來了。」他匆忙上前、張開雙手的樣子，活像一個用力過頭的業務員。「所以我當然立即拋家棄子、不顧一切趕來，因為嚴格來說，我其實還在休假，但——」他突然愣住，很驚訝在這裡看到一個熟面孔。「芙萊斯克小姐？」他說。「妳怎麼——」然後他頭一轉，看到一個皺著眉頭、手上拿著筆記板的年長女性，而她身後站著的竟然是——靠北，伊莉莎白．佐特！

「哈囉，多納提博士。」艾莉伸出手，但多納提收回了他本來張開的雙手。「終於見到本人了。」

「不好意思，妳哪位……？」他一副紆尊降貴的口氣，眼神迴避艾莉身後頭的佐特，就像人們迴避日蝕一樣。

「艾莉．帕克，」她把手收回，看到多納提還是一臉困惑，於是又補了一句：「帕克，帕克基金會的帕克。」

多納提嚇到合不攏嘴。

「很抱歉打擾你休假，多納提博士，」艾莉說。「好消息是，接下來哈斯汀再也不會耽誤你任何時間了。」

多納提搖搖頭看著她，轉頭看向威爾森。「哎呀，就像我剛說的，要是我知道你們會大駕光臨——」

「沒關係，因為我們也沒有想讓你知道我們要來。」威爾森親切地說明。「我們是想給你一個驚喜，噢不，嚴格上來說，應該比較像是想暗算你。」

「什麼?! 你說什麼?」

「我說暗算，」威爾森重複一次。「你應該很懂什麼叫暗算，就像你暗算帕克基金會，擅自濫用我們提供的資金，或是暗算佐特小姐——也就是你口中的佐特先生，剽竊了她的研究。」

伊莉莎白聞言驚訝地挑起眉毛。

「這不是真的，」多納提伸出一根手指，往佐特的方向指去。「我是不知道那個女的跟你說了些什麼，但我可以跟你保證——」他這話沒說完，改而指著芙萊斯克質問。「還有妳，妳見鬼的怎麼會在這裡？妳寫了那種無禮又荒謬到家的鬼扯蛋給《生活》，竟然還敢來？我的律師已經在準備要告妳了。」

多納堤轉向威爾森說：「你可能還沒收到通知，容我在這裡向你解釋一下。威爾森，我們很多年前就把芙萊斯克炒了，她這個人心機非常重。」

「這倒是，」威爾森表示。「而且也挺精的。」

「沒錯！」多納堤附和。

「是啊，身為她的律師，」威爾森說。「我很清楚這點。」

多納堤的眼睛都快掉出來了。

「多納堤，恕我無禮打斷你，」艾莉．帕克從手提包裡抽出一張文件，對他說：「但我們的時程有些緊湊，所以麻煩你簡單在這裡簽個名，然後就請你自便了。」

她遞出來的那張紙上，標題寫著大大的幾個字：解聘通知。

啞口無言的多納堤睜大眼瞪著那張紙，威爾森開始在一旁解釋整件事的來龍去脈。他說帕克基金會最近剛買下哈斯汀大部分的股份，因為芙萊斯克寫給《生活》的那封投書，讓他們動念想深入了解一切——這個那個、這個那個——包括是否存在瀆職或違法的情況——然後所以、所以然後——最後決定把整個地方買下來，等等。多納堤根本聽不進去威爾森說什麼。**這裡不是凱文．伊凡斯之前的實驗室嗎？**迷茫之中，多納堤聽到威爾森絮絮叨叨地提到「管理不善」、「偽造實驗結果」、「剽竊」這些關鍵字。噢天啊，多納堤心想，我需要喝一杯。

「我們正在進行人力縮減。」芙萊斯克說。

「什麼叫我們？」多納堤反嗆她說。

「**我**正在進行人力縮減。」芙萊斯克說。

「妳不過是個祕書，在那邊叫什麼？」多納堤大吼，一副對這整齣戲很不耐煩的樣子。「妳早就被炒魷魚了，記得嗎？」

「芙萊斯克是哈斯汀的新人事主任，」威爾森告訴他。「我們也已經託她代為物色化學所的所長。」

「但我就是化學所的所長。」多納堤提醒威爾森。

「這個職位，我們已經決定交給別人。」艾莉．帕克朝伊莉莎白點了點頭。

伊莉莎白吃了一驚，往後退一小步。

「妳在開什麼玩笑！」多納堤爆怒。

「我完全沒有開玩笑的意思，」艾莉．帕克說，手上仍拿著那張解聘通知。「而如果不介意，我們會把是否繼續聘用你，交給真的了解你的人來決定。」她再次以動作示意伊莉莎白就是那個人。

這時，現場所有人的目光都落在伊莉莎白身上，但她自己完全沒發現，因為她所有的注意力都放在氣急敗壞、亂噴亂罵的多納堤身上。

伊莉莎白兩手叉腰，身體微微向前傾、瞇起眼睛，像盯著顯微鏡下那樣看著多納堤。現場大約沉默了兩拍的時間。然後，伊莉莎白收回她往前傾的身軀，一副已經看夠了的樣子。

「抱歉了，多納堤，」伊莉莎白遞給他一支筆。「生得不夠聰明，不是你的錯。」

43 夭折

「帕克女士，剛剛這一段真的很精采，」伊莉莎白說，看著芙萊斯克送多納堤離開。「能這樣嚇到我的人真的不多。」

「很好，」艾莉・帕克點點頭。「我們是真心希望妳會接下這個位子。對了，我是帕克小姐。」她又補上一句。「我單身，也從來沒結過婚。」

「我也是。」伊莉莎白說。

「是的，」艾莉・帕克的聲音突然低了八度。「我知道。」

伊莉莎白注意到這個改變，不禁有點氣惱。多虧了《生活》，現在全世界都知道她未婚就生了瑪德蓮，搞得她現在三不五時就會聽到別人用這種口氣跟她說話。

「妳有沒有聽過帕克基金會？」威爾森開了一個新話題。他一邊說，一邊在實驗室裡閒晃，然後停下來讀某個資料夾上的文字。

「據我所知，你們主要是贊助科學研究，」伊莉莎白對他說。「不過貴基金會基本上仍是個天主教慈善事業機構，所以也會捐款給教會、聖樂團、孤兒院——」意識到自己說了最後那三個字的瞬間，她立刻住口，仔細地打量起威爾森。

「是的，基金會創辦人是虔誠的天主教徒，但基金會的使命完全是世俗的。我們在做的，是找出那些鑽研當今世上最重大議題的最頂尖人才。」威爾森把那個資料夾放到一邊，意味著那並非他在尋找的目標之一。「七年前我們資助妳的時候，就是基於這個原因——當時妳正在研究無生源論。不曉得妳知不知道，佐特小姐，當年我們之所以會贊助哈斯汀，就是因為妳，妳和凱文·伊凡斯。」

對方提到凱文的那一刻，伊莉莎白感覺自己的胸口一緊。

「說到凱文，情況很不尋常，」威爾森說。「地表上似乎完全沒人知道他當時的那些研究成果最後跑到哪裡去了。」

威爾森聽起來像隨口說出來的話，有如迴旋加速器一般撞擊著伊莉莎白的心。她拉來一張凳子坐下，看著他像個人類學家一樣在實驗室裡東摸西摸，觀察、檢視著每個角落的細節，好像隨時可能從當中挖出什麼重大發現。

「雖然妳剛才已經清楚表明妳的意向，」威爾森繼續說。「但不瞞妳說，我們有升級這裡大多數設備和器材的打算。」他指著架子上一組閒置已久的老式蒸餾裝置。他抬起手的同時，襯衫袖口上的閃亮袖扣從西裝外套底下溜了出來。「比如這個，看起來很久沒人使用了。」

但伊莉莎白對這番話毫無反應，因為她已經石化了。

凱文十歲的時候，曾經在日記上寫過：有一個很高、襯衫上有閃亮的袖扣、看起來很有錢的男人，開著一台豪華轎車來到兒童之家。當時的凱文認為應該是這個人的關係，才讓他們有一些新的科學書籍可以看。但他沒有為此心懷感激，而是非常絕望崩潰。**我明明就不該被困在這個地方，我這輩子永遠、永遠都不會原諒那個人。**他潦草的字跡是這麼寫的。**只要我還有一口氣在，就絕不會原諒他。**

「威爾森先生，」她用一種很僵硬的聲音說。「你剛剛提到貴基金會只贊助世俗性的計畫，當中包括教育嗎？」

「教育？當然有。」他說。「我們有贊助一些大學——」

「不是，我是指，你們會不會提供給課本給學校——」

「有的時候，不過——」

「那孤兒院呢？」

威爾森忽然愣住，眼神投向帕克。

伊莉莎白腦中浮現了凱文寫給沃克利的那封信。**我超恨我爸，他最好已經死了。**

「一間天主教兒童之家？」她又說得更明確一些。

威爾森還是愣愣地看著帕克。

「在愛荷華州的蘇城。」

氣氛瞬間變得凝重，只聽到一台排氣扇的運轉聲劃破寧靜。

伊莉莎白盯著威爾森，眼神帶著敵意。

在她看來，這下子一切都清楚明白了：他們有意聘請她，只是算計好的陰謀罷了。他們會再次跑來哈斯汀，原因根本就只有一個：把凱文的研究要回去，也就是那些箱子。他們一定知道那些箱子的存在，可能是芙萊斯克告訴他們的，也可能是他們自己的合理推測。而且，不管他們是怎麼知道的，法律上來說，他們買下哈斯汀後，凱文的研究本來就該歸他們了。威爾森和帕克一直在那裡稱讚她，說要給她這個、給她那個，其實都只是想威逼利誘她最後乖乖交出那些箱子而已。而如果這招不管用，他們還有最後的一張底牌。

凱文．伊凡斯的父親。

「威爾森，」艾莉．帕克說，聲音顫抖著。「你介意迴避一下嗎？我想單獨和佐特小姐說說話。」

「不必，」伊莉莎白尖銳地說。「我還有問題要問你們，不要再遮遮掩掩了——」

艾莉・帕克一臉慘白，對著威爾森說：「威爾森，我沒事的，麻煩你等一下再回來。」

門「喀啦」地關上以後，伊莉莎白對艾莉・帕克說：「我已經看出來這是怎麼一回事了。」她說。

「我知道妳為什麼要把我找來了。」

「我們把妳找來，是想聘請妳回來任職，這是唯一的原因。」艾莉・帕克說。「我們倆都仰慕妳的研究很久了。」

伊莉莎白觀察著眼前這個女人，在她的臉上搜尋欺瞞的痕跡。

「好，」她稍微冷靜下來。「對妳我其實沒什麼意見，我有意見的是威爾森。你們認識很久了嗎？」

「我們已經一起工作將近三十年之久，所以我想我算滿了解他的。」

「他有小孩嗎？」

她回以一個詭異的眼神。「有沒有應該都不關妳的事。不過，」她說。「沒有。」

「妳確定？」

「我當然確定，他是我的律師，而這個基金會是我的基金會，佐特小姐，只不過在外面拋頭露面、代表基金會的人是他。」

「為什麼？」伊莉莎白不客氣地逼問。

艾莉・帕克目不轉睛看著她，眼睛眨也不眨。「這個問題，妳怎麼還會需要問我呢？身為女人，就算我擁有再多的財產，也還是和全世界所有女人一樣處處受到侷限。我甚至沒辦法自己簽發一張支票，必須也有威爾森的簽名才行。」

「怎麼會？不是帕克基金會嗎？」伊莉莎白表示。「又不是威爾森基金會。」

艾莉・帕克嗤之以鼻。「對，我是繼承了這個基金會，但先決條件是，只有**我的丈夫**才能執行任何財務上的決策。由於當時我未婚，所以董事會指定威爾森為財產託管人。而既然我一直沒結婚，他就依舊擁有實質的管理權。這場希望渺茫的戰鬥，我也身在其中，不是只有妳，佐特小姐。」她站起身，整理了一下身上的西裝外套。「不過我很幸運，威爾森是個品格高尚的好人。」

她轉身走開時，伊莉莎白又問了另一個問題，但艾莉．帕克沒有回答她。

艾莉心想，這人到底在想什麼？她似乎沒有興趣回來哈斯汀工作，但也許——從她那些針對威爾森、咄咄逼人的問題看來——她不要回來反而對大家都好，更別說還有**其他的**那些事了。想到這裡，讓艾莉不禁分神，抬起手摸了摸領子上那個廉價的小花胸針。唉，她怎麼會做出這一連串蠢事，從買下哈斯汀、一路跑來這裡，到現在跟佐特見面。艾莉的確一直都很欣賞佐特這個人，還有她的研究——畢竟她也曾經夢想成為一名科學家，卻只被栽培成一個善良無害的好姑娘，也因此成了一個除了好女人以外，就什麼都不是的人。然而，如果以她父母和天主教教會的標準來看，她根本算不上什麼好女人。

「帕克小姐——」伊莉莎白不放手。

「佐特小姐，」艾莉回答她，一派乾脆俐落。「是我做了錯誤的決定。妳不想回來哈斯汀就算了。沒關係，我不會求妳的。」

伊莉莎白猛然吸了口氣。

「一輩子都在委曲求全，」艾莉繼續說。「我受夠了，不想再求了。」

伊莉莎白撥開幾撮滑落的髮絲。「我根本就不是妳的目標，對吧？」她憤憤地說。「那些箱子才是妳真正的目的。」

艾莉一副自己剛剛應該聽錯什麼的樣子。「什麼箱子？」

「我早就看穿這一切了。妳買下哈斯汀，就是為了要拿走那些箱子。不要再跟我打迷糊仗了——」

「什麼迷糊仗？」

「──告訴我萬聖之家的事，我有權知道真相。」

「不好意思，」艾莉說。「妳有權知道什麼？容我告訴妳一個秘密，權利這種東西根本就不存在。」

「只要你有錢，就有權利，帕克小姐，」伊莉莎白繼續追她想要的答案。「我要知道威爾森的事，或者說，威爾森和凱文的事。」

艾莉一臉困惑地盯著她。「威爾森和凱文？不是這樣的……」

「容我再說一次，我有權知道真相。」

艾莉的雙手撐在工作檯上。「我今天，本來沒有打算進行到這部分的。」

「什麼部分？」

「我本來是希望先認識妳，」艾莉說。「畢竟我有權知道妳是一個怎麼樣的人。」

伊莉莎白雙手交叉抱在胸前。「妳什麼意思？」

艾莉拿起一個黑板板擦。「好吧，這……這得從一個故事說起。」

「我沒心情聽什麼故事。」

「這是一個十七歲的女孩，」艾莉．帕克沒理會她的回應，繼續說下去。「愛上一個年輕男孩的故事──其實也不是什麼特別的故事，」她心碎地說。「總之就是那個女孩懷孕了，而她聲名顯赫的父母覺得太丟臉，就把她送去專門收留未婚媽媽的天主教中途之家。」

艾莉轉身背對著伊莉莎白。「佐特小姐，或許妳聽說過那是什麼樣的地方。那裡就和監獄沒什麼兩樣，裡頭塞滿了有類似遭遇的女孩。這些懷孕的女孩都被迫在一張文件上簽字，被迫放棄自己的孩子。大多數人都乖乖簽了，而那些不願簽字的，就會被威脅：不簽字的話，就得獨自忍受生產的痛苦，甚至可能因難產而死。儘管如此，那個十七歲女孩還是不願意簽名，堅持她有權利留下自己的孩子。」艾莉停頓一下，然後搖搖頭，彷彿在說那女孩的天真令人難以置信。

「結果那個中途之家真的這麼做了。在她生產的時候，他們把她一個人關在房裡。女孩自己待在裡面，痛到放聲哭喊，叫了一整天。直到最後，某個醫生終於受不了那個噪音，進到房裡幫她打了麻醉。幾個小時後，當她醒來時，卻只聽到一個不幸的消息：孩子出生就夭折了。她不敢相信，要求至少讓她見遺體一面，但醫生說他們已經把遺體處理掉了。」

「然後，經過十年，」艾莉這時轉過頭面對伊莉莎白，咬著牙繼續說：「中途之家的一個護士，打了一通電話給那個已經二十七歲的女子，說只要女子給錢，她就願意說出真相。結果那護士說她的寶寶根本沒死，而是像在機構裡出生的其他嬰兒一樣，照慣例送去給人收養了。但這孩子的養父母後來死於一場悲劇性的車禍，後來連姑姑也死了，所以他被送到愛荷華州一個叫做『萬聖』的兒童之家。」

伊莉莎白呆住了。

「從那天開始，」艾莉的聲音開始變得悲傷。「那個年輕女子便開始四處尋找她的兒子。」稍微停頓後，她繼續說：「我的兒子。」

「我是凱文．伊凡斯的生母，」眼裡滿是淚水的艾莉徐徐地說出真相。「所以如果妳願意，佐特小姐，我希望能有機會見見我的孫女。」

44 果實

實驗室裡空氣彷彿瞬間被人抽光了，伊莉莎白瞪著艾莉．帕克，不知道怎麼接下去。這怎麼可能？凱文的日記上明明就寫著，他的生母在生產的時候難產而死了。

「帕克小姐，」伊莉莎白小心翼翼地說，像她正走在一條鋪滿滾燙煤炭的路上，努力想找到一條出路。「以前有許多想占凱文便宜的人，經常假冒自己是凱文失散多年的親人來詐騙，所以妳剛才說的實在太——」她沒把話說完，因為她想起那一堆詐騙信件中確實有一位「心碎的母親」。所以她的確有試著和他取得聯繫，而且試過很多次。「如果妳知道他就在那間兒童之家，為什麼不去把他帶回家？」

「我有，」艾莉說。「或者應該說，我請威爾森去幫我把他帶回家。我必須承認，當時的我還不夠勇敢，不敢自己去見他。這件事讓我覺得很慚愧。」她站起身，沿著桌邊走過去。「希望妳能了解我的處境。畢竟，在那之前，我早就接受孩子已經不在了的事實，卻又突然發現他其實還活著。當時的我真的很害怕自己如果太期待，只會受到更多的傷害。我其實也像凱文一樣是詐騙集團的目標，經常收到一堆人來信說自己是我失散多年的親人。總之，在得知消息的隔天，我就請威爾森去幫我把他帶回家。」她又重複一次，而她低頭看著地板的樣子，彷彿這是她第五十次在反省這個決定。

實驗室裡的真空幫浦這時候正好開始一個新循環，發出的嗡鳴聲頓時充斥著整個空間。

「然後——」

「然後，」艾莉說。「那個主教告訴威爾森說凱文已經——」她欲言又止。

「已經什麼？」伊莉莎白催促她。「已經怎樣？」

艾莉的臉一垮。「死了。」

伊莉莎白往後一靠，整個人像洩了氣一樣。

因為兒童之家需要錢，主教就趁機以紀念基金的名義來斂財。事情的真相從眼前這個了無生氣的女人口中流洩而出。

「妳有過失去親人的經驗嗎？」艾莉用低到不能再低的聲音突然問她。

「我哥哥。」

「生病的關係？」

「自殺。」

「天啊，」她說。「所以妳也懂，那種覺得自己害死別人的感覺。」

伊莉莎白聞言胸口一緊。被她說中了，而且是正中紅心。「但凱文的死，不是妳的錯。他不是妳害死的。」伊莉莎白沉重地說。

「我沒有害死他，」艾莉用一種悔恨到連自己都聽不下去的聲音說。「而是比這更糟——我親手把他埋了。」

這時，實驗室北面的一個計時器發出了嗶嗶聲。仍處於震驚中的伊莉莎白走去把它關掉，然後轉身望向房間另一頭、站在黑板前的艾莉。六點半這時起身走向艾莉，用力頂了頂她的大腿。我懂，我懂沒能救自己所愛的人一命是什麼樣的感覺。

「我父母之前一直在資助這些收留未婚媽媽的機構，還有孤兒院，」艾莉繼續說，手上漫不經心地玩著板擦。「他們以為光是這麼做，就能讓自己成為善良的好人。多虧了他們如此盲目擁護天主教教會，結果把我兒子也變成了孤兒。」她停頓一下。「佐特小姐，在我兒子還沒死的時候，我已經在捐錢紀念他的死，」她呼吸變得淺快。「等於是我親手埋了他兩次。」

伊莉莎白突然感覺一陣噁心想吐。

「威爾森從兒童之家帶回這個消息後，」艾莉繼續說。「我整個人陷入了重度憂鬱。這輩子，我從來沒有見過我的兒子，從來沒抱過他，也從來沒有機會聽聽他的聲音。更糟的是，我知道了他在世時過得很不好，卻只能心裡抱著這塊大石，一個人繼續活下去。他失去了我，又失去養父母，最後被丟到那個垃圾堆一般的兒童之家。這當中的每一次失去，都是在教會的眼底下被人簽核與執行。」她的聲音嘎然而止，脹紅了臉。「佐特小姐，妳是因為科學的關係，所以才不相信神，對吧？」她的情緒突然爆發。「我不相信神，絕對是因為個人的因素。」

伊莉莎白試著說點什麼，卻什麼也說不出口。

「我唯一能做的是，」艾莉說，試著讓自己冷靜下來。「確保那些捐給紀念基金的錢，統統都用在科學教育上，用在生物學、化學、物理學——還有體育上，因為凱文的爸爸，我是說他的生父，是一個划船健將。這也是為什麼當初萬聖之家的小朋友會開始學划船的原因。那是我紀念他的方式。」

伊莉莎白的腦中浮現凱文的樣子。他們一起划著兩人船，清晨的陽光照亮了他的臉，他笑著，一隻手伸向她，另一手扶著槳。

「然後凱文因此去了劍橋，」隨著那畫面漸漸淡去，伊莉莎白說。「靠划船的全額獎學金。」

艾莉放下手裡的板擦。「我竟然連這都不知道。」

儘管所有線索一一浮現、慢慢到位，但還有一件事情讓伊莉莎白想不透。

「但妳後來是怎麼發現凱文還——」

「《今日化學》，凱文登上封面的那一期。」艾莉說，坐到伊莉莎白身旁的凳子上。「我到現在都還記得那一天——威爾森衝進我的辦公室，手裡揮著那本雜誌。『妳看這個，這怎麼可能！』他是這麼說的。我立刻拿起電話打給那位主教，想當然爾，主教堅持說這只是巧合，說凱文．伊凡斯是很常見的名字。我很清楚他在說謊，本來也打算要告他，但威爾森說服我不要，因為這件事如果見報，只會讓基金會的名聲大受打擊，也會讓凱文覺得丟臉而已。」

她往後一靠，深呼吸一下，然後繼續說：「我立刻終止捐款，然後寫信給凱文。我寫了很多次，試著盡我所能向他解釋一切，表示希望能見他一面，也跟他說我想資助他的研究。我大概可以想像他是怎麼想的，」她沮喪地說。「我只是某個半路上蹦出來、宣稱自己是他母親的女人。可能他真的就是這麼想的，因為我從來沒有收到他任何回信。」

伊莉莎白的腦海中浮現「心碎的母親」那幾封來信，每封信最後的署名——現在想來是如此鮮明、如此殘忍——的確都簽著「艾莉．帕克」幾個字。

「但妳明明就可以約他見個面，只要飛來加州一趟——」

艾莉的臉瞬間變得蒼白。「因為，當孩子還小，做母親的千方百計、千里尋兒是一回事，但是當那個孩子已經長大成人，那就是另外一回事了。我當時決定要慢慢來，讓他有時間慢慢接受有我這個媽媽的存在，有時間研究一下我的基金會，最後明白我不可能是在騙他唬他。我知道這種事情需要時間，可能需要好幾年時間，所以我逼自己要有耐心。只不過現在看起來——」她說。「我不得不說，」她呆呆看著著一疊筆記本。「當時我太有耐心了。」

「天吶。」伊莉莎白說，將臉埋進雙手裡。

「不過，」艾莉繼續說，聲音單調而低沉。「我一直都在關注他的研究，因為心想也許哪一天，我會有機會或有辦法幫幫他，只是我發現他其實不太需要幫忙，倒是妳比較需要幫助。」

「但妳怎麼會知道我和凱文……」

「在一起嗎？」她露出一個感傷的笑。「這種事情，要知道太容易了。」艾莉說。「從威爾森踏入哈斯汀的那一刻起，聽到的是三句不離凱文的八卦，五句不離伊凡斯的緋聞。我想這也是為什麼，當威爾森說要贊助無生源論時，多納提極盡所能要引導他把錢花在別的研究上，因為他最不想要的就是看到凱文成功，或是任何與凱文有關的人功成名就。另外還有妳是女性的這件事，當時多納提不認為會有人想資助一個女人，其實也不能說他不合理。」

「但妳怎麼——怎麼會連妳也願意忍受他這種行為？」

「這部分我只能羞愧地承認，在某種程度上，我還滿享受把他逼到絕境的感覺。他為了說服威爾森妳是男的，實在是無所不用其極。其實威爾森本來打算要跳過多納提，直接跟妳見面了。他甚至連機票都訂好了，只是後來……」她的聲音漸漸消失。

「後來怎樣？」

「凱文走了，」她說。「而妳的研究工作，好像也跟著一起消聲匿跡。」

伊莉莎白看起來彷彿被人呼了一巴掌。「帕克小姐，我是被開除了。」

艾莉嘆了一口氣。「現在我知道原因了，還好有芙萊斯克小姐。但當時我心想，或許妳是想拋開這一切、展開人生的下一章。還有，當時我也以為妳沒那麼愛凱文，畢竟所有人都說凱文很不討人喜歡，又愛記仇。我當然也不知道妳已經懷孕，而且，根據《洛杉磯時報》的那篇報導，妳說妳一點也不了解他這個人。」她深吸了一口氣。「順帶一提，凱文喪禮那天，我也在場。」

伊莉莎白眼睛瞪得更大了。

「我和威爾森站在一段距離之外看著。我會去，是想最後一次埋葬他，也想找機會跟妳說說話。但在我鼓起勇氣之前，妳就走了，在喪禮結束前就先離開。」她低下頭，把頭埋進雙手中，眼淚滴了下來。

「我是多麼希望，曾經有人好好愛過我這個兒子……」

艾莉此話一出，終於讓伊莉莎白卸下心防，卸下原本因誤解而生的戒心。

「帕克小姐，我是真心愛妳的兒子！」她大聲說。「全心全意，直到現在也都還愛著他。」她抬頭環視這個他們初次見面的實驗室，悲傷又占據了她的臉龐。「遇到凱文，是我這一生中最美好的事。」她有些哽咽地說。「他是我見過最有才華、最有感情的男人，最善良、最有趣——」她停下。「我真的不知道該怎麼說，」她的聲音破碎了。「只能說，我們之間真的存在某種鍵結，是真正的化學反應。我和他之間是必然的，沒有任何意外。」

或許是因為她終於把「意外」這兩個字說出口，失去摯愛的傷痛在這一刻壓垮了伊莉莎白，讓她把頭靠到艾莉的肩膀上，以一種她這輩子從不曾有過的方式啜泣起來。

45 一家人

實驗室裡的時間就像停止了一般。六點半抬頭望了望這兩個女人，年紀較大的那位雙手環抱住較年輕的那位，像是圍成一個保護的繭，也可以感覺到艾莉是打從心底明白伊莉莎白的痛。六點半雖然不是化學家而是一隻狗，但是當人與人之間生成永恆的鍵結，明眼的狗都看得出來。

「我這大半輩子，都不知道兒子過著什麼樣的人生，」艾莉一邊說，一邊把仍在顫抖的伊莉莎白抱得更緊。「我不知道收養他的家庭是怎樣的家庭，不知道那個主教說的究竟全都是謊言，還是半真半假。我也不知道他為什麼會選擇來哈斯汀。他的事情，我真的知道得非常少——」她說。「直到我在基金會那個塞滿累積了好幾個月的垃圾郵件的郵政信箱裡，發現了一樣很特別的東西。」

她在自己的包包裡翻找，然後抽出一封信。

伊莉莎白馬上認出那個筆跡。瑪德蓮。

「妳女兒寫了一封信給威爾森，講到她的家庭樹作業——就是被登在《生活》雜誌上的那個。她在信上表示自己的父親是在蘇城的一個兒童之家長大，然後，不知道她是怎麼知道那個兒童之家是威爾森贊助的，說想要親自謝謝威爾森，還告訴他，她也有把帕克基金會寫在自己的家族樹上。我本來以為這又是一封詐騙信，但是又覺得不太可能，因為她知道太多細節了。佐特小姐，收養這種事通常被列為機密，紀錄也會被封存起來，非常無情的作法，但有了瑪德蓮提供的這些資訊，我們找來的私家偵探終於讓真相水落石出。我有把文件帶在身上。」她從包包裡拿出了一個大資料夾。「妳看看這個，」艾莉說，遞給伊莉莎白一張偽造的死亡證明書，那是她當時不願意配合中途之家的後果。艾莉不屑地說：「一切就是從這張紙開始的。」

伊莉莎白看著那張證明，想到瑪德蓮曾經跟她說，沃克利認為有些過去的事應該就讓它留在過去，因為過去本來就只有在當時的時空下才有意義。伊莉莎白感覺沃克利的這番話實在非常有智慧，就像他平常說的那些話一樣。但還有一件事，她覺得凱文應該會想要她幫忙問一下艾莉。

「帕克小姐，」伊莉莎白小心地開口。「那凱文的生父呢？」

艾莉又打開同一個資料夾，遞給她另一張死亡證明，只不過這張是真的。「他死於結核病，」她說。「在凱文出生之前就過世了。我有照片。」她翻開自己的真皮長夾，拿出一張陳舊的相片。

「但他——」伊莉莎白驚呼，照片中的年輕男子站在比現在年輕許多的艾莉身旁。

「跟凱文簡直是同一個模子刻出來的，對吧？我也覺得。」艾莉再拿出一本舊舊的《今日化學》雜誌，把它和照片並排在一起。這兩個女人並肩坐在一起，看著凱文和比照片上的凱文還年輕的凱文爸爸從不同的時空同時回望著她們。

「他是怎麼樣的人？」

「很野，」艾莉說。「他是個音樂家——或者應該說，他立志成為音樂家。我們是因為一場意外認識的，他騎腳踏車撞到我。」

「妳有受傷嗎？」

「有。」她說。「不過很幸運地，他把我扶起來，叫我撐著點，然後載我去看醫生。縫了十針後，」她指著自己前臂上的一個傷疤。「我們已經愛上對方了。這個胸針是他送我的。」艾莉指著自己領子上那個形狀不對稱的小花胸針。「直到現在，我都還是每天戴著。」她接著環顧一下她們目前所在的這間實驗室。「很抱歉竟然跟妳約在這裡。我真是後知後覺，現在才想到這裡可能是妳的傷心地。真是對不起。我本來只是想看看——」她沒繼續說下去。

「我明白，真的。」伊莉莎白說。「其實我現在很慶幸我們是一起在這間實驗室裡。這裡是我和凱文第一次見面的地方，就在那裡。」她指出那個位置。「我的燒杯不夠用，所以跑來偷他的。」

「妳腦筋動得很快。」艾莉說。「你們是一見鍾情嗎？」

「不算是，」伊莉莎白說，想起凱文當時叫她回去、要她老闆自己打電話來跟他說。「但後來我們之間也發生了一場開心的意外，跟你們的很像，我改天再告訴妳吧。」

「我很樂意聽妳說。」艾莉說。「真希望我能多認識凱文一些。也許可以透過妳？如果妳不介意的話。」她顫巍巍吸一口氣，然後清了清喉嚨。「佐特小姐，我很想成為妳的家人，」她說。「希望我這個要求不會太厚臉皮。」

「不要這麼說，艾莉，叫我伊莉莎白就可以了。**妳當然是我的家人**。看來，冥冥之中，瑪德蓮早就看穿這一切了，她寫在家族樹上的不是威爾森，而是妳。」

「我不太懂妳的意思。」

「那個果實就是妳。」

艾莉那對灰色的眼眸突然一片朦朧，凝視著前方某個點。「原來那個『神仙教母』果實——」她愣愣地告訴自己。「是我。」

門外傳來一陣腳步聲，然後是緊促的敲門聲。實驗室的門跟著大開，威爾森走了進來。「抱歉打擾兩位，」他謹慎地說。「我只是想確認一下兩位狀況如何——」

「我們很好，」艾莉說。「一切總算海闊天空了。」

「感謝上帝。」威爾森的一隻手捂著心口。「既然如此，雖然我也百般不願意，但我還是得一如往常來提醒妳，艾莉，在明天離開之前，還有許多正事需要妳處理。」

「我馬上就來。」

「這麼快就要走了？」威爾森離開後，伊莉莎白驚訝地問。

「沒辦法，」艾莉說。「就像我剛剛說的，我本來沒有打算要在今天——在我們有機會相處、認識彼此之前——告訴妳這些事。」接著她充滿期待地加上一句：「但我們很快就會再見面，我保證。」

「那我們約改天晚上六點吃晚飯如何？」伊莉莎白依依不捨地說。「約在我家的實驗室——有妳、威爾森、馬的、六點半、我、海芮和沃特一起。我還要介紹沃克利和梅森給妳認識，這樣全家人就一起了。」

艾莉．帕克臉上突然浮現一個神似凱文的笑，握住伊莉莎白的手。「嗯，全家人一起。」

艾莉和威爾森都離開後，伊莉莎白彎下腰，伸手捧住六點半的頭。「告訴我，你什麼時候就知道了？」

兩點四十一分的時候，他本來想告訴她，**所以我打算以後就叫她兩點四十一**。

但他反而轉過頭、跳到工作檯的另一邊，叼了一本新的筆記本過來。伊莉莎白將髮簪裡的那支鉛筆抽出來，從六點半嘴裡接下筆記本，把它翻到第一頁。

「讓我們開始吧，」她說。「無生源論。」

致謝

寫作是一個單打獨鬥的過程，但要讓一本書出現在書架上，需要一整批大軍的努力。在這裡我想要感謝我的同袍：

讀了我最初稿的那一票蘇黎世的閨蜜們，包括 Morgane Ghilardi、CS Wilde、Sherida Deeprose、Sarah Nickerson、Meredith Wadley-Suter、Alison Baillie、John Collette。

還有 Curtis Brown 公司那些一起在線上寫作的朋友，包括 Tracey Stewart、Anna Marie Ball、Morag Hastie、Al Wright、Debbie Richardson、Sarah Lothian、Denise Turner、Jane Lawrence、Erika Rawnsley、Garret Symth、Deborah Gasking。

以及，怎麼可以這麼暖又這麼有才華的 Curtis Brown「三個月寫作課程」的小說家們：Lizzie Mary Cullen、Kausar Turabi、Matthew Cunningham、Rosie Oram、Elliot Sweeney、Yasmina Hatem、Simon Hardman Lea、Malika Browne、Melanie Stacey、Neil Daws、Michelle Garrett、Ness Lyons、Ian Shaw、Mark Sapwell，還有一直督促我們要超越自我的 Charlotte Mendelson，妳最棒了。

謝謝 Anna Davis 的善良與引導，謝謝永遠不嫌累的 Jack Hadley、Katie Smart、Jennifer Kerslake，謝謝 Lisa Babalis 不吝試讀了開頭的部分並給了我希望。Sarah Harvey、Katie Harrison、Jodi Fabbri，你們是全宇宙最棒的著作權管理團隊。謝謝 Rosie Pierce 從容地處理好所有細節。謝謝 Jennifer Joel，當事情越來越不容易時，妳可靠的存在是一顆定心丸。謝謝似乎在拿自己做實驗，測試人類可以多久不睡覺的 Luke Speed，還有我很確定應該也沒在睡覺的 Anna Weguelin。

講真的，我真的不知道 Curtis Brown 和 ICM 裡有多少人有在睡覺。

我還要特別給 Curtis Brown 的 Felicity Blunt 一個大大的感謝。幾年前，在我搬來倫敦之前，有一次我在研究經紀公司的時候，剛好看到一篇訪談 Felicity 的文章。當時我就在想，要是我也有經紀人的話……然後我就真的有了。謝謝妳，Felicity，謝謝妳相信我，謝謝妳的慧眼、妳的好、妳的嚴厲，更謝謝妳堅定不移的支持。現在這本書總算完成了，請盡情去跟妳的孩子們玩耍吧。

至於出版的環節，特別的感謝要獻給編輯功力如此精準又敏銳的 Jane Lawson 與 Lee Boudreaux，你們是那種寫作者都會殷切期盼合作的編輯。謝謝 Thomas Tebbe 熱情、熱烈的支持，謝謝 Beci Kelly 與 Emily Mahon 設計的超吸睛封面，以及 Timba Smits 的超天才插畫、Maria Carella 漂亮的內頁排版。謝謝 Charlotte Trumble 和 Cara Reilly 總是把一切掌握得好好的，也謝謝 Amy Ryan 高強的審校功力。還要謝謝發行人 Larry Finlay 及 Bill Thomas，還有我才華洋溢的公關 Alison Barrow、Elena Hershey、Michael Goldsmith。謝謝由 Vicky Palmer 和 Todd Doughty 帶領的厲害行銷團隊，謝謝 Lilly Cox、Sophie MacVeigh、Kristin Fassler、Lauren Weber、Lindsay Mandel、Erin Merlo，謝謝你們好有創意的腦袋。我還要向製作部既有耐心又有一對銳利鷹眼的 Ellen Feldman 獻上大大的感謝，還有 Lorraine Hyl。另外也要向業務團隊的各位，包括 Tom Chicken、Laura Richetti、Emily Harvey、Laura Garrod、Hana Sparks、Sarah Adams，獻上同樣的感謝。最後，我要特別謝謝 Madeline McIntosh，謝謝妳的支持與鼓勵，我感激不盡。

找化學的資料是一回事，但把化學的東西寫好又是另一回事。在這個部分，我要特別謝謝老友兼厲害的生物學家兼 Eskimo Pie 冰棒鑑賞家 Mary Koto 博士，還有西雅圖的化學家兼讀者 Beth Mundy 博士，謝謝兩位慷慨幫忙，謝謝妳們琢磨並檢查所有和化學有關的細節。

我也要送給我在西雅圖 Green Lake 與 Pocock 的划船隊隊友大大的愛心、大大的感謝。還要特別謝謝划船好手 Donya Burns，那次妳為了鼓勵已經很疲憊的我們，要全隊成員「讓心思回歸到每一個動作」，妳的堅持烙印在我的腦海裡，最終成了書中海芮給伊莉莎白的建議。

也謝謝以下幾位作家，你們明白寫作的過程有多麼折磨人：超凡的詩人 Joannie Stange-land、地表上最好笑的人類 Diane Arieff、一直支持我寫下去的 Sue Monshaw，還有可能不記得我了的 Laura Kasischke，是妳曾在寫作上給予我的建議和鼓勵，陪著我一路走到這裡。最後，最特別、最大份的感謝要給最不客氣、最撫慰人心、最暖也最支持我的 Susan Biskeborn，在寫作的兵荒馬亂中，謝謝妳總是知道該說些什麼，並且在對的時候告訴我。

我也想和一些已經不在的人分享這一刻，包括我一輩子的讀者——我的父母，還有我最年長、最真摯的朋友 Helen Martin。還有八十六，我想你。

謝謝三位一直在我身邊的人：Sophie，謝謝妳傳了那個 Curtis Brown 的連結給我，讓這一切開始滾動——這一年我欠妳太多太多。謝謝妳永不停歇的支持，謝謝妳的冷面笑話，謝謝妳體貼地理解創作過程可以有多麼顛簸、提供妳對出版的觀察與見解，也謝謝妳體貼地隨時隨地關照我的需求。

謝謝 Zoë，在不好的日子裡謝謝妳的體諒，在好日子裡謝謝妳和我分享喜悅，謝謝妳蜘蛛人般可怕又瘋狂的錯字敏感度，還有總是會讓我大笑的那些 Ellie 的照片，以及妳搜集的那些迷因精選輯，它們真的是博物館等級的收藏。謝謝妳再忙都還是會想辦法找到時間來聊聊，來更新一下彼此近況。

David，說「謝謝」不足以表達我對你的感謝。謝謝你永遠都有空看一下稿子，謝謝你煮飯總是比我好吃，謝謝你總是願意一起深入討論，更謝謝你後來發現我白天時會不斷自言自語，還願意裝出沒事的樣子。我大概一百萬年都想不到人可以這麼好玩，更沒想到這麼好玩的人類，還會配備「一分鐘內從三百減七倒數到負數」這種非人的能力。我愛你，也欣賞你。

最後要謝謝我的狗，星期五。雖然你不在了，但我沒有忘記你。還有，總是淡定冷靜的九十九。我想跟兩位道歉，每次都一直跟你們說「等我寫完這個段落啦，寫完我們就出去」。

化學課

Lessons in Chemistry

作　　者　邦妮·嘉姆斯Bonnie Garmus
譯　　者　白水木
封面設計　高偉哲
內頁排版　高巧怡
行銷企畫　蕭浩仰、江紫涓
行銷統籌　駱漢琦
業務發行　邱紹溢
營運顧問　郭其彬
責任編輯　林淑雅
總 編 輯　李亞南
出　　版　漫遊者文化事業股份有限公司
地　　址　台北市大同區重慶北路二段88號2樓之6
電　　話　(02) 2715-2022
傳　　真　(02) 2715-2021
服務信箱　service@azothbooks.com
網路書店　www.azothbooks.com
臉　　書　www.facebook.com/azothbooks.read
發　　行　大雁出版基地
地　　址　新北市新店區北新路三段207-3號5樓
電　　話　(02) 8913-1005
訂書傳真　(02) 8913-1056
初版一刷　2022年9月
初版六刷(1)　2024年9月
定　　價　台幣490元

Lessons in Chemistry
Copyright © 2022 by Bonnie Garmus
This edition arranged with Curtis Brown Group through
Andrew Nurnberg Associates International Limited.
Complex Chinese translation copyright© 2022
By Azoth Books Co. Ltd.
ALL RIGHTS RESERVED.

國家圖書館出版品預行編目 (CIP) 資料

化學課/ 邦妮. 嘉姆斯(Bonnie Garmus) 著 ; 白水木譯. -- 初版. -- 臺北市 : 漫遊者文化事業股份有限公司出版 : 大雁文化事業股份有限公司發行, 2022.09
432 面 ; 14.8x21　公分
譯自 : Lessons in chemistry
ISBN 978-986-489-669-1(平裝)
873.57　　111009631

ISBN　978-986-489-669-1

有著作權．侵害必究
本書如有缺頁、破損、裝訂錯誤，請寄回本公司更換。

azoth books 漫遊者
漫遊，一種新的路上觀察學
www.azothbooks.com
漫遊者文化

遍路文化 on the road
大人的素養課，通往自由學習之路
www.ontheroad.today
遍路文化．線上課程